周天籁——著

春之恋

文匯出版社

目录

周天籁的再发现

张屏瑾

周天籁（1906—1983），是民国时期上海著名的通俗文学作家，代表作《亭子间嫂嫂》、《亭子间嫂嫂外传》，1990年代被当做“海派”文学的代表作品发掘出来以后，一时广为流传，“嫂嫂”成为了现代文学史上一种引人入胜、发人深思的女性形象。但是，对这位高产的连载小说作者来说，光有一部《亭子间嫂嫂》，远不足以看到他作品的全貌，也不足以通过他的写作，来一窥上海小报连载文学的别样风光。近年来，文汇出版社陆续推出了周天籁的其它作品，如《浪漫浪漫集》《逍遥逍遥集》等后期写于台湾的随笔文章，受到读者喜爱。而他1940年代的其它小说，除了《夜夜春宵》一部以外，一直未能与读者见面。这次文汇出版社又选择了《春之恋》(含《桃源艳迹》《粉红色的炸弹》《春之恋》三部小长篇）和长篇《风流千金》，通过努力，付梓出版，在很大程度上补足了周天籁以一幅挥洒笔墨所刻画出的“洋场风景”。

《风流千金》，1941年12月1日到1942年9月30日连载于上海《吉报》，共282节，1946年由文光书局出版。这部小说讲述一位出身良好家庭的年轻小姐，经由上海的风月场所，与一个又一个异性结交，兜兜转转，最后染病而丧命。作品是典型的市民通俗小说笔法，却有几个原因而显得颇为不同。首先是主题的大胆，虽然写作时间仅隔一年，周天籁笔下的女主人公，已经从过着身不由己的悲苦生活的“亭子间嫂嫂”，变成了对男性放浪追逐的富家千金。这位都市女性不但追求情场自由，而且对男人挥洒钱财，慷慨有加，只为品尝情和欲之欢乐，虽亦处处遇人不淑，尤其是“情”与“欲”常难两全，但作者在这部小说里似乎采用了西方小说“零度写作”的一种动机，对于笔下人物的命运不流露任何态度，只以不断的呈现为己任，而不加任何品评解释。

这其实也是周天籁这四篇作品的一个共同特点，作者好像只是客观描述现象与事实，他确实颇喜欢给自己的小说加上“事实小说”之标签，含义有如今天的“非虚构”，当然，谁也知道“事实”只是一个幌子，这些作品整体上呈现出一种猎奇的态度，因此无法像《亭子间嫂嫂》那样，可以被一种“五四”以来的展现底层与社会关怀的文学主潮所容纳，最终难免埋没。不过，今天重新来看待这些在当时很有一些阅读量的连载小说，会发现其中一些独特的文学性的线索，首先当然是文学的娱乐功能。《桃源艳迹》(小说连载版标注有“海上事实”字样)，1948 年 10 月 12 日到 1949 年 1 月 16 日连载于上海《风报》，叙述桃源坊的两富豪家里的一连串私情故事，因都是争风吃醋的情节，难免雷同，不过，娱乐的一大特点本来就是不断重复同一个模式，小说也由于涉及形形色色的三教九流，而具有了另外一种观察世态的角度。《粉红色的炸弹》，分两段于 1947 年和 1948 年分别连载于上海的《苏报》与《辛报》，连载时名为《情弦应变记》，讲的是上海公司职员生活里的饮食男女，主要人物有广告公司的经理、小职员，破落了的交际花等等。这些男女之间的情感纠葛陈义不高，通常只是出于生存的需要，或欲望的交集，因而没有任何的“文艺腔”，却受到小报读者的欢迎，这里面也可以看出一点普通人对于文艺的需求。

我另外感到有点吃惊的，是周天籁这几篇小说里一种不自觉的“摩登”色彩。《风流千金》中的女性大胆追求感官享乐，与上海1930年代都市现代性中的“摩登女郎”叙述可谓前后承接，而这位掩人耳目，勾栏里流连的风流千金，还让人联想起法国著名的新浪潮电影《白日美人》里的中产阶级家庭主妇，同样在优越的家庭生活之下去妓院“工作”，最后也是悲剧结尾。两相比较，还不能完全用女性的性意识解放来解释，更保留了一种对于社会整体结构的压抑性的表现，虽然在周天籁的上海，这完全是用奇闻八卦的形式讲出来的。由此发觉，所谓通俗与先锋、消费主义与问题小说等等，似乎也不能简单地去区分与归类。

同样的还有《春之恋》，男主人公早早地依从家长安排而婚娶，却从没有自主谈过恋爱，为了成为一名成功的作家，他决定和过去青梅竹马的女同学修好，目的完全是为了写出符合新式恋爱观的小说作品来，他一边恋爱一边记录恋爱，等到完成了这部小说以后，他的恋爱也就走到了尽头。周天籁没有让我们读到这部“小说中的小说”，不过这已足够对新式自由恋爱构成一种讽刺，对新文学的“恋爱小说”更有强烈的反讽。实际上，周天籁所有的小说虽然写的都是情爱主题，却没有一部是“五四”新文学意义上的“恋爱小说”，或许《春之恋》所透露出的，正是通俗文学作家对新文学的某种理解。

与《亭子间嫂嫂》相比，《风流千金》等几部小说的叙述和文笔都有些不一样，前者明显要含蓄很多。这里的几部小说，其原文略嫌拖沓，有些地方前后会表现出不一致、不平衡，体现出小报连载小说常常会出现的问题：为写而写，笔墨铺张浪费，或为了迎合读者的某些趣味而刻意为之，这虽在特定的语境里增加了“可读性”，却损害了其艺术上的价值。这次重新出版时，对原文酌情加以调整，旨在发掘、整理这一上海通俗文学不可多得的原始资料，为读者和文学史研究者们提供参考。

上世纪初的通俗小说家们仰赖阅读市场而生存，纵然也能写出传世佳作，却很难终生爱惜羽毛，周天籁就是这样的一个例子。不过，这些泥沙俱下的文字里夹带了时代的种种物质与精神状况，表现出市民生活的百态写真，上海方言的俚俗韵味，乃至于文学和文化本身的一些特殊状态，不加修饰，让人有身临其境之感，这不能不说就是“海派”文学的本义了。

2019 年 5 月 26 日

桃源艳迹

在上海许许多多奇奇怪怪的路名中，居然有条叫桃源路的，有了这条桃源路，然还有个叫桃源坊的。在下这部《桃源艳迹》便产生在这条桃源路的桃源坊中，真可说无巧不成书了。原来这桃源坊中仅仅只有八家人家，这八家除了二号同三号稍为上等一点，其余没有一家不搅得乌烟瘴气，风流艳闻频传，尤其是某号里凭我一支秃笔，写上三年六个月，也是写不尽。

废话少说，言归正传，现在开首写第一家要算最不成话了，风流艳闻也最多的一家。不必指出门牌号码，免得有伤阴德，也许将来引起诽谤的罪名，姑且说某号吧。总之桃源坊里人家只有这八家，弄堂却不小，阔面又非常进深，因为都是大户，都是高厅大楼，巍峨大洋房。弄里还分出六条支弄，都是前前后后停满汽车，自备三轮车，吉普卡，派头实在不小。这某号要算最富的一家了，主人姓马名叫千里。马千里今年高寿八十有三，一头银发，连眉毛，胡子都变了银色，但精神矍铄。黎明就起身，在阳台上像做鬼戏的打脱一套太极拳，然后娘姨端上一碗参汤，他用手指拨了拨胡子，徐徐喝下，这时天才一点一点亮起来，看太阳升上屋檐，然后坐在靠椅上，由娘姨替他覆上一条毯子，便迷迷糊糊半睡状态的养一会神，而同时呼吸下早晨的清气。这时除了这个贴身服侍娘姨，家中其余的人还没有起床哩。

马千里有一妻六妾，一夜一个轮流陪眠，但老甲鱼并不御女，而是一种冬夜需要她们焐脚，夏夜需要她们打扇而已。不知道的人还以为马千里精力之壮，胜过小伙子，一夜一个太太，而不叫饶。老甲鱼究非一座矿山，也会有掘完的一天，所倒霉的这六个姨太太，徒有其名，大好良田一亩一亩任它荒芜，无人耕耘。

但，事实上并不如此，这六个姨太太都各有各的耕耘人，底下头早已赛过公开的秘密了，只不过遮没了马千里一双眼而已。

现在这笔风流账调查下来是这样的，除开大太太七十八岁瘪脱无人请教之外，二姨太只三十二岁，私姘账房先生，三姨太三十岁，私姘汽车夫，四姨太二十九岁，私姘外账房，五姨太二十五岁，私姘男仆，六姨太二十一岁，私姘弄堂口烟纸店小开，七姨太廿岁，私姘账房之子。

据说还有很多遗漏，譬如六姨太姘了烟纸店小开之外，还同隔壁人家的汽车夫搭上。譬如五姨太私姘之男仆不止一个，连马千里一个贴身书僮也勾引上了的。譬如七姨太搭上账房之子外，又同一个戏子姘上。总之这笔账一时无法清算。这个马家风气之淫乱，可想而知。人家都说老甲鱼一旦掼倒双脚朝天，除大太太年老不会走，其余的统统脚底揩油，这是毫无疑问的。

有一夜马千里心血来潮。一个朋友送了他两张戏票，是梅兰芳与金少山合演的霸王别姬，据说这是上海最后的一场义务戏，梅兰芳唱了这一出戏后，马上出国了，何年回国不得而知。所以这最后一场戏的票子在一个星期之前早已预售一空，到了这一天绝对没有办法可以购到。马千里的朋友特为讨好他起见，在一星期前送了这两张戏票，无论如何请他听一听，这出戏太好了，不听实在可惜。马千里每夜睡得很早，任何名角在上海登台，他都不愿意去听的。

可是这次他的朋友一番好意，似乎不去欣赏名剧，太辜负朋友的盛情了。当晚吃了夜饭，他想到底同谁一起去，如有八张，那末准定带了七位夫人一起去，现在只有两张，还是带了大太太一起去吧。于是乘了汽车到天蟾舞台，他刚正坐下的时候，却发觉一桩非常震怒的事情，他的大太太还没有知道丈夫心里的火冒原因，问道："做什么？做什么？"

"混蛋！混蛋！真正混蛋！"马千里哪里还有心绪听戏，打算马上退出来，想又未免气量太小，暂时隐忍肚里，决定听完了戏回去再作道理。

他的大太太还是没有知道丈夫发脾气的原因，不断的问他，说道："上了这点年纪的人，火气还这末大，为点啥，问问你又不做声，赛过发神经，是不是梅兰芳的戏不值得听大上了朋友的当？"

马千里啐了她一口道："你是死人，你是瞎子，等一会回到家里，再告诉你。唉，家运气数，还有什么话讲！"大太太才有些明白，也许他在这里看见家里的人了，他家规非常严厉的。

马千里还没有看完霸王别姬，便匆匆带了大太太坐了汽车回来，一回到家火冒十丈高，立时吩咐娘姨通知七姨太到楼上来。娘姨找了一阵，回报马千里道："老爷，七姨太不在房间里。"

"什么，此刻还没有回来！"

"不知到哪里去了。"

大太太见丈夫如此火冒，这是许多日子来没有见过的，于是边劝边问的："啊呀，到底为点什么呀？这样的大发脾气，你自己身体保重，何必如此呢？"

马千里把桌子一拍，跳脚道："混账王八蛋！你还劝我不要发脾气，这怎么叫我受得下，你知不知道七姨太轧姘头，同账房许先生之子在天蟾看戏，你知道不知道？你眼睛看见没有看见？我马千里这个台可坍得下坍不下！混蛋不混蛋？”

大太太奇怪道：“啊呀，我怎么没有看见？”

马千里道：“你是死人，我坐的位子隔壁就是这一对狗男女，当我坐下的时候，他们立刻就离位，垂了一个头往后逃溜。”

大太太说：“家丑不可外扬，劝你还是少烦两声吧，不光是七姨太一人，我看……哼，她们哪一个是规矩的？我想既然是同许先生的儿子，那末不妨把许先生喊上来问问。”

“对。”马千里于是吩咐娘姨把账房间许先生喊上楼来。

隔了一会许先生来到楼上，马千里铁青了脸问道：“许先生，很对不起，请问令郎近来行为，你，知道不知道？”

许账房见老东家面孔火了起来，心知不妙，连连道：“东翁，小犬有什么事？”

“什么事，难道你不知道吗？”

“实在不知道。”

“听说行为很不好，这孩子时常跟七姨太在一起鬼混，你做父亲的不应该如此放纵。这太岂有此理，今夜我真是千载难逢出去看一次戏，就撞见他们双双一对坐在我旁边位子！这还成什么话，这简直太笑话！”

许账房听了东翁这一番话，恍如青天一个霹雳，窘得面红耳赤，连地缝里都可以钻得下去，心想这次饭碗头要敲碎了。当下他连连鞠躬，连连答道：“是，是，小犬，大笑话，明天起我吩咐他离开这里，这小鬼胆敢妄为，实属可恶至极，事前我根本没有知道，真是该死该死！请东翁原谅初次，只怪我做父的没有家教，管束无方，致小犬无法无天，请东翁原谅。”

马千里道：“事前你怎么会没有知道呢？这是句推脱的话，不负责任的话，你怎么可对我说？据我知道令郎同七姨太早已暗中来来往往，怎么还说不知道，你有责任的呀，你既然吃我的饭，令郎如此对我捣蛋，太不成话了。”

“是的，是的，明天我就叫他离职，叫他下乡，关他一个时期。”

“令郎在这里担任一点什么工作，直到现在我做东家的还没有知道。年纪轻轻，本事没有学到，搭女人吊膀子却已学好，这太不成话。事前你没有知道？恐怕放纵他如此吧。”

“实在没有。”

“嘿，实在没有，我决不相信。好吧，今天我看你许先生面子，对令郎不加追究，明天从速叫他走，别的没有事，你下楼去！”马千里又教训了许账房一顿。这时许账房已是一身急汗，知道饭碗保牢，没有打碎，真是感激得说不出话来。

“是是，一切准定遵命。”许账房说着下楼去了。马千里又吩咐娘姨，下楼去看看七姨太回来没有，如果回来，叫她立刻上楼。

这时七姨太回来了，许账房的儿子此时正在账房间被他老子大吃生活，用鞭子打得浑身铁青，大家争着拖劝，无奈许账房气死了，非今夜打死他的儿子不可，子不肖，害老子吃这顿排头，还不打打谁。结果七姨太也知道这件事，她僵在房间里死不上楼，娘姨道：“老爷非请你上楼不可，有话问你，如果不去，事情反而僵的，我做娘姨的可吃不消呀。”

七姨太抱怨道：“我偏不上楼，要我上楼叫大家一起上楼，她们哪一个是清水？这里没有一个清水货。老爷，老爷卖多少钱一斤？我不愿意提起这件事，如果提起，屙坑越掏越臭，老实说还是不谈的好。”

娘姨道：“那末你不上楼老爷要发脾气，叫我怎样答他呢，这不是叫我做难人？”

“你说七姨太睡了，有闲话明天再谈。有什么大不了！”

娘姨没有办法，只得上楼回报老爷如此如此，真是火上加油，马千里又是一阵火冒道：“什么，请她不动？妈的！”

娘姨道：“不，她已经睡了，衣服也脱了，老爷有话明天再说吧。”

大太太在一旁横劝竖劝：“一眼眼小事，何必这样盛怒，叫你家丑不可外扬，闹开去太难听。许先生的令郎明天请他走，难道还有事吗？”

马千里无可奈何道：“好好，明天再谈，如果明天她没有一句下文交代给我，立刻请她滚！”说着宽衣上床。

这一夜陪眠的是三姨太，三姨太心中明白，知道这件事闹出去，她也许被牵入漩涡，七姨太吃了这个弹头，一定要把大家一齐吐出来，那一定僵的，明天我们一齐劝住七姨太，千万叫她不要把大家拉进去，否则要牵动大局，如何得了。正想到这里，马千里下了被问道：“三姨太，我相信你是规矩的，这次七姨太的事太岂有此理，使我气得发昏第十三章，我马千里名誉扫地不去说它，连你们大家一齐牵入进去，岂不是你们都掉了脸？”

三姨太道：“是呀，七姨太也犯不着，怎么去同一个账房之子搅七念三，依我看不过出去看看戏而已，别的我想还不敢吧？”

“你怎么知道不敢，听说他们早已暗中来来往往，你想混蛋不混蛋，我真气死，那个小鬼我光起火来掴他两记耳光，毒透，毒透！”

三姨太道：“算了，算了，不要追究了吧，刚才许先生已经给他的儿子吃了一顿生活，打得很厉害，账房间大家都劝着，我想总算给了你不少面子了。这种孩子不知出入，以为同七姨太看看戏有什么道理，殊不知名誉大有关系，难怪你要发脾气。”

马千里道：“今夜我要不去看戏也不会知道这件事，也算是他们活该，足见他们私下时常出去窝心，我始终还蒙在鼓里呢。”

“够了，别烦了吧，明天你也不必追究七姨太了，她年纪轻，贪玩，事实上他们也不过看看戏而已。”

马千里听出闲话里有骨头，知道三姨太一味帮七姨太说话，认为都不是好货，便说：“不追究可以的，叫她明天滚蛋，我不要这个淫荡女子。我马氏门中个个规规矩矩，她进门之后破坏我家门楣，是可忍，孰不可忍？”

一夜无话，第二天马千里起身绝早，照例在阳台上打了一套太极拳，喝下一碗参汤，然后靠在藤靠椅上闭目养了一会神，再进早点，白木耳燕窝鸽蛋。他吩咐娘姨把七姨太喊上楼来。

这时许多人都在劝七姨太：上楼尽管上楼，大不了吃两句排头，不会真的驱逐你出门，你就忍耐一下，这样你就给他一个面子，决不会有什么事的。

七姨太说：“我不愿受他的气，我年纪轻轻嫁了他，已是不幸，做人有什么趣味，我还受他的气，我宁可走的。”

大家包围她道：“就是要走，也走得客客气气，老实说我们何尝不想走，但也得走得值得，这样随随便便走，太犯不着了。七姨太，你就听我们的话吧，当真我们一生一世死在这个门口里，跟老甲鱼一辈子不成？”

七姨太还是个倔强不上楼，后来马千里在大光其火，拍台子跳脚，七姨太硬硬头皮赶上楼去。

马千里七位姨太之中要算七姨太最漂亮，脾气最倔强。她原是南浔张家一个丫头，是张太太身边最得宠的丫头之一，张太太预备替她攀一个一夫一妻的生意人家，可是这个愿望没有实现，因为张太太死了。马千里来吊张太太丧时，无意中看中了她，要娶她去做他第七位姨太，张家见有户头赏识，再好没有，立刻把她许配给马千里，可是这个丫头死也不从，自己这末年轻而嫁一个老甲鱼，叫她如何甘心。但是张家非常专制，不管她答应不答应，便把她送到马家来了。据说马千里娶了七姨太之后，三年来仅仅同她有过一次房事。七姨太气愤要死，誓要脚底揩油逃出马家，但，想来想去，没有找到一个对象，钱也没有刮到，有欲飞不能之苦。她同许账房之子私姘还不满半年，开过十多次房间而已，这是账房之子拿出钞票来花用。七姨太虽然是富豪之妾，但财政始终没有经过手，要买些化妆品和衣料，马千里也是限制甚严，每个月规定少数零用，苦极不堪，她在马家不过吃一口死饭而已。

七姨太的生活如此，叫她如何服帖，不偷人，真是太瘟了。她见几个姨太外边都有密友，她们都非常活得落，足见外边都拿津贴是可想而知。她姘上账房之子也是环境逼得这样做的。当时她到了楼上，见马千里突然把她关在房里，预备考问，心绪愤恨到了极点，心中打算如果老甲鱼对她有不利行为时，她除反抗之外，把几个姨太太的秘密全部拆穿，看他如何处置。她早已抱定了这个决心也预备老甲鱼驱逐她出门，一个人到了这一个地步，什么都不顾了。

马千里铁青了脸，捋了一下胡子，也不叫七姨太坐，劈头就道：“哼，你好，你好，你这只贱货，实在不错，是不是大米饭吃得不乐意住洋房不乐意，跟一个小鬼头胡调？我问你昨天的戏是谁买票子，是他请你看的，还是你买票子请他看的？你老实招供出来，不许说一句谎话。”

七姨太垂头死不开口，当然面孔也是火起的。

“说呀，为什么不说？是不是没有嘴巴了？”

七姨太忍无可忍，突然仰起头，胸脯一挺，咬牙切齿道：“看一场戏也没有什么大不了，值得这样大惊小怪？我嫁你不是做一世奴隶，我也是一个人，为什么不把我当人看待？自从我到了你马氏门中三年来，请问除了吃一口饭，你给我什么好处，给我什么自由？我不是一个三岁孩子，把我终年禁闭在家里，何以待她们如此宽容而对我如此约束，这是什么理由？”

马千里气极，把桌一拍，火冒三丈高大跳大骂道：“混账东西，我什么地方待亏你！胆子倒不小，敢对我说这种话，放你的屁！贱皮，给我滚！”

老头子活了这点年纪，火气还是特别旺，旺得出于一般人意料之外，也一时气恼不过，预备拉起手杖打上去。七姨太不慌不忙站立不动，异常镇静，说道：“希望你打，我巴望你打我，活了这二十年还没被人打过，而你敢打就同你拼，索性坍坍你老勿死的台，关于你马家一笔混账一齐揭穿，原来你是这样一个乌烟瘴气的人家，老实说我还要替你登登报，看你能不能做人！”

正在这时候大太太同娘姨们一齐跄踉赶到，把房门一推扑了进来，夺了马千里的手杖，嚷道：“为什么呀！何苦，何苦，老七老七，你下楼去，下楼去！”

马老头气得脸色煞白，手脚颤抖，连连说着：“气死我了，气死我了！你这只贱皮，贱皮！滚，滚出我马家大门！”

七姨太誓死不下楼，她预备让老甲鱼打了她就可算清这笔账。

大太太见七姨太还不下楼，火一冒道：“你下楼！说什么不下楼，下去，下去！”

七姨太倔强，挺挺胸脯说：“办不到，偏不下楼，太气人，他要打我，我让他打，当真我真是丫头，我活了这点年纪，不曾给人家打过，他敢打，敢打，我就今天跌死他面前。老贼！老甲鱼！老勿死！死乌龟！”

马千里听了这一番侮辱他的话，气得几乎吐血，直接过来定规要打她，旁边许多人把他拖住了，一齐埋怨七姨太不是，这些话如何骂得出口。大太太指着七姨太骂道：“你要死快哉，发疯了是不是？你到底是吃谁的饭？不许开口，下楼去！”

七姨太虽然被大家拉拉扯扯的拖了出来，还是烂骂：“老勿死！老甲鱼！死乌龟！难道同自家屋里人去看一场戏就这样大惊小怪？今日就不买你的账，预备不做你马家门人，我走，看我会不会饿死！”

这样一闹惊动整个屋里的人，还有几位姨太都一齐赶上楼来，表面上当然怪怨七姨太不是，说她不近情理，就是要吵也不是这样吵法，有什么犯着，离开这里也只须客客气气，何必这样做出来。

七姨太回到自己房间，把桌上许多东西统统摔光，拍桌子大骂，她想起心爱的人今天也走了，做人还有什么趣味，心中毒透毒透，横竖横这都是马家的东西，摔光完结，她预备走路，又把一只椅子掷向梳台上一面大镜子，一声“哗啦”敲得粉碎一地。众人又奔进来劝，七姨太眼珠绯红地说：“放心，不是打了你们的，都给我滚出去！出去！”

七姨太在楼下掼家伙，楼上马千里立刻知道了，他颠颠跌跌一定要赶下楼来，几个姨太太把马千里包围了起来，横劝竖劝：“何苦，何苦，你是上了年纪的人，犯不着去同一个十三点丫头出身的人斗气，斗得毫无名堂，你还是养息养息吧，谢谢你了，气出毛病来，又是我们大家倒楣。”

一时七嘴八舌劝的劝，请茶的请茶，授雪茄烟的授雪茄烟，划火柴的划火柴，马千里把接上手的一支亨牌老粗的雪茄烟往窗外抛出，顿脚道：“妈特皮，我非要下楼去问问她，你们跑开，跑开，不要拉拉扯扯，我要是弄不过她这只贱皮，我马字颠倒写，妈特皮，妈特皮！气死我，气死我！你们统统走开，走开！”

“要喔！要喔！啥事体！啥事体！”大太太舍不得那支雪茄，忙打发娘姨赶下弄堂去拾那支雪茄。

马千里指手画脚火冒道：“你们听听，这只贱皮还在楼下掼家伙，是不是她预备把我一个人家打光完结？”

大太太又吩咐三姨太四姨太赶下楼去劝劝老七，可以罢休了，风篷也算撑足了。马千里不知如何一个气喘，眼睛往上一翻，大太太一见不好了，大吼了起来，于是许多人扑到他身上抚胸的抚胸，掐人中的掐人中，抹万金油的抹万金油，喷行军散的喷行军散，乱得一团糟，大太太二太太嚎啕大哭起来，五姨太打了一个电话到中美医院，说是家中有人急病。

不一会，救护车“噹噹噹噹”风驰电掣的驶来，到了桃源路桃源坊，放下抬病人的床，赶到马家。说也滑稽，马千里忽然又苏醒了转来，接上是长长叹了一口气道：“贱皮！贱皮！害得我一口气几乎回不上来。”

众人见马老头一口气回了转来，胸口一块石头顿然落了下去，连忙回头医院里人道：“好了，好了，不必进医院了，交关对不起，我们认你们出差费吧。”

医院里人见病人没有问题，也就走了。拾来的雪茄重又授了上去，马老头看看这支雪茄问道：“刚才抛了那支呢？”

“就是这支呀。”

马老头呼了一口，娘姨端来一碗参汤，给他进补。大家都说：“险险闯下一个大祸，真是天老爷保护。老七这个十三点，我们把她什么办法呢，脾气也没有这样倔强的。”

马老头靠在床上，眼睛朝了天花板，大动脑筋，不时呼一口烟呼一口烟，忽然撑了起身说道：“现在不预备同她去拌口舌，我已经有了这点年纪，想想太犯不着，她的脾气又这样倔强，以为我真的驱逐她出门，可没有这样容易，叫她不要困昏头，这件事我非要追究不可，因为她如此狠，我猜想她背后一定有撑腰人，否则没有这样的无法无天，赛过一只疯狗，现在我索性把她冷一冷，过了一个日期我再来盘问她，这几天你们吩咐看门人，监视她的行动，不许踏出大门一步，你们大家一体留意。”

“对呀，这才不错，把她冷一冷，过一天再盘问她，让她这个十三点脾气没有了，人就很和气的。”

马老头道：“刚才她骂我老勿死，老甲鱼，我都不气，只是骂我死乌龟，这实在侮辱我透凶，足见我这只死乌龟分明是她挑我做的，这笑话不算笑话？”

大太太道：“算了，算了，不要去烦了，家丑不可外扬，还多烦什么的。”众人也就下楼去了。

是夜马老头的陪眠人是四姨太。马老头知道正面向七姨太太考问已是失败，心想还是从四姨太这里侧面的探问也许得到更详尽的秘密。他躺了下被，四姨太也躺了下被。马老头叹了一口长气道：“老四，我看来看去还是你守妇道，娶了你这样的妇人，也是我马家之幸。说起老七，我一条老命几乎结束在她的手上。你是每天同她一起的，到底她平日的行为，你总有点知道，能不能告诉我一点，也让我心里明白，预备一个办法对付她。老四，你以为是不是，否则你们大家都规规矩矩清清白白，来了她一个在你们中间，将来一定带坏了。我就急了这一点。”

四姨太道：“我看你还是不要去追究了吧，越是追究越是一包气。这种事情闹出去实在坍台的。”

“我现在同你谈谈无所谓，你告诉我，我决不对任何人去说，严守秘密。”

四姨太道：“叫你不要烦了，还去烦做甚，你活了这点年纪，能不能再活这点年纪，哪能想不穿？”

“不，我一定要知道老七的行为，目前所知道的她跟许账房之子有来往，现在这个小鬼已经驱逐出去。那末除开这个小鬼之外，她还有什么人往来，你老实说出来，我决不说是你说的。”

四姨太道：“是不是你一定要问？”

“是的。”

“那末我告诉了你要不要气呢！”

“不气，我一点不气，我急要知道这个秘密。”

原来四姨太是同马老头分二横头睡，嫌他老人头臭，可是她要告诉他七姨太的秘密，特为爬到马老头一横头来睡下。四姨太道：“说虽然我说给你听，不过任何人面前不可说是我讲出来的，尤其是老七面前，否则这个冤家，她一定要咬煞我，反而我不能做人哉。”

马老头道：“放心，我决不会说出来，更不会说是你说的。”

四姨太道：“老七初来时候，我就料到她不会规矩，我就看煞她变心，果然不出所料。她同许账房之子搭上日子倒不多，不过半年光景，开过大约有十多次房间，也许不止十多次，因为常常出去夜深才归来，有时天亮才回来，回来之后就可看出她的精神委顿，不思饮食，在被里睡觉，睡一个整天才恢复原状，同时逢到她出去这夜，许账房之子也就不归号，这是可想而知的。起初我们就劝她应该隐藏些，别太露锋芒了，老爷知道，大家都无趣。你道她回答我一句什么话，听听也气死了。她说不关你们的事，做得就不怕，怕得就不做，要是老甲鱼知道，大不了走路。承认同许润初（许账房之子名字）有关系，我情愿的，他也要我的，怕什么。你有本领去告诉老爷。当时我触了一鼻子灰，当然也劝不进了。听说她还打过一次胎，钞票是许润初出的，花了不少钱呢……”

“奇怪这小鬼哪里来的钱？当时你为什么不告诉我？”

“这些家丑不可外扬呀，我告诉了第一是气，第二是我触的壁脚，老七要恨我呀！所以我一直隐瞒不说。许润初哪里来的钱，老实告诉你吧，问他老子要呀，逼呀，推说读夜课要钱呀，他老子一个月进账有限，只有靠房子过户时候进账一点外快，过户费，金条一根二根私下进账，都贴了他儿子，他儿子就同老七去开房间。这件事你约略也知道了，不去谈它，老七外边还有个户头哩。”

马老头听到这样肝火“达达达”往上冒，急急道：“她有了这个小鬼不算，外边还有户头？实在可恶至极！”

四姨太道：“事体闹得相当大，你是蒙在鼓里一点也没有知道，这个小鬼还同老七外边的那个户头曾经吃醋打相打哩，结果小鬼吃了亏，又同老七大吵。外边那个户头是戏院里一个武生，叫张汉人，老七同一个戏子会搭上，真是出于我们意料之外，足见她的胆子之壮，我真正替你气死了。”

“嗄，她竟然胆敢搭戏子，简直不顾廉耻到了极点，该死！该死！难怪她口口声声骂我死乌龟，死乌龟。我做了乌龟，连自己都没有知道，这真王八蛋的蛋。我活了这点年纪在这里现世！”

四姨太道：“你也不必气，听我说下来，你一气我就不说。”

“好好，我不气，你说。”

“这个戏子身体来得结棍，自然老七是欢喜他的，听说老七外边打胎，就同这个戏子有的关系，不过到底是小鬼种的子还是戏子种的子，这笔糊涂账恐怕连老七本人也不会知道，因为那个时候一夜同这个开房间，一夜同那个开房间，也许两人都有份。所以她到天蟾舞台去看戏，戏票根本不生问题，总是张汉人代她签的，而且位子又好，我们买不到票子只须对她说，无有没有办法道理。有一次白板对煞，戏子同小鬼互相开火，老七轧扁了头，颠天跌地的对两个人磕头求神，因为当时那戏子非要置小鬼于死地，拔出尖刀，被老七咬住他的手才把尖刀掉落地上。”

“该死，该死，当时刺死了一个倒也痛快！”

四姨太道："亏你说得出口，要是闹出人命案子来，还不是你身上的事，你可以卸得了这个肩胛吗？马家的台都给老七坍光了。"

马老头道："这话倒不错的，闹出人命案来，我先尴尬，那末后来……"

四姨太道："当时幸而老七这小娘皮有手段，一方面给张汉人闲话，一方面也给小鬼闲话，总算把两人劝开。当夜老七是同张汉人住在旅馆里，小鬼悻悻然走了。第二天老七回来，小鬼又同她吵得不亦乐乎，老七当然又用手段，对他说：我同你一家屋里人，你同我吵，亏你好意思，假使闹到老甲鱼耳里，如何得了，你的饭碗不保，我的日子也不好过，所以劝你少烦两声，我死不得活不得哩。小鬼责问她：你有了我，何必外边再弄戏子？老古话：婊子无情，戏子无义。你可以惹他的吗？老七道：为来为去我先有了他，而后才有了你的。我不是不明白这个道理，我现在正同他疏远呢，听说他快要回北平去了，天蟾舞台的合同也快满了，所以你不要急，他一走，就是我同你的天下，眼前吃亏就是日后的便宜。老七的本领我真佩服，居然把小鬼说得哑口无言，甘拜下风。自后老七同张汉人来来往往，也不避小鬼眼目，总算敷衍周到，一人一夜，大家都不吃亏，不是有一个时期老七面黄肌瘦，不像人形……"

马老头道："对，有一个时期是看她交关瘦，我还每夜吩咐娘姨端一碗参汤补她身体，真是洋盘做进，瘟得不能再瘟了。操伊拉，参汤补她身体，去给两个相好窝心，天下宁有此理，真是混蛋，混蛋！"

四姨太扑哧笑了起来道："当时你每天吩咐娘姨偷偷送一杯参汤给老七吃的时候，我们大家在背后笑得要死，心想天下也没有这样瘟生的丈夫——你别见怪……”

马老头道：“对呀，一点不错呀，我做了一个天下第一瘟生了。”

“后来老七身体敌不住了，就是天天吃参汤也无济于事，她才对小鬼哀求苦恼，实在勿来事了，叫小鬼原谅她，又叫张汉人原谅她，后来才算是有两个月没有出去，而张汉人也到北平去了，自此音息中断。待老七身体略为恢复，小鬼又缠了她不放，我们再三劝老七身体要紧，别这样荒唐，老七说两个去了一个，已是心中大定。你想想，她竟然把小鬼当了自己的丈夫，而把你当了一只死乌龟，此人的辣手，我实在吃惊不已，派派我也是一个女人，虽然欢喜男人，也没有像她这样连性命都不要的。”

马老头道：“不过你是规矩的我一看知道，那末我现在预备如何手腕去对付她呢？”

“张汉人早回了北平，当然是断了，许家这小鬼也走了，老七当然不会再有花样经了，你也可以放心了。事过境迁，又何必再提这笔风流账，我是欢喜省事的，你也这点年纪了，多一事不如少一事。”

马老头一股劲道：“这是什么话来，我不会就这样同她罢休，没有一瘟再瘟的道理。”

四姨太在被窝里把他一阵推，抱怨道：“你这个人就这样不值钱，不告诉你也不过糊里糊涂过去，告诉了你，叫你忍耐一下，不要吵不要吵，又不听我话，将来闹出事来，老七面前我反而遭了一个冤，何苦呢？事过境迁，还去提它做甚？”

马老头翻了一个身，长长叹了一口气道：“我实在受不了这一口怨气，想不到我活到这点年纪还来做只死乌龟，这是我对不起十八代老祖宗，我马家向来门风清白，世代书香，不想传到我马千里手里门楣弄到这末糟，叫我……叫我如何对得起自己，对得起子女？唉唉，我是死都眼睛不会闭的！”

四姨太道：“那末你肚内明白就算了，又何必再去提起？老实讲屙坑愈掏愈臭，劝你还是安分点吧。”

“办不到！办不到！办不到！”马千里动肝火，捶床沿，声音“咚咚咚”，好像一股怨气无由发泄似的。

当然四姨太心里也很促急，只怕老甲鱼一追究，老七也把她的秘密泄漏出来，那还不是一只袜统里货色。所以她再三劝不好，也发起脾气来，当时便爬到床的那一横头去睡，不愿同老甲鱼合枕，一边悻悻道：“听你烦，我不来劝你，看你有面子还是掉脸。一个人不受劝，总不会有好收场。活了这般年纪，火气还这末旺。”

“对的，我别的样样可以马虎，样样不同人家计较，唯独自己的太太给人家派用场，我再不放一个屁，我是人还是猪猡？”

“随便你！随便你！”四姨太突然翻了一个身，面孔朝里，不再开口，装假睡。马老头踢了她一脚道：“喂喂，我还问你，那末老六规矩不规矩呀？”

四姨太道：“算了，算了，还去问她做甚，我不来问这些闲事。”

马老头道：“我不过问问你，又要搭架子。你们六个人之中，谁好谁坏，我都知道，不过我不大说在嘴上罢了。老七坏，我未尝不知道，不过没有知道她坏到这个地步。”

这时马老头一人自说自话，四姨太只装假睡，不去理睬他。马老头踢了她一脚，四姨太索性打起鼾声来了。

第二天马老头照常黎明即起，在阳台上打太极拳，打毕喝下一碗参汤，在靠椅上养了一会神时，四姨太才起身，匆匆忙忙赶下楼去在自己房间内还要睡脱一歇，直到中午方才起床洗脸。下午她老是约着二姨太三姨太五姨太打打卫生麻将，晚上各有各的户头去了。

这一夜马老头的陪眠人是轮到五姨太了。马老头从他的五屉橱里端出一听外国来路的奶油饼干，还没有开过听，开了后只闻到一阵奶油香，芬芳扑鼻，装了一盘道："老五，来来，吃吧，这饼干真不错，纯奶油，上海现在买不到了，一个美国留学生带了一打回国，送给我四听。"

五姨太道："还是你留了自己吃吧。"

马老头说："我吃不了这末多，你来，你来。"

五姨太啖了两块，心想，老甲鱼经过老七一顿吵之后，老脾气变好了，真是贱骨头。现在做人要凶，凶才有路。

马老头又从五屉橱里取出一只玻璃罐头，用桑皮纸封口的，里面的梅子经过许多年的蜜饯，已经由青色变成黑色了。马老头笑道："老五，这东西你从来没有吃过，包你吃了打巴掌不肯放，我已经足足藏了六年，今夜开出来给你吃，真是天大的面子哩。"

五姨太忍不住一笑问道："请我吃什么东西呀！保藏了六年之久？"

马老头一边启封一边笑道："这东西你真没有吃过，虽然是梅子，可是已经蜜饯了六年以上，从前我抽大烟时每天吃的，自从戒了大烟之后就没有吃。"

"梅子谁没有吃过，有什么稀罕，稻香村，王三和，采芝斋都有卖的。"

"你完全洋盘，这完全是用蜂蜜来饯的，店家是用糖，风味各别，我是自己动手制的，除了蜂蜜之外，还加桂花，参汁，珠粉，吃了不但鲜美，还滋补身体，有延年益寿之功。”马老头说着用银的汤匙掏了一些出来，自己先尝了一只，顿觉满口芬芳，垂涎欲滴的五姨太也尝了一只，觉得味道果然不错，所谓梅子的滋味早已丧失，舌苔上觉得的像吃糖果，不过这一种味儿的糖果，市上还不曾吃到过。

五姨太接连吃了三五只，点点头笑道：“果然真崭，梅子的酸味完全没有了，赛过吃糖呢。你还是留了慢慢吃吧。”

马老头道：“我橱里还有好多罐。这几年来没有饯过，以前每年逢到梅子上市总要买进几十斤，一罐一罐饯起来，总要藏下五六年才打开吃。”

两人谈谈讲讲，五姨太也就宽衣上床了，马老头也宽衣上床了。他轻轻踢了五姨太一脚道：“喂，老五，你睡到我这一横头来，我有话问你。”

五姨太心里一跳，问道：“什么话问我，说呀，何必睡过来？”

“你来，睡过来，我们枕上细细谈谈。来来。”五姨太无可奈何，只得到马老头这一横头来，马老头说：“老七在外边荒唐的事，我知道得还不大详细……”

五姨太道：“我从来不问老七的事，她外边荒唐的事，我还是那天你们大吵之后方才知道。平常我同老七虽一桌吃饭，但，相互连话都不说的。”

“那末你总知道一点，你不要替她瞒，今天不过问问你而已，决不为难她的。”

“你为难她也罢，不为难她也罢，根本与我不相干。我同她因为平日不交谈，实在不知道她的事，请你不必问我。”

马老头想不到她说关门落闩的话，大出意外，便说：“她同许小鬼，同外边戏子之外，还有什么人来往？”

五姨太不胜其烦道：“既然你都知道了，何必问我？”

“你说得干净，一点不知道。”

“老爷，老爷，叫我怎么知道呢？我总不能瞎造谣言，挑拨是非，为什么你一点不原谅我？真要命……”五姨太抱定宗旨不说，因为她私姘男仆，七姨太是知道的，要是说了出来，将来老七当然也要报复，其中都有微妙关系。

马老头知道老五不肯说是怕得罪老七，也许老五自己也不是一个东西，所以也就干脆别去说人家坏了。马老头想到这里，今夜真是懊恼拍她马屁，请她吃这样吃那样。如此看来还是四姨太直爽，老实，也是清白，所以敢说人家，不怕人家说她。

这时五姨太见老甲鱼没有再问下去，同他睡在一个枕上，一阵一阵老人头臭味实在难闻，于是急急睡到脚横头去了，马老头也不去挽留她，随她睡过去吧，心想今夜探问不到，明夜还有六姨太陪眠，不妨问问六姨太。

一夜无话，下一夜是轮到六姨太了。哪里知道六姨太缺席，预先派娘姨上楼来请假，说是回娘家。原来六姨太得到了消息，知道这几夜老甲鱼逢一个查问一个，谁好谁坏，要你直说。试问马氏门中除了大太太之外，哪里有一个清白的人，赛过红楼梦贾府除了门口一对石狮子，哪一个才清白才规矩？六姨太与其被老甲鱼考问，还不如回到娘家去住一个时期。

马老头大为震怒，对娘姨道：“笑话，笑话，她怎么可以请假，向谁请假的？你喊她上楼来，混账之极！”娘姨道：“六姨太已经走了，她是吃过午饭就动身的，听说向大太太请的假，大致没有几天就回来的，因为六姨太的妈生病。”

“生病？是真是假鬼才知道，又还不是贪玩，那末今夜叫七姨太陪我，你请七姨太上楼。”

“是。”娘姨下楼请七姨太，不料七姨太拒绝上楼，她的理由她是明夜的班，今夜是六姨太的班，她为什么要提早一天。

娘姨“啊呀”一声道：“七姨太，这话叫我怎么可对老爷去说，分明是让我做难人？”

七姨太道：“什么让你做难人不难人，你对老甲鱼说这话是七姨太讲的，你怕他，我不怕他。天下没有这个道理，六姨太回娘家，要我填空档，假使二姨太，三姨太，四姨太，五姨太都回了娘家，那末我夜夜填空档哉。”

娘姨一想闲话果然不错，可是她不敢对老爷去说，要七姨太亲自上楼去说，七姨太哪里肯，表示坚决不上楼，索性把衣服一宽，鞋子一脱，袜子一除，自顾钻了下被，把面孔朝了里面，连冷气热气都不透一口。这样一来，娘姨窘得无话可说，只得上楼报告老爷。

马老头听到这个消息，气得发昏第十三章，心想我是一家之主，发出命令失了效，以后我还可发言，当下把大太太喊到楼上，问她如何办法。

大太太道：“我就劝劝你耽搁一下吧，何苦如此，年纪老得这末一大把，难道一夜都不能落空？就是年轻小伙子也要叫饶，一夜一个，真是亏煞你！”

马老头想不到反被大太太一阵埋怨，气上加气，说道：“你知道我每夜同她们碰身体吗？这话赛过放屁！”

“是是，我放屁，那末就作算不碰身体，难得一夜没有人陪眠，也没有关系，何必一定钉紧要她们陪你，又不是一两岁小人，身体离不了娘，半夜要吃奶。”

“放屁！”马老头火一冒。

大太太听见又骂她放屁，立起身，拍拍屁股就往楼下跑，一边咕噜着：“老勿死，发夹哉，真在发神经病，随你去，死人勿管。”

马老头弄得一无落场势，看娘姨在旁，便拉住娘姨陪他一夜，娘姨自然不可与老爷同床，只好摊条被头在床前地板上睡，半夜里马老头请她吃了各色各样糖果零食，都是从外国带回来的。

马老头半夜想起七姨太如此荒淫，恬不知耻，就闹起失眠来，辗转床笫，无法入梦，他又寻娘姨谈这个谈那个，喟然叹道：“李妈，想不到我活了这点年纪，还遭到这个不幸，平日我做人不能不算是一心向善的了，派派不应该有这个结果，几个儿孙是这样不肖，女人又是如此不要脸，幸好还有几个姨太替我争气。你在我家做了靠二十年，一切都瞒你不了，你替我想想，叫名有七位太太，而今一个都不来陪我，气不气人？”

娘姨肚里好笑，忖想，老头子还蒙在鼓里，几个姨太哪个才规矩，又还不是个个烂糊三鲜汤，哪一个没有户头，说出来老头子可以气死。当时她安慰他一番，叫他身体保重，犯不着把这些事情挂在心上，自己乐得作乐作乐，看得开些。

马老头道：“你叫我看得开些，奈何看不开有如何办法呢？天下死乌龟总是掉脸的，索性不知道倒也算了。”

娘姨心想，明天早上还有三大脚盆衣服要汏，此刻已经下半夜三点钟哉，咕到什么时候才休。她翻了一个身浑然入梦了。马老头还是嚼舌根唠唠叨叨的烦着，只有他一人的声音，而不听见娘姨的回话，他一个上身扑到床沿一看，知道娘姨睡着了。他长长叹了一口气，觉得自己太孤独了，这个世界上好像没有一个人对他表同情了，他的苦闷连娘姨都不愿意感解了。马老头烦恼，没有办法入梦，索性下得床来，开了阳台上的长窗，明月皎洁，虫声唧唧，他打了一套太极拳，打毕扯开裤子，在铁栏杆旁朝下撒了一场尿，那尿头自二楼直线而下，哪里知道这时园里竹榻上恰巧睡了一个车夫，因为贪凉，室内又有臭虫，马老头这场尿恰巧撒了他一面孔，车夫突然打梦里惊醒，嚷道："妈特皮，死人的天，月亮介亮，怎么会下起雨来的。"忙把被子一卷逃进屋里。马老头束束裤子，关上长窗，还不知道这末一件事。

不一会天就亮了，娘姨起身，见马老头今天不打太极拳，只是一人如痴如癫的在那出神，觉得有点奇怪，问道："老爷，今天不打拳头了吗？"

马老头气鼓鼓道："打只鸾的拳头，昨夜一夜没有睡觉，想想做人太没有意思。"

娘姨哑然失笑道："老爷，我真替你想是好气又好笑，叫你看穿点，看穿点，还是不听我的话，不要把身体气坏了，有什么犯着呢。"

马老头坐在靠椅上眼睛地牌式，一句话也没有。娘姨卷卷被头下楼去了。

是夜轮到七姨太的班头了，马老头一肚皮的气预备今夜出到她的头上。这是上次大吵之后七姨太第一次陪眠，她早已料到今夜老甲鱼决不会放她过门，上次的气当然还没有冰释，她恨不得学六姨太样告假回娘家，但，她是一个丫头出身，自小卖给南浔张家做丫头的，娘家早已没有了人，也没有办法回娘家了，心里决定今夜硬硬头皮上楼，看老甲鱼如何闲话来，她用如何闲话对付他。她想，客气的，大家客客气气，不客气的，当然也不客气对付他，横竖横拆牛棚，他要是再追究我的事，我就一股脑儿和盘托出，二姨太姘谁，三姨太同谁有关系，四姨太有什么户头，五姨太有什么相好，六姨太外边有几个面首，这一笔账都在她肚皮里。

七姨太想到这里，只恨小许不争气，当时不带了她一起走。夜饭毕，娘姨来通知了，请七姨太早点上楼，老爷有话同你谈谈。七姨太火一冒道："没有火烧屁眼头，急什么，我自会上楼的，你去关照老勿死，九十点上楼。"

到了十点钟七姨太才上楼，她脸色冷冰冰的好像前世欠下她的债，今世没有还偿，倒是马老头有涵养，开口请坐，七姨太便一屁股坐了下来。马老头说："老七，我想想始终没有待亏你，为什么冤家同我做得这末深，你究竟是我马家的人。"

七姨太硬派作风到底，开言道："别多烦，有话摆出来讲。"

马老头听了这句话，心里一跳，忖想，喔唷，倒直头凶，分明今夜要同我进行谈判。一想还是软点好，不宜过硬，硬要出祸殃根来，当下呼了一口雪茄，轻声道："老七，你的脾气为什么还不改过，那一天同我吵到那个地步，结果我还是原谅你年纪轻，不同你计较，现在决不追究，希望你今后重新做人，为我马家争气。你别弄错，我并非怕你。"

七姨太似乎懒得听这些废话，又是开大炮，眉毛一挺："要我改过，除非脚盆里翻个身。”

“今夜我不是同你寻相骂，同你好好的谈谈，可知道过去的事是不是错的，是不是对不起我马千里？”

“嘿，对不起你马千里并不是我一人，用不到钉紧我问。”七姨太把衣一宽，预备上床，表示不愿意多谈。

马老头肚里一忖，觉得话里有骨头，接上问道：“你怎么讲法，我没有听清爽。喂，慢一点上床，我同你谈谈。睡？时间还早哩。”

七姨太自顾褪下长统丝袜，露出一双雪白粉嫩的大腿，往被里一伸，边说：“没有听清爽吗？我再说一遍。你的七位太太之中除了大太太之外，没有一个是清水货，不单我老七一人。听清爽了吗？”

“嗄，”马老头大吃一惊，眼睛地牌式，“这是什么话，你说，说给我听听。”

“可是我不愿意伤阴骘，老实说到了相当时间，我自会和盘托出，你现在不必多问，问亦不说。”

马老头当然急起来了，忽然坐到床沿上去，非要追问底细。他一再说好话，逼住七姨太照直说出来，他绝对保证，决不指出老七说的。

可是七姨太相当调皮，故意让老甲鱼肚里难熬，讲不是随随便便说的，要有条件。马老头道：“随便什么条件，你提出来，我无有不接受之理，只要你说。”

七姨太翻了一个身，把脸朝了马老头，略有笑容问道：“真的吗？你接受我的条件？”

“一定接受，一定接受。”马老头无法可想，只好同七姨太妥协。

七姨太笑嘻嘻道：“那末你预备给我一点什么条件呢？是替我兑

一副金镯头，还是买一只钻戒？”

“只要你开口，只要你以后规规矩矩替我争气，不再荒唐，不要说金镯，钻戒，就是比金镯钻戒还要值钱的东西，我都愿意办给你。”

“真的吗？”

“当然真的。我讲话从来没有撒句谎。”

七姨太望了望天花板，微微一笑，想了一想道：“不过我有一句话先要对你说，告诉虽然告诉了你，千万千万不可说是我说的，否则我要结下冤家的。”

马老头胸脯一拍道：“孙子王八蛋说是你说的。这个我懂。”

“好，我现在一个一个说来，先说二姨太，再说三姨太，三姨太说毕，再说四姨太，五姨太，六姨太，好不好？”

“好好。”

“我自己用不到说了，你是已经知道了，我也用不到瞒你。”

“你自己用不到再说，我统统知道。”马老头为了讨好七姨太起见，特为又搬出一听来路货奶油饼干请她吃。七姨太心想这真是难得的，老甲鱼待她太好了。七姨太吃了两块饼干，很需要喝点茶，马老头连忙端了一杯毛峰茶来。拍足她马屁。

七姨太喝了一口茶，真是架子搭足输赢，然后说道：“我现在先说二姨太这只烂污货，真不是东西，我素来不同她讲话，因为她一面孔自命清水，哪里会清水得落，我就看不入眼。原来她跟这里的账房许先生早有关系，听说她跟许先生已经姘下十二年之久，你是完全蒙在鼓里，一点也没有知道。许先生现在乡下买田造屋，都是这只烂污货私下送给他的钱，她在你这里刮死刮活的刮钱，倒贴给他，还买燕窝呀，白木耳呀，人参呀，滋补他的身体，贱到如此地步，你想到吗？”

马老头听到这里，气得“阿浦阿浦”，手脚索索的抖，脸色苍白，他手指上原有支粗雪茄，也就因此一抖掉落地上，他拾了起来重又吸了一口，急急道：“他们有了十二年的关系，为什么我一点没有知道，难道大太太都会不知道，她也瞒了我？真……真正气死我了！”

七姨太道：“对你说，不要气，只要记，你也不能光怪二姨太一人，这是有原因的，因许先生时常跟二姨太吊膀子，眉来眼去，他的目的还是看相她有钱财。许先生当一个账房，进益有限，而又要顾一家的生活，遂不得不如此下策，起先原是偶尔为之，不料二姨太天生贱骨就此一搭而上。一个女人家把钱给男人用，当然有她的目的，只要一次搭着鲜头，以后就胆子壮了。据说二姨太跟许先生养过一个私生子……”

“她养过私生子！”马老头第二次雪茄掉落地上，重又拾起，索性不吸了，抛到烟缸里。“怎么我没有见她肚皮大？”

“这是九年之前的事了，当然我还没有到这里，是三姨太告诉我的。那一年二姨太有了喜，本预备咬定是跟你的事，后来一想不妥，就称病回娘家，直到养下了才回上海。”

“这个儿子呢？”

“现在已经八岁了，在许先生的乡下家里，私生子聪明，听说上学读书非常伶俐，每年二姨太还到乡下去看看孩子，听说二姨太想等你翘了辫子，就把这孩子领回自己身边。你想，她的用心远不远？”

马老头一顿脚说："妈特皮，好好，我明天先停歇许先生生意，这个王八炒蛋的家伙，竟然在我家庭达十二年之久，我真是触瞎了眼睛，触瞎了眼睛！"

"轻点，楼上顿脚，楼下听见的，你还是上床吧，我们在枕上谈谈。恐怕今夜还谈不完。"

马老头当然听七姨太的话，急急忙忙衣一宽，上了床，同七姨太睡在一横头，说："你说下去，今夜谈不完明天我们谈一天。"

七姨太道："二姨太的事据我知道的大概是这一点，还要仔细，你可以问问大太太，她比我详细得多，不过她不会告诉你的，因为怕你气恼。"

马老头道："怕我气恼，我越是气恼，原来她们都是联络一气，当我瘟生看待。好，你再说下去。"

"现在我应该说三姨太了，不过今夜我告诉了你，你千万要严守秘密，千万千万不可漏了风声，说是我告诉你的，否则我结下这个冤，要被众人骂死，听见没有？"七姨太见马老头点点头便接着道："三姨太更是下作又下贱，你知道姘上谁？说出来你也许目瞪口呆，死也不会相信，原来是姘你的汽车夫小麻皮阿吴。"

"姘阿吴？"马老头果然意想不到。

"是的，姘阿吴。阿吴是扬州人，地位既低，面孔又难看，邋遢相。老实说，细皮白肉的三姨太会去看中小麻皮阿吴，这是任何人没有想到的。为来为去还是饥不择食，也可能是情人眼里出西施，我们看阿吴恶形，在她看来赛过潘安之貌。听说三姨太同阿吴也多年了，阿吴来时短衫短裤都不完全，这几年来他居然下了差也穿起西装来，同三姨太看看电影，上馆子吃吃饭，而且开起房间总是大东，扬子，窝心一夜，第二天阿吴先溜回来，三姨太睡到中午才回来。有时我问她：你们胆子真大，不怕撞见老爷的朋友？三姨太说：巴不得给老甲鱼晓得，事一穿，马上带了阿吴脚底揩油，三十六着走为上着。说也奇怪，他们多少年，底下人都知道，而你始终蒙在鼓里，因此他们胆子越弄越壮。阿吴有三姨太做后盾，谁也不敢得罪他，否则他告诉三姨太，还要受三姨太臭骂一顿，说瞧不起阿吴，就是瞧不起我三姨太。你想弄到这一个局面，还成什么体统？”

马老头气得上气接不着下气，光起火来预备一个一个办他们吃官司，砍他们十七念八刀，啃他们这一批狗男女的肉。

七姨太看了看手表：“喂，说下去，说下去，现在十二点钟哉，今夜当真不睡吗？”

“你说到三点钟，明天你我晏点起身，老子太极拳也不打了。还打只鸾的太极拳，乌龟做到这个地步。”

七姨太忍不住笑道：“太极拳也懒得打哉，我对你讲了这番话，变做害仔你哉。”

“你说下去，说下去。”

“现在我说四姨太了，这又是一只贱皮，贱得呒啥话头，听说是姘外账房叶先生，姘叶先生大家都知道的，但同弄堂口皮匠摊小癞痢一段来往，这是大家都没有知道的，只有我一人知道。”

“咦，你怎么会知道？”

“有一次我出去，见她同小癞痢调笑，两人大吃豆腐。”

“调笑不过是口头上的，何以知道她他有来往？”

“别急，听我说下去，你才相信了。那一次我见她同小癞痢调笑，心里就有点奇怪，因想她是一个姨太太地位，同一个皮匠如此花花草草，总不无可疑。过了两天，我托四姨太为我绣花拖鞋去皮匠摊配白皮底，因为我去，一定被敲一记竹杠，朝天烂讨价。四姨太替我配了一双邪气邪气崭的大英皮底，我给她钱，她说：不要什么钱，你就是配十双也不要你的钱，小瘸痢我们有交情的。当时我就问她什么交情，四姨太叫我到她房间去，关上了门，细说端详，一五一十告诉我，叫我严守秘密，不可泄漏。原来她跟小瘸痢两年前就有关系，那时，小瘸痢皮匠摊只是摆在她娘家的弄口，她曾经帮助过他一笔钱，作为进货的资本，而把摊头分一个搬到桃源坊来，总摊仍在老场化，小瘸痢自己主特分摊。四姨太后又助了他一笔钱，撑下一只玻璃橱窗，又进了大批皮的原料。他本来只是修修破鞋子，上上鞋底，现在范围大了，还自制皮鞋，不久将要顶门面。小瘸痢，本有太太，可是有了四姨太后，把家中的太太也离了。四姨太对我说：这事弄堂里人都没有知道，连叶先生也蒙在鼓里。你想这是她的自供，难道还不是事实？”

马老头气极：“好，明天我叫看弄堂警察把他摊头驱逐出去，这弄堂不许他摆，我只有下辣手！”

“屁，看弄堂警察都联络的，小瘸痢每月给他不少租费，你休想赶走他。”

马老头道：“这是警察纳贿，他凭什么资格收租费，放他娘的屁，我明天非把小瘸痢的皮匠摊赶走不可，看看我马千里的颜色！”

七姨太道：“何苦，何苦？让人家吃一口饭吧，一个小摊头做做小本生意，何必呢？”

马老头道：“什么何必不何必，他是我一个敌人，我不杀脱他，已是万分客气，还不赶走他，当真摊在我的眼前，给我受气，给老四处处便利不成!”

七姨太大不以为然，也发脾气了，说道：“不告诉你也罢了，告诉了你就发牛性，你活了这点年纪，去同一个小皮匠闹，真亏你好意思!”

马老头越想越气，但又怕七姨太发了脾气会不说下去，只道：“好好，我不赶走他，你说下去。”

“本来是呀，你何必做这冤家，这只怪自家不好，你应该对四姨太加以约束，不许她出门一步，断绝她同小皮匠来往，才是对的。如果四姨太不去吊他，小皮匠还敢来吊她吗?”

“对对，一点不错，这可说物自腐后虫生。那末后来呢?”

“后来听说四姨太每星期出去一夜，叶先生对四姨太也可疑起来，因为抓不到证据，只是可疑而没有办法去管束她。四姨太出去同小瘌痢窝心这一天，小瘌痢必是西装穿得笔挺，头上呢帽之顶，谁也不知道他是皮匠，更不知道他是小瘌痢，房间开开，咖啡喝喝，电影看看，俨然一对夫妇，有人问小瘌痢，这旁边一位是不是尊夫人，小瘌痢居然承认是太太。像这种情形，我也亲眼见过，不会冤枉她半句，你想想四姨太下流到一个地步，人格两字早已扫地了!”

“气死我了!”马老头仰头长长叹息一声，“好，你说下去，还有她同外账房叶先生的事，再仔细说一遍。”

七姨太道：“别烦哉，我自会告诉你的，你越是催越是不说。”

“好好，说下去，说下去。”

“后来叶先生也知道四姨太同小瘌痢的关系了，同四姨太吵得什么似的，四姨太一味否认有其事，还查问他是不是你姓叶的拉的马，什么凭据，要你交代出来。这末一说叶家里呆了，半天说不出一句话，四姨太因下风转到上风，就把他大骂一顿。”

“我没有听见他们大吵呀。”

“他们还会在家里吵吗？吵了不要给大家知道吗？你真是老糊涂。他们是在旅馆里吵的，结果是叶家里吃瘪，他当然要吃瘪。”

“什么要吃瘪？”

“因为叶家里究竟是一个外账房，是一个伙计，衣食父母，还是依赖这里的，一旦四姨太在你面前刁一个是非，岂不是他的饭碗头敲碎，并且还有一个秘密……”

“什么秘密，什么秘密？”

“叶家里外账房是收房租的，收房租舞弊甚多，每月听说有很多外快进账，都在账上做的花账，只有四姨太一人知道，假使触犯了四姨太，当然她要告诉你了，这是饭碗头不敲碎也要敲碎了。”

马老头吃了一惊道：“他怎么舞弊的，我非要调查不可，这都是我的钱，妈特皮，胆子敢这末大，我明天就送他到警察局关起来再说。”

“算了吧，送警察局都是空话，你不妨查问一下，的确有舞弊嫌疑，还是请他滚蛋的爽快，这种家丑外扬，掉脸的。你听我的话吧。”

“我实在忍受不下。”

“忍受不下无可奈何，事也到了这一个地步，劝你下个月起清一下党吧，这一批家伙，一个个请他们滚，一切账务你自己把握住。”

马老头说：“对的，你这个办法对的，今年年底我一定要大事肃清一下，这一批混蛋的家伙我一个个都把他们开了刀！”

七姨太忍不住笑道；“要死快哉，把他们开刀，阿是杀头？”

“我说的开刀是请他们滚蛋，预备把账册财政统统集中我一手，牢牢把握住。什么外账房里账房我一个都不要他们，都请他们走，要是你早告诉我，早也把他们开了刀。”

七姨太一想不妥，便说：“就是请他们走，或者换账房的话，也要一步一步的来，不可操之过急，否则他们起疑到我身上，那我就成了众人之敌，这里我还住得下去吗？”

“放心，决不会说是你说的，我绝对保证。那末后来……”

七姨太道：“四姨太的事大概是这些了，我也不愿去造她谣言，刁她是非，这都是我亲耳听见，亲眼看见的事，决没有冤枉过她一句。”

“我自然相信，那末你再说说五姨太，五姨太这人规矩不规矩？”

“嘿，老实告诉你，这门口里没有一个规矩人，也没有一个清白人的，五姨太又岂能例外，这只烂污货更其下作，她因为面孔长得不甚好看，没有人要她，你道搭个什么人？”

“快说，快说。”马老头甚是促急。

七姨太道：“你死也没有想到她搭什么人，我是今年正月才知道这个秘密，原来她搭的是你底下一个男佣人阿虎。”

“什么？她同阿虎有关系？”马千里直跳起来。

“我私底问过阿虎，他说他本不敢搭五姨太，实在五姨太硬劲要他的。他们也有着三年以上的历史，阿虎在这里当一个男仆进益有限，外快全无，都是五姨太暗地维持他一家生活。两人也常偷着出去开旅馆，都是小客栈，有一次查房间，恰巧两人光了身体在被里说不能起来，你看阿要死快。”

马老头道："后来怎么样？"

七姨太道："后来还有什么，当然坍尽了台，从被里拉出来，说他们有伤风化，带到局里，幸而五姨太局里有个探员相识，总算罚了一点钱放了这一对狗男女出来。从此得到一个教训，不敢再在外边开房间，可是五姨太实在耐不住，不久他们在外边租了一个小房子，在新秦安里一个铜匠店的三层楼，里边家具统统是五姨太撑的，其中有几样东西都是这里搬过去的，把你蒙在鼓里。"

马千里道："你也到她小房子里去的，真亏你好意思。"

"又不是我要去，五姨太硬劲要我去，到了那边才知道这里是他们租的小房子，当时我就批评五姨太实在犯不着，好的人很多，为什么要弄一个男佣？五姨太道，阿虎这人良心好，样样听她的话，也很做人家。他们说定的，只要你一死，他们开一个小小烟纸店。"

马老头听到这里，气上加气，说道："好极，好极，她们都巴望我早死，死了她们可以重新嫁人。我养了这一批王八蛋，恨起来真要啃下她们一块块肉！"

七姨太道："说来说去只怪你自己不好！"

"我为什么不好？"

"活了这点年纪，讨上这末多的姨太太，害她们一个个活守寡，不放她们一条生路，当然她们造反了，怀恨在心了，自然不转好念头了！"

马千里一阵苦笑道："所以你也坏了，搭了小鬼不算，外边还搭戏子，都不是好东西，一只袜统货色。"

七姨太面孔立刻一板："不告诉你了。"说着把身体一翻，屁股对了马千里。

“为什么不说下去？”

“告诉了你，你骂我不是东西，何必再告诉你？不说了，我要困觉哉。”

马千里不觉哈哈一阵笑道：“得了，得了，不要搭架子了，说下去，如有触犯地方，请你原谅。”说着又推了她两把。

七姨太道：“别烦，我要困觉哉，你看看几点钟了，天马上就亮哉。”

马老头一看窗外果然有点鱼肚白了，觉得有点倦意，也就下被模糊睡着了。不料这一老一少一觉醒来已是十二点钟，害得娘姨们一时大为奇怪，又不敢敲门，又不敢高声叫喊，大太太也知道这件事，弹了两下房门，也不见里边动静，对娘姨道：“不醒过来，阿会被老七迷昏了，今天早晨参汤送过没有？”

娘姨道：“门锁着不能送进去呀，我也喊过，不敢大声叫喊，恐怕吵醒老爷好梦。”

大太太又“嘭嘭嘭”敲房门，心里十分促急，怕老爷被老七谋害了，老爷每天黎明起身，打太极拳的，参汤也是每天喝的，何以今天都不曾有过，这真是奇怪了。七姨太这时有点清醒过来了，听见外面闹哄哄的声音，又听见敲门声音，才知道大家着急了，便在房间内答道：“来哉，来哉。”七姨太披了一件睡衣，赤了肉脚拖了一双鞋，赶来开了门。

大太太走进房来，见老甲鱼犹睡在被里未醒，便对七姨太道：“为什么今天这末晏起身，吃中饭哉，真是呒亲头。”

七姨太脸顿然红了起来，急急急忙忙穿衣。大太太见她裤带还是散着不曾系好，胸前一排小纽子散着，一个也没有扣着，便开始朗声："老的老糊涂，少的也会这样糊涂，都不要面孔，现世，恨起来不许你们再困一床，现在许先生少爷走哉，再来迷老头子哉！"

七姨太吃了这个冤枉，不得不声明："困失觉是因为昨夜困得晏，我也不曾下贱到这地步，去迷老爷，不信你去问问他，昨夜有没有同他碰过身体。"

"还好意思叫我问，不要你的脸！"大太太火冒起来。

七姨太真是一肚皮气，有冤无处申，穿好衣服自顾下楼去了。这时马老头也有些清醒了过来，见大太太一脸的火冒，不觉怔了怔问道："什么事？什么事？"

大太太气道："什么事，我正在骂老七呢！睡了这末长时间，真是一只烂污货，不要面皮。你也老昏哉，会这样宠她，你宠了她一人，不怕老二老三老四老五老六打翻醋罐头？一点也不想想。"

马老头喟然道："真……真是天知道，我何尝宠过她，这末迟起身，是因为我们谈了一夜，黎明时才上床的。"

大太太一听谈了一夜，忙问："谈点什么秘密？"

"秘密？哈哈，不足为外人道也。"大太太一听惹气，也就下楼去了。马老头于是打被里坐了起床，便有娘姨侍候他，替他披上衣服，替他穿袜子，鞋子，端脸水，接上一把金色小茶壶里是参汤，也端上来了，参汤喝完，接上是稀饭，稀饭的小菜真是精美。马老头自奉向来是特别考究的，不惜本钿的，但是他除自奉之外，其他一切却是没有一样不刮皮，他公馆里外账房同内账房的薪水还是民国三十五年份的，现在已经三十七年了，如以金圆券折合，恐怕每月取得的钱连一包香烟都买不到。账房曾经联名呈请东翁改善待遇，并缕述苦衷，生活难以维持，哪里知道马老头大发雷霆，非但不予调整，还一个个申斥一番，说要做便做，不要做请另谋高就，决不挽留。两个账房因为私下同姨太太有关系，有舍不得离开苦衷，好在他们都有外快进账，尽可在账上舞弊，姨太太私下也有倒贴，本不靠区区那个薪水，所以受了一顿训斥，也就屁也不放一个，拍拍屁股下楼去了。原来马老头是这样一个精明的刮皮老古董，一点也不领外边市面的，真可说刻薄成家，应该是理无久享的。

马老头的产业多得连他自己也糊里糊涂，到底他有多少钱，这是一笔糊涂账了，因此外账房内账房拼命捞血，连娘姨男佣人也乱报花账，横竖大家拆牛棚，捞好处。马老头始终蒙在鼓里，年终结下红账来以为有得盈余，也就算了。

七姨太昨夜揭穿了这个秘密之后，马老头才屁眼头着急起来，可是他又不得不提防账房串通了姨太太叛变，席卷而逃，那更是糟糕。所以他心境非常恶劣，整整痴不痴癫不癫了一天，终没有想出解决办法。到了晚上他又想起七姨太，觉得她年纪虽轻，还算有骨子，肯说老实话，她过去虽荒唐，那当然一笔勾销了，今夜当善视她，待她好些，有许多事不妨同她商量商量，她未始没有好的意见可以提供。他想到这里预备今夜再要她陪眠，便对娘姨说："今夜本来是二姨太陪我的，可是今夜我有要事跟七姨太谈话，你把七姨太请上楼来。"

"是。"娘姨下楼去了。

七姨太得到这个消息，料知老甲鱼又要问七问八哉，忍不住一笑，对娘姨道："今夜不是我的班头呀，为什么要我陪眠？"

娘姨道："老爷有事要跟你商量。"

"好，你回报老爷，我马上就上楼。"

七姨太顾到二姨太的面子，不得不去打一个招呼，说她并不是要陪老爷，而是老爷要她陪他的。二姨太心里虽很不满意，但表面上是无所谓。

七姨太到了马老头房间，一笑："怎么样，今夜不是轮到我班头呀?"

马老头道："请坐，请坐，我有许多重要的话同你谈，所以今夜你同二姨太调一班。"

"那末二姨太心里不高兴哉。"

"这个你不要去管，这是我的意思。"

七姨太又是一笑："陪你谈谈无所谓，大太太又要朗声，我可吃不消哉。"

马老头道："勿管大太太的事，这是我的意思。"这时娘姨侍立在旁边不走，马老头对她道："你下楼去，没有事。"

"是。"娘姨回转身把门拉上，下楼去了。马老头怕大太太上楼来七问八问，吩咐七姨太把司不灵去扳上。

马老头开始道："老七，今天我整整想了一天，还是没有想出一个妥当的办法来，因为我把大权收管，势必牵动大局，我不得不防他们叛变，否则我一家一当铲翻他们手里，所以我左思也困，右思也难，还是没有想出解决办法。这且按下不谈，到了今年年底，我总会想出一个两全之策。目前我心中已经明白，要是你不告诉我，直到今日还是蒙在鼓里的，这一点我很感激你的。"

七姨太道："我是你的人，他们有不对的地方当然我要说的，我不说变做弄松自己的人，这事我决不干。所以我不怕做冤家，我为了爱护你，以为是不是?"

“对，我很明白，所以我感激你。”

“虽然我自己也很荒唐，不过我不曾做过损人利己的事，什么串通，账上舞弊，动用老爷的产业事情，这一点自问无愧。”

马老头这时又开出一听来路货奶油苏打饼干，请七姨太尝尝，边说：“昨夜你说到五姨太，六姨太还没有说下去，那末今夜要说下去了？”

七姨太笑了一笑：“别说了吧，老是批评人家不是，于心也不愿，你何必要我说下去！”

“不说不明了，说了心里也定了，因为没有说下去，我今天就难受了一天。”

“总括一句六姨太也是一个不规矩的人，多说有什么意思，马家是这样一个门风，要她们个个规矩，也是难的了。昨夜我不是已经对你说过，千错万错只怪你一人的错。”

“我错承认，但，她们不能太不顾我面子。”

“面子，面子值多少钱一斤？”七姨太吃了一块饼干，明知闲话重了一些，忙又收了回来，一阵笑道：“你也真是一个好好先生，树要皮，人要脸。人心都是一样的，却也难怪你。现在我说点六姨太的风流韵事给你听听吧。”接上轻轻咳嗽了一声，开始道：“六姨太的姘头也是出于你意料之外的，你也决不会猜到。”

“是不是家里的人？”

“不，人倒是外边的，不过甚近，倒也是一个小开派头。”

“居然小开派头。”

“就是弄堂口万泰和的小开，叫陶远明的这个小赤佬，我每天见他真是一个油小伙子，今年还不满十八岁，而白相女人门槛精得九十六。”

“六姨太又怎么会同他搭上的呢？我想想真气，左右邻舍都知道这末一回事了？”

“当然知道，所以你有时出去，他们都指指点点骂你死乌龟，老甲鱼，姨太太一个个给人家派用场，难道自己一点都没有知道的，真是死在灰堆上的死人。我听了这些话真气，又不好替你辩白，更不便同他们寻相骂，因为这条弄堂里人家都是坏得要死的，我只好忍在肚里，这也不去说它了。哪里知道这小赤佬不知廉耻，还到处扬言，马家六姨太是我大令……”

马老头不懂这句话：“什么叫打令？”

七姨太忍不住笑道：“要死，不是打令是大令，大令就是爱人，外国话，才懂了吧。”

马老头苦笑一下道：“我实在不懂一套大令小令，中国话大概就是姘头了。”

“姘头多么难听，大令多么漂亮。这小赤佬到处扬言，一面孔是六姨太的丈夫，公然同了她外边看电影，呷咖啡，双出双进，一点也不避人耳目，你想不知廉耻到这地步。我不知劝过她多少次数，应该替老爷遮遮面子，别太过分了。这只贱货还见我恨，不同我交谈有三个月。人不知耻，也就完结了。”

马老头长长叹了一口气：“这是家运，家运气数，无法受劝的。”

七姨太道：“老六不但同这小赤佬邪气恩爱，她还同隔壁人家一个汽车夫阿四搭上。这个秘密只有我们一两人知道。”

马老头说：“我实在不明白，她怎么这样大胆妄为，姘这个姘那个而不会弄出意外，我的面前且不说她，横竖不与问，也难得下楼，那末小赤佬也会瞎了眼睛放任她同那个汽车夫?”

“做得这种事，自有她的手段，要是穿绷，她也不会做了。有一次两人几乎白板对煞，小赤佬要六姨太陪出去，一直钉到她房间里来。”

“他公然踏进我家的门，岂有此理，妈特皮，这个小赤佬我要手枪扳死他，决不放他过门!”

七姨太一笑：“你要手枪扳死他，还不如扳死六姨太，小赤佬是六姨太引进来的，这个罪应该加到六姨太头上，她不引他进来，小赤佬哪里又有这个胆量。那一夜他们如何会白板对煞，小赤佬在六姨太房间里绕了她不放，一定要她出去，说是外面房间也开好了，不去就钞票白掼了，如何如何，钉紧不走。正在这时候隔壁人家汽车夫阿四也闯了进来，幸而娘姨眼快看见了，明知房间里有人，阿四如果闯进去要闯大祸，急忙阻挡了他，说是你找啥人。阿四道：找你们六姨太。娘姨道：六姨太不在家，房间里岂可乱闯，一点没有规矩，出去，出去。”

“这个娘姨倒脑子清爽，应该如此，后来怎么样?”

“可是阿四靠了六姨太牌头，居然不买账，他对娘姨道：操那，你们六姨太请我来的，要你娘姨神气活现什么，滚你妈的蛋！你说不在家，何以房间里有她的声音?你想娘姨阿会买他的账，两人就大吵了起来。阿四究竟做贼心虚，不要闹出来给老爷知道，不但对他本人不利，连六姨太也要吃牌头，轧姘头到底是私的，不是公开的，当下悻悻然溜走了。但，心不死守在后门口，他非要见到六姨太不可，因为他把房间也开下了，一定等她去。”

马老头频频叹息道：“该死，该死，糟到这个局面，为什么我一点没有知道？娘姨也混账，这些事情都不来报告我，不然当时就把阿四扣押起来送警察局，有什么客气。喂，那个娘姨，是不是阿宝，还是李妈，王妈？”

七姨太道：“这不必去提起了，告诉你难道还去骂她不成。当时阿四同娘姨在房门口争吵，六姨太已是急得什么似的，忙把小赤佬藏到床底，防备阿四闯进来。她心中明白，阿四是的确说过今夜去开房间的，却没有想到小赤佬也在今夜约她出去，这是出于意料之外的，她如何不要尴尬，幸而娘姨帮了她这一记忙，把阿四触了一鼻头灰赶跑了。真是谢天谢地，心想一个走了，她同小赤佬总可双双出去窝心了。不料娘姨赶来拉了她出去，鬼鬼祟祟说是阿四守在后门口，你们两人要是出去，一定要出乱子。六姨太心里一急，跳脚道：这怎么办？娘姨道：用不到怎么办，你叫烟纸店小赤佬赶快出去，你今夜不要出去是了。”

“该死，该死，六姨太不知廉耻到这个地步，这是我做梦也想不到的。那末后来？”

“后来小赤佬煞死不走，不知如何被他轧出苗头，六姨太从来不曾有像今夜这样拒绝他的，过去总是他来要求，六姨太从没有打过回票，有求必应。六姨太知道今夜情形严重，抱定宗旨决不答应小赤佬出去，说是来日方长，何必急急于今夜，你越是这样缠绕不走，我告诉老爷，大家同归于尽，预备一死了结。这末一来小赤佬才吓跑了，开了旅馆的钱听说是六姨太赔偿他损失的。”

“那末后门口的那个家伙呢？”

七姨太道：“那个家伙当然不会甘心，因为他是住在隔壁的，虽然守在后门口，许多人都不加注意的。六姨太知道放小赤佬出去，也许遭到他所害，当时她急得什么似的，左思右想，后来想出一个让小赤佬脱身的办法。”

马老头道：“什么办法？”

七姨太道：“原来她把小赤佬一直藏在房间里，藏到十二点多钟，弄堂里墨黑一片了，才托了五姨太陪送他出去，才算解了这围。”

“怎样五姨太也会听她的话？”

“她们都是一只袜统里货色，当然是串通的。第二夜阿四又公然闯六姨太房间，一进房就把门关上，面孔一板，责问：昨夜何以黄牛，害他外边开了房间没有人去住，你既然不去，又何必预先答应我。六姨太自认是错，再三同他好话讲了一大泡。阿四问她：昨夜我来时，你明明是在房间里，何以不出来招呼我？我在房门外同娘姨吵了起来，难道你在里边没有听见？六姨太一口否认，说她根本这时候在老爷房间里，她房间有什么人连她一点也没有知道。两人这样吵了一阵，阿四当然不会再放过她了，叫她马上跟他出去，因为今夜他又开房间了，非逼六姨太去不可。你想想，一个女人家烂污到这个地步，公然把车夫引上门来而给他这样硬吃，这还有什么趣味？”

马老头喟然长叹：“最近呢，这两个家伙还来我家吗？”

“最近我因为跟六姨太意见不合，两下不交谈，她的事也索性不与问，看来还不是老样子。”

马老头肝火提了出来，脚一顿，站了起来，面色铁青，在桌上击了一拳道：“好，我明天先把六姨太监禁楼上，不许她下楼一步，我不能杀尽奸夫，那末监禁自己的人总可以的，预备采取杀一儆百，先给六姨太开刀。”

七姨太鼻子里哼了一声，冷笑道：“你别发神经病，杀一儆百，杀你的魂灵，你要是动一动先就自己该死！”

马老头道：“我为什么该死？”

“你动一动就牵连大局，一发不可收拾，因为你办了六姨太一人，她就吐露全部秘密，当然要办大家都要办，光是办六姨太一人如何叫她服气，那末我也要牵进去，该问你如何办法？”

“这样说来我只好一只眼睛开一只眼闭，永远做死乌龟？”

七姨太一阵痴笑道：“天王老子，事到这地步，已经是湿手捏干面，无法可想了，你要办每个人都要办，方才公平，否则一个人也不能办，老实告诉你。”

马老头抽了一口雪茄，沉吟一下道：“那末依你心意预备怎么办？听听你意见。”

七姨太说：“我的意思你只可装聋作哑，糊里糊涂过下去算了，横竖你这点年纪了，万事只可当做过眼云烟般的让它消逝。她们所以这样荒唐，当然环境逼得如此的，要是你一夫一妻，不娶这末多的太太……就退一步说，娶了这末多的太太，每个都给予她们精神与肉体上的安慰，想来也不至于今日这样，这完全是你一人造成的。”

“我偏不承认你的话，依你这样说，她们轧姘头偷人都是名正言顺的了，应该让她们无法无天的了，这还成话吗？我马千里讨了七个太太不能算多，我的朋友宋麻皮娶了十二个太太，也没有像我们家里的这几个现世货，宋家十二个太太，个个不出大门一步，非常规矩，也从来不曾听见轧姘头偷人的桃色事体，难道宋麻皮夜夜跟她们睡觉，有这点精神的不成。”

"好好，你不听我的话，随你的便！"七姨太不愿意再跟老甲鱼多噜苏了，站了起来道，"我下楼去哉，没有话了吗？"

马老头急道："慢慢，我还有话对你谈，今夜你陪我，不许走。"

七姨太矜持道："还说点什么话，昨夜我一夜没有睡，今夜我打算早点睡觉去哉，谈尽黄河都是水，也谈不出所以然，还谈点什么道理？"

马老头只好同她讲软话，再三挽留她不许她下楼："谈谈，谈谈，我们横竖无事，现在我活得没有一个商量的人，只有你是我的心腹，不同你谈，还去同谁谈，好好，坐一会。"

七姨太回转身，站着不坐下："那末有个限制，谈到十二点钟我下楼，请二姨太上楼陪你吧。"

"我厌恶她们这一批混蛋，以后永远不愿跟她们见面，过去我还以为她们清白，岂知揭穿了秘密，原来是这一票货色，你想我还要见到她们吗？"

"这样说来是我闯出这个祸了，你要是不愿见到她们，老实说这我也用不到见，我过去也不清白，而且还被你骂过，甚至要打我，你看不起她们，也就是看不起我。"

"不，你又当别论。"

"笑话，我为什么又当别论？请你说出理由来，理由充足，我领盟，理由不充足，我立刻走！"七姨太边笑边说，也就坐了下来。

马老头道："你告诉我这个秘密，我已是万分感谢，我如何把她们当你一样看待，于心说不过去，所以她们可以不理，你是无论如何离不了的，哈哈哈。"

七姨太内心说不出的快活，笑得合不拢嘴，说道："我认为这不是理由，我要走哉。”

“够了够了，在我面前还搭什么架子，自家人，尤其在这个时候，我们格外要爱结同心，关于她们以后的行动，我要多多在你这一方面探问消息，是不是？”马老头又亲自替七姨太端了一杯茶，又在饼干听里取出一叠饼干，“来来，你再吃两块，这饼干现在外边是买不到了。”

七姨太随意取了一块吃着笑笑，马老头道：“那末依你心意，我不把六姨太开刀，以后如何办法呢？听听你的意见。”

七姨太道：“依我的意见，一动不如一静，你索性只当没有这一回事，只须记，也用不到气，我对你所讲的话，你只须放在肚里，一切照常是了，何必对这个开刀，对那个冤家！你认为我的话不错的，就听，认为我的话错的，那我索性不与问，随你的便，阿好？”

马老头被她这末一说，心又捉摸不定起来，一时不知如何办法才好，呻吟了一会说：“就是听你的话，不过我一口气总不会平的，不知我只当木知木觉，既知之我还是装聋作哑，甘心做一只死乌龟，天下也没有这样瘟生的。”

“因为你不是对一个人，一个人易于对付，人多了就难办，假定说你对六姨太开刀，那末还有几个你不开刀可能吗，当然要开刀大家一起开刀，不开刀，一个也不开刀。”

“那末我死乌龟是做定了？”

七姨太忍不住“嗤嗤”的笑，手在膝盖上一拍：“那末你做也做定了，我还有啥办法？生米已成熟饭了。”

马老头气得什么似的，似乎一切消极，一切灰心，他长长叹了一口气道：“好好，我听你的话，预备一辈子做乌龟，横竖我也这点年纪了，死也要死快了，待我一死，随她们去嫁人也好，跟人逃走也好，我是死人勿管。做人做到这个地步，还有什么生趣？”

七姨太见老甲鱼忽然抱消极态度，便安慰他一阵，也就上床安眠了。

马老头辗转床笫，没有办法入梦，七姨太醒来，在枕上横劝竖劝，解释，马老头终难服帖，他说：“原则上我决定听你的话，不过她们面前我当然要好好的给一点颜色看看，否则我这一口气决不会平的。”

“算了算了，看我的小面子吧，以后我决定守妇道，决不外边弄一个人，你放开眼睛看吧。”

“希望你代我劝她们，替我留一点面子，既往不咎，今后改过自新，我一律不再追究，否则我预备一个一个请她们滚，不许在我马氏门中，每人送她们一笔车费，不走，我只有下辣手，此外我也不为难她们了。你以为如何？”

七姨太道：“我劝你的话，听也罢，不听也罢，你发不发车钱，请不请她们走路，我统不与问，这是你的事。”

马老头知道事很难着手，得郑重考虑，一夜无话。第二天七姨太怕大太太又来朗声，自己很知趣九点钟光景便急急起床，下楼而去，连马老头也没有知道她什么时候离开的。

这样过了两天，又轮到别的姨太太班头了，可是马老头看见她们一肚皮的气，索性一个都不要她们陪眠，独自一人睡觉，倒也清静得多。他料到突然不要她们陪眠，一定是议论纷纭的了。这一天大太太也知道这件事了，特为上楼来问问马老头，究竟为什么不要她们晚上陪眠？马老头正是心绪不宁当口，就把她来出气。大太太一时莫明其妙，呆了起来道："你阿是发神经，好意问问，还惹你发断命脾气，阿是我踏痛你的尾巴了？"

马老头听见尾巴不尾巴，更是冒肝火，桌一拍跳脚骂道："死老太婆，你们都是连裆码子，让我做死乌龟，还要到我面前装痴作聋，我不来责问你，已是十二万分客气，今夜来是不是触我心境？"

大太太无缘无故吃了这个弹头，一时气得哭也哭不出，她想马老头一定听了谁的谗言，才有这个变故，当下她悲悲戚戚起来。马老头才把事情原原本本说了出来，但，并没有指出是七姨太告诉他的，他是从旁人那边听来的。大太太心中明白，她未始没有知道下面六个姨太太的荒唐，她一向瞒住的原因，是怕老头子气恼。现在既然老头子知道了，她就一把眼泪一把鼻涕说出其中隐情来。

马老头气得昏天黑地，把大太太一顿臭骂，骂她混蛋到如此地步，你简直不是我的女人，简直不是马家门里的人。这时马老头实在气极，拎起一把很精致的吃参汤的小茶壶，往地上摔去，怒火冲天道："你们这批简直是混蛋！不是人，众生，太当我瘟生，太当我洋盘！我一直被你们欺瞒到今日，也就乌龟做到今日！我马千里掉脸，难道不是你们掉脸！岂有此理真岂有此理！你们都替我滚蛋！让我清清静静过一个日子！"

大太太还是呜呜咽咽，不好了，惊动了楼下的家人，姨太太，儿女，娘姨男仆一齐轰到楼上来慰问与劝解了，立刻塞满了一房间的人，马老头看见了姨太太们，都是眼中之钉，都是一批王八蛋，于是他脚一顿，骂道："你们上楼来干吗？还有这只笃脸来见我？滚你妈的蛋！都替我一个个滚！"

众人都触了一鼻头灰，很知趣的退了下来。马老头还是拍桌大骂不已。大太太下了楼才把那一番经过告诉大家，六个姨太太以及与姨太们有关系的人都惴惴不安起来，尤其外账房内账房更是担急，恐怕饭碗头保不住了。这是一件了不得了了不得的事，让他们没有一个不喊头痛的了，但，都研究不出秘密是谁泄漏的，实属杀不可赦，这分明是跟他们捣蛋，纷纷讨论如何办法对付，是三十六着走为上着，还是听老甲鱼如何下文然后决定去留。

六个姨太太又围在房间内互相研究，互相查询，这个秘密到底是谁放龙头的，实属可恶至极，要是听出来是谁说的，自当群起而攻之非打死她不可，于是各人互看各人的脸是否转色，七姨太当然也是参加研究的一个，她很泰然的道："我们六个人都是联络一气的，谁也不会把这个秘密泄漏出来的，除非当真不吃饭的不成！"

六姨太道："那末这个秘密到底是谁说出来的，奇怪不奇怪！"

四姨太气恼的道："我认为还是自己的人说出来的，毫无疑问，要不是自己的人说出来的，我枯郎头宁可杀下来！"

二姨太道："里面一定有奸细，一定有奸细，我们非要调查出这个奸细不可，一旦查出，我们预备性命都不要，死在她手里。"

七姨太暗暗忖想，假使老甲鱼漏出是我说的，我的日子就难过了，现在赶快再叮嘱老甲鱼一下。她急急忙忙回到自己房间，叫娘姨上楼劝劝老爷，顺便告诉他七姨太要见一见老爷。

娘姨如法炮制，马老头这时正在房间里一人气得什么似的，听娘姨说七姨太要见他，便道："好，你请她上楼来。"

七姨太上了楼，顺手把房门关上了，悄悄道："你知不知道，她们都在议论纷纷，据说要调查谁是泄漏秘密的人，非要置她死命不可。事是我说的，那末我难做人了！"

马老头胸脯一拍道："只要她们敢碰你一根汗毛，我就不客气。是你说的，她们预备怎么样，这一批王八蛋的家伙，我不同她们算账，已是十二万分客气，还做到你头上，当真没有法律了！"

七姨太心惊肉跳起来："啊呀，老爷，你万万不可说是我讲出来呀，她们人多，万一我受她们一记阴损，如何办法，你也应该替我设身处地想一想的。"

"好好，我不说你讲的是了，这是小问题。现在我实在忍受不了，非要对她们开刀不可。"

七姨太道："好意来告诉你，又惹你火冒，老是说开刀开刀，随你的便吧，看你有没有办法对付。"说着拍拍屁股下楼去了。

马老头竟尔没有办法可想，他也实在处处感到棘手，不知去对哪一个开刀才好，因为牵涉太广了。他想起七姨太的话，一动不如一静。要是一动也许一个人家全部铲翻了，她们怎么不要脚底给我看，弄到这一个地步，一定是不堪设想，人财两空的了。

马老头因此郁结在心头，这样一天一天痴不痴癫不癫的叹息着，弄得茶饭无心，做人乏味，晚上他一个都不要姨太太陪眠，宁可一人独睡，这样一直到了年终，马老头竟尔奄奄病了，并且病得很凶。大太太当然愁急的，连忙延请了名医来会诊，诊毕背后对大太太说，这个毛病毋须再吃什么药，因为年已高，油已尽，就是吃药，也不过聊尽人事而已，他欢喜吃的给他吃点吧。大太太急得双脚直跳，再三要求医生想特别办法，几个医生道："因为老太爷不仅年高油尽，并且他还有一腔郁结之气无可宣泄，这是此次之病促成一个最大原因。他年纪太高，经不起风浪，我们很难有把握。我们总想想办法，看这两帖药下去会不会稍见转机。"

大太太悲悲切切道："医生，总要想想特别办法，医生，医生！"说到这里泪水流了出来。

医生道："好好，待他服了药再看情形。"

这样过了一天，马老头的病突然转变了，讲话也含糊了，六个姨太太围在床前，故意装得眼泪汪汪的。大太太知道她们站在这里，反使马老头心里难受，不但不能给他安慰，也许反使他心里气恼，因为这次的病也可说是被她们气出来。当下大太太把她们一阵骂，叫她们一齐滚下楼去。这时会诊医生又来了，诊了脉后，他们开下几味参茸大补药，背后对大太太道："脉已经没有了，现在这张方子可以天天给他吃，不过时间而已，其实反增加他痛苦！"

大太太听了这两句话哭得死去活来，一方面只得赶快预备后事了。马老头因喝了这一剂大补药，精神上稍为转机一点，大太太一时高兴，站在床前替他抚胸，一边说："好一点了吗？啊呀，谢谢天老爷保佑，谢谢祖宗保佑，让我的老爷多康健几年，还是让我来替了老爷的身，我来先死吧。"

马老头两只失了神的眼睛望着帐顶，断断续续道："我，我是气死了，活活给她们气死了，我……我是终年打……打太极拳的人，自信还有二十年可活，想不到我从八月一……一直气到现在，没有一……一个人来安慰，我……我这一场病完……完全气出来的，气死在她们手上的，我死而有知定必一个个捉她们去……"说到一个"去"字，一口气就续不下去，他好像还要说下去的样子，但，再也说不出口，因为这时他的气很喘，眼睛有点向上眨着，看上去已经非常可怕，大太太就又大哭起来。

大太太夫替他抚着胸说："老爷，老爷，我一切统统明了，你不要再难过了吧，望你看穿点吧，自己这点年纪了何必为了这些事气在肚里呢。”

这时医生又来了，又是开下这几味药，还是重用人参，预备还不让他死，让他吊，多拖一天好一天似的，方子开好，对左右探探头道：“现在是回光返照，防其虚脱，这张方子服下有转机最好，可连服，没有转机，毋须再出诊了。”

马家人大大小小围了一房间，听了医生的话，没有一个不眼泪汪汪的。但是他们各有各的心计，与其还不分家，把持在一个老甲鱼手里，还是死了的好，死了他们可分家了。

大太太知道马老头这时非常危险，极需让他静养，不宜闹，把众人一齐赶了下楼。在楼下大厅上，大家抢了裁白衣服，大的小的，男的女的，包括娘姨男仆，各人都应有一件，龙头布买了好几匹还是不够。马老头一口棺材也扛了出来，重再抹一下漆水，以示冲喜，一家上下都为了后事而忙碌着。

马老头终于到了弥留状态了，只有一口出气没有进的气，眼睛呆呆的定着，望着帐顶。大太太知道老头子已经勿来事，就眼泪朝肚里倒流，泣不成声，把煮好的药用调羹盛进他的嘴巴，已是不能下咽，药汁打嘴边挂了下来，她用手绢替他拭了一下，接上她的眼泪水滴到老头子的脸上了。

这时已到了夜里十二点，马家上下的人已经接连五六天替班守夜，房间里始终没有断人。除了老头子之外，大太太是一家之长了，一切善后都已预先安排。几个儿子主张到乐园殡仪馆大殓，老太太不主张，说老太爷也曾吩咐过的，死后反对殡仪馆，但是依照现在一般常情，都主张到殡仪馆去，因为那里设备齐全，死后替老太爷化妆，像生前一样，大太太被儿子媳妇一阵说，决定到乐园殡仪馆去，派账房到乐园去打听手续及费用。

这一夜马老头还是没有死，又有点转机起来，看他情形，大有死不下去的样子，他的满腔悲愤，好像无从发泄，好像因此不能瞑目。

次日早晨，大太太坐在床前细细问他有没有遗嘱，马老头微微摇头，好半天讲不出一句话来。大太太道：“请你慢慢的讲吧，应该有几句话吩咐的，是不是？以后叫我一个老太婆，如何办法来维持这一个人家呢？”

马老头勉勉强强伸出一只骨瘦如柴的手，朝那里指了一指。

大太太一时莫明其妙，俄尔一想，大概遗嘱早已写好，放在橱里了，便问他是不是，马老头微微点了一下头，正在这时一口气就此回不上来，眼睛往上一挺断气了。大太太“呒没啦”一声大哭了起来，扑在他身上打滚的嚎啕大哭，楼下人都“登登登”轰到楼上来了。

顿时老爷的房间好像一个战场，人的进进出出，仿佛穿龙灯，哭声震天，有的像猫哭老虫的也来哭两声，以示哀悼，其中只有一个大太太才算是真正的哭，也哭得最哀恸，几次昏厥过了，众人把她扶到沙发上，替她胸口一下一下抚着，好半天才回转过来，又是拍着跳着的哭，哭声里边夹着骂六个姨太太，老爷的性命完全送终她们六个人手上的，叫老爷死而有知，应该有冤报冤，有仇报仇。这一哭声，六个姨太太听入耳里，当然个个感到不安起来了。说也滑稽，她们的哭声也夹着这一番话，到底谁有冤谁有仇，弄得一笔糊涂账了。

隔不了一会，乐园殡仪馆的接尸车开到了，马家人坐了好几辆车陪送着老爷遗体而去，公馆里显得冷清清的，只剩两三个娘姨看门。

马家在乐园殡仪馆里租下那个六开间最大的礼厅，那礼厅就是唱绍兴戏的筱丹桂大殓过的。马家是海上一个富户，亲戚朋友之多，单送出报丧条子达一千二百余份，外埠打电报出去的还不在其内，账房立即成立了一个治丧办事处，各项丧事也就够忙碌的了，这按下不表。大太太在七中对家中各项措施，皆秘而不宣，老爷放在橱里那张遗嘱，全文长达千余言，遗嘱的日期远在八月五日，足见老爷早知自己不久于人世。大太太看了遗嘱想起老头子含冤而死，又是哭了一场。而六个姨太太以及儿子媳妇，都在肚里动起脑筋来，私下纷纷商谈，为什么还不发表，儿子是希望赶快分产业，什么地段的房产，什么地段的地皮值价，他们都早已私下自说自话的派定。六个姨太太的心中也在那里计划，预备分得多少钞票后马上走路，留在这里还有什么意思，当然树倒猢狲散了。

满七之后，六个姨太太果然联名向大太太提出质问，她们以后的出路如何办法？现在七也满了，遗嘱到底何日发表？

大太太有点气恼道："笑话，我还不曾向你们清算，你们倒向我催促，老头子骨肉未寒，你们是不是预备给我脚底看？"

六个姨太太听了这几句话，没有一个敢做声的。大太太又道："你们老实说一句，今天来催我是不是预备走路？说呀，为什么不做声？"

六个姨太太中七姨太最凶，也最坏，她首先开口道："太太，我们今天也不过问问罢了，并不是一定走路才来问的，我们未尝不知道老爷骨肉未寒，不应该提出什么要求。老实说我们要走也老早走了，何至等到今天。打开天窗说亮话，我们年纪都轻，又无子女，太太，你当然也会替我们将来出路打算的。”

五姨太接口道：“蛮对，老七的话一点不错，她足以代表我们要说的话，那末依太太意思，对我们将来如何打算呢？”

大太太正要发表意见，六姨太抢在前面道：“我们将来如何打算，老实说老爷早有遗嘱，这张遗嘱，还是八月里就写就的，里边如何说法，我们早已知道，我们一致要求太太早日发表这张遗嘱全文，为何老爷死了冒两个月，还不宣布，这是什么理由？”

于是二姨太，三姨太，四姨太一致这个主张，你一句我一句，七嘴八舌的，几乎闹了起来。大太太一人竟然无法应付，只说：“你们用不到吵，我自会宣布，你们若要依遗嘱，我当然依遗嘱办理，不过将来你们不要懊恼，我闲话说在前面。”

这末一说六个姨太太又不开口了，隔了一会，七姨太悄悄道：“但也要顾顾我们将来的出路，老爷在世，已经对我们感情不好，想必遗嘱中一定对我们不会有好感，如果说一定依照遗嘱上的话办理，那我们不会接受的。”这话十二分有力量，其他几个姨太太一致拥护。

大太太肚里很明白她们的用意，说来说去无非为了几张钞票争吵，目的还不是拿了钱走路？她说：“好好，你们今天来意我已经知道，那末过几天同几个少爷一起开一个家庭会议再决定如何办法。你们都是年轻，决不会逼你们守节，假定说一定守的，我也不反对，当然不会让你们白守的，你们各人自己去打算，开会时再谈吧。”

六个姨太太当时下了楼，围在七姨太房间内又开了一个会议，各有各的主张，有的说不预备等遗嘱发表，现在就走，横竖大家都有户头，各人凭各人的命运，未必就会饿死。有的说不拿到一笔遗产，偏不走路，要是分派不均，预备打官司。其中七姨太比较成竹在胸，说道："你们都不要吵，不要四人六主张，依我的办法，暂时把这件事掼在旁边再说，我们多的日子也过了，这一点日子就不能守吗？老实说我们外边有朋友，照样可以来往，老甲鱼一死万事皆休，太太也管我们不了的。我们守，尽管守着，太太总要发表办法的，就是我们不要求分产，老甲鱼的几个少爷也要吵了，听说他们内里母子意见闹得很深，看她有没有这个胆力，永远不发表。"几个姨太太一听，闲话一点不错，决定守一个时期再说。

这样又过了两个多月，大太太还不发表分产的办法，只当呒介事。可是有一天二少爷却发脾气了，拍桌子大骂他的娘，说她老糊涂，何以不分产业，他又把娘舅，以及几位老长辈请了出来，一齐评理，要是再不分产业，他打算把家中红木家具搬出去拍卖，把内外账房赶走，所有经手产业，由他们兄弟来执管，老太太在每家吃一个月，几个兄弟轮流供给伙食，零用每月固定一个数目，吵得天翻地覆。又提出一个主张，叫六个姨太太有路尽管走，现在不是前清，没有造贞节坊了，也分一部分产业给她们，给她们开路费。几位长辈一听，理由果然充足，也都主张还是分产吧，终究是要分的，何必再吵了。大太太无法可想，才拿出老甲鱼遗嘱，打开一看，大家都呆了。

原来这张遗嘱，当初马老头确实下一番心机来写的，想必经过长时间的考虑才写得这末既长且细，头头是道，有条不紊。他恐怕将来死后，家人将这遗嘱撕毁或者不作凭证，所以把亲眷中的长辈名单一位一位都开列在这上面，请他们出来主持执行，要是不依了做，他在黄泉之下也不能瞑目。遗嘱的后面他亲笔签名与盖章，更请潘希仁律师为之作证，手续之完备，可说周到极了。

当时被二少爷请出来的几位老长辈，他们的名字也都开在这上面的，自然不可偏袒哪一方面讲话，依遗嘱上办理，还有什么话说，否则对不起自己人格，更对不起已死的老太爷。几位老长辈道："各位少爷，奶奶，姨太太，遗嘱上说马家所有的遗产，连动产与不动产在内分为一百份，这上面的支配是这样的：十份办教育事业，十份捐给难民，十份捐助孤儿院，三十份为慈善特捐，十份修家乡桥路，十份赠予政府，十份为家属论人头均派（注：六个姨太太不在内，老爷说她们无权享受遗产，因平日太不争气，太不守妇道），十份为大妇养老费。这个支配办法，完全是老太爷在世时所拟定，并且由潘希仁大律师为之证明，这是一个副本，还有一个正本，二纸同式一样。他在每条之下都有说明，为什么办教育事业，为什么捐赠政府，为什么这末多的家属仅仅到手十份。过去人家都批评他一钱如命，刻薄成家，现在他看穿了，做一点颜色给大家看看，我是不是一钱如命的人。"

几位老长辈说到这里，看看众人的面色，都是铁板的，都是有一腔悲愤的情绪，尤其是六个姨太太的面孔板得最厉害，火冒万分。大家都默不做声时候，七姨太首先开炮："我们一致否认这张遗嘱，务必将它彻底推翻。老太爷这张遗嘱，真是荒谬绝伦，他的这一百份遗产，为何我们六人挨不到一份？说是我们不守妇道，无资格承受，天下无情无理之事胜于此？那末我们根据法律起诉，法官不判我们胜诉，官司打到立法院也要打个明白！老实不客气！"

好了，七姨太大炮既开了出去，其余五位姨太太也都跳起来，你一句我一句，把这份遗嘱批评得分文不值，简直放屁都不如。同时少爷奶奶们认为一家这末多的人仅仅到手十份，也太不公平，一致主张推翻遗嘱，重新由老太太拟订，否则准备各自行动，先下手为强，不管遗嘱不遗嘱，闹翻了再作道理。几位老长辈见他们来势汹汹，事态严重，当下便说遗嘱的事暂时停一停，过一天请潘律师到场来解决如何办法，我们实在无法调解，现在时代变了，长辈两个字早已淘汰。大太太道："你们都不要吵，也不要闹，事情总得圆满解决，完全依遗嘱上的话，当然我也认为不妥，那末过一天等潘律师来了之后再作一个变通吧。"

这样一来大家才定了心，静待圆满解决。六个姨太太又在七姨太的房间里开会，当然又是公推七姨太主席，她把房门下了锁，愤懑的说："这个遗嘱我早已料到是一张揩屁眼的废纸，我们根本不予承认，真是放他王八蛋的屁，现在我们要团结一致，如有奸细，或者私下妥协，我们一致攻击她，不放她过门。要是他们一定依遗嘱上办理，我们唯有把所有动产与不动产先下手为强，一齐抓到手里，好在这一些证据，听说还是许账房保管，未曾移交，许账房是我们一方面的人，我们的话怕他不听？"

三姨太道："这些证据抓到手里请问有什么用呢，我们不能把它换钱，上面是老甲鱼的名字。"

五姨太道："啊呀，你这人真是笨得来，这就是钞票，我们把这些证据抓到了手，不怕他们不拿出钱来取赎。"

六姨太道："这就是我们凶，我们可以讨价，要多少是多少，认为满意就交还，否则死不放手！"

二姨太道："这一办法是对的，许先生极同情我们，愿意帮我们的忙。马家各种重要契据，关于田产房屋，地产和金条，都在他手上，保管在洋箱中，大太太还没有取去，可见糊涂。"

七姨太道："马家原是一个混蛋之家，几个少爷只知嫖赌，不问家事，大太太又是个糊涂虫，老实说我们坏了良心，把这些所有完全卷了就跑，他们还躺在梦里。"

四姨太接嘴道："听说光是金条有二百多根，金元宝六十多只，小条子三百多根，我们把这些东西卷跑，契据不契据都不要，因为这些契据他们都可挂失，登报作废，要来干吗？发神经。"

大家一听不错，顿时赞成。七姨太勇气百倍道："好，那末要进行，快，明夜就走，不然大太太忽然想想这些黄货，向许先生要了去，我们是绝路一条。"

"赞成！赞成！"

当夜由二姨太出面去联络许账房，因为二姨太跟许账房的关系赛过夫妇，许账房只要二姨太一句话，无有不听道理。许账房这时候睡也睡了，不知什么一回事，急急忙忙披衣而起，来到七姨太房间，只见六个姨太都围在这里开会。当下二姨太对许账房说："老爷的遗嘱不公平，如果大太太坚持这个主张，那末我们岂非生路缺缺。老爷既死，我们守节下去也没有意思，不如先走，各找生路的好，这是我们今夜六个人议决的一条办法。你许先生在这里做下去也乏味了，我准备带了你一齐走。我们当然不能空身走。"

七姨太连忙接口道："许先生，你是我们一方面人，当然要帮帮我们忙的，今夜这个请求，你非答应不可。"于是她把这个席卷金条的计划一五一十的说了出来，预备把这条子分作七股，我们六个人每人一股，你许先生也得派一股，至于契据，股票，我们一概不动，只取些现货算了。

三姨太，四姨太，五姨太，六姨太又再三恳求许账房帮忙，因为事已紧急，非快不可，否则我们绝路一条了。

许账房听了这一番话，一时大踌躇，搔头抓耳道：“办法我认为是对的，可是我责任太大，叫我如何对得起马家，马家追究起来，我犯刑事上罪责，官司至少要吃五年以上……”

二姨太道：“别十三点，怎么会有吃官司道理，我带了你坐飞机朝香港一溜，改名换姓，他们晓得一个屁，我们六人都分开溜走，到东到西，马家根本无法追究。这不是什么人命案子，非究不可，非通缉不可，何况马家把这种事宣扬出去，也是掉脸的。”

许账房听二姨太说带了他飞香港，心想办法是好的。马家就是追究，不是他一人，还有六个姨太太。他把心一横，答应了下来。

当时六个姨太太真是说不出的喜悦，一致把许账房捧到三十三层天，说他有见识，有眼光，有手腕，更有胆量，将来跟二姨太幸福绵绵。二姨太笑道：“我跟许先生幸福，也是你们所赐，当然永远不会忘记的。我同许先生决定飞香港，那末你们打算去哪里，时机已迫，还是尽快决定的好。”

许账房很郑重道：“我有一个忠告，要走你们千万要走得远，上海万万不可再住了。”

当下她们各自决定，三姨太去澳门，四姨太去台湾，五姨太去桂林，六姨太去青岛，七姨太去北平。许账房有点奇怪，怎么她们到什么地方都已决定了？原来她们分别去的地方都有从前的相好，那是真正的情人，上海目前搭的相好只是过渡的，填填空档罢了。

许账房一时大大的欣慰，认为天下有情人终成眷属，他今夜答应这个大阴谋，也可以说是帮助她们去完成人生的归宿，不啻是个大恩人。马老头死后，真也可说她们都一个个解放了，不然真是作孽，活活守寡。此次她们的出走，可说给广娶妻妾的富翁一个当头棒喝。许账房心想，我宁可做一个罪人，也要解放她们。当下告诉她们决定明夜十二点在这里分派金条元宝，派后马上出走。

这一天晚上六个姨太太都很紧张的，各人连夜整理细软，装箱的装箱，打包的打包，看看这样舍不得，那样舍不得，但是都带了走势所不能，真是伤尽脑筋，她们一直整理到东方黎明，方才告一段落，已是精疲力尽了。

第二天许账房也有点慌张，心神不定的，一早出去购飞机票，这两天票位早已售完，要到下月二日方才有位子。许账房大为懊伤，又立刻赶到招商局买轮船票，总算购得两张票位，急急忙忙的赶了回来，一声不响的。关于行李他带得最少，他决定到了香港细细再办，全新的。这一天大太太不知如何，忽然把许账房请到楼上，他微微鞠了一个躬，问有何吩咐。

大太太道："许先生，请坐，请坐。我想起一桩事来，就是洋箱里的黄货，你当然都有账的，现在我想把它检点一下，请你搬到楼上来。说也笑话，老爷过世之后，我始终没有问起这桩事，这几天恐怕要拿来分摊了，才想起。"

许账房肚里愁急得什么似的，表面上道："好的，好的，先把黄货分了也好，我都有账可查，毋须检点了，我绝对负责。"

"我知道你许先生办事素来负责的，所以也放心得落，那末请你此刻搬上楼来，我过过目，大致明后天分了。"

许账房一身急汗，动了一下念头说：“太太，这样吧，你要过目，请楼下去看看，免得搬出来，免得一番手脚二番做了。”

大太太道：“不，还是今天搬上楼的好，放在楼下也不妥当，楼上比较安全一点。”

许账房窘了起来，动足脑筋道：“太太，这样吧，黄货不宜显眼，白天人多，要搬上还是今明晚上的好，此刻我还要轧月底总账，没有工夫呢。”

大太太说：“那末下楼让我过一过目再说，我家究竟还有多少条子，连我也糊涂起来了。”

许账房陪了她下楼，边说：“太太，你放心好哉，都有账的，都有查考的，我办事一点也不马虎。”

既而下了楼，来到账房间里面的一间密室，开亮了灯，只见一具又高又大的保险箱，黑黝黝的站在那里，阴森森的，四边很潮湿，有一阵触鼻的霉气。许账房用钥匙开了洋箱之大门，只见上面一层一层，一格一格铁板夹起来的，存着一个个牛皮纸包，都是黄金，下面铁抽屉里放有契据，证券等东西。许账房拆开一包金条，给大太太过目，边说：“这里一共六十余包，都是条子，还有小包是小条子，方盒子是元宝。”

大太太见东西都在，眉花眼笑道：“好好，许先生，你的功劳不浅，真是感激不尽，你替我仍包好，放进去。分量太重，搬移不大方便，过两天再说。”

许账房听这几句话，仿佛胸口一块石板卸落了下来。大太太退出密室时候，突然说：“许先生，你把这串钥匙交代给我保管，比较郑重一点好。”

许账房又是一急，又是一身急汗，期期艾艾道："太太，我不是不交给你，因我还要检点存货，好多日子没有轧过账，这次丧事已经取过十多条，账上好像记过又好像没有记过，要查了账方才知道，你把钥匙收了去，我无法查考了。"

大太太嗫嚅了一下道："你什么时候查账？"

"我手上工作一完毕立刻开始检查。"

大太太似乎有点不乐意，幸而她还信任许账房，也就不此刻收回钥匙，吩咐查毕送到楼上来。许账房恐怕大太太不到半夜，还要下楼查问钥匙的事，趁晚饭之后天已昏黑，通知六个姨太太准备，说是马上要分金条，一待分毕赶快溜脚，事情已到了严重阶段，他把大太太问他要钥匙的经过说了出来。六个姨太太也就急得面如土色，许账房道："事情我拍胸脯，只要九点钟老太太不下楼要钥匙，就不生问题。总之我有办法，总得要挺的，你们用不到急。"说着急急忙忙又走了。

许账房果真把金条一包一包从保险箱中拿出来，先放到藤篮里，再一藤篮一藤篮搬到七姨太房间。他的胆量之壮，可说平生第一次。六个姨太太接到金条，立刻三一三十一，分派均匀，马上各自打后门溜走。许账房则最后一个溜脚，当他离开桃源坊弄口，才喘了一口气，马上跳进预停在那里的汽车，风驰电掣的向三马路外滩轮船码头前进。

许账房到了轮船码头，走投无路，因为找来找去没有找到二姨太，不知她在什么地方等他，叫她在码头上等，死人到什么地方去了？一时急得满身满头大汗。他下了舱到各个房间去找，也没有找到。他定的是一个官房，姑且把手提箱放下又到码头上去找，还是没有找到，他心一急，恐怕二姨太带了许多金条，居心不良，顾自逃回娘家去了。明知我许永甫家有太太，子女，嫁我也不是久长之计，女人之心讲起来无法可以捉摸的。现在他却处在两难地步，单独一个人溜还是不溜，许账房急得几乎昏厥了过去。他在码头上跳脚，彷徨焦躁，无法形容。早知道当时两人一起溜出来好了。

正在这时候汽笛呜呜，开船时间已到，许账房还在码头上等二姨太。他知道万难再回马家，祸根已种，不妨先到了香港再等二姨太消息，她如果有良心的话，当然会来港，地址她身边也有一个的，要是坏了良心，那又当别论，苦来苦去却苦了我许永甫一人，永远在外漂流，没有脸回到家乡去了。

许账房糊里糊涂，急急忙忙赶了下舱，不一会船启航了，在黑夜里波浪前进了。他是半根金条没有到手，孑然一身漂流去了。

马家当夜没有发觉这个大阴谋，直到第二天上午六个姨太太的房间里阒无一人，娘姨们才大吃一惊，奔告大太太，说不好了，六个姨太太都失踪了。大太太得知这个消息一急，接上是一喜。急的是老太爷骨肉未寒，她们竟尔把脚底给我看，一个人家就此拆光了。喜的是六个捣蛋鬼走了也好，免得她们争分遗产。她表面上恐慌万分，肚里是不胜欢喜。

不料这当口账房间职员急奔上楼，告知大太太说：“许先生不见了，昨夜他出去后没有回来。”

大太太到了楼下账房间，面孔早已惨白得可怕，她要紧的问保险箱钥匙下落，许先生交出没有。账房间职员道：“根本没有交出，平日都是他保管的。”

大太太一阵跳脚，一时几乎发疯，直赶到许账房的房间一阵乱翻，床上，枕下，抽屉里统统翻倒，都没有发现。于是急急喊来一个开锁铜匠，不料这个铜匠却没有技能开启保险箱之铁门。此时全家上下都赶来了，惶恐不可名状，都对大太太抱怨，你一句我一句背后大骂她老糊涂，为何老爷过世之后，直到今日还不把保险箱钥匙收回放在身边？许账房虽然在这里做了一二十年，但终是外头人，人心难料，也未免太相信人家了。现在情形一定大高而不妙，人走掉，何以把保险箱钥匙也带走？箱里有黄金数百条。何以六个姨太太也同时失踪？可想而知，其中定有串通之嫌，这是谁也可以料得到的。

大太太哭哭啼啼道："天呀，我原是逼他把钥匙交出来的呀，昨天我还亲自检点，金条都在箱子里的，当时我看他锁上，然后问他要钥匙，他说还要轧一轧账。后来我打了麻将，把这件事忘了，谁又料到昨夜他就溜走。现在你们都不要同我吵吵闹闹，赶快叫外国铜匠来，开了保险门再作道理。"

不一会果然把外国铜匠找了来，外国铜匠看了看洋箱道："要配钥匙的话，拍电报到外国这家洋箱厂，报告箱子号码，方可配到，再从外国寄来，至少要两个月时间，现在我想得一个方法……"

众人对外国铜匠道："我们但求将它开启，你有什么办法，尽管想什么办法。"

外国铜匠道："不过这只保险箱以后就不能派用场。"

"不能派用场也使得，没有关系。"

"那末只有将它凿开，将钥匙地方凿破。"

大太太一把眼泪一把鼻涕道："好吧，好吧，随你们怎么去办吧。"

外国铜匠道："我们来四个人，分日夜两班，要凿三天三夜，吃你们的饭，包括两顿点心。"

"可以，可以，不生问题。"

"不过人工费要两万三千元，不折不扣。"

大家吓了一大跳，都说敲竹杠，铜匠道："我们一点也不敲竹杠，这完全工夫钱，现在两万几千元也不能派什么用场，我们四个人轮流工作三天三夜，这不是容易的事。我们要包你开出来的，这门厚达六英寸，中间是钢板，钢板之中再夹沙，光是一根横闩周围五英寸，要将钢闩凿断，你们想想要多少工夫。要你们两万三千元，也呒啥好处哩。"

横讲竖讲，算是两万元解决，不过要到明天才能开工，今天人手不够，要另外请人。马家上下急要知道里面黄金存不存在，恨不得马上开启看个究竟。外国铜匠说："天大本领也没有办法可想，换句话说这只保险箱就是架起火来烧，烧十天八天也不会毁坏，货色太好了，这只牌子在中国很少，中央银行的保险箱就是这家出品。"

既然这样说，只得听凭他们工作三天三夜了。一方面拍电报到许账房家乡查问下落，回电说没有看到。同时报告警察局，因为不便一定吃定他卷逃，也许金条在箱里，目前只好存一个案而已。

账房间密室里面开了三百支光的电灯，日夜由四个工人轮流"铮铮锵锵"的凿着，声震户外，仿佛一爿铁工厂。这许多黄货到底还在不在保险箱里，是一个谜，要待凿了开来方才可以知道。大家推测，如果许账房有良心的话，可能取出其中一部分，不至于悉数卷走。假定说与六个姨太太一起作弊，那末箱内的黄货可能都已不存在了。这些话句句刺痛了老太太的心，她又凄凄戚戚的哭泣了。

少爷，媳妇，小姐，一批批的到密室看工人凿到一个如何情形了，不料看一次气恼一次，工作了一天一夜还只是凿得一英寸进深，无奈这扇钢门，实在牢不可破，坚固极了。

这样工人不断工作，直到第三天方才看见库门中的机关，复杂万分，据工人说三天还不行，要工作到第五天才能开启，现在看见机关，凿到最后一层钢板至少还要两天，可是这扇门已破坏得不堪言状，工人带来的工作铁器也接连断的断，折的折，坏的坏了，损失不赀。马家上下实在气闷已极，日夜不安，都说如果金条在内，那也不去说了，如果开出来空空如洗，那等于让许账房逃得更远。

果真第五天早上保险箱的门凿了开来，但里面除了一些契据证券之外，其他东西都不见了，金条当然不见了，连金屑也没有留下。众人大呼小叫，闹得天翻地覆，老太太一时昏厥了过去。几个亲戚长辈也赶了来，商量对付许账房的步骤，决定让警察局通缉，一方面登报悬赏。不一会警察局探长以及探员三人一齐赶来，实地调查，认为这是一桩大卷逃案。马家是富户，这桩案子如果破了，当然是块肥肉，当下探长问得很是详细，平日许账房同一批什么人往来，家居何处，卷逃之夜有什么看见，叫马家根据账目开出金条失单，大条多少根，小条多少根，元宝多少只，并把许账房平日往来信札，他的照片带到局里去了。探长回去之后先到各银楼，调查有没有兑，典当和典质，结果一点线索也没有，断定人已溜向外埠，于是派员京沪沪杭等线探访。

此时老太太因刺激过度，已经病倒床上，受到家中人唾骂，气也气死了。儿女中没有一个上楼去慰问她，只有两个娘姨服侍，也不请医生。几个少爷先下手为强，开始变卖产业，如金陵路一带房屋，百老汇路一带地产，已经陆陆续续被他们暗地变卖精光，三文不值二文的乱开价，各自分派，根本不来征求老太太同意，横竖大家拆牛棚，总归完结了。

马家的由盛到衰的经过，已经交代明白，现在掉转笔头来写桃源坊一个姓吕的富户，与马家贴邻，他家的汽车夫就是同马家六姨太有花头的。不过这个姓吕的人家虽是富户，人丁单薄，不像马家那样一个大家庭。主人名叫吕大康，承包西区粪业而发财，每天有很多进益，而毋须出门一步，自有小包粪业的供送上门来，他再每月解送卫生局一笔承包费，但为数很少，只是收益的十分之一。大家都知道粪业都是底下人，大人先生都不愿为，可是上海情形特殊，承包粪业，却是一个最肥的事业，每年开始招人承包，大家居然激烈竞争，运动请托，走脚路，仿佛等于竞选，粪便是金条。吕大康他只是承包西区，全上海分五大区，东南西北中，过去都是一人承包，称为粪大王的，进益更是惊人。

吕大康过去是南市一个白相人，收收徒弟，敌伪时代开赌台，后来承包西区粪业发了大财，就忽然正派起来，关心社会，对于一切慈善事业，他莫不热心参加，捐输，他的大名也就响了，忽然丝毫无架子，一批过去患难朋友上门找他告贷，莫不有求必应。原来这时候他做个名誉，做个牌子，居然也跻于上海闻人之林，什么发起人，什么开会，什么委员，都有他的大名。

他家中已有一妻一妾，妻娶南浔张家之女，很贤淑，妾则花间娶来，名小金花。此外吕大康还有三处小房子，一处在四川路底之四达里，一处在霞飞路之四明里，还有一处则在新闸路之斯文里。

外边三个小房子，再加家中这个家庭，他一人要应付四个门口，五个太太，当然有不公平之处，于是不是大太太同他吵闹，便是二姨太同他吵闹，不是大太太二姨太同他吵，便是三姨太四姨太五姨太同他吵。大家都是他的太太，都想独自占有丈夫，吕大康五十来岁一个人，到底精力有限，难以应付。他觉得没有姨太太不好，有了姨太太也不好，多寻的烦恼。他这一个月是躲在五姨太那边，她年纪最轻，似乎还不大懂人事，只知贪玩，又怕他，躲在她那边比较安逸一些，稍为享了一点清福。有一天他从五姨太那边回到桃源坊，时间已经夜深，他问开门的娘姨，这一个月家中有点什么事情。

娘姨道："老爷，没有听见说起有什么事情呢。"

吕大康又问："大太太二姨太都睡了吗？"

"早已睡了"

"这许多日子我没有回来，大太太二姨太没有什么说话吗？"

娘姨有点支吾起来，笑嘻嘻道："大太太倒没有什么话，二姨太当然是有烦言的，老爷，你赛过当她撒屁。大太太时常同她寻相骂，说她不守家规，我们吕家是有身价的大公馆，老爷不回来当然有他的公事，那是他的自由，我们管不了他，我大太太都不烦，要你烦点什么。大太太真是天地良心，处处爱护老爷讲话，二姨太叽咕一次，大太太总是把她压住，不许她多说多话。一个人家有大太太这样贤明，百事顺利了。"

吕大康听了这番话，心里甚是高兴，忖思到底还是大太太顾大局，替我把住这个家，结发夫妻到底是休戚相关的，不像几个姨太太那样年轻不懂事，吵死吵活，头脑子也给她们闹昏了。当下他回到楼上大太太的房门，哪里知道敲了好一会却始终不开门，娘姨又帮同敲也不开门，喊着"太太，太太"，也没有回音。

吕大康一想奇怪，除非大太太今夜出去了，人不在房间里。娘姨道："我刚才还看见她的，就是睡了，也没有喊不醒道理。"

娘姨又敲了一阵门，房里还是没有人开门。她眼睛钻在门缝里张了张，见房里是黑的，就说："老爷，你这里站一会，我下楼去问问账房间先生，也许大太太出去打牌了亦未可知。"

娘姨赶下楼问了，上楼道："是的，是的，太太到隔壁张家打牌去了，刚才去，要不要喊她回来？"

吕大康道："不要去喊她，人家打牌，刚才上庄，喊她要发脾气，输了钱怪怨我的。好吧，我去三楼二太太房间。"他一边上三楼，一边问娘姨："二太太这几天不出去吗？"

"不出去。"

"她不是经常出去的吗？这一个月她突然变好了，也守妇道了？"

"是的，好得多了，大太太管得紧呢。"娘姨边说边到了三楼房门口，一推已知是里边闩上了，用指弹了两下嚷道："二太太，开开门吧，老爷回来哉！"

这时候房间里二姨太小金花，正在与隔壁车夫阿三在被里窝心，想不到老爷今夜会突然回来的，她大吃一惊，把怀里阿三一推，轻轻道："该死，该死，老爷回来哉！"

阿三因过于卖力，疲倦得迷迷糊糊入梦了，被小金花这末一推，也就惊醒了："什么？"

"死人，老爷回来哉，听见没有。"小金花急忙跳起，先把电烛熄了，表示已经睡着，一边急急把阿三打被里拖出，也不管他同意不同意，暗头里把他塞到床底下去，一想不好，老爷一定会看见，又把他关到衣橱里去，上面加了锁。

吕大康起初看到里面灯光反映窗上，不知如何敲了门，灯光突然熄了，之后只听见房间里窸窸窣窣声音，心中大起疑窦，就把门敲得急了，边嚷：“喂，开门！开门！里边明明有人为何不开门？”

娘姨道：“阿会二太太也出去打牌哉？”

吕大康吃准道：“不会出去打牌，刚才里面还有灯光的，我看是有什么花样经，路道一定不对。”说着不但大敲其门还用脚来踢。娘姨也有点奇怪起来了，老爷许多日子不回来，二太太故意飨以闭门羹吗？

正在这时候房里电灯亮了，才听见二太太咕噜道：“半夜三更才回来，真惹气。”她将门开了，故意揉着眼睛，装作困着梦魇样子。吕大康进了房，一面孔的火冒，两只眼睛四边骨碌碌的视察了一下，冷冰冰道：“刚才为什么不开门？嘿嘿，你做的好事！”

小金花道：“老爷，你这个人真是自说自话，人家睡也睡了，谁又知道你会回来。笑话哦？我做什么好事？发神经哦！”她故作镇静，还是掩不了她的做贼心虚，脸一阵红一阵白的。

吕大康坐了下来，呼上一支雪茄，对小金花脸上望了又望。她穿着睡衣，胸口一排纽扣是散了的，短裤皱得不成样。

小金花心里有数，知道吕大康正在轧她苗头，于是她索性含笑道：“怎么，今夜是什么风把你吹回来的？今夜回来，五太太放你走吗？”

吕大康说：“笑话，这是我的自由，我要回来就回来，不回来就不回来，谁可以管我？”

“是的。你的话一点也不错，不过我是你什么人？我是不是应该替你守空房的，被你抛在一边的？”小金花虽是讽刺他，脸上还是挂了笑容。她替他倒了一杯茶，放到他面前茶几上。

吕大康一阵冷笑道：“你是我什么人，难道还不知道吗？滑稽滑稽。”

小金花坐到床沿，“嗤”的一笑：“滑稽，一点也不滑稽。我既然是你二太太，也应该把我当二太太看待的。为什么如此不公平，只欢喜老五，而把我们抛在脑后？你是欢喜我然后娶我来的。现在外边你有不少小房子，东一个西一个，看你也来不及应付哩。”

“废话少说。”

“我偏要说。”

“只当你放屁。”

“不知谁撒屁，我是同你讲道理，你的道理欠缺，讲我不过，还骂我撒屁。亏你，真是亏你！”小金花说到这里，嘴巴嘟起咕噜道：“既然不欢喜我，就放我一条生路，又何必让人家活守寡？当初你娶我时如何说的，决不娶第三个，夜夜陪我，永远欢喜我，不生两条心。原来你是欺骗我的。就算你有钞票，有地位，你去娶十个八个吧，我不来管你，但你也要公平，也要常常回来走动走动，给人家一点安慰，那也心平了。你在枕上也应该上半夜想想自己，下半夜想想别人。”

吕大康只对小金花挥挥手：“废话少说，赶快上床，别受了寒。你们女人都是这末一套，唠唠叨叨，嘴五舌六。我难得回来，你也应该待我客客气气，给我一点安慰，就是要烦也不应该烦。”他说着打沙发里站了起来，仿佛贼骨头的又四边扫视，一边踱着方步。

小金花肚里促急起来，她忧虑衣橱里的张阿三，闷得要死了。

老爷叫她上床，她如何放心得下，又见他在房间里打旋，踱他死人方步，便禁不住说：“喂，今夜你到底睡在大太太房间里，还是睡在我房间里，夜已深了，大太太等你呢。”

“她到隔壁人家打牌去了。”

“难怪。所以你才到我房间里来。我料到你的。假使大太太不出去打牌，你也不会到我房间里来的，请也请你不到。你们男人的心啦，嘿嘿。”

吕大康果然给她料到心事，忍不住一笑：“勿管的，要我高兴，我高兴到谁房间就到谁房间。谁也管我不了。”吕大康说到这里，却吃不准房间里到底藏人没有藏人，床底下是空的，橱门是锁的。正在这时候大太太打毕麻将回来了。娘姨上楼来请老爷下楼去，一想不妥，对小金花道：“我有一件毛葛马褂，记得挂在你的衣橱里你开开来替我寻寻看？”

小金花肚里一急，忙说：“你哪里来的毛葛马褂放在我橱里，真在发神经。要寻也要到明天寻，我要困哉。大太太回来了，快下楼去吧。”说着把旗袍一宽，往被里一钻，死人勿管。吕大康无可奈何，只得下楼到大太太房间去了。小金花一时谢天谢地，躲在被里偷偷的笑。她又急忙跳了下床，闩上房门，放出张阿三，压低了喉咙道：“老甲鱼已下楼，该死，该死，你怎么出去呢？三楼必要经过二楼房门口？”

张阿三道：“妈特皮，死老甲鱼，早不来，迟不来，恰巧老子在这里才来。好，我现在只有打楼窗口跳出去！”小金花大惊失色：“你别发神经，这是三层楼，跳下去不要跌死！”

“你弄几根裤腰带，一根一根接长来，打楼窗口吊下去，一头缚在沿窗钩子上，我会一点一点往下缩。”

小金花道：“勿来事的，别自说自话，这都不是办法。”她忽然想得一个计策，叫他打露台上翻到隔壁人家屋顶然后再翻下隔壁露台。张阿三一听不错。于是小金花偷偷开出房门，张阿三跟随后面，仿佛做贼的，岂知事不凑巧。也应该派了张阿三倒霉。正在这当口吕大康同了大太太两人“登登登”赶上三楼，说是一件毛葛马褂定规在小金花的衣橱里，大太太那一天还看见的，何以会没有，非连夜找到不可。小金花张阿三一听有人上楼，这一急非同小可，两人忙又打露台楼梯上，匆忙入房。可是说时慢，那时快，吕大康同大太太已进小金花的房，张阿三一时不及躲避，被吕大康看得一清二爽，一时怒不可遏，立刻上前一把胸脯将张阿三抓住，就是噼啪两记耳光一打，责问小金花：“操那个娘，这是谁，他是什么人，半夜在你房间里干什么？说！说出来！”

大太太看得呆了，娘姨也吓得面孔惨白。小金花只是惨惨咽咽的哭，至于张阿三却是一脸苦相，拱手求道：“老爷，老爷，不要动手，我到这里，你问二太太，这是她做的事。我实在不知道。老爷，你但想，我是一个车夫，半夜怎么可以到你们三楼，其中自有道理，你老爷做官想情理，可想而知……”

大太太见他可怜相，而且又是认得的隔壁车夫，再三劝丈夫放了他吧，何必做这恶人，这还不是小金花做的掉脸事情，闹出去，连你吕大康面子也坍光了。家丑不可外扬，算了吧，打了两记算了。

吕大康咆哮如雷，火已冒到三十三层天，当然决不肯轻易放张阿三走。把他抓住了不放手，将大太太一阵抱怨道：“有介便当，谈也不要谈！我非给他一点颜色看看不可！他为什么到我房间，胆子好不小！”说着又连连把耳光掴上去，张阿三一无还价，自知理缺，只好听他打，打一记他把头别一下，“哇啦哇啦”极喊：“好！打得好！打得好！打死我也不叫怨！不过你老爷未免太不公平。闲话已经讲完，我虽然不好，你们二太太更不好，她不要我来，我何敢踏进你的门，为什么我不到马家李家宋家而到你们吕家，这可想而知！”

吕大康这时把张阿三当胸一推，“达达达”退过去，“嘭”一声撞到那化妆台，台上化妆品一股脑儿倒了下来。吕大康实在气极，非给小金花看颜色不可，东一找西一找，找到一根藤的手杖，赶到床前，就往小金花背上一记一记打下去，那藤的手杖打到小金花绝嫩的皮肤上，立刻一条红一条紫。小金花便嚎啕大哭起来，在床上拼命打滚。大太太在旁边见了，心中不忍，连忙把吕大康手杖夺了下来。大发脾气道：“叫你半夜三更不要吵，有话明天再讲，为什么还不听，只怪你平日太荒唐，外边东一个小房子，西一个小房子，家中一个多月不死转来。你打她，我也要打你。为什么一点不想想人家，年纪轻轻替你守活寡，当然她要走斜路！好，不许再打，有话明天再说。”大太太说到这里，又暗地对张阿三努嘴，示意他赶快滑脚。张阿三见机认巧，身体一点一点挨到房门口，便往楼下飞奔而逃。吕大康一个不留意，见他溜走，便要追出去，不料又被大太太拦门抱住，再三劝道：“好了，好了，放他走了算了吧，闹出去给他东家知道，饭碗头势必敲碎，何必呢？只怪我们自己不好。以后交代小金花不许再放他进来，我来监视好了！”

吕大康也就气得“阿浦阿浦”的靠在沙发里大发胃气病。他还要调查小金花同张阿三过去已经有下几次花头，叫她一五一十招供出来。

此时小金花只是伏在被上呜呜咽咽的痛哭，嚷着要自杀。她对吕大康盘问她的话置之不闻不问，更不给他答复，一味哭，打滚，装得像痴的一样。吕大康明知她很坏，故意做作，可使他不会查究。可是越这样，他越逼紧问，非问个底细不可。于是他火一冒，脚一蹬骂道："你到底说不说？哭，越是要问，你不要拿哭来，拿自杀来吓退我，老实说我是不会放过你！"

大太太在旁边劝道："小金花，你就说了吧，到底跟阿三有过几次花头，为什么你的胆子这末大呀？连我都蒙在鼓里，一眼也没有知道。幸而老爷肚里明白，不然他不要疑我同你串党，放纵你这样吗？"

吕大康怒不可遏，对大太太道："你也糊涂，她房中藏着奸夫，你一点也不知道，只知出去打麻将，打死人麻将，一个人家还成什么体统，我的脸面统统坍光了！"

大太太抱怨道："笑话，你这话说得混账透，难道我麻将都不能打，一天到夜看守她吗？放屁都不如！"

吕大康又怪怨到两个娘姨，几个账房先生："都是死虫！张阿三进门上楼会一点没有知道，眼睛都是触瞎的！光起火来，你们都一个个替我滚蛋！"

这时娘姨在旁边，也就讨了一个没趣，心想二太太真是害人精，牵动大局，一齐都被骂到，也就缩法缩法下楼去了。这里吕大康又一阵大跳脚，非要小金花招供不可，他"嘭嘭嘭"大跳，火冒连头上青筋一根根都凸了起来。

小金花哭哭啼啼道："你今夜打死我也不会招供，横竖把柄已抓在你手里，打也给你打过，你预备对付我怎么样，我横竖一条性命同你拼！死也死得，这日子还有什么生趣！”

“你一定不说是不是?”

小金花只哭不开口。

“好!”吕大康“登登登”又赶了下楼，吩咐娘姨：“把张阿三赶快喊来，二太太既然不肯招供，叫张阿三来对质，如果他不来，我立刻告诉他东家，送他到警察局押起再说！快去!”

这时几个账房先生都在旁边打圆场，再三调解，认为这事宣扬开去不大好，双方面子有关，只须叮嘱二太太以后悔过自新，我们大家出来保证。

吕大康一味猛门，决不受劝，后来全家的人一致苦苦的劝，人格保证，也不知说了多少好话，方才把吕大康劝了回心转意。但，他非要小金花供出到底同张阿三有过几次花头，这一点他自知无法逼住她说出，因为双方已弄成僵局，他把这一个责任加在他们头上，叫他们去探问，他也不愿去见她这张死人的脸，火冒透顶“登登登”回到二楼去了，上楼时还说：“你们去盘问她，今夜我听你们回话的。”

几个账房先生大感头痛，觉得这又是个难题目，万一小金花不肯说，又如何办法。姑且上楼试试看，我们不妨带骗哄的把她骗出来。

于是一堆人一齐轰到三楼小金花房间，这时她在被里呜呜咽咽哭泣，突然看见许多人轰进房间，暗暗吃了一惊，不知什么一回事。账房李先生，王先生，刘先生，颜先生，骆先生，你一句我一句的说明了来意：“总算东翁买了我们五个人的面子，把这件事暂时抛开不谈，张阿三部分也就不再追究。这一点不能不说东翁气量大的，要是换了一个别人，尖刀相会，今夜也许闹出人命案子，那还得了。所以我们认为这还是二太太的福气，能够嫁到这样一个丈夫，未尝不是家庭之福。以后我们劝二太太还是安分守己一点好，因为处此乱世，民不聊生的当口，能够有一口安逸饭吃吃，已是上上大吉，犯不着再找这些烦恼，就是我们在这里做，也感觉乏味。这一点要请二太太看看我们五个人的小面子，是不是？”

小金花拭了一下泪道：“我一定听你们五位先生的话，不过老头子太不公平，你们想也知道，他是逼得我这样做的，我要不这样做，他还是得寸进尺，认为我可欺。你们想，我自从进门至今，整整一年哉，前后只同房过两夜，始终把我抛在脑后，外边小房子东一个西一个。”

“不，东翁忙也是真忙，各处应酬，也难怪他。你是他欢喜才讨你进来的，决不会抛你在后的，这是你误会了。”

小金花道：“既然欢喜，何以不回来同房？你们用不到替他掩饰了。”

几个账房游说了一阵，接上是叫她说出同张阿三有过几次花头了。

小金花很坏，问到这件事，她死也不开口，只说：“事也过了，又何必再去提起，越是提起，我越是伤心。”

李先生骆先生齐道：“二太太，你就说一点给我们听听，让我们有个落场势，因为今夜东翁非常生气，非要到隔壁去把张阿三送进警察局，后来我们大家一齐跪求，方才收回成命，总算不追究。可是要我们答应，就是上楼来问问你，究竟同张阿三有过几次花头？

我想事既然过了，东翁也原谅你了，你们以后仍归于好，我想你就给他一点小面子，说了算了。”

刘先生颜先生王先生也说：“对了，给东翁一点小面子，我们总算有个交代，不是事就完了？”

小金花横想竖想之下，总认说出来不大好，要是不说，这五位账房先生又是坐定不开船，在房间里唠叨不休。正想到这里，五个账房又接二连三的催促，说是夜已深，他们也要去睡觉了，明天还有许多公事呢。

小金花被逼得无法可想时候，只好吐露出来了，不过有个条件，以后要是吕大康对张阿三动一根汗毛，我可不答应的。五个账房一齐拍胸脯保证，绝对不会。

小金花道：“要是会呢?”

五个账房齐道：“要是会，二太太，你向我们讲闲话。这一点要是做不到，以后你不再信任我们好了。”

“你们要知道吕大康是有牛脾气的，我看你们犯不着担这个肩胛。不是别的，张阿三是个车夫，家境苦寒，要是闹出枝节，变了我害他了，我如何有交代?”

“二太太，我们闲话统统讲完了，包你不会有旁的枝节，决不会对他为难。”

小金花欲说又止的终于说了出来。她起先一笑：“不过你们各位别趣笑我。”

“啊呀，怎么会趣笑？二太太，你不把我们当自家人看待了，况且你的苦衷，我们不是不同情，怎么会有趣笑之理？说吧。”

小金花才正色道：“张阿三，我对他本无交情，可是他这人很忠实，尤其是对我，也读过几年书。有时候我出去，他偷偷把东家车子踏我出去，给他的钱总是不收，我说不收我的钱，以后不坐你车子，张阿三道：我们交情长哩，如何谈金钱。”

小金花说到这里顿了一顿接下去说：“那时候我们感情就很好了，虽然他是个车夫，却很有资格，我对他印象非常深。并不当他车夫看待。有一夜我出去看电影，他又偷偷把车子踏出去，边踏边告诉我，但愿做我一个朋友，时常踏我出去。他又屡次叫我买一辆车子，专门替我踏车，他辞了邻家生意，到我家里来做，可是我没有征得丈夫同意，当然不便擅自买车，况且买一辆三轮车，没有五六千元休想，家中我又没有经济之权。”

王先生道：“那末后来他怎么到你房间的？”

小金花道：“因此两人感情越弄越深，当然我很欢喜他的，觉得他处处都比吕大康好。一个女子逢到夫妻感情不好时候，当然要走斜路，人心都是肉做的，丈夫待我不好，他待我好，自然我的心寄托到他身上去的。”

颜先生笑道：“写出文章来，这叫做情弦变音记。”

李先生笑道：“老兄你还讲起趣话，二太太心里很难过呢？”

小金花说：“按理我是有夫之妇，不能再做这种掉脸的事，可是我一时糊涂。有一夜我请他到我房间里白相，恰巧大太太到天蟾舞台看梅兰芳戏，吕大康根本已有许多日子不归家，老是住在外边小房子里，听说又是一个五姨太的姘头。家中娘姨都在灶间里，你们五位出去的出去睡的睡。我想他来我房间白相也作兴的大家谈谈无所谓。岂知毛病出了。”

王先生道：“还是你先要求他的，还是他先要求你的？这里大有分野。”

小金花道：“话也别去说了，他先要求，我先要求，总是这末一出戏，你们明白人用不到打破砂锅问到底。”

李先生道：“喂，那末你究竟同他有过几次花头？”

小金花忍不住笑出声来：“一次，只有一次。”

“决不会一次。”王先生说了扮了一个鬼脸。

骆先生道：“二太太还不肯讲真心话，何止一次。刚才说有一夜，可说这一夜已经过去的一夜，要是今夜决不会说有一夜的。”

小金花道：“随便你们去说吧，不止二夜就不止二夜。不过我有一句话告诉你们，吕大康如果对张阿三动一根汗毛，我唯你们五位是问。”

这五位账房问到这里，实在夜深不过，不断打着哈欠，就算问完，一齐匆匆下楼去了。

小金花等他们走出，立刻闩上房门，睡她大头觉，一切死人勿管。

这五位账房打算当夜就去报告东翁，想不到东翁早已同大太太关起房门窝心了。当然也未便去惊动他们。

第二天小金花照常起身，照常同吕大康，大太太一起吃饭，而吕大康并没有提起上夜的事。据说这样马虎过去，是因为大太太对他苦谏了一个半夜，说是家丑万万不可外扬，无论如何不好，总是你吕大康自己不好，这不能怪人家，当初既然知道小金花这末水性杨花，就不应该娶她进门，你为什么这末触瞎了眼睛？吕大康在枕上对大太太拱手道：“我做了乌龟，还给你骂，算了，算了，不提，不提。”大太太道：“依我心意劝你还是赶快同她解决，送她几个钱，放她一条生路。要是交代我管束，我也管不了，脚是生在她身上的，我又时常出去打打麻将，不在家日子多。这次奸情幸而发生早，要不是为了一件毛葛马褂，你蒙在鼓里，始终也不会发觉的。如果再不解决，将来还要出大毛病哩。”吕大康问她出什么大毛病。大太太道：“有像隔壁马千里家中，岂不是倾家荡产，家破人亡吗？他们也是为了小老婆出的祸，糟得不可收拾，现在连这末大的洋房也出卖了，可说一败如灰，六个姨太太卷逃大批金条，到现在没有逮捕，这可以给你做一个前车之鉴。”吕大康一想不错，决心让小金花出走。所以第二天大家依然一起吃饭，绝不宣布，客客气气的，一点不难为她，吕大康心里把宗旨决定了。

过了两天吕大康并不亲自出面，由五位账房先生出场同小金花开始谈判。他们先把东翁一番同小金花离异的意思说了一泡，征询小金花的意见。他们旁观者立场：与其这样精神上与肉体上都痛苦，还不如离开为是，而且二太太你也说过这句话：放你一条生路。现在大概是正式放你一条生路时候到了，从此还你二太太自由，我们认为这的确是个好消息。小金花听了这番话，忽然哭了起来，边哭边说：“他不要我好了，他有了外边新人抛了我旧人好了！他的良心黑到这个地步，叫他交代我一句闲话过来，只要他良心上对得起我，我不愿意离，我死不愿意离！”

账房先生道：“咦，你不是叫东翁放你生路，现在放你生路了，又为什么又不要离开，这不奇哉怪欤？”

小金花哭道：“就是离，也要双方同意的，他一方面逼我走，我可办不到，我决不答应，我死也不答应。”

账房先生道：“这你用不到倔强的，夫妇感情合则留，不合则离，天经地义的事，这又何必勉强，就是同居下去也感不到兴趣，反而双方精神上痛苦，何必？”

另一个账房道：“对呀，一点不错呀，你年纪还轻，离了尽可嫁一个心满意足的丈夫。你张三也好，李四也好，也用不到偷偷摸摸，这是你的自由之权了。”

小金花啐了他们一口道：“放屁，除非你们替我做的媒，拉的马，闲话里别嵌骨头，我可不同你们客气。”

说这闲话的账房是王先生，脸一红，有点火冒：“二太太，你总有不守妇道之处，东翁才有这个提出，不然何以要同你离婚？还要嘴凶，人家客客气气同你商量，还要朗声？”

李账房忙做好做坏道：“王先生，好了，别说了吧，我们从长计议。”

小金花气愤不过道：“你们没有资格同我谈判，要说喊老甲鱼出来。”这末一来五个账房先生面面相觑，弄得窘透窘透。刘先生道：“啊呀，二太太，闲话不是这样讲的，你要明白我们不是讨出来同你谈判，而是东翁委托我们的，你不同我们谈判，岂不是事体僵局？”

王先生道：“你尽管把条件提出来，不生问题，东翁决定杭你一记。”

小金花面孔火起来道：“我不会提什么条件，也不会敲竹杠，你们也用不到把钞票来压势我！废话少说！”

“喔唷，邪气凶来兮！”

“我凶难道你王先生不知道吗？废话！”

谈判陷于僵局，五个账房先生宣告停止谈判，纷纷下楼而去。他们把这个经过报告了东翁，吕大康考虑了一下说道：“她是不是非要我出来谈判不可？”

“是的，二太太说我们没有资格谈判，而且邪气的凶，我们没有谈话余地。我想还是你东翁亲自出场吧。”

吕大康眉头一皱：“那末她究竟什么意思呢？是钞票嫌少，还是不愿意离？”

“钞票两字根本谈不到，离不离她也没有肯定说一句，总而言之她不愿意同我们谈判，要你亲自出来。”

吕大康笑笑道：“这只小皮夹子倒坏来兮。不过我不一定同她离，只要她别使我抛脸，我吕大康做乌龟总不是办法。你们以为是不是？”

“是是，当然，当然。”

“那末再拜托你们去教训她一顿，不离可以的，以后不许出去，安分守己，规规矩矩，争气做人，如再有那一夜事情发生，莫怪我吕大康板起面孔不卖交情。”

“是，是。”

“既往不咎，放他一马。”吕大康说到这里吸了一口雪茄，“好，拜托拜托。”

于是五个账房互相推托一阵，结果颜先生硬硬头皮一人到楼上去了。

颜先生走到三楼小金花房间，只见小金花正在那里一人闷闷不乐，仰起头见颜先生又来，知道又是为离婚的事了。她没有开口。颜先生赔笑道：“东翁改变方针了，特为派我上来同二太太谈谈，本来这些家务事情与我们账房间无涉，奈何东翁一再吩咐，不来又不好。二太太，请你别误会，我们实在不愿意管这些事的。”

小金花脸一沉："听听你做什么改变方针？颜先生，我并非怪你，只怪老甲鱼多些闲事，既然要离，他本人为什么不来同我谈判，而要劳你们驾，一次一次上楼，所以我恨。"

"现在东翁的主张不离了，不过要你从今以后安分守己，悔过自新，争气做人，平日无事不可出大门一步，外边人也绝对不许踏进吕公馆大门一步，以后如果再有此情形，莫怪东翁下辣手……"

小金花没有等他说完，抢着道："一步不许出大门，是不是判我无期徒刑？这话是不是老甲鱼说的？放他一百念个狗臭屁！也不是这样放的！不必谈！颜先生，交关对你不起，请你下楼告诉他。他可以外边姘头一个一个烂轧，东小房子，西也小房子，而把我关闭大门里不许出去，这是封建思想，德国希特勒独裁主义，老实说此地行不通。"说着突然站起身一阵摇手道："不必谈，不必谈。"接上授了一支卷烟来给颜先生，又倒了一杯开水给他。

颜先生触了一鼻子灰，心想二太太肚里确实有学问，居然还搬出封建思想，希特勒主义一套话来譬解，顿时另眼相看。

又对她说："不过这是东翁说说而已，你要出去又还不是一样出去，不过不要花花草草算了，他的目的只是防你外边有人，还同阿三搅在一起。譬如你出去看看戏，打打麻雀又何妨。我想你暂时不要出去，留他一点面子，过了半个月或一个月，他也淡忘了，你又还不是和平常一样。"

"话虽不错，万一他见我又出去，明明是看电影，打打麻雀的，疑神疑鬼起来，忽然对我下辣手，你颜先生能不能保证？"

"这个……这个我可以，不过二太太，你也要给我一个保证。"

"我给你什么保证？笑话。"

颜先生立刻笑嘻嘻道："二太太，你要我给你保证，当然我也要你给我一个保证，方才合理？"

小金花道："我没有保证，可是我何尝不知道你颜先生要我保证的理由，无非要我以后不外边花花草草，是不是？"

颜先生笑笑不做声，表示这话一点也不错。

于是小金花很干脆的道："也好，我外边从今以后决不搭一个男朋友，我给你保证。不过颜先生也请你转告老甲鱼，外边不许有一个小房子，他要是规规矩矩，守了心，就是我跟他吃苦一生一世不同房我也甘心。"

"是的，不过这话我未便开口，这要二太太亲自对东翁说的。"

"那末颜先生，你不能代表他同我谈判，根本没有肩胛。"

"是的。"

小金花便面孔往下一沉，说道："旁的都是残话，不必多说。交关对你颜先生不起。"说着便是自顾到厕所里去了。颜先生脸上一点没有光彩，自知又是触了一鼻子灰，很扫兴的下楼去了。

吕大康问他交涉结果如何，为什么好多时间。颜先生有点支吾道："宣告失败了，二太太脾气非常难弄，谈她不过，她口口声声非要东翁亲自面谈不可。"

"什么，一定要我面谈？"吕大康有点发脾气，"你颜先生难道不能代表？"

"二太太认为这是家务事情，不是账上的公事，所以一味拒绝，我总算耐气了然而还是谈她不过。我只好知道而返，敬谢不敏。"

吕大康打算赶上楼把小金花大骂一顿，一想今夜还要到三姨太那边去，就算了吧。只站起身扬扬手道："好好，此刻我有公事，马上出去，明天再谈再谈。”说着自顾自走了。

小金花一想奇怪，就此老甲鱼没有下文了，勿死勿活的，到底什么一局戏？一夜无话，第二天她起身见娘姨来收拾房间，问道：“老爷，昨夜在家吗？”

“没有在家。”

“咦，昨天他什么时候出去？这人真滑稽，来势汹汹的，离婚，离婚，派这个上来，派那个上来同我谈判，结果什么屁也没有。”

娘姨笑道：“老爷也不过口头上说说而已。派账房先生上来谈判，听说都触了一鼻头灰，是不是？”

小金花一边漱洗，一边鼻子里“哼”了一声：“老甲鱼不敢亲自来同我谈判，派他们上来，根本一个屁用，我没有骂他们下楼，已经十二万分客气了，触一鼻头灰，嘿嘿他们也算是知趣的，后来老甲鱼如何不敢放一个屁？”

娘姨道：“二太太，请你别放在心上，只当他们撒屁算了。”

二太太虎起了张脸道：“要同我离婚，真正戴笠帽亲嘴，谈也不必谈，没有介便当。我不轧姘头可以的，叫他外边不许借小房子，家中有了二个太太，还要外边歪歪扯扯，年纪老了一大把，困也要困到棺材盖上哉，不自己想想，我到底年纪轻呀。娘姨，阿是勿是？”

“蛮对，蛮对。”

“所以年纪轻的人轧轧朋友情有可原，老甲鱼就不应该，要是他夜夜回家，外边不如此荒唐，我也决不会搭上阿三。阿三倒是我害他的，那夜被老甲鱼掴了两记耳光，真是罪过呀。”

“只要你以后做得秘密一点，瞒上不瞒下，遮了老爷一双眼，又有什么关系？我喜欢讲老实话，对哦？”

“还是你娘姨讲的话邪气中听。”小金花道，“说也希怪，这一次的事，怎么大太太会一句也没有开口。娘姨，她是不是也反对老甲鱼的？”

娘姨只得顺了小金花说是：“蛮对，所以昨夜的事，她一句也不插嘴，充耳不闻。”

隔了几天吕大康也不回来，偶尔回来一次打了一个转又走了，小金花房间里始终不踏进一步，好像把她遗忘了。小金花怀恨在心，决定再度同张阿三搭上。张阿三因上次吃了苦头，回去吓得发了一场寒热，又怕着吕家上门来同他东家办交涉，心知这只饭碗一定要敲碎了。哪里知道一天一天过去一点动静也没有，也没有见人来办交涉，方始定了心。他知道这是二太太从中阻止老甲鱼的缘故。后来遇见二太太，知道老甲鱼怕事态扩大，家丑外扬，面子上不好过去，所以大事化小事，小事化无事，无形中算了。有一夜小金花同张阿三在弄堂里重温旧情起来。她说：“我老早就料到老甲鱼不敢撒一个屁的，那一夜他掴了你两记耳光，骂是给我骂得走油，老甲鱼只好听我骂，后来他托了账房先生同我再三打圆场，叫我到你阿三前打招呼，他自认错了。”

张阿三信以为真，问道：“真有这末一回事吗？”

“难道我骗你？所以我同你往来，谁也不敢管了。”

“我看不见得。”张阿三道，“上次的苦头已经吃够，这次我无论如何不敢。”

“十三点，我小金花难道来害你不成，走走。”小金花一把拉了他往桃源坊外面跑，“我同你到一个好地方去，这是我同你今后新走的路线，免得在家又被老甲鱼捉奸捉牢了。”

张阿三被小金花拉出了桃源坊，时间已夜深了，张阿三一再问她到什么地方去。小金花道：“到了地方自会知道的。”接上喊了一辆三轮车，两人一齐跳上，也没有告诉他什么地点，只吩咐车夫朝前踏，于是朝东朝西都由小金花吩咐，此时马路上车子已很稀少，前面泰山路马斯南路口子上有了红灯，说也真巧吕大康的汽车同时停了下来，小金花没有注意，倒是吕大康从玻璃窗里望出来清清楚楚，冤家路狭，分外明亮，他再一注意，车上同她坐在一起的，不是别人正是那一夜吃耳光的张阿三。前面的红灯忽然变为绿灯，三轮车抢先踏了前进，吕大康忙吩咐司机将车速度开慢跟随那辆三轮车后面钉紧不放松。吕大康火一阵一阵的冒，心想，妈的，这只烂污货胆子好大，竟然还同张阿三两人在一起并且到外边来窝心，是可忍，孰不可忍。这时只见三轮车在一家西洋公寓门口停了下来，两人朝里面飞一般的逃进去。吕大康的汽车则在十码之外的一家门口停了下来，他吩咐司机：“赶快钉进去，这一对不知廉耻的家伙究竟是不是开房间，你要替我查个明白，我立刻报告泰山分局捉奸。”

司机一想这是个难题目，可是老爷的吩咐，又不得不听。司机到了公寓里面一打听，那跟他接洽的是个罗宋老太婆，两人搅了好一阵，始终没有弄明白，罗宋老太不厌其烦打洋泾浜华语道：“没有，没有，这里没有。”

司机道：“有的，有，一定有的，我刚才看他们两人一齐进来，怎么说没有？”

那罗宋老太婆很是生气，拉了一个中国人出来，两人叽里咕噜里讲了一阵外国话。那中国人对司机狠巴巴道：“喂，你来问人是不是？姓什么？叫什么？什么地方人？你要统统说出来。光是说找人，叫我们怎么知道？”

司机道：“男的叫阿三，女的是我们老爷的二太太，刚刚看他们进来的。”

“操那个娘，名字又说不灵清，找人，找哪个屁蛋？你知道这是什么地方？瞎闯瞎闯不要吃耳光！滚出去，瘪三。”

司机想不到触了一鼻头灰，还被骂了一顿，不禁火冒了起来：“阿是你骂人，我好意来问一个人，你们可以如此无理，你知道不知道我们二太太外边轧姘头，我奉了老爷的命来的。”

那个中国人一个食指头几乎点到司机的额角头上，口沫四溅的大声骂道：“乱吃饱，你们老爷，二太太轧姘头管我们什么屁事，这里是外国人家公寓，你可以来捉奸，困扁你的枯郎头！再不走，喊警察抓你出去！”

司机无法进去，也弄他们不过，只得知难引退，恨恨的道：“好，我去报告老爷，你不要走！”就此朝外一奔，回到汽车里，将这番经过一五一十报告了老爷，说是他们完全包庇，非但不放我进去，还把我大骂一顿。吕大康道：“这是外国公寓的规矩，不可乱闯，明明人在里边，也不会放你进去，他们要负这个责任，守这个秘密的。好吧，我们赶快车子开回去，五姨太那边今夜不去了。”

吕大康回了家，火气喷天立刻查问小金花，一问果真不在家，又派人到隔壁去问张阿三，也不在。吕大康知道一定出了毛病。

吕大康于是连跳带跑，赶到三楼，赶到二楼又赶到账房间，人是仿佛发了疯的，一脸的杀气，见了可怕。大太太问他什么事，这样大惊小怪，如此火冒。娘姨，账房都吓得不敢多嘴。大太太又再三问他道："到底为了点什么事呢？能不能告诉我们，值得如此发脾气？"

吕大康一阵脚跳道："你们都是死人，死在灰堆上的死人，家门出了这桩掉脸的事，你们为什么一点也没有知道的，难道都是木头人？"他跳了一阵不算，又责问颜先生道："颜先生，你是我们这里账房，吃了我的饭，家务事也应该替我问讯，问讯，不要界限分得这末清，何况小金花的事当初你也是调解人之一，也是搭过肩胛的，何得她外边轧姘头，听任她如此，只装作不看见，你如何交代？"

大家方才知道为了二太太的事，又不知给他抓着什么把柄了。颜先生窘得面孔一阵红一阵白，又不便辩驳，一个是东翁，一个是伙计，吃他的饭，总要受点冤屈。心想，二太太也太不争气，事隔没有多少日子，外边又胡调了，可是你们家务事，与我们账房何涉，你做丈夫的管不了，难道我们做账房的来管，真是放屁，也没有猛门到这个地步，真是老昏哉。颜先生想到这里一肚皮气，自顾回到房间里去睡觉。东翁如果再朗声下去，大不了他预备卷铺盖走路。这时大家肃静无声。吕大康始终火气喷天，坐立不安，大太太也气得到楼上去睡觉了，其他账房先生闷声大发财，一个也不开口。

吕大康在楼下等小金花，横等也不来，竖等也不来，心焦得什么似的，所谓等人最心焦，何况是这桩事情。料知小金花同张阿三此时正是千金一刻当口，其窝心可想而知，想到这里吕大康的肝火"达达达"往上冒，恨不得手执一柄菜刀，等她回来，立刻劈面一刀，将她砍死。大不了我吕大康来抵她的命。这只烂污皮实在可恶到了极点，不知廉耻到了极点，我吕大康如此有地位有身价人家的姨太太去轧一个车夫，真是活活给她气死。他一边在楼下账房间反背了一双手徘徊复徘徊，一边老是看壁上的电钟，已经十一点三刻了，马上就十二点钟了，他又徘徊到客堂间里去，忽然又进来吩咐几位账房先生，娘姨统统去睡觉，免得等一会儿拉拉扯扯碍手碍脚，反不方便收拾这只贱皮。今夜给她活也是这一着，给她死也是这一着，打断她的脚骨成了残废也是这一着。幸而今夜半路上给我撞见，不然我到了五姨太那边，不回家，又还不是把我蒙在鼓里一点也没有知道，足见胆量越弄越大，把奸夫喊到家里来不算，现在索性到外边去双双一对开起外国公寓房间来了，其胆之大直头了不起。要不是今夜给我路上撞见，万一得了胎还以为是我吕大康的，天下气人的事莫过于此。正想到这里，一看已经十二点一刻了。奇怪，贱货何以还不回来？也许他们一直窝心到天亮吧？

这时大太太吩咐娘姨下楼来叫他上楼睡觉，一切明天再谈了，何苦这末夜深一人痴不痴癫不癫守她回来，自己身体要紧。吕大康火一冒，脚一蹬道："滚你妈的蛋！老子今夜守到天亮也守她回来！"

娘姨触了一鼻子灰，上楼去了。

哪里知道小金花早在十二点半光景，已经溜了回来，她的门槛精得九十六，在公寓里已经得到情报，那边罗宋老太婆告诉她的，说刚才一个司机打扮模样的人来查问你们两人，吵着要见你们，我们明知是查问你，可不放他进来，一口回绝说没有，两下还大吵一场，听说回去报告老爷，免得意外纠纷，劝你们还是早点回去，别过夜了吧。小金花胆大如天，说道："你们放心，如果再来滋闹，你们一口否认，房间当然不许给他们闯进来，十二点钟我们回去是了。"罗宋老太婆知道他们不过夜，心也就定了。倒是急的张阿三，吓得面色惨白，问小金花：“吕大康怎么会知道的？这消息倒非常灵通。我看还是早点走了吧，实在怕老甲鱼耳光烂打，吃他不消。”小金花啐了他一口道：“既然做也做了，还怕他什么？就是被捉到，大不了离婚，我跟你，从今后你也不要踏车子了，我养活你，或者我向老甲鱼要一笔离婚费，我们开一爿小烟纸店，怕什么？我们后腿早已伸好了的，阿三，你毋须怕，一切有我。”张阿三有了小金花在壮他胆，心里笃定。两人大窝其心，如鱼得水，一番云雨之后，已过半夜十二点钟，两人又养了一会神，喝下一杯热咖啡，小金花把账结了，又另外赏茶房同罗宋老太婆一笔小小账，下次来有特别好处。两人出得大门，寒风凛凛，因那边冷僻，唤不到车子，只好步行回家，小金花料到老甲鱼必定在家守候她，这是毫无疑义。张阿三问道：“如何进门？”小金花道：“你放心，我自有办法。”说着反问张阿三如何进门，张阿三道：“我是困在灶披间里的，后门有钥匙。”小金花道：“只要你安逸进去，我的你用不到管。”两人且谈且走已经回到桃源坊了。

小金花亲见了张阿三开了后门进去之后，方才放了心。于是她兜到自己前门，偷偷在缝里张了张，果然见客堂间电灯雪亮，又见老甲鱼反背了手在客堂间踱来踱去。这个竟然给她料到，分明是守她来了，她又料到今夜的一场吵闹，可能大打出手，也许我要受伤，结果是不堪设想，离婚是必然的，她也抱定这个宗旨，迟早必定离婚，那末今夜的当面冲突，一定要吃他的亏，老甲鱼可能下辣手，那末我一个娇小的身体，势必敌他不过，还是避免了吧。于是她立刻兜到后门。原来吕家平日进出都是大门，从不走后门，以示派头。吕大康料不到小金花会走后门的。后门有司不灵锁，只有两把钥匙，一把悬在账房间，难得一用，一把存在大太太的楼上，她从配来以后未曾用过，小金花早已有了坏心，把后门钥匙私下配了一把，这个秘密家中一个人都没有知道，所以她悄悄打后门偷进家，客堂间根本是不会知道的。一进后门，穿过灶间，就是上楼的扶梯。小金花轻轻的蹑脚进了，把后门轻轻关上，又在黑头里轻轻摸上了三楼，进了自己房间，真是神不知鬼不觉，她连自己房间的灯都不开亮，悄悄上床下了被，一切死人勿管了。小金花躺在被里想想忍不住一阵脾气又一阵好笑，老甲鱼仍在客堂间里踱着方步守她回来哩。天下有这滑稽事情，也是少有的了。

吕大康一直守到下半夜三点钟，仍不见小金花回来，其肝火之冒上，可想而知。这时他已经守得不能再守，精神也勿来事了，才决定上楼睡觉，气冲冲“登登登”赶了上楼，“嘭”一声推开了二楼大太太房门，咬牙切齿道：“明天不砍死她我不姓吕，预备吃官司，抵她的命！”

吕大康一边宽衣上床，一边嘴里烂骂出门，把小金花骂得体无完肤，不成格局，可说无话不骂到，并牵涉她的娘，她的爷，她的祖宗十八代，她的一家门都给他骂到。大太太这时已经睡，也给他的骂声而惊醒，翻了一个身道：“何苦呢？背后骂人反而罪孽深重，自骂自受，小金花自己固然不好，她的爷娘，她的祖宗，她的一家门又何尝触犯了你，受你的骂？活了这点年纪，为什么一点不想想的？”

吕大康把脚一蹬，破口大骂道：“操这个娘，我定规要骂，我宁可自骂自受，她实在太使我伤了心，索性她姘一个上等的人，也不去说他，却去姘一个车夫，掉脸不掉脸？直到此刻还不死回来，好不窝心呀!”上了床，还在喃喃的骂着，一直骂到下了被，才疲倦的睡着了。

二楼房间里的骂声，三楼听得清清爽爽，仿佛隔一层板壁。小金花下了被，起初有点迷迷糊糊睡着了，忽然听见二楼老甲鱼一片声音，于是在枕上急急侧头一听，竟然句句是骂她，后来越听越不对了，连她的爷娘，祖宗十八代，一家门都骂了进去，小金花这才恨了心，预备明天叫他交代证据来，今夜我明明睡在楼上没有出过大门，何得骂到我如此地步。虽然我自知与阿三今夜一同出去开过口房间，但你没有抓到证据，还有什么屁可放?老古话捉奸捉双，你为何不把我们两人捉到。小金花气了一夜，预备明天开火。

到了第二天吕大康起身，小金花还没有起身，她是想看老甲鱼如何办法，果真一早，就听见他“哗啦哗啦”一片声音，闹着要到昨夜那一公寓里去找二太太，还要带两个警察一起去，先去报告，又是两个账房倒霉。刚要出发时候，娘姨到三楼收拾房间，忽然发现二姨太睡在床上，根本没有出去，于是急急忙忙奔下楼去报告:“老爷，老爷，二太太很安逸的睡在楼上呢，她根本没有出去呀。昨夜老爷也许看错人哉?”

这个报告不但让吕大康呆了，一家的人都呆了，两个账房先生正是求之不得，免得去报局了，于是大家一起轰到三楼二太太房间，一看果真好好的睡在被里。

这时小金花心中明白，故意装作莫明其妙的一个头伸出被外惊问道:“你们这末多的人跟来做什么?”

大太太道:“做什么，老爷说你昨夜跟阿三出去开房间，一夜没有回来，到底有没有这回事?”

小金花一个愕然道："开房间？我同谁开房间？一夜没有回来？"

"是的，老爷说的呀，我也没有知道。昨夜同我吵了一夜，阿要死快哉。小金花你到底有没有这一回事？"

小金花突然打被里坐了起身，急急忙忙下了床穿衣服，边说："真是象牙筷上扳雀丝，我既然同阿三去开房间，他是不是亲眼目睹的，既然亲眼目睹何以不捉住我？他本人在不在楼下？我倒要去责问他。"她又故意装作气恼的，还说："我非掴他两个耳光不可！"

于是大家一齐把她劝住，说道："有话好说，有话好说。老爷也许看错了人。好好，他在楼下，同他去谈谈。"

小金花脸也没有洗，头上散着鬓，匆匆随了众人赶了下楼。这时吕大康也有点弄不懂起来了，心想昨夜我明明坐在汽车里看见她同张阿三两人坐一辆三轮车上，在公寓门口下车进去，我守了一夜不见她回来，现在又明明睡在楼上，除非她有分身之术。正在这当口小金花一脸火冒向他提出质问，到底什么一回事？吕大康当然也面孔板了起来说道："你用不到凶，是实是虚，你心里自己明白，我现在不同你多噜苏，收集了凭据再对你讲话。我年纪虽老了，眼睛还没有花，昨夜我明明白白看见你同阿三两人坐一部三轮车到一个外国公寓门口停下进去，我要是冤枉你一句，立刻天火烧了一家门死完！"

小金花早已抱定主意同老甲鱼离婚，要是不跟他大吵，还不会放她生路。当时听了这几句话，立刻扑上同他拼命，旁边人一齐把她拉住，说道："有话好说，有话好说，老爷的话也不错，他要收集凭据，又没有一口咬定你是外边不规矩！"

小金花呼天抢地，嚎啕大哭，拼命乱撞，一定要掴老甲鱼耳光。老贼！老勿死！老混蛋！老乌龟！大跳大骂，一点廉耻不顾了。把吕大康骂得体无完肤，做人不得。她又赖到地上来打滚，大哭，大闹，众人拉也拉她不住，简直发疯了。一时声震户外，隔壁邻舍都赶来看热闹，都知道这件二太太轧姘头的事了，满天井，满门口围满了人。

吕大康一看外边这末多的人，一时窘得要死，心想又未便叫他们出去，小金花这只贱皮，他明明要我好看，坍我的台，这次我非同她彻底解决不可。

账房间王先生一看太不成格局，便赶出去对了众人道："喂，对不起，对不起，请你们大家帮帮忙，出去，出去，这里不是做戏，没有什么可看！"这一批围观的人也就嘻嘻哈哈之中一哄散了。王先生随即把大门关上，恨恨的道："这批幸灾乐祸的瘪三，只有下辣手。"

大太太见一个家庭吵到这副天地，也不成样了，我们吕家可说从来不曾有过的。老古话：若要家不和，讨个小老婆。真是一点不错。她看得实在不入眼了，挺胸出来对旁边人道："她简直发疯，不可理喻，你们把她拖到楼上去，在这客堂间成何格局，恶死做！"

吕大康见大太太发言，随接把桌一拍，对了小金花大骂道："贱皮！你当真无法无天，我不来管你，听任你这样像疯狗的乱咬，你要走，尽管请滚，我吕大康决不来拉住你！"

小金花打地上一滚爬了起身，要扑过去拉脱吕大康的几根胡子，这时旁边人一齐上前将她拦腰抱住，就往楼上拉的拉，拖的拖，小金花舞手跳脚，大哭大骂。到底身体小，一人力气敌不过众人，一会儿在大哭大闹声中被大家拉到三楼去了。小金花在自己房间，索性把摆饰统统摔光，满地板都是，一时只听见“嘭嘭嘭”的声音，大家拉也拉她不住。这时楼下吕大康同了大太太，几个账房一商量，决定让她走路，再不让她走，以后受累无穷，我吕大康名誉一定送终她手上。大太太说是再不放她走，你简直是只死乌龟哉。

吕大康眉头一皱道：“原是这样说啰，我实在杭不消她这样吵了，这简直是同我捣蛋，不像一个人家了！我也从没有见过这样一个泼妇，要是我不同她离开，精神痛苦已极！”

大太太道：“那末我上楼同她谈判，看她如何说法。”于是匆匆赶到三楼，见一房间里的人都在劝的劝，拉的拉，闹成一团糟，地板上满是破玻璃，破镜子，破碗盏，壁上那张吕大康的半身照片也被拉成四五分裂，镜架上玻璃敲得粉碎，散了一地。大太太看见伤心。她把众人分了开，对小金花道：“没有关系的，你用不到吵到这个地步，要离开尽可开出条件来，老爷并不是一定要拉了你，有路尽管请走。”

小金花打椅子上跳起，人是像疯了的，散了一头发，襟上也在拉拉扯扯时候撕碎了，她开口就骂：“贼老太婆，老贼！老皮！蛮好！离就离，叫我开条件，我要金条二十根，条件开出来了！你今朝捧出二十根条子，我立刻走！捧不出我好好要吵，吵得你天翻地覆，不能做人！”

不但大太太吓了一跳，大家也吓了一跳，这完全狮子大开口，大家料知是万万谈不拢了。可是大太太很镇静，一听冷笑道：“二十根条子够了吗？二十根条子怕现在市面也不过值二十几万元，有什么了不起，我看你条件开得太小了吧。”

小金花听见这是讽刺她的，把桌一拍跳起道："贱皮！用不到你讲风凉闲话，你没有资格同我谈判，老皮滚你妈的蛋！"

大太太知道不可理喻便下了楼，拉了吕大康到后面账房间内，把门一关，悄悄道："我已经同小金花谈过了，她开的条件吓煞人。"

"什么条件？你说，你说。"

"要二十根条子，她说你今天捧出，她今天就走。我想同她谈谈，可以不可以减少一点。她对我，老皮老皮烂骂，我只好对她笑，还有什么话可说，我气是气死哉。"

吕大康静默了片刻道："好，我答应她，二十根就依她二十根，这只贱皮，要是她再在这里，我一天不得安宁。"

"喂，你不要糊里糊涂答应下来，条子二十根哩，你舍得吗？"

"没有关系，我譬如生了一场病花了。要是这一次再不离开，我简直不能做人，她的胆子愈来愈壮，我还有办法收服她不成！就依她二十根。你再上楼告诉她，叫她找一个保人出来，不要我付了她二十根，忽而反悔，要我三十根四十根，那我可吃不消了。好，你赶快上楼！"

大太太道："我决不去跟她谈，我没有这样下贱，给她骂老皮，还同她谈判，答应她二十根，当真没有瘟到这个地步。"

吕大康一时没有办法，一想还是拉出了颜先生代为去解说，这问题容易解决了，只需叫小金花找一个中人出来写一张离婚契约，签个字，今天就给她二十根条子。颜先生搔头抓耳起来，他实在怕二太太不讲理。又碍着东翁的托付，不代为解说似又说不过去，只得硬硬头皮到楼上去。

哪里知道颜先生一谈之后，小金花立刻答应，只要一边签字一边交付二十根条子，呒没闲话说，中人就请你颜先生好了。她说：“我娘家已经没有人，一时也没有地方去找中人，只好拜托颜先生，总算你放我一条生路，我在这里也苦无出头之日，赛过守活寡呀，你替我想想是不是。”

“那末二太太你这次出去，是不是跟张阿三？”颜先生笑嘻嘻说。

小金花嘴一撇道：“这个似乎用不到来问我，这次我出了吕家大门，是死，是活，是嫁人不嫁人，都用不到你们来管。”

颜先生又是触了一鼻子灰，只点头道：“是是，那末其他没有问题了，我就去写纸头？”

“好，纸头你今天写好，我今天就签字，金条一定要放在桌面上，否则我不签字的，请颜先生代为转达。”

“是是。”

“麻烦你了。”

颜先生匆匆下楼。小金花便在楼上收拾东西，把她所有衣服，首饰，一起卷在衣箱，一样不遗漏，把床上被头褥子也卷了去，拼命塞满了四只皮箱子，橱箱抽屉里，统统出空，不单是她的，还有老甲鱼的，总之是她房间里的都卷了去。这次出去照她昨夜同张阿三预定计划进行，先开一家旅馆，再找房子开烟纸店，可能开在桃源坊弄堂口，故意气气老甲鱼，要末不做，要做定规下这个辣手。

娘姨叫她下楼吃午饭。小金花道：“省省，我不来吃他这碗饭哉。你告诉颜先生，纸头快点写，吩咐老甲鱼金条预备好，事体要做得漂亮，大家识相一点。”

“是。”娘姨下楼而去。

隔了一会颜先生把纸头写好送上楼来，一句一句读给她听，问是不是这样措辞。小金花听见有金条二十根的句子，心里一喜，点了一下头道："对，金条呢？"

"你签了字马上送上楼来。"

"办不到，我看见金条才肯签字，因为老甲鱼太坏。"

颜先生无法可想，又只得下楼。吕大康火一冒，就把二十根条子交代颜先生手里要他负责。颜先生似乎有难色，防二太太中途变卦，收了金条而不肯签字的发生，当下拉了大太太，请她一齐上楼。大太太桌一拍道："我已经被她老皮老皮骂到直梗地步，还上楼同她讲话，这一点志气都没有了，杀脱我一个头都不愿意的。"

吕大康一想不错，免得再给小金花侮辱，就推派了王先生刘先生上楼做见证，帮同监视她签字。王先生刘先生见了又是头痛，可是东翁的话又未便反对，只得硬硬头皮上楼去了。

小金花见颜先生手里拿了刚才那张纸头，王先生刘先生手里分捧了两包东西，便说："是不是金条拿上来了？"

颜先生道："拿来了，拿来了。二太太，这件事还是这样解决的好，大家落门落槛。现在请二太太签字，字一签，立刻交付金条。"

小金花偏要取到了金条才签字，王先生无法可想，只得先将金条交给她，小金花打开来一根一根验看，笑嘻嘻道："老甲鱼真是蜡烛脾气，不见棺材不哭，要是今天我不那样吵，他死也不会肯的。好吧，签字。"小金花从皮包取出一支自来水钢笔，在离婚契约上签下了"小金花"三字，那字体七歪八斜的，仿佛鸡爪。签毕对刘先生笑道："签得不好不要见笑吧。"

"很好，很好，现在我来签字。"刘先生在中人项下也签了字。

吕大康名下是王先生代签的。

小金花说："今天就搬出吕氏大门，不出半月我同张阿三结婚，同时还告诉你们一个秘密，昨天晚上我的的确确跟张阿三开过公寓房间的，老甲鱼并没有看错人，不过我有神出鬼没的手腕，下半夜安然打后门回家，老甲鱼一点也没有知道，他三点钟还在下边客堂间守我回来，其实我早已回到三楼休息哉。哈哈……"

三位账房呆了起来，半天说不出一句话。小金花又说："我还有一个消息要告诉你们，一个月后我同张阿三开一爿烟纸店在桃源坊弄口，这是故意坍坍老甲鱼台的，招牌也取定了，叫'夫妻商店'，这是表示我们正正式式夫妻合作的。你们别瞧不起张阿三是个车夫，他的人格比老甲鱼高尚而纯洁万万倍，我爱他待我至诚，今日他是车夫，明日就是未来大老板，不吹牛皮，开幕之日还要大张宴席，王先生，颜先生，刘先生一定要请到喝酒，好不好？你们不可不来的。"

"是是，一定到，一定到。"

"其他没有什么事了吧，那末请通知老甲鱼，我马上动身了，总算我来到吕家两年零六个月，也就等于守了两年零六个月的节，现在我也算是重见光明之日了。有劳各位之处，将来再图补报吧。"说着便吩咐娘姨把隔壁张阿三喊来搬行李。张阿三回说："实在难为情，怕见吕大康的脸。"小金花道："这有什么关系，从今以后我又不是吕大康的人，怕什么难为情？"便自动把张阿三拖了来，又喊了一辆榻车，来了三五个车夫，"吭唷！吭唷！"自三楼把箱子一只一只搬到楼下，弄堂里一时又围了许多人看热闹，都知道他们拆了。吕大康气得早溜走了。大太太避在二楼，也不愿看见，看了要气。

当夜小金花同张阿三，公然开金门大饭店双宿，谁也不敢碰他们一下。张阿三辞职，不踏三轮车了，穿起西装来，据说这西装小金花早在两个月前就替他定了的。

果真一月后，桃源坊弄口的三开间街面房子被小金花五根大条挖了下来，花上三根装修，夫妻商店开张了。此时金价大涨，她花十根进了货，堆如山高，又值货价狂跳，一转手间赚得翻倒。吕大康每天出进必须经过夫妻商店门口，实在难堪极了。张阿三看见时故意对他眼睛弹弹。小金花半年后生了一个小宝宝。在金门酒楼大做其弥月宴，贺客甚多。有人背后说小宝宝一半像吕大康，一半像张阿三。莫不传为是一个艳迹哩。

粉红色的炸弹

罗万平他是一个念五六岁的青年，服务一家广告公司，地位说高不高，说低不低，因为他平日做人耿直，负责，耐劳茹苦，极得公司当局青睐，没有一年由职员而升为广告部副主任。他虽年青而家累甚重，家住徐家汇路底，离公司有十五六里路，每日到公司办事却独早，退又极迟，负责公司各项巨细，无微不至。商家有特殊紧急广告，往往送到公司五时过后，甚或七八时左右，务须明日见报的，这最伤尽脑筋，因五时所有明日广告都截止了。公司中无法接受，又碍商家情面，婉拒为难，这种地方罗万平就亲自出场，向公司中经手之往来广告户，情商让出地位，同时又打通报馆广告部，排字房，抽出他家广告，始得明日见报。罗万平平日外边交际广阔，人头最熟，大家都买他交情。

罗万平家中大小全赖他一人收益维持生活。生活频频高涨之下，罗万平收支不能平衡，又以公私外边交际应酬，有许多可报销，有许多未能报销，只好硬挺。公司开支浩大，职员众多，待遇虽每月调整，终追不上物价之高涨。罗万平在此情形之下，无法可想，只得高利贷负债，私人之节俭，非但吸一包卷烟要打算，有时甚至连电车都舍不得一坐。

一日罗万平的昔日密友凌美云小姐来访，万平不胜惊喜，心想：凌小姐已六年未会面，双方早已消息隔膜，今来相找，定有什么要事，当下招待她会客室请坐。凌美云身穿皮大衣，服装摩登，手上戴满了珠钻首饰，可是玉容憔悴，且未化妆。她感慨道：“万平，你可把我找苦了，我从各处打听你地址，都没有打听到，足足有三四个月，还是前天路上遇见王先生才知道你在广告公司服务，所以今天赶来，果然给我找到。”

罗万平笑道：“真想不到你今天会来，出乎意料，我跟你足有五六年没有见面了，听说你嫁了胡先生之后，情形甚好。”

“算了，请你别提起胡先生，他走了。”

“怎么了？”罗万平吃一惊。

凌美云看看手表道：“你有工夫吗？请你喝咖啡。”

“有什么事，不妨这里谈谈，喝咖啡又是两三百万，现在实在不能出去，也出去不起。”

“不，我请你，难得的。怎么你现在这样做人家？想必多下不少钞票了吧。”

“好好，陪你，陪你。”罗万平请了两小时假，两人来到一家外国咖啡馆，坐下后凌美云道：“万平，我有一件事托你，知道你一定能够替我办到的。”

罗万平道：“什么事？”

“我想托你代我做一个招寻广告。这件事我一定要拜托你的。”

“招寻什么东西？”

“并不招寻东西而是找一个人。”凌美云说着笑了一笑。

“找个什么人？”

“找寻我的胡先生。因为他出走了一年多，消息全无，是生是死也不知道。有人说他在香港，又有人说他在台湾，到底在什么地方，我这里一点也得不到他的消息。实在闷得发慌，我非要找他回来不可了。万平，你做广告我知道是很拿手的，想你做的句子一定非常生动而有效力。至于如何拟法，托你代我想一想。”

罗万平道：“未必见得，不过招寻句子也不外这几句，请他见了报纸火速回家，无事不可商量，何况是夫妻。”

“对，你此刻就替我拟几句，等着要登出去的，我实在守不下去了，生活这样高，他走了这一年多，分文没有寄回来，连信息也没有，叫我孤单单一个女子怎么办？我的事你是知道的。”

罗万平考虑了一下，随即把句子拟就，交给凌美云：“招寻广告，措辞不外就是这几句，你看看妥不妥当。”

美云接上手细细看了一下道：“觉得还没有表达出我心底要说的话。万平，请再补两句，说我自你走后一年来的孤苦伶仃，终日杜门不出，守在家中，然而生活高涨，无人维持，你不顾不问，于心安否？见报速即回家，无事不可相商。大意是这样，你以为……万平，你这上面句子太普通，不够生动。”

罗万平忙把笔交到美云手里笑道：“何不你自己动手？”

美云很懂道理，不愿当面扫人家兴致，道：“你来，你代我加两句算了。连登三天长行，三天分类，一共多少钱？马上照付。”

罗万平便补充两句，算了多少字，占多少地位，照公司发出广告打个折扣，说是一亿两千五百万。美云跳起来道：“怎么要这末多的钱？”

“已经打了个八五折，公司完全当差，分文不赚，实在广告费太贵，本月十五日起又涨两倍，主张三天长行可省，还是登三天分类吧。我想胡先生本人也许看不到，远在香港，台湾，虽然报纸是去的，但亲自看到的机会绝少，除非他的朋友亲眷见了，通消息来。”

“好吧，就登三天分类。”

罗万平一算，只有三千八百万元，美云立刻打开皮包，取出支票簿，开下三千八百万元即期票，交代罗万平手里：“拜托，拜托，将来胡先生回来，一定好好请请你。”

“自家人说不到请不请，以后关于任何广告，我们公司都可代劳，折扣比任何人家便宜。”

美云便又问起他别来六年的境况，罗万平感慨道：“一言难尽……彼此差不多，都是一样，我在公司里也未必得意，生活太高，应付为难，实在没有办法。”

凌美云道：“我自从那年万象厅同你一舞之后，不久就嫁胡义甫，我同他前后仅仅做了四年半夫妻，这四年半来，外边可说一脚没有单独出来过，好像就做了四年半的养媳妇，外边的一切朋友都断绝了来往，我是欢喜跳舞的，四年半的关闭，学的步子统统忘记了。胡对我跳舞，最反对，他自己不会跳，也不许我跟人家跳。我每天在家不是睡觉就是打麻将，这样糊里糊涂苦度了四年半光阴，直到胡走后，我还是这个样子，杜门不出……”

“胡先生不是很好的吗？我也见过他一面，为何走开？”

“起初很好，后来变了，外边烂嫖烂赌，把我东西偷出去变卖，把家中的房屋私下变卖，总之不堪设想，烂污拆得一屁股两客堂，我一看情形不对，没有一天不吵闹，他就索性夜不归家，待后来发觉，虹口三幢洋房也被他卖脱，银行保管箱里首饰全部偷光，但我还是望丈夫好，望他弃邪归正，依然好好待他，不料有一夜他竟不别而行，走了之后来一信，说永远不归来了！万平你想想，直到一年多后今日得不到一些消息，我想登了这个报纸，他也许看见，回心转意归来亦未可知。”

罗万平道：“目前也只好用这个办法试试看，所谓尽人事。”一看时间已经不早，急要回公司，许多账务等他去料理的。于是双方约期再谈，便分别了。

凌美云这张招寻丈夫的广告刊出了之后，两个月光景，依然消息全无。第二年正月凌美云又盛装艳服，轻盈浅笑来访罗万平，罗万平忙放下工作引她到会客室坐。

“万平，我跟你又两个月没有见面了，年头上没有到府上拜年，可是你也没有压岁钱给我。大家拉个直吧。”

“哈哈哈，你不是小孩子。也要压岁钱，开玩笑。”

“万平，你这里有胡先生消息吗？”

“没有。去年的广告生不生效力？”

凌美云把身上的紫貂大衣拽了一下，摇摇头，叹口气道：“广告也登过了，我想他未必看见，新闻报日销数十万份，全球都去的，就是看见，也只当呒介事。我现在不希望他回来，对他已心冷，就是回来我也不会跟他做夫妻，事实上已不能了。”

“那又何必走极端？”

“他两年不来维持我开销，难道我一辈子守他而饿死？现在生活这样高涨，一个月没有两三亿休谈，要不是我囤些货，盘些利息，早饿死了。”

“那末今后如何打算呢？”

凌美云道：“今后我不预备如何打算，吃吃白相相，做做交易，我现在手边还囤有肥皂一百箱，到了夏天必定看涨，煤油五十箱，火柴十二件，原听三五牌四十听，我样样都会囤，只要有利可图，不管死活收进来。此外我还有黄货连手上身上银行保管箱里，拼拼凑凑一起，可也有五根大条，小黄鱼十只，钻镯，钻戒，翡翠别针，翡翠蝴蝶，嵌宝戒指，算算倒也可贵哩。我有了这些东西，下半世可也吃用不完了。”她很得意的说来，显然境况非常的不错，同时表示丈夫走了，照样度着优越生活。

罗万平笑道：“凌小姐，你确实不错，居然是一个小康之家。”

“好得我会动脑筋，会做生意，过去我是放利息过日子，后来就大不合算，放出去的又不能如期收回本钿，就是收回钞票也跌价了，我才改做囤货，我的大阿哥在福泰钱庄，我手边周转不灵时便到他那边去拆现，别人要利息二角半三角一期，一期只十天，我拆只二角八分来一月，吃款子囤货也合算的。我居然每天还到市场领市面，现在他们打电话来，我不去跑了。”

“了不起，了不起，真是个理财家，佩服佩服。”

凌美云笑道：“真叫没有办法，嫁了这种无良心的丈夫，要不是我会这样动脑筋，岂不是饿死？我是生的苦命。”

罗万平不觉大笑道：“你这样的有办法，还说命苦，谁也不会相信。”

凌美云道：“一个女子嫁不到好丈夫，终是命苦。钱有什么稀罕？我现在不要钱多，只想丈夫回来。不瞒你万平说，年青时无所谓，年老来还是孤单一身，我死也不会口眼闭拢的。”

“凭你这样年青而又有钱，难道还嫁不到一个好丈夫，上海滩上男人要多少？放开眼光挑选，少了不成。老古话：女的想男隔层纸，男的想女隔重山。我以为你认真嫁丈夫的话，绝对不成问题，笃定泰山。”说得凌美云一阵尽笑。隔了一会凌美云突然捉住罗万平一只手，轻笑道：“你有空吗？我请你跳舞去。”

罗万平心里不好意思拒绝她，只道：“抽出一两小时则可，时间长则不可，不过跳茶舞贵，我们挑选一个有舞池而清静的咖啡室去跳，比较合算。”

“万平，去去，我请你客，咖啡室音乐蹩脚，还是舞厅，今天大都会有茶舞，我们跳茶舞去。”

罗万平被她一怂恿，只得请假两小时，一起到了大都会，果然客人很少，两人甚是高兴。坐下后来了两杯咖啡，凌美云道：“今天我请你客，你毋须客气，这十多年来，我认为你还是最有骨子，外边谣你同我有关系，其实真可说清清白白的……”

罗万平一笑道：“这的确是事实，我同你可说真是清白，八九年光景以前，我同你每天见面，那时我在一家绸缎局里做事，进益既好，人又自由，我们老是一起到东到西去白相，上海跳舞厅，咖啡馆，还没有现在这末多，可说都去白相到，今天这家，明天那家，调花样。这样的热络，人家难怪要疑我们有关系，谣传出去了。这些往事，现在想来赛过一场春梦了无痕，不觉已十年过去了。”

凌美云道：“你知道吗？那时我的姊妹淘都硬说我同你可能成个美满夫妻，那时我刚从苏州出来，在安乐里寄娘处耽搁，后来我就到生意浪去当小先生，还是私底偷出来同你白相，自从你的绸庄关闭，不知你到哪里去，也没有给我一个消息，记起这件事我真恨，足见男人都是无良的，我天天望你来，望你来，你始终没有消息。有一年路上跟你相见，才知道你做了一个军事机关里书记官，身上军装笔挺，请你来我家白相，你也没有来，我真恨死了你……”

罗万平道：“不是见面时你告诉我嫁人了，就是胡先生，我怎么可随便到你府上，人家都谣你我有关系，我格外要躲嫌疑啰。”

“胡先生也知道我同你清清白白的，我早已代你声明过，并且他知道你的为人，看见过你的小照，对你印象很不错，如果你来我家，他决不致对你误会，而且他也对我说过请你来白相，常常提起……这些事情现在也不要去提起了。”凌美云说到这里喟然道：“好吧，明天你到我家里来吃中饭，我做两个你欢喜吃的小菜，好不好？”

“不要客气了，隔天我请你吧。”

“你请管你请，我是便饭，只你我两人，不要客气吧。”

第二天罗万平心中又想去，又想不去，这顿午饭不要又吃出毛病来，过去人言啧啧，都说他跟凌美云绝对有关系，而且同居过两年以上，说得千真万确的。罗万平是个负担很重的人，哪里有力量跟她同居，他向朋友们解释，朋友们都不相信，说是上海滩上只要有手腕，小白脸，女的无有不倒贴，老兄温功又崭，女人地界又吃香，还怕无办法吗？弄得罗万平有口难辩，死也讲不明白。到了后来，罗万平的绸缎局亏蚀倒闭，同人解散，罗万平到内地去了，就此同凌美云分离了。抗战胜利罗万平回到上海，举家迁沪，不久即进惠罗广告公司。

罗万平对凌美云今天的邀他午饭，想了又想决定还是去，因为昨天没有辞谢她。罗万平到了凌美云家中，见这里布置很不错，心里大为高兴，凌美云笑道：“你这里没有到过吧，这房子当初五百万元伪币顶下来的，现在值三根大条子了。”

“胡先生顶下的，还是你自己顶下的？”

“哼，他还会替我顶房子？又还不是我自己的钱。”凌美云说着吩咐娘姨端茶授烟，又捧出一盆瓜子，一盆巧克力糖，放在矮圆桌上，请罗万平随意吃些，午饭还早哩，她笑嘻嘻道："今天不备小菜，不过骗你来坐坐。"

罗万平道："你如果备小菜，我就不会来，大家都是老朋友，毋庸客气。"

凌美云随手在盆子里取了一块巧克力糖，剥去了玻璃纸，对罗万平道："请你吃块糖，甜甜蜜蜜，来，嘴巴张开来，塞到你嘴里。"

罗万平知道凌美云素来热情，这一种作风，上海人称为热络，说句难听的，叫做十三点，往往给人家一个印象你们的亲热程度，一定超过平常交情以上，不然不会这样做出来的。凌美云这种作风，依然不改，还是这末一套，幸而这里没有人，罗万平只得张开一张嘴来承吃这块糖。凌美云拍手道："万平，我同你这样热络，任何人看见都会说我同你有关系的了。哈哈哈。"

"我希望你以后还是郑重一点好，何苦要给人家说这坏话？"

"呸！人家越是说坏话，我越是对你这样好，怕人家什么的，我们的事同人家什么干涉？"

既而娘姨把饭开了出来，搬上一碗红烧鸡，一只蹄髈，一尾大黄鱼，一只白炖全鸭，一碗田鸡，一碗炒腰子，一碗炒辣椒丝，不下七八只，放满了一桌，还有一瓶青梅酒。罗万平不觉吃惊道："你不是说不备小菜吗？为什么备下这许多小菜来？"

凌美云道："别噜苏，我们喝酒喝酒，今天我预备借酒浇愁，糊涂过一天。"

"借酒浇愁恐怕愁更深吧，我派派你并没有愁可浇呀。"

"你派派我无愁可浇，我派派你才无愁可浇呢。"

罗万平呷了一口酒一笑："愁是人人有的，没有一个人没有愁，不过深与浅之分罢了。你说我无愁，嘿嘿，我一肚皮是愁，事业的不得意，收益的稀少，家累的重荷，生活高涨，因此收支不能平衡，种种不一而足，我的愁就接踵而来了。”

凌美云夹了一筷鸡到罗万平的碟子里道：“吃呀吃呀，不要尽管说，不吃小菜，不吃也没有人吃。”

“好好，吃吃。”

“刚才你说的愁，我认为一个字就可全部解决，只要钱就无事了，以后你如果周转不灵，要我帮忙的话，两三亿头寸我还可以替你调得出的。我同你是十年之交，在我这许多男朋友中，要算你最长久了，这是不容易的，彼此性情摸熟，我有钱，你拿去用，你有钱，我拿来用，都无所谓，你的愁还是我来替你解决了吧。”罗万平感激她一番美意，但，一个男子向女的调钱，总是可耻的，所以只好心领，决不愿意开口。当下点点头微笑了一下，又呷了一口酒。

凌美云道：“你放心，就是我替你调的钱，决不取你利息，就是我一时不凑手，外边拆来，也不要你利息，因为我同钱庄银行，都有往来，拆息很小的，根本毋须放在心上。”

“谢谢你的美意。”

“不过我有一个条件。”凌美云艳然笑了起来。

罗万平心里一个奇怪：“什么条件？”

“我说出来你别取笑我？”

“决不取笑。”

“……”凌美云说到嘴边又缩了回去。

罗万平认为凌美云这一作风非常的活泼天真，虽然这些年纪的人，还是一味孩子气，与十年前没有改变，忍不住一笑道：“你说出来吧，也许我不能接受。”

凌美云道：“说起条件不过同你开开玩笑，我所要求你的只一件事……”说到这里又不说下去了。

罗万平一时弄得走投无路，不知葫芦里究竟卖点什么药。凌美云才笑道：“告诉你吧，我无非希望你常常陪我白相白相，跳跳舞，呷呷咖啡，因为我近来很空很寂寞，很无聊，缺少一个比较知心的朋友陪我散散心，这就是条件。”

罗万平急道：“我近来很忙，无法分身，怎么可以常常陪你……”

“我说常常，并不是指每天，不过我想起要跳舞，你就陪我跳舞，想起呷咖啡，你就陪我呷咖啡，时间也不一定，凑你的空吧，以不耽误你工作为原则，好不好？”

罗万平一时颇有难色，只是搔头抓耳的皱眉苦笑。凌美云道：“我为什么要挑选到你，难道上海我男朋友还少了宝？我说同他们出去白相，他们真是欢迎不得了，可是我不这样做，我不愿意跟这一批捣蛋鬼一起游乐，把我身价也坍了。你是我十年之交，人又是老诚可靠，大家心情都摸熟的，况且胡先生也知道你的，就是将来胡先生万一回来，知道我同你一起，他也不会起疑的。所以你是我一个理想的朋友。”

凌美云这样一味情感用事的说来，不觉把这顿午饭吃了两个多钟头，罗万平醉了，凌美云道：“万平，你就在这里床上躺一歇吧，待五点钟我再喊醒你，一起跳茶舞去吧，我请客。”

罗万平也就糊里糊涂靠在床上不觉睡着了，凌美云替他轻轻覆了一条毯子，对娘姨道：“我去洗头，一会就回来的，如果罗先生醒了，千万别放他走，听见没有？”

“听见，听见。”

待凌美云洗了头，做了头发回来，罗万平还没有醒，一看时间已经五点钟了，她笑了一声道：“真是好睡，还没有醒，倒是醉得很厉害的。”于是推了他一下，轻轻喊道：“可以醒来哉，五点钟了，茶舞开场了。”

罗万平才打梦头里惊醒，张开眼来一看，揉揉眼睛道：“什么时候了，阿是五点钟了？我要回公司。”

凌美云讪笑道：“什么？回公司？没有这末便当，陪我跳茶舞去，你好意思不陪我？”

罗万平仿佛身在樊笼已失去自由，只好俯首答应。当下凌美云打开橱门，挑选了一件大红旗袍，穿上身，对了镜子横看竖看，然后同罗万平上舞场去了。

这家舞厅，茶舞生意特别兴隆，罗万平防给熟人看见，故意坐在一个角落里，凌美云脚痒难熬，急急拖了他下去跳了一只快狐步。待快狐步跳毕回到座位，凌美云气喘不已，笑道：“到底长远没有跳舞，不但步子生疏，气喘得要命，万平，我的身体重吗？”

罗万平笑道：“身体不但重，而且僵硬，很不容易带，快狐步你是根本失败的。”

凌美云又是一阵讪笑：“要死，想不到五六年不跳舞，退步到这末一天。万平，规规矩矩，你以后要好好的教我，这样同我跳半个月，我方有进步，至少身体重，步子是熟的。”

“可是我哪有这许多工夫陪你呢？这倒是一个大问题。”罗万平一阵苦笑，搔头抓耳起来。

“勿管，没有工夫也要陪我，这是刚才说好的交换条件。”

“什么条件？”

“陪我跳舞。”

“那末你给我的条件？”

“不是你没有钱用，我替你调头寸，不收你利息，任何日子还我都使得吗？”

“那末我不向你调钱，现在我虽苦些，但，还不至于外边举债。”

凌美云怔了一怔笑道：“你不向我调钱，我也掗你要。”凌美云是个自说自话强词夺理的女子，罗万平实在无法应付。正谈着凌美云又逼他下池去跳舞，这时罗万平的生死之权都好像操在她手里似的，要他怎么样只好怎么样，这样跳之不休，舞之不停，初春天气，还是寒冷的，但是她们两人的衬衫都被汗湿了，不但凌美云喘得要命，罗万平也喘得要命，凌美云笑道：“今天太过瘾了，我们明天下午再来跳一场，你非陪我不可，如果不到，我到你公司里吵。”罗万平苦苦求道：“明天再说，明天再说，你没有知道我不比从前清闲，现在事情特别忙，特别多，而且责任重大，难得能够分身，假使难得陪你跳跳舞，还可以忙里偷闲，如果常常则万万不可，这一点请你原谅。”

凌美云道：“办不到，你不陪我，就同你吵，大不了你公司里事情辞了，我养活你。”

“这怎样可以，这不笑话？我是不是要你养活的人？哈哈。”

“你说因为忙，不能分身，那末一个月有多少进益？”

“很少，很少，维持一个家庭还勉强，每个月弄得走油。”

“那你又何必做呢？一个身体埋煞这里面？我看你还是辞职了吧，我来维持你，安定你的生活，我随便什么地方节省一点，你的一家开销，真不在我心上。万平，你还是考虑一下，苦到这个地步，做也乏味，是不是？”

罗万平一想这不是开玩笑的，真的辞了职，靠了她生活，这不是绝大笑话！我罗万平虽苦虽穷，虽不得意，但，出卖灵魂的事决不愿干的，当下他婉谢了。凌美云说。“你如果做下去我也不反对，不过我要你陪我跳舞，这是你万万不可推却的。我手边没你这样一个知心朋友陪我出来散心，如果要拒绝了我，老实说我做人乏味极了。我闲话已经讲完。”

“那末尽我可能陪你。不过万万不可吵到我公司里来，我最怕女人吵，一吵头脑子就昏了。这一点请你帮帮我忙。”

两人谈谈讲讲，茶舞时间完毕了，茶账凌美云抢来会钞了。两人离了舞场，她又硬劲拉他去晚餐，罗万平急道：“我非要到公司不可了，帮帮忙，帮帮忙。”

凌美云在马路上把罗万平推了一把嗔道：“你这个人为什么老是这样寿头寿脑，帮帮忙，帮帮忙，不离口的，我请你吃饭呀，又不是给你当上。走走走。”接上又把罗万平一拉，拉了不算，怕他半途溜走索性挽了他的臂膊。这末一来罗万平真是无可奈何，只得跟了她走。罗万平苦笑道：“你这样仿佛绑票的举动，我实在受不了，我没有到，公司里事一定乱得一团糟了，你也要替我想想的。”

“别多噜苏。”凌美云瞟了他一眼。两人走了一节路进入一家西菜社，在一个火车座里坐了下来，凌美云对仆欧道：“先来两杯可可。”

“是。”

一会可可来了，接上一本烫金簿面的菜单送来了。她翻看了一番问："万平，牛肉吃不吃？烟鲳鱼吃不吃？乡下浓汤吃不吃？"

"吃吃，随便调两样吧，我实在吃不下。"

凌美云吩咐仆欧照单来三样，对罗万平道："你越是性急，我越是慢吞吞，大不了你把公司里事辞了，我养活你，急点什么？"

"我认为你有许多地方不近情理，讲话太随便，幸而这里没有第三者，否则人家又要造我们谣了。以后请你讲话要特别郑重，以免人言啧啧，两人一起白相，白相出一泡气来。"

凌美云一边吃着大菜，一边笑道："笑话了，我们的事与人家什么相干？什么气不气？只有你多这些噜苏。"

罗万平当时也不同她多说什么，只是赶快把夜饭吃了回公司要紧，想不到今天一顿午饭又连一顿夜饭，美云的搅头势实在吃她不消，见了她一无办法可想。夜饭完毕后，罗万平抢着会钞，凌美云对仆欧手一扬道："不要收他的，你把发票拿来，我签个字，交代账房间小王得了。"

仆欧把发票送来，凌美云接了发票在上面签了字交还了仆欧。她对罗万平道："这里我是老顾客，过去我同胡先生常常来吃的，账房间小王是我们邻舍，根本毋须付现钞。我不是不付现，签个字派头大些。"

"今夜又要你会钞，真说不过去，我如何好意思？"

"别替我讲这些不入耳的话了，我同你关系之深，我付你付还不是一样吗？"

"好好，一样一样。"

两人离了西菜社，凌美云还不放他走，要逼他去跳夜场，这一来罗万平死也不答应了，凌美云才格格格一阵痴笑道："好吧，放你一马，明天再会。”

可是明天再会，还是不放他走，要逼他送她回家，罗万平还有什么话说？只得送她回家了，是夜待他回到公司，听说许多事都等他来解决而因为他不在都耽误了，同时写字台上一大堆工作待他来料理，这不是别人能代他做的。

不料凌美云回到家里，转辗难眠，再也睡不着，她想罗万平这人老诚可靠，倒是一个追求对象。丈夫走后，也替他守了这末久，看样子是不会再回来了，我当然不能不改嫁，年纪还轻。现在决定对罗万平先帮助他的一部分经济，使他的心倾向了我，第二步让他解除他家中女人的婚约，当然我嫁给他。如果他家中女人开出离婚条件要多少多少的话，我一人来替他偿付。她想到这里决定明天再约他出来，不妨露一两句口音让他听听，看他如何表示。这样一直想到天亮，才有些迷迷糊糊睡着了。下午她又赶到罗万平的公司，恰巧罗万平有事出去了，她就坐在会客室里等，等了好久才见罗万平来。可是罗万平心里却又一跳，为什么今天又来了？凌美云笑道：“你这个人出去了就不想回来，我等得气闷煞哉，到哪里去的？看你也忙透了。”

罗万平先把公事安排一下，才到会客室来道：“今天来有什么事？”

凌美云对他瞟了一眼，很是不高兴的道：“难道我一定有事才可以来，没有事就不能来？”

“我这人说话太老实，对不起，对不起。哈哈。”

正在这时候公司里总经理黎延松打从外边进来，经过会客室，对凌美云看了一眼，凌美云也对他看了一眼。凌美云同罗万平咬耳朵道：“刚才进来的是谁？面孔很熟呢。”

罗万平道："他姓黎，叫延松，是我们公司里总经理。"

"啊呀，我从前跟他相识的，对，我记起来了，他是姓黎，我还同他一桌吃过饭哩，不信你去问问他，认不认得我？"

罗万平道："对了，所以他刚才进来对你看了又看，仿佛相熟。哪一年你跟他相识的？"

"有一年我铺房间在会乐里，他喊过我堂差，喊到一家大中华旅馆，里边有一桌麻将，他没有叉，他喝了很多的酒，他很老实，见了我面孔通红，连话都不会讲，这是第一次。第二次我们又在萝兰咖啡馆吃过一次咖啡，自后就没有见过面。不信你问问他，一定还能记起。"

"你还铺过房间，我一点也没有知道。"

"这件事有好多年了，铺房间是我寄妈下的本钱，只一节就收掉了，后来我就嫁胡先生了。"

罗万平笑道："要不要请黎先生出来跟你谈谈？"

"不要，不要，难为情的，我有许多朋友都为了胡先生断了，我现在心情很孤寂，不是知己朋友不愿意有所往来，你是胡先生知道的，所以我跟你一起游乐，就是胡先生回来知道也没有关系。"

正在这时候，黎延松从经理室里出来，故意打会客室经过，笑嘻嘻对凌美云点了一下头。罗万平见了这个情形，笑道："大概他认出你了，也许我在这里，不便跟你谈话。"

凌美云道："你过一天问问他，还记得起六七年前的事情？他说记得起，我们三个人不妨出去呷咖啡，由我请客，不过你非去不可，光是我们两人，绝对不去的。"

隔了一天罗万平无意中同黎延松谈及凌美云的事，问他还记得起六七年前你这位女友，黎延松道："我的记性坏极，前天你那位女客，我觉得面孔很熟，却想不起来什么地方见过，我回去想了一夜也没有想出，甚至连她的名字都想不起来了。"

"我本来不知道你们相识，还是她见了你同我谈起，你们本来是朋友，所以问问你对她有没有印象，据她说来头头是道，什么地方初次见面，什么地方一起吃咖啡，此人记性很好，不像你这样健忘。"

"她叫什么名字？"

"凌美云。"

"对，我有点记起来，此人从前在会乐里铺过房间，我喊过她堂差，不过并不是我喊的，是我朋友喊的，好像喊到一家旅馆里。"

"对对，你的话同她告诉我的相合，一点不错。"

黎延松笑道："请你告诉她，明天我请她吃饭，你做陪客。"

"你们本来相熟的，毋庸陪客，你直接约她吧。"罗万平工作很忙，最怕是外边一切应酬，可以省的，他都不愿意活动。黎延松道："你不去不行，三个人一起，大家可以避去嫌疑。她近来境况怎么样？"

罗万平将凌美云这几年来经过一五一十告诉了黎延松，同时他声明在前，丝毫跟她无关系，旁人看来很热络样子，实在朋友虽密切，但，双方非常清白，可是黎延松不相信，罗万平道："这一点我用人格保证，同时也可以问她本人，决不说半句诳话。"

黎延松一阵哈哈大笑，当下决定明天请凌美云吃午饭，并请罗万平作陪。

到了第二天罗万平打了一个电话给凌美云，说我们总经理黎延松先生请你吃夜饭，地点在锦江，谁先到谁先等。凌美云在电话里奇怪道：“咦，黎先生怎么请我吃饭，这话从何说起？”

“你大前天到我这里来，黎经理不是看见你了？昨天无意中同我谈起，说你很面熟，于是我便将你告诉我的话对他说了，黎经理不胜欢喜，怪我当时何以不介绍，他的记性非常坏，经我一说之后，全部记起来了，所以请你今天吃夜饭，见了面大家谈谈别后情况。你早点到吧，我同他五点半就出发。”

“啊呀，我没有先请他。”

“下次你请他吧。”

“你也去吗？”

“去的，去的，本来可不去，因为经理的命，不可不去。”

“那末我赶快去做一个头发，换一件新旗袍，大致六点半可到，你们先吃好了。”

“早点，早点，吃好夜饭我还有许多事，头发就不要做了，将就一点吧，又没有客人，只我们三家头。”

“头发不做，哪能可以？我总赶快是了，鸭歇会。”

“鸭歇会。”

罗万平挂了电话，立刻报告黎经理，说凌小姐必到，在锦江会面吧。黎延松大为高兴，居然也赶出去理发一下。罗万平心想一个出去做头发，一个也出去理发，真是无独有偶。隔了一会黎延松理了发回来，顿然容光焕发，轻了十年年纪。罗万平打算开他玩笑，一想他是经理，只好笑在肚里。黎延松先看手表，一看已是五时三刻，催促罗万平道：“时间已是六时了，你的工作完了没有，快快走了吧，不要让她一人等在那边。”

罗万平因为手上工作未了，说是再等片刻，黎延松急道："喔唷，等一会再来做吧，放一放手有什么关系？快快走！"说着一人先出了大门叫车子，罗万平因为经理的吩咐，还有什么话说？只得把工作抛下了。

两人到了锦江，上下四边一找，没有见到凌美云，知道还不曾到，心里宽了一下。罗万平笑道："你的性子比我还急，我料到她不会这样早到的，刚才电话里对我说做了头发，还要回去换衣化妆，一个女子的出门，大费周章，不像我们男人随随便便。"

"现在废话少说，我们坐等，先把菜点好。"黎延松吩咐仆欧把菜单拿来，一共点了八个热菜，一个什锦冷盆，都是拣价顶贵的点。罗万平道："小菜点得太多了，三个人万万吃不完，我主张减少几样，凌小姐食量素来不大的。"

黎延松道："我们难得同女朋友出来吃饭，乐得派头大些，就是小菜吃不完剩下来得了。"这时黎经理看了看手表道："啊呀，为什么还不来？她不要折烂污，黄牛。"

"包你不会的，她亲口答应我来的，说是做了头发，然后还要回到家里换衣服，一个女子出门应酬真是麻烦，拖延时间当然的了。"

"现在七点钟了，还不来？你去打个电话吧，等人最心焦，我要不要放一辆车子去迎接？"

罗万平笑死了，道："一定会来的，急什么？我看你的性子比任何人都急。"

正在说呀说的，一个很摩登的女子打那玻璃门一推而进，正东张西望时候，罗万平首先看见，连忙起立招手，凌美云笑嘻嘻走了过来，黎延松立刻起身微微对她似乎鞠了一躬，含笑道："凌小姐，你还认得我吗？请坐，请坐。”

凌美云艳然一笑，点了点头坐下道：“怎么不认得？那天我见了你，就对万平说，你们经理先生我认得的。真想不到七年后的今天我们又碰头了。老古话：人生何处不相逢。黎先生，听说你们广告公司生意相当发达？”

“不见得，这也完全靠了万平兄帮我的忙，我这爿广告公司的责任都在他一人身上，他太辛苦了。”

黎延松吩咐仆欧来两斤老酒，罗万平知道凌美云不爱绍兴黄酒，欢喜青梅酒，忙又吩咐改来一瓶青梅。凌美云跟黎延松谈这几年来的情形，谈得非常投机，也非常热烈，罗万平索性坐在一边一句话勿搭讪。凌美云推了罗万平一把道：“为什么不做声？只有我们两人讲话。”

黎延松道：“万平兄素来沉默寡言，人家都称他好好先生，不像我们闲话多得饭泡粥，哈哈哈。”

罗万平夹了一筷菜边吃边道：“我因为没有口才，还是藏拙的好。”

凌美云开他玩笑道：“万平，你还是躲到房间里去吧，也用不到外边来了。”

黎延松一个仰天大笑道：“凌小姐这句话说得很风趣，佩服，佩服。”

凌美云道：“吃菜，吃菜，今天黎先生喊了这末多小菜，太客气了，下次我在家里亲自做几样清爽的小菜，请黎先生请罗先生。”

罗万平道：“你还是请黎先生，因为今天黎先生请你，你才答席，这是不错的。我没有请你吃过饭，如何请我呢？”

“这是什么话？”凌美云跳了起来道，“难道一定先请了我，我才答席吗？真是亏你说得出口。万平，你这人变书毒头了。”

罗万平笑道：“我本来是个书毒头，书毒头不会讲话，讲出话来要被人家扳了错头。”

凌美云知道万平讽刺她，便暗地拧了他一把大腿上的肉，因为黎延松在座，罗万平不便像过去一样嘻嘻哈哈互相吃豆腐，不得不板扳六十四，大腿上痛得要命，也只好忍耐。隔了一会夜饭完毕，账单送来，三个人抢会钞。

黎延松抢上前道：“你们都不要抢，当然是我做东道。”当下开出支票，一共计两亿八千八百五十元，索性开出三亿，多开之数作为小账。黎延松道：“今夜我们三个人一起去跳舞，畅快的玩一夜。”

罗万平道：“凌小姐听见跳舞最是开心，你们两个人去吧，我还有公事未了哩。”

凌美云道：“要去三个人一起去，要不去大家都不去。”

黎延松道：“万平兄，一起去吧，公司里事情明天再干。”

凌美云大笑道：“经理先生吩咐你明天干，闲话一句，去去，一起去百乐门。”

罗万平溜不脱，只好一起坐了汽车到百乐门去了。黎延松也是一个酷爱跳舞的人，一支连一支同凌美云跳之不休，万平很知趣，一人坐着摆测字摊，抱定宗旨不跳舞，凌美云一再拉他跳，他说：“今夜我一点鼓不起兴致，不知什么缘故，黎先生已陪你跳了，何必再要我？”

凌美云误会了他的意思，推了他一把，嗔道：“不跳也要你跳！”

黎延松笑道："有趣，有趣。万平兄，那末你不可不跳了，快快下去跳。"

凌美云便先立起，这一来罗万平不好不下舞池了。他同凌美云跳时表示茄门，跳也无劲。凌美云笑嘻嘻道："是不是我同黎先生谈谈讲讲，接连跳了几支，而你不乐意了，吃起醋来？"

"亏你说得出，我同他吃醋？你既不是我太太，又非爱人，彼此一个朋友，如何谈得到这上边去？请你讲话郑重一点，被黎先生听见，还当做我同你关系特别密切哩。"

"既非吃醋，何以过去我们两人出来白相很高兴的，今天你这样横不舒服，竖不开心，酒也不喝，舞也不跳，话也不讲，这不是吃醋是什么？"

"你还要咬煞我吃醋，随你去说吧。"罗万平一肚皮不高兴，跳舞时愈加懒洋洋了。

凌美云正色道："老实告诉你吧，我不是这一种人，我同你虽然清清白白，但，感情比任何人都厚，就是嫁人，我同你的交情是永远保存的，何况我同黎先生重见，也是由于你的关系，你不该不乐意的。"

罗万平正要开口说明他的立场，消除她的误会，不料音乐断了，两人回到座上，黎延松根本不知道他们这末一套小小交涉，咧开嘴笑道："你们两人跳得太好了，到底老资格，再跳，再跳。"

罗万平道："脚底有湿气，不良于跳舞，黎先生，还是你多跳两支吧。"

音乐响起时，凌美云又拉了罗万平下舞池去。罗万平无法可想，只好又跟她跳了一支华尔兹。他对凌美云道："下次请你不要再拉拉扯扯，我要跳，自会跟你跳的，你这样一拉一扯，我们黎经理心里一定疑到你我必有密切关系，不然不会这样热络的。”

凌美云率真道：“就是我们有关系，管他什么事？”

“我最不欢喜你这一种作风，事实上我们丝毫没关系，而你却做得十二万分热络，没有关系，人家决不会相信。我最不欢喜你这一套。”

凌美云忽然恼了，她气得什么似的，几乎在舞池里两人拆散了开来。幸而罗万平忍耐功夫相当深，知道闲话讲得太重了一点，忙又拉了她笑嘻嘻道：“对不起，对不起，我素来不会说话，如果讲错地方请你原谅。”

凌美云被他迷汤一灌，半推半就的勉强跳完了这支华尔兹，两人回到座位上，黎延松笑道：“你们两人刚才在舞池里做什么，寻相骂是不是？”

凌美云扑哧笑了起来道：“我跟万平常常寻相骂的，骂过算数，从不放在心上。”

罗万平看看时间不早，公司里还有许多事情未了，便要先走，黎延松同凌美云一齐挽留，罗万平道：“不，我先走一步，你们多白相一歇吧，再会，再会。”

罗万平回到公司，把工作上的事安排妥当之后，电车早已没有了，三轮车到徐家汇的车费贵，只好步行回去。自此以后罗万平便好多天没有跟凌美云见面，觉得眼前清静得多。他公司里工作甚忙，一个脱班，便全部脱班，事情越积越多，简直无法可以清理，最是辛苦不过的。所以他不但希望凌美云以后少来，还希望其他朋友少来，来了他势必招待他们。不料有一天下午凌美云打来一个电话，叫罗万平赶快去皇家咖啡馆，她此刻等在那边，有非常非常要紧的话面谈。罗万平电话里道："我此刻无论如何不能分身，忙得连撒尿都没有工夫。"

凌美云道："喂，万平，你来一来，我不信你忙到如此地步，你把事情托给同事吧，我有要紧的事情跟你面谈。"

"天皇老子，我根本没有工夫出来，你一点不替人家想想的。有什么断命要紧事面谈，电话里不能说吗？"

"电话里不能说的，你来一来吧。万平，喊你少爷，难道我同你的交情，请你出来谈两句话都搭架子吗？亏你。"

"绝对不能离开一步，我要挂断电话哉。"罗万平说完这句话，不料凌美云气得什么似的，先把电话挂断了，罗万平料知她今夜必定要来胡闹，天生的脾气，他打算赶快把工作做做好，等一会她来了又是谈不完的话，最是头痛不过的。不料五分钟还没有到，凌美云三轮车赶到。

罗万平心里一跳，忙把公事放下，赶出去道："凌小姐，里边请坐，请坐。"

凌美云劈头朗道："你这样的贵忙，忙得连跑出五分钟都不可以，架子也太大了吧？真想不到！"

罗万平一时窘得什么似的，心想这里是办公地方，当然不可同她龃龉，只得赔笑道："对不起实在穷忙，说半句诳话不是人。你去看看我写字桌上的事情堆满了，如何可以离身？这时候正是紧张当口。"

凌美云道："黎先生在不在？"

"他已经回家去了。有什么事？"

“没有什么事，不过问问他。那末你此刻很忙，什么时候才有工夫？”

罗万平看了看壁上的钟道：“十点钟，总要到十点钟，有时做到十一点十二点，没有定规的。”

“你真是贵人多忙，看你连两条腿也要搬上写字桌哉。”凌美云说着一笑，接上道：“那末快把事忙完，我在皇家咖啡馆等你，一定要来的。”

“有什么事？”

“到时自会告诉你。”

“现在不妨讲一两句给我听听。”

凌美云手一挥，匆匆忙忙走了，只道：“等一会再谈，我等你，十一点十二点也等你。”

罗万平追了出去道：“十一点十二点皇家也打烊了呀。”

“你尽管来，前门打烊，你走后门，听见没有？”凌美云走得快，一会人不见了。

罗万平无可奈何，只得把事情赶快干完赴约。罗万平抱了一肚皮狐疑，也就担了一肚皮心事，不知凌美云又有什么花样经。当他到了皇家咖啡馆，找到了她，她对他瞟了一眼，嘴巴挠挠，叫他对过座位坐下，一边吩咐仆欧来一杯咖啡。

罗万平道：“有什么要事，值得这样大惊小怪，一定逼我来？”

凌美云道：“你的架子好大，竟然请你不动，看来你变了。”

“变了就变了，只要我自认为没有变就可以了。”

“今夜请你来，就是告诉你一件非你我听意想得到的事，且听我说下去……”凌美云笑了一笑接下去道：“这件事情想想也真滑稽，我困在梦头里也没有想到的。”

“什么事？快说。”

“急什么？你工作也完毕了，难道还要回公司？”凌美云又狠了起来。

“好好，你慢慢讲吧，不过我电车又乘不到了，我到徐家汇路底，路不是一眼眼，三轮车费贵。”罗万平叹了一口气。

“我喊车子送你回去，急什么？你现在变得这样做人家，钞票一定积了不少吧。”凌美云一笑又道：“你这两天跟黎先生见过面吗？他有什么话告诉过你？”

“有什么话告诉我？”

“你知道他要娶我吗？”

罗万平一个奇怪，笑道：“他要娶你，这话什么日子对你说的？恐怕对你开玩笑的吧。”

凌美云正色道：“一点也不开我玩笑，他亲口告诉我的，这件事的起因，现在告诉你。”

罗万平心里又是奇怪，又是担忧，奇怪的是黎延松怎么会爱上她，担忧的是将来万一成了事实，黎的家属一定不能谅解，怪怒到我罗万平头上，指我介绍，这是一千张嘴巴也分辩不明白的。

凌美云呷了一口咖啡接下去道：“事情是这样，那一天他请我吃饭跳舞之后，就对我有表示了，因为见他对我太好，太热情，我就起疑，他就正式表示了。”

“当时你如何对他说，答应还是不答应？”

“我没有答应，只说你黎先生有美满的家庭，家中有子有女，有很贤惠的太太，在外边不必再娶女人了，何况我是个有夫之妇，虽然丈夫出门没有回来，也许哪一天就回来了，这岂不是对你不利？所以这件事我难以接受，我们还是轧一个精神上的朋友，来来往往，白相白相，多么好……”

“他如何说？”

“他不答应我轧朋友，非要娶我回去不可，他叫我登报跟丈夫脱离关系，这件事叫我赶快进行，一切他都准备妥当。万平，你替我想想，天下有这样痴心的人，真是出我意料。”

“的确也出我意料。”

凌美云大腿上一拍苦笑道：“我不是好多日子没有跟你见面吗？老实告诉你，这些日子里我是天天被他缠得头昏脑涨。”

“他钉紧了你？”

“当然，他没有一天不钉紧我，钉紧一次总是三四个钟头不放我走，不是咖啡馆就是跳舞厅，有时一天打三四次电话来，硬劲逼我出来，出来，有时我真不想出来，他就电话里同我胡缠，还发断命脾气，我又不好不出来，因此这些日子我的车费也不知花了多少，因为电话是转的，喊一次要二十万元，我一天到夜就为了这些事情忙碌，我本来跑跑市场，做做交易，而这三个星期来，交易一件没有做，损失热昏。”

罗万平道：“足见他爱护你之深，你还不满意，哈哈哈。”

凌美云道：“现在叫我怎么办呢？你是我一个十多年的好朋友，我的事也赛过你的事一样，所以请你出来商量商量，依你目光看来，我是嫁还是不嫁，请你替我想一想。”

罗万平皱皱眉头道：“叫我想一想，这个……实在难以答复。我的处境很难说这句肯定的话，如果赞成，我要被黎先生的家庭骂，被他太太骂，讲出去总是由于我的关系，你们才论嫁娶……”

“不，这一点与你不相干，我早已跟他相识的，并非由你介绍才认得的。”

罗万平道：“话虽不错，可是黎先生家属一定不会明白，也决不会原谅我的。依我意思，你还得考虑……”

凌美云道：“我现在毋须考虑，不瞒你说，胡先生我看是不会回来，就是回来我也根本不会跟他，他在外边早已娶女人了，难道我还跟他？那末我现在年纪还轻，当然要嫁人，既然他对我有意，我看他的为人还不错，很老实，事业也发达，广告公司每月能赚二三十亿，我嫁他，我不吃亏，他也便宜，我依然做我市场上生意，对他是有帮助的，决不吃他一口死饭，当然我正式下嫁要他家庭方面通过，什么偷偷避避外边租小房子，不是生意经，决不答应。”

“他家庭方面会通过吗？”

“他答应的。”

罗万平心中一宽笑道：“只要他家庭方面能够通过，就没有问题，不过你嫁他做第二，似乎有点不大好……”

凌美云道：“我大太太不做跟他做第二，自然是吃亏的，不过我已经是二婚，再做人家大太太事实上也许不可能。只要丈夫待我好，大太太二太太又有什么分别，我也不去计较了。

罗万平道：“这是你自降身价，委曲求全，足见你也很欢喜他的。”

凌美云嗔道：“别吃豆腐，规规矩矩请你来商量，不是开玩笑。”

罗万平笑道：“你规规矩矩同我商量，我又何尝不同你规矩？”

这时皇家咖啡馆已打烊，大门关上了，里边只有他们两人坐着谈话，仆欧在那边收拾打扫。罗万平甚是着急，催着凌美云快快回去。

凌美云道："急什么，这里我差不多每天来的，上自经理，下至仆欧开门小郎都相熟，我们谈到十二点一点两点都没有关系。"又道："我已经对黎延松谈过你的事，说你每天工作甚忙，进账有限，家庭负担甚重，常常弄得捉襟见肘，我已叫他增加你的薪水，逢到急用，我也叫他调给你。他说账上不能开其例，私人另外调你。假使这件事成功，黎延松也许另外开爿典当，或者衣庄，请你去当经理，因为两个门口当然开支大了，他不得不开源。公司里一个月收益是有限的，他家中开支端赖这个广告公司，有了我自然另外发展事业。我对他说我的家庭支出会自理，毋须他管，他说这将来再谈吧。所以你应该希望我们的事成功，我们成功，你也成功了。"

罗万平道："多承关切，感激得很，不过目前这件事还得他的太太同意，太太不通过，谁也不敢讲这句话，否则河东狮吼，这可受不了。我看过一天再谈，他跟你这些日子的恩爱，他始终没有在我面前透露一点风声，也许他对我不满。"

"不，他怕难为情，今夜我约你出来，他没有知道的，他反对我同你见面，更反对跳舞，他怕我跟你……"

罗万平笑道："这样最好，用不到他反对，事实上我也没有工夫跳舞，并且自今以后你是他的人，我极应该避开嫌疑，请你便中转言黎先生，以后我不会再同你来往，请他放心好了。"

"我反对他这一种胸襟褊狭的主张，当时我就对他说，罗万平的人格我可以保证，我同罗万平始终清白，跳舞是我的嗜好，我就是嫁你，舞还是要同罗万平跳的，要是不答应，我宁可不嫁，他只好特许一星期一次，所以我跟你跳舞绝对不生问题，你放心好哉。”

罗万平连连摇手：“不必，不必，我根本没有工夫，他特许我没有同意。”

凌美云笑道：“老实说你的舞我最欢喜，黎延松老是几个老步子，真惹气，我同他跳舞就头痛，这些日子我们三天两头跳舞，跳一次我就要打电话给你，他总是说你没有工夫，毋须喊你，喊你也不会出来的，所以我没有请你，其实我何尝不知道他的用意，他似乎醋心很重的。”

“这是他太爱你的缘故，如果不爱你，就不会生醋心，以后逢到你们两人出游时候，希望你不必再提到我的名字，你虽无意，他要疑你有心。天下唯爱最狭，我很了解，请你帮帮我的忙。”

凌美云一阵格格格痴笑。这时咖啡馆里只有他们两人了，连仆欧都没有了，两人才不得不打后门离开了。

马路行人已是稀少，时间已经下半夜一点多钟了，罗万平甚是焦急，电车公共汽车已进厂，三轮车到徐家汇路底，没有两百万元休想。可是凌美云还不放他过门，自顾喊了一辆三轮硬劲叫他送她回家。罗万平跳脚道：“请你帮帮忙，今夜我回去恐怕要三点钟了，车子坐不起，只好走。这里到徐家汇二十多里，至少要走两小时，你还要我送回府，再打府上走回徐家汇，天不要亮了。”

凌美云拉了罗万平上车，笑道：“等会儿我喊车子送你回去，车钿我来，毋须急的。你现在变得这末寿头寿脑，同以前的罗万平完全两样哉。”说着打开皮包，取出一叠钞票，也不知多少数目，往罗万平口袋里一塞道：“这是你回去的车钱。以后你没有钱用，告诉我，自会给你。”

"不要，不要，我身边有钱刚才对你开玩笑的。"罗万平硬劲把钞票挖还，凌美云一手揿住他，不许他挖出："你挖出我发脾气！我已经要你送我回家，还要你贴车钱，如何说得过去？"

"这是你照顾我，知道我穷。"

"对呀，你穷，我有钞票。"凌美云把身体贴紧他怀里，嗲得不得了，这是她的作风。如果不知道她性情的，一定疑她对你钟情，大有一触即发之势，可是罗万平知道她对每个人都是如此的，听任她如何热络，他毫不放在心上，只当无介事。既而车子到了她的家，应该放罗万平走了，然而，依然不放他走，逼他进去，还要招待一番，还要谈谈讲讲。

罗万平道："我急要回去，点心不吃了。"

凌美云把房门一关，身体靠住门后，撒娇道："到也到了这里，横竖时间已经晏了，急什么？点心我已吩咐娘姨去喊，这里弄堂口的馄饨担上馄饨邪气崭的，不吃可惜。"

罗万平一连拱手道："放我回去，肚皮实在不饿，何必喊什么点心。好好，请你开一开门，你看看手表。"

"你再不知趣，今夜不放你走！试试看。"凌美云忽然凶起来。

"不放我走，这里只一个房间，叫我如何睡？真正发神经。我光起火来就不回去，你将怎么办？"罗万平故意同她开玩笑。

"我的床让你睡，我睡地板，不是很好吗？"

"不，我要你陪我睡在床上。"

凌美云眼睛一瞟，扮了一个鬼脸笑道："嘿，被黎先生知道，那还得了？别十三点。"

"你既然不愿陪我眠，那末赶快放我走。"

正在这时候娘姨把两碗馄饨端进来了，罗万平无可奈何，只好吃馄饨。凌美云道："我陪你吃，非常烫，别烫坏了嘴巴，慢慢吃吧。"

馄饨吃毕，凌美云还是唠唠叨叨不休，罗万平懒得去听，急急忙忙抹了抹嘴，抢着走路。这时马路上行人绝迹，连三轮车夫都蜷在车篷里睡觉了。

罗万平赶了好一节路喊车子，车夫都摇摇头说："徐家汇不去哉。"终于喊到了一辆车子，索价三百万元，罗万平无可奈何，三百万就三百万吧。当夜到家已是四点多，天也快亮了。他的太太守门守到这时候，丈夫才回来，当然查问他外边忙些什么。罗万平一时有苦无处申，只得撒谎，说是同经理一起打麻将，时间打僵了。罗太太疑云满面道："你不是素来不打麻将的吗？这个月户口米后天到期，再不去买，一家大小吃什么？"

罗万平道："明天我一定把钱带回来，后天到期来得及的，急什么？"

罗太太火冒道："我不关照你，看你也不会想到！天一点一点热起来，小的夏衣一件也没有，看你牛牵马棚日子如何过下去！"

罗万平一边宽衣上床，一边咕噜道："如何过下去，也要过下去，总不会饿死，总不会让他们夏天一丝不挂赤膊！老是烦，耳朵也被你烦出老茧来哉。"他往被里一钻，一切只当不听见，装着已睡着。罗太太还是不断烦着，怨着，恨着，罗万平心想：这日子的确难以过下去，一月不如一月，收益有限，而物价横跳，万万追赶不上，寅吃卯粮还是相差一大截，同经理去商量吧，经理也是闹不景气，公司广告不旺，收益也一月不如一月，而支出又省不下，在公司中他薪水很高的了，再要求加，如何启齿呢？左想又难，右想又难，不久将来一定要谋出路了，否则是同归于尽了。

第二天罗万平醒来已是十点多钟，急急忙忙起身，赶到公司，先要设法调头买户口米的钱，总算把下月的薪水预先支了出来，赶快派茶房送回家去，心才定了定。

当他正在办公时候，黎延松进来了，对他笑了一笑，到经理室办公去了。罗万平心想，这一笑很蹊跷，从来不笑的，今天何得这末一笑？隔了一会，黎延松来到罗万平写字桌旁，抛了一支白锡包过来，轻轻道："万平，下午你能不能抽出片刻工夫？到皇家咖啡馆呷咖啡，我有一些事想跟你商量商量。"

罗万平忙站了起来，笑着问道："有什么事？"

"咖啡馆里再谈吧。下午两点钟，你有工夫吗？"

"好好，一定奉陪。"

"旁人面前不要提起。"

"好好。"

黎延松走了，大致是去吃午饭了。罗万平知道一定是为了凌美云的事，这倒是个难题，一时不知如何替黎延松解决。真想不到黎延松会钟情凌美云，这实在出乎他的意料。

下午罗万平赶到皇家咖啡馆时，黎延松已经先到了。

"你的工作完毕了？"

"是的，一部分已完毕，晚上再工作。"

"今天约你来有一件事想跟你谈谈，其实早就要约你出来谈谈。"

罗万平道："有什么事？"

黎延松笑了一笑，好像怕难为情，呷了一口咖啡，又是一笑。

罗万平忍不住笑道："黎先生，你有什么话，坦白的说吧，我同你有什么话不可说？"

黎延松呼了一口烟道："就是凌美云的事。我同凌美云的事你大致有一点知道吧？"

"略为有一点知道。"

"是不是美云告诉你？"

"是的。"

"她怎么对你说？"

罗万平笑了笑道："她说你要娶她做姨太太。"

黎延松道："这件事并不如此简单，我并不是一定要娶她，她钉紧我，使我无法摆脱，而且我又是个情感丰富的人，最怕是软，一软就没办法可想，美云大概看出我的弱点，一味对我软，这真把我弄得走投无路，所以……"

罗万平笑道："虽然你是我的上司，她是我的朋友，双方都很好，你们的事稍为有一点意见，我总觉得美云这人太撒野了，不适合做一个人家人，这并不是背后说她坏话，过去我一向当面也对她说，在你面前似乎也说起过。你是有地位的，娶一个姨太太，调剂调剂身心，何尝不可，但，也要郑重考虑，切勿一味情感用事，何况美云又是个有夫之妇，她丈夫胡先生虽然出门不一定会回来，但，将来也许会回来的一天，这是谁也料不到的。"

"这一点绝无问题，她自会登报同丈夫脱离，这件事由她去办理。"黎延松又道："这一点我倒不怕，现在乱世，一个丈夫出门一年以上没有音信，不顾妻子的生活费用，妻子即可另外嫁人，为法律所许。美云的丈夫出门已有一年零八个月，既无音息，又不顾家，她为了生活，当然要改嫁，这是天经地义的事。”

罗万平道：“这一点就算不生问题，凌的公婆亦坚不能通过。”

黎延松想了一想道：“我问过美云，她说没有关系，大不了一房红木家具牺牲，衣服首饰早已搬了出来。当初胡离上海，她就离开胡家，单独一人住在自己家里，她般出胡家的用意，就是准备将来改嫁的，因为胡跟她意见闹得相当深，才不别而行。依我想公婆决也不会干涉她的自由，知道自己儿子远离，媳妇变心，这是意料中的事。”

罗万平问道：“那末你的家属方面，有没有反应？你的太太面前也通过了吗？”

“这更不生问题。”黎延松笑了一笑，“我的太太不比别人，很开通。我是一家之主，她不答应也要答应。以后我还让美云同大太太住在一起，我家房间多，住在一起，开支也节省一点。”

“你太太已哑开了吗？”罗万平又钉紧问了一句。

黎延松笑笑道：“她哑开不哑开，我不去管她，横竖做了再说。这件事我曾经对我老头子说起，他没有反应，也不说反对，也不说赞成，只不过问我对方是怎么样一个人物，我一五一十告诉了他，他只点点头，也不说什么。见情形他是不反对的。”

罗万平道：“老年人当然爱护儿子的，他如果反对，你自然对一切消极，一消极，岂非影响事业。我认为问题还是在于你的太太，你的太太面前能获通过，那是没有问题，假使不能通过或者勉勉强强答应，这都是靠不住的，因为我知道一个女人对其他任何事体都可以原谅，都可以马虎过去，如吃，穿，赌，玩，知道丈夫事业上必有的应酬，她都不会来干涉，唯独弄女人，娶姨太太，这是决不能通过，气量最是狭小，等到河东狮吼一天，就是丈夫轧扁头的日子，简直没有办法。”

黎延松道：“我的太太跟我共甘苦了多年，现在已是三个孩子的母亲，平日素来不与问我的行动，这一点我可以有把握，就是不答应，我只须对她讲几句好话，就无事了，再不然我拉出老头子老太太出来压制，她还不服从吗？这一层我都不放在心上的，倒是关于你的问题。”

罗万平吃一惊道：“我什么问题？”

黎延松一笑道：“听说你跟美云相当热络，外边人都是这样说，现在她嫁我，你心里……”

罗万平听了这话，不觉直跳起来道：“笑话，笑话，你还没有知道我同凌美云的关系，所以才说这种话。我同凌美云绝对绝对一百个绝对没有关系，可以对天立誓的。你娶美云，我心里只有安慰，谈不到难过，你是情有所寄，她是得有归宿，这实是人间一桩美满姻缘。黎经理，请你别存这个念头，我决没有这个不欢的心的。”

黎延松笑道：“我只要你能原谅，能了解，不跟我心里难过，那末我做这件事胆子也大了。好，我决不怪怨你，请你原谅，刚才话说错了。”

罗万平又特别提醒他，目前最大的问题，还是赶快去疏通自己太太，其他都没有问题的。黎延松点点头笑笑，表示胸有成竹，一切都可迎刃而解。这一个谈话从两点钟一直谈到五点钟方才完毕，于是黎延松付了账。双方退了出来，黎对罗道：“过一天我请你出来吃饭，我的太太一个，美云一个，你我两个，在我的太太面前你再替我吹嘘吹嘘，说说好话，事情就容易成功。”

“这一点很抱歉，我是个不会说话的人，吃饭心领谢谢。”

“为什么不到？”

“这叫我如何措辞？你太太不了解还当我是介绍人，这叫我窘不窘？”

“不会的，我定了日子告诉你。”

两人出了咖啡馆，黎延松回家去了，罗万平回公司。他一肚皮的窒塞，无从发泄，心想黎延松如果娶凌美云，我将被卷进漩涡，他的家属一定会怪怒我，公司里人也会疑我罗万平是什么企图，用的美人计，打算操纵广告公司大权，这是用一百张嘴也无法辩驳的。现在他们如此热恋，如果对他们反对，一定又认我是破坏，当然这个破坏原因，一句现成闲话是吃醋，实际上我不是这种人。凌美云今日就是倒贴我，送给我，我罗万平也没有这个资格，也没有这个胃口要。这些情形外人是不会知道的。罗万平想到这里，连工作的精神都提不出来了，索性回到家里去。他太太一个奇怪，问他今天何以回来这末早。罗万平道：“精神有点不好，每夜弄得老晏回来，要弄出病来了。”

他太太道：“生病那末真该死，现在还生得落病吗？看一看郎中要多少钱？吃一帖药要多少钱？你一个月公司里收益只够半个月开支，你看这日子如何过下去？”

罗万平把衣服一宽上床睡了，叹口气道：“过一天算一天，到了大家没有办法时候同归于尽吧。”

罗万平的心境又是增加了一阵伤感，公司里的事情是忙得要死要活，而待遇始终没有办法增加，黎延松虽然对他很同情，但也一时没有这个心绪来顾念他了，因为黎延松的心已经放到凌美云身上去了。一个职员生活不能安定，至少是影响工作的，可是做老板的顾不到这个，这是无论如何是失策的。罗万平屡次要同黎延松谈一谈待遇问题，至少总要使他一家大小吃一口苦饭，不致一个月的收益，只够半个月的粮，还有半个月是脱空的。罗万平躺在床上胡思乱想了一阵，也就糊里糊涂睡着了。

第二天罗万平上办公室时候，他的太太背后叮嘱他道："动动脑筋，今夜带点钞票回来，明天开伙食的钱都没有了。"

罗万平心如刀割，回转头来道："钱又光了？"

"早已光了，买了半担煤球，一斤油，难道还有钱多吗？昨天我们午饭小菜是买块乳腐搭饭的，一家大小六个人，只买得一块乳腐，你想是不是苦饭，幸而没有客人来，假使来了一个客人，那末你罗万平的台坍尽坍绝了。"

罗万平一阵苦笑，连忙逃一般的跑了。他到了公司把昨天积下来的工作赶快做完，下午黎延松到了公司，趁同事们不留意当口，塞来一个字条给罗万平，上面写道："三点钟我们在老大华舞厅，你一定到，面谈一切千万勿误。"

罗万平心里暗暗好笑，滑稽真滑稽，现在两人在公司里索性连谈话都用条子塞来塞去，真是秘密的，这仿佛地下工作，当下他也复了他一个条子，上面写道："下午三点钟弟恐怕分身不开，你有什么事不妨现在告诉我，如何？"

写毕折折小，叫茶房塞到他的写字桌上去。黎见条一笑，隔不了一会黎延松又塞一个条子过来，上面写道："三点钟我约好她的，她一定要你到，我们谈谈，她还要你跳舞，为什么分身不开？工作留到晚上干吧，我同她在那边等你。"罗万平一想只好去，其实算得天天见面的，有什么谈头，也谈不出所以然，反把我工作耽误了。经理的吩咐，还有什么话说？下午他一直挨到三点四十分方才出发，待到了老大华，他们两人早已在那边了。凌美云当着黎延松的面开足罗万平玩笑，说：“你现在架子搭足，黎先生请你来，你还不肯来，他约你几点钟的？现在几点钟了？我未尝不明白你的心意，我嫁给黎先生，你心里难过是不是？老实对你说，我们两人事情成功，决不会忘记你的，至少请你吃十八只蹄髈。”

黎延松哈哈大笑道：“美云，你不应该说这话，罗先生真是一点一画的好先生，你别挖苦他。”

罗万平窘得要死说：“你们的事我要是难过，走出去立刻被车子轧倒，一个人讲话总要自己想想，替人家想想，不要像你一肚皮妄加批评，幸而我知道你的脾气，否则受不了。”

凌美云指指戳戳笑道：“哼，我是不怕你的，我预先让你骂脱两声，我脾气不好，你老是骂我的。”

黎延松从中打圆场道：“好了，好了，你们两位都有道理，现在我们谈正经。”

凌美云还是在挖苦罗万平，叽里咕噜的不休，还不时对罗万平扮鬼脸。罗万平被弄得头都痛了，心想凌美云现在变了，这是心里的变态，也是心境的美满而不期然的一种作风流露出来了。黎经理道：“今天你们两位都在那里，美云，你有话可以说了，我欢喜坦白的说。万平兄，你有什么话也可以说了。”

这时音乐正奏着一支华尔兹，凌美云最欢喜是跳华尔兹，也最欢喜是罗万平的华尔兹跳得最好，便急急拉了罗万平下舞池，可是罗万平立刻道：“喂，喂，你应该请黎先生跳，怎么要我跳？不行，不行，我绝对不跳！”

凌美云脚一跳急道：“噱索噱索，音乐快完结哉，下去跳呀，我欢喜你跳，怎么了？牛皮糖。”

黎延松扬扬手道：“快快下去，她欢喜你跳，你就陪她跳吧。”罗万平才匆匆忙忙下了舞池，边跳边道：“我认为你这人太不知趣，黎先生在这里不要他跳，要我跳，黎先生要不高兴的，以后你不可以这样自说自话了，我同你界限要分清爽了。”

凌美云啐了他一口道：“什么界限不界限，难道我嫁了他，舞都不能同你跳了吗？谈也不必谈，我同他早已说过的，就是正式嫁了他，每个星期必定同你跳一次舞，如果不答应，宁可不嫁，我就有这个犟脾气。”

罗万平扑哧一笑道：“你这人真是孩子气，这话亏你说得出，不答应你跳舞，宁可不嫁。如果我做了你的丈夫，既然讨了你就把你关闭家里，不放你出来一步，还要跳舞，滚你妈的蛋。”

凌美云正色道：“那我宁可不嫁，一生一世不嫁，如果如此手段对我，孙子王八蛋嫁他。”

“我认为你这一种贪玩的心太重，不是家庭幸福。我的话不听，将来一定吃苦。”

“我宁可吃苦，宁可不嫁人，请你少烦两声吧。江山好改，本性难移。你懂不懂？”

正谈到这里一支华尔兹音乐恰巧完毕，两人回到座位，黎延松笑着道：“难怪美云钉紧要万平兄跳舞，原来万平兄的舞，实在不错，名不虚传，佩服佩服。”

凌美云一时高兴非凡对黎延松道：“今天我又要提出这个要求，

好得你也在这里，如果我嫁了你，舞是一定要跳的，多不要，一个星期至少要同万平兄跳一次舞，这是公开的，你能答应我，我就嫁你，否则我宁可不嫁。”

黎延松哈哈大笑道：“一定答应，一定答应，不过我有个限制，只准你同万平兄跳，别人我则不答应。”

罗万平道：“黎先生答应，我可不答应，我有两个理由，一是我根本没有时间奉陪，二则你是黎太太，我再不避嫌，将来要被人家批评，这可吃不消。”

凌美云道：“勿管的，我同他是夫妇，同你是朋友，朋友的交谊难道不能跳舞吗？”

黎延松又是一阵大笑道：“万平兄，你同她跳舞是我许可的，我绝对不会疑心。她既然贪玩，还有什么话说？依我心意，正式之后我要把她关闭起来的，不许出大门口一步，把家务加到她头上，要出来也不能出来了。”

凌美云道：“把家务加到我头上，我也要出来，我把家务一切安排妥当，怎么不可出来？老实说你要是用专制手段，那我可受不了的，预先声明，你还是不要娶我。”

黎延松道：“出来，出来，放你出来，你这人脾气我委实吃你不消，一个女子生的男人脾气，好像你从前不是这样的。”

罗万平听他们你一句我一句辩驳，肚里暗暗好笑。后来他们谈到顶房子问题，凌美云坚决房子要看赶快，先把房子顶好，家具买好，然后再谈结婚。黎延松道：“结婚目前不谈，我的意思先顶好了房子，你的生活由我来负担，我每天到你那边打打中觉，晚上我要住你那边就住你那边，不住你也不可吵闹，总之两妇之中我一视公平，不使你吃亏，于心无愧，万平兄，你以为对不对？”

凌美云道：“这一点我决不计较，只须你开销送来，白天常常来来，我就算了，晚上住不住夜，我决不顶真，就是你夜夜回家去，只要你良心上对得起我，我也算了。夫妻要日子做得长，总要从长的地方着想，万平兄，你以为我的话对不对？”

罗万平也只好顺口道：“对对。一点不错。”

黎延松道：“不过目前顶一间房子相当贵，我有点吃不消。”

凌美云道：“这不妨我贴你一半，如一根条子，我贴你半根。”

黎延松便说：“那末房子马上就可去顶，你贴的条子，将来我如数归还你，不过分期拔还，要我一次还你，勿来事。”

凌美云道：“要我同你是夫妇，我贴也贴了，无所谓还不还，我这人脾气直爽，老实说比男人直爽，钞票有什么稀奇？”

罗万平笑道：“凌小姐的脾气我一向相信她是很直的，有丈夫的气概，值得佩服。”

凌美云啐了罗万平一口道：“嘤喔，你从来不曾喊我凌小姐的，现在喊我凌小姐，这是什么道理？你说，你说。”

“我用不到说，跟你客气难道还不好吗？现在喊你凌小姐，过一天喊你黎太太哩。”

黎延松扑哧笑了起来道：“有趣，有趣，真有趣。”

凌美云听见唤他黎太太也就格格格一阵痴笑道：“要死，要死，你这人哪能介贼腔？我做黎太太有没有这资格，还没有知道呢。”

“这是什么话？你太谦虚了，大家自己人，何必如此客气，不当我自己人看待了。”

“要死，要死，万平，你现在也学得油腔滑调哉。”凌美云索性伸过手来朝罗万平大腿上击了一拳。这个情形黎延松实在看不顺眼，当时大表不满，对凌美云说是下次不可以，太不像话了，凌美云不乐道："我天生这个脾气，你要我就要，不要拉倒，我又不是上门来要你，太笑话。"

罗万平连忙调解，说这是凌小姐太率真的关系，你们两位都不要误会。凌美云见黎延松甚不高兴样子，也就软了下来，一阵撒娇道："随你的便，我是天生的脾气，你不要我，尽管不要我，你不要我，你不要我。"

这末一来黎延松却笑了起来道："好好，要你，要你，怎么不要你？我是不赞成你这脾气，无非也是要你好，以后希望你别再这孩子气，我的面子关系，不明了的还以为你是个十三点女人，是不是？"

凌美云也笑了。罗万平也笑了。继续谈顶屋的事，当下双方决定明日上午去看屋，再决定。罗万平急要走，这时茶舞也散场了。黎延松同了凌美云去吃夜饭，叫罗万平一起去，罗拱拱手道："不去了，我有许多事都没有做，今天已经耽搁了不少时间，夜饭准定谢谢。"说着逃一般溜走了。是夜黎延松同凌美云约定明日上午九点钟在国货公司门首会面，先到先等，凌美云说是九点钟无论如何来不及的，她上午还要去做头发，总要做两个钟头，最快最快也要十一点钟到。

第二天罗万平一早到公司，不料听见一片哭哭闹闹的声音，夹着公司里的人调解声音，还有小孩的哭声。罗万平吃一惊，当他跨进写字间的门，才知道黎延松的太太，女儿，老母在里面哭闹。当罗万平坐下来时候，黎太太眼泪汪汪的来到罗的写字台旁边，对罗万平道："罗先生，交关谢谢你。"

罗万平吃了一惊，窘了起来，心想凌美云的事发生了。当下他授了黎太太一支烟，道："什么事？什么事？"

黎太太拭了一下眼泪，吸了一口烟道："什么事，难道你罗先生没有知道吗？"

"实在不知道。"

"听说延松要讨姨太太，是你罗先生介绍的。这个女人叫凌美云，现在我劝他不听，一定要娶，叫我还有什么法子？好得我抱定了宗旨，决定让她，我把三个孩子交代我的妈，我回到乡下去……"说到这里又呜咽起来了。

罗万平跳起来道："根本没有这一件事，我没有介绍凌美云给你黎先生，这是谁说的？黎太太，你一定误会。"

"这是延松自己对我说的，你罗先生也用不到推脱了，难道他自己说的是假话不成？不过这件事我不怪任何人，只怪自己命苦，过去我跟延松吃过多少苦头，现在说给你罗先生听听，抗战时期上海轧不到米，我个人吃苞米粉，让他吃大米，我一连吃两个月，因此生了一场大病；十二月大冷天，我生产小孩，连娘姨都不用一个，都是我一双手。我跟延松是吃过一番苦的呀，这爿广告公司还是最近两年才有点起色，总算过了一点稍为安逸的日子，他就变了，要讨姨太太了，好吧，让他去讨吧，我决定让他，只要他交代我一句话，良心上对得起我。"

罗万平再三劝道："黎太太，毋须难过，这件事情事前我虽知道，可是我料到决不会成为事实，无论如何不会成为事实。这位凌小姐我虽同她相熟有靠十年，但，我跟她很清白，丝毫没有关系，也许黎太太不明了，这我可以对天立誓。此次黎先生同她会有如此钟情，实在出乎意料，这是一时的情感作用，我可以保证他决不会永久。黎太太你放心，用不到消极，什么让了她，你下乡去，这是绝对不通的。我希望你依然劝劝他，同时我也劝劝他。男子汉大丈夫一时糊涂是有的，在他糊涂时，只要旁边人多劝，多譬解，多感化，没有不回心道理。所以我希望你还是多劝，他没有不感动之理。”

黎太太眼泪汪汪道：“没有办法的了，我算得是劝了，他只当耳边风，再多劝他跟你寻相骂。我是一夜劝到天亮，我没有睡，他也没有睡。今天我本不来找你罗先生的，因为昨夜我们已经决裂了，他说你越是劝，我越是要讨她，看你什么办法使出来，我抱定这个宗旨，任何人劝都不要听，天生这个戇脾气，爹娘都不买账，你再烦，我立刻就走，永远不回家，到深山去做和尚。罗先生，你想想，一个人心变到这个地步，还有办法挽救吗？还劝得好吗？我是看穿了，一切都是空，一个女子嫁不到好丈夫，一生一世苦。这次我决心走，到乡下去做尼姑也眼目前清静一些……”

黎太太凄凄惶惶说到这里，公司里人顿时肃静无声。罗万平为了辩白自己，句句坦白的，明白他的人是明白的，不明白他的人当然心里是不会明白的，这一层他早已料到。好得他坐得稳立得正，事实上他实在没有介绍凌美云给黎延松，当然泰然处之。当下又劝了一阵，可是黎太太还是对罗万平表示不满，虽然，你如此表白没有介绍，但这个根总是从你罗先生这里起。最后众人把黎太太劝了回去。

当日下午黎延松来公司，只见他一脸愁容，罗万平拖了他到弄堂里告诉他今天情形。黎延松气愤道："我预备她吵，难道她能够干涉我的自由，这许多日子来她没有一天不同我吵，没有一夜不同我吵，我实在气，她要是同我捣蛋，我偏生要讨凌进门，我也不知对她说了多少好话，说凌进门只有对你有利，家事归凌去理，你只须吃吃白相相，打打麻将，一切不必问讯。另外我再送她一双金镯，一只钻戒，一堂红木家具，再替她存一百亿款项，由她生息也好，取用也好。总之凌未进门我待她平常，凌进门后我格外待她好，可是她都不要。"

罗万平道："这不能光是怪你太太，一个丈夫外边讨姨太太，做女人气量当然小的。黎先生，我早就对你说过，太太面前不能通过，事情就多麻烦，多烦恼……殊不知我亦被牵涉进去，你太太口口声声咬我介绍，咬我做的媒人，你想我可受得了受不了？"

黎延松道："这是我私人家庭的事，与你不相干，况且我不是三岁小人，自己做的事何尝不知道？你管你照常工作。起初她答应娶的，后来忽然又变卦，她可以出尔反尔，我不能允许她这样，如果以后再向你胡闹，你可以不用理她。"

"这不是理不理的事，我可受不了这精神上痛苦，我不该受这个冤枉。我一再劝过你，凌此人脾气太野，以你的地位和忠厚的性格，去娶他实在不相配，我希望你还是放弃了吧，放弃了吧。"

黎延松道："放弃不放弃容我考虑，当然不是因了她一吵我就见她怕，这样说来我的主权一点都没有了，只须由她吵吵我就可以屈服了，世上也没有这样好白话的丈夫。"

"你要娶，我当然没有资格反对，但凌脾气太坏，实在犯不着，虽然你们双方都是我的朋友，我不能在你面前说她坏话，也不能在她面前说你的坏话。我的处境是最难的了，简直有冤无处可申了。”

黎延松忽然笑了起来道：“万平，我认为你把这件事看得太严重，其实我认得凌也许比你日子更早，不过中间一向不往来罢了，这次我同她重逢是因为恰巧她来找你，旁人以为是你介绍的，事实并非如此，这是你被牵涉进去了，那末我解释误会，叫我太太向你道歉吧。一切有我在，保证她不会再咬你介绍了。”

罗万平道：“道歉，那倒不必，希望以后不要再到写字间来哭哭啼啼，使人很不好过的。”

“好好。”黎延松又笑了。

是夜罗万平又赶到凌美云那边，告诉她今天黎太太在公司吵闹情形，他夹在中间受这个不白之冤，实在受不了，叫她暂时把这件事冷一冷。

凌美云道：“你为了我们的事，难人也只好做一做了。不瞒你说，我除非不做，做得就不怕。万平，你是我十年朋友，就是委屈一点也只好委屈，为了朋友，牺牲是值得的。黎的女人是十三点，你怕我不怕！”

罗万平听凌美云又是这末“拉拉扯扯”一大阵，真是感到头痛，愁眉苦脸道：“不是怕不怕的事，当真谁人怕谁人，都是废话。现在把我也牵进去了，你知道不知道？”

凌美云道：“笑话了，又不是我把你牵进去，她要把你牵进去，管我屁事，你来对我讲只鸾！”

“你这人简直没有道理，我不来对你说。”罗万平甚是气恼，打算夺门而出，凌美云扑哧一笑，把他拉了回来，道：“万平，我问你，今天你来到底是什么用意，是存心来破坏，反对我们两人事情成功？”

罗万平道：“我不过站在旁观者立场劝你稍为冷一冷，因为你越是把黎先生逼紧，他的太太一定有发生旁的枝节。你们双方都是我的朋友，当然不愿要你们任何一方难堪，我认为你越是不服气，越是事情弄僵。”

“我倒要问你，今天是黎太太派你来的吧？你一定得了不少好处了吧？”

罗万平道：“我要是得到黎太太一分一厘好处，一家门天火烧，烧得老虫不剩一只，你讲话不要含血喷人！”

“那末你不赞成我嫁给黎延松？从中破坏？”

“没有资格。我是希望你不要操之过急，也要替我设法想一想，我的处境甚难。”

“依我想想没有什么难呀，何况又不是你做的媒人，我们都是自愿的，我也没有挜他要，他一定要我，其咎不在于我呀。”

凌美云说到这里对罗万平大表不满，当场开销道：“枉为你是我一个十年之交，一点也不照顾我，帮帮我的忙，今天来还说这些狗屁，你是人还是众生？老实告诉你，我们的事不容任何人置喙，不容任何人干涉，有这个胆才做这些事。黎延松我是欢喜的，现在他如果不要我也办不到了，老实说我们有过事实了，开过金门房间，不告诉你，因为你要从中破坏。我还以为你是个君子，是个好人，原来你是这末一个坏胚子，我要同黎延松在一起，任何人都阻挡不了。我在延松面前还处处帮你的忙，说你种种好话，怎么会知道你是这样一个人物？算我有眼无珠看错了人头。你用任何手段捣蛋，我都不怕！万平，你可以休了！”

罗万平顿时面色转变，周身冰冷，目瞪口呆，半天说不出一句话。知道非但一番好意付之东流，还吃了她这个排头，还有什么话说？心里像刀刺，头上像冷水在浇。一想此间不可再留，还是走的好，只道："再会，再会，今天是我的不是，请你原谅，算我劝坏了，你只当我撒屁。"说着走了。凌美云非但不加挽留，背后朗道："再会，谁同你再会？当做放屁！"

罗万平还不曾走出后门，凌美云立刻把房门一碰而上，其声甚巨，这分明是给罗万平听听的，存心触他霉头，这一来又是给罗万平气上加气。当夜他回到家中见小囡哭吵，大发牢骚。他太太火冒道："你要死快哉！小囡犯了你什么，值得大惊小怪！猪猡！"

罗万平又是一肚皮气，恶狠狠道："你骂我猪猡，同我睡在一床的都是猪猡，哼。"

他太太道："吃生米饭的人，今夜你在什么地方受的气，回到家里来发死人脾气！"

罗万平自知出气出到太太身上，觉得说不过去，也就忍在肚里不再做声，宽衣上床睡觉了。

第二天罗万平到公司刚正开始工作，突然接到一个电话，接来一听才知是凌美云打来的。她在电话里道："你是万平吗？"

"是的。"

"我是美云，喂，"接上是笑声道："喂，万平，昨夜的事交关对你不起，请你原谅我，我的脾气你是知道的，说过了也算了，决不放在心上的。今天请你来吃午饭，我亲自上小菜场买了一尾鱼，一只鸡，十只鸡蛋，一只鸭，你一定要来的，听见没有？我还有许多话告诉你。"

罗万平道："不来了，心领谢谢，昨夜的事是我触犯了你，这是我不好，不与你相干。"

"不，万平，一定要来的，小菜买也买了，不来吃，任它坏了不成？万平，你一定来，一定来，我还有闲话告诉你。"

"不，我实在没有工夫，刚才到公司，事情堆了一台子，一点也没有做，准定心领谢谢。"

"万平，万平，你到底哪能的？不来办不到，我赶到你公司，看你来不来？"

罗万平一时真没有办法应付，愁眉苦脸道："吃饭日子长哩，何必一定要今天？为什么你一点不原谅我的？"

"你到底来不来？我发脾气哉！你这个人怎么介牛皮糖，嚎索来，听见哦？"凌美云不再说下去，把电话"扑"一声挂断了。

罗万平心想去，又想不去，不去又怕她吵到这里来，去又吃了她这一顿饭，以后许多闲话不便说了，想来想去还是去的好，事到这地步，他也没有这办法阻挡了，听他们去搅到什么地步再作道理。

罗万平到了凌美云家，美云又是眉开眼笑道："昨天真正对你不起，是我触犯了你，我这个脾气死也改不掉，心里恨是恨得来，当时不由自主，肝火一上升，什么都不买账，连爷的爷来都不买账。今天我当面向你万平道一个歉，还是看在我们十年交情的分上吧。"

罗万平连口摇手道："不提，不提，过去的事不提，这是你当时的误会，我决不怪你。"

凌美云高兴极了，大笑道："所以今天我请你吃饭，表示联络，我们感情恢复，还是老朋友。刚才电话里你说不来，我火真是冒呀，为了你买的小菜，叫谁去吃？"说着忙吩咐娘姨搬小菜。这时小菜放满了一桌，罗万平喝了一杯酒，凌美云陪他也喝了一杯酒，替他再斟酒时，罗万平一手掩住杯子道："不，我不能再喝，还有许多事情没有做，还是吃饭了吧。"

"啊呀，怎么只喝一杯酒呀，你不是宏量的吗？"

罗万平道："量果然宏，可是白天我不大喝老酒，工作完毕之后，晚上大家来喝一个畅。"

凌美云大笑道："好好，那末余下的酒，今夜你来喝光吧，还有这许多小菜，你也来替我包消了。"

罗万平随口敷衍了一阵，吃了一碗饭抹了一个脸告辞走了。是夜他料知凌美云必定还要打电话来的，预先告诉同事，逢到女人声音叫我去吃夜饭，你们替我回头了吧，说罗万平有事回徐家汇去了。

到了晚上凌美云电话来了，办公室顾先生代接的，说是罗万平早回家去了。凌美云在电话里又是一阵发脾气，说罗先生半吊子，明知今夜我请他吃饭，当面也答应我的，忽然黄牛，这还不是半吊子？顾先生付之一笑，吃她豆腐道："凌小姐，你请罗先生吃夜饭，他走了为何不请我吃？"

凌美云一阵笑道："好好，顾先生你来请你代表吧。"

"不，凌小姐，我跟你开开玩笑，夜饭我已经吃过了。"说着把电话挂脱。这时罗万平道："我最怕晚间外边应酬，尤其是女人请我吃饭，最最头痛。"

这样过了一星期，情形一天恶劣一天。黎太太抛下子女下乡去的计划，听说决定打消，她突然由消极而积极起来，预备同凌美云斗一斗，看谁胜利，她打听到凌美云的婆家电话，立刻打了一个去，问："你们是胡家吗？"

“是的。你哪里？”

“我是黎太太，你们有个媳妇叫凌美云的吗？”

“有的，她现在不住这里了。”

“你是她什么人？”

“婆婆。”

“胡家婆婆，请你不要见气，你的媳妇在外边破坏人家家庭，为何不加约束？如果再放纵她如此，我老实不客气，没有好面孔对你的，今天先给你一个警告，请你立刻关照你们媳妇，即日起停止在外活动，如果不受警告，将来有三长两短，一切责任唯你家长是问！”

电话里急问道：“喂，喂，我完全莫明其妙，请问我们媳妇在外边破坏谁家的家庭，我虽有点风声得到，但实在不详细，请黎太太息怒，不要光火，给我一个详细情形。”

黎太太道：“你们媳妇破坏我的家庭，要嫁给我的黎先生。告诉你，黎先生的家庭一向很融融乐乐的，我替他生了三个孩子。他本人一向很规矩，自从遇见你们媳妇就变了心，家庭吵得不成样子，这日子我也过不了，足见你做家长的平日对小辈约束无方，任她外边如此胡闹，如果不予制止将来一定闹出人命案子，你做家长的卸不了责任。”说到这里把电话挂断了。

凌美云的婆婆接到这个电话，真是一泡气，心想媳妇在外边如此荒唐，再不加约束，还成何体统？当下便赶到凌美云那里去大吵，把美云骂得整个弄堂里的人家都赶来看闹猛，她的台完全坍光了。凌美云想与其否认，不如索性承认，拉破了面子，便拍台笃凳道：“对呀，我是烂污，我是不守妇道，我是轧姘头，我都承认，不过你要想想这是谁害我，是不是你们这个宝贝儿子害了我的，他抛下我快两年了，一点信息也不给我，也不寄一分钱家用，这不是要我死吗？老实说这个乱世，只须丈夫出门一年不顾家，也没有消息，做妻子的哪怕嫁人轧姘头，谁也管不了，连法律都不抵触。你做家长的不管束自己的儿子，去了这末久的日子，也没有一句下文给我，也不顾生活费用，任我一个漂流在外，这是谁人的错？你还要骂我，请弄堂里左右邻舍大家听听，是我的还是你胡家儿子错？请大家评评理。”

这时她婆婆当然理由是缺的，知道说她不过，且骂且跑的溜走了。凌美云经此一个刺激，决定横字打头，她同延松的婚姻，只可成功，不可失败，否则这个台坍不下。在胡家，她还有一房间红木家具，以及两箱子旗袍，保险箱里还有两副金镯，两根金链，两个锁片，两只钻戒，三个翡翠别针，五个金戒指。这许多东西，都是她自己的，既然嫁了人，这许多东西当然要收回的，否则白白送给胡家，有什么名堂？翌日她赶到哈同路胡家，一进门见了她的婆婆，当然双方面孔都是凶凶然的，一屋里姑嫂小叔叔娘的面孔都一般凶相的。凌美云有自备钥匙，打算开进自己房间，这是她当时离开胡家自己锁上的，不料这时候胡家的人群起阻挡道：“你开门是什么意思？真是恬不知耻，居然自由行动！走！不许开。”

凌美云道：“房间里我自己的东西，当然我有权来取，你们为什么阻挡？两箱子旗袍，是我自己的钱做的，一盒子首饰也是我自己的钱撑的，为什么不可取？是不是你们要吃没！”

这时姑嫂骂道：“放屁！是你的钱办的，还是我弟弟办的？连你的人都是我胡家的。”“我哥哥两年没有回来，你就嫁人，不要你面皮，东西敢动一动，马上送你到警察局。”

她气得昏天黑地，拼命要开门，众人把她一推，一跤跌到老远，她爬起来便同姑嫂叔叔打了起来，因此面部受伤，她知道今天无法解决，知难而退，悻悻然道：“今天，我不来同你们打相打，我有本事就来取，没有本事就歇，看看我凌美云颜色！”说着匆匆走了。

凌美云当时气愤万状，回到自己家中，只觉得脸上像针刺一般的痛，对了镜子一看才吃一惊，被胡家的人手指爪拉伤一大块，血淋淋的。这末一来，脸上留下这个记号，分明是打过相打的标记，还有面子出去吗？凌美云在床上大跳大哭了，娘姨横劝竖劝都没有用，就赶到罗万平的公司里去喊万平来。此刻万平正忙得走投无路，哪里还有工夫管这些闲账？直截了当回头娘姨没有工夫，以后任何事情不必到这里来，我不吃你们的饭。娘姨吃了这个弹头，当然回去告诉凌美云，她是气上加气，因此对万平加深了一层误会，以为她和延松的事成功，没有话说，如果不成，其中必是万平破坏，毫无疑义，若要成功，务必让延松开除罗万平，公司中如有此种人，这个公司决不会有希望。

凌美云有这个居心对付罗万平，在万平心中真是万万想不到的，他还蒙在鼓里。这个时期起凌美云与黎延松每会见一次，总是要求延松停歇罗万平，因为他早就要动我美云的念头，现在我想嫁给你，他心里气不过，所以想出种种办法来破坏。黎延松一个奇怪道：“我看这件事罗万平是冤枉的，他从来不曾破坏过，他是一个著名的好好先生，虽然劝过我缓一缓，但，这是他的一番好意，并无十二分反对我们的事，叫我如何下辣手停他生意？何况他在公司中很重要，工作甚负责任……”

凌美云道："你不停歇罗万平，将来我来开除他，看看我凌美云的颜色！"

黎延松道："不要，你别操之过急，一切事情我自有办法，你们女人不必干涉我公司的行政。如果我这广告公司走了罗万平，我是没有人可重托了，你应该忍耐，听我的话。"

凌美云道："我最气不过他打电话到我婆家，叫我婆婆管束，你想混蛋不混蛋！辣手不辣手！这种不是破坏？虽然是女人声音打的电话，这是叫他女人打的，冒你的太太打的，足见他的用心之恶！"

黎延松道："我看不会，我相信罗万平不至于这样，你一定误会。"

"什么话来，我婆家的电话只有罗万平知道，你的女人决不会知道，就是你女人真的打过电话，也是罗万平告诉她的，毫无疑义，你用不到帮罗万平了，我的脑筋好好比你灵清，不像你这样糊涂。"

黎延松被她这样一阵挑，心里想想也许是事实，便说："那末我明天问问罗万平，有没有这件事，如果真的有，那自然说不过去，他不能交代我，不过据我知道决不至于这样，待我调查明白。"

凌美云道："这一个电话，使得我一房间红木家具，两箱子旗袍，一盒子首饰都被胡家扣留，没有取出来，叫我怎么不要气？我脸上也受伤了，这日子我真是怨尽怨绝了。"

黎延松道："别去提起了，牺牲一点首饰，两箱子衣服，也没有什么了不起，像你很有做投机的手腕，老实说这一点牺牲只须两次生意一做，就会赚出来了。看你如此的怨，有什么犯着？劝你还是看穿一点吧。"

凌美云道："我们两人的事情已经骑上虎背，不举行也得举行，现在积极进行的就是赶快把房子解决，让我搬一个场，否则这弄堂里他们都知道我要嫁你，而我还是住在这里，要被人家笑的。我把房子看中，定洋一付，拣一个日子搬了进去，再进行第二步手续。”

黎延松眉头一皱道：“顶费可吃不消，我现在钱还没有筹到。”

“没有关系，我替你垫。房子的事不能只说不进行，不能再说了，我喊声你少爷！”

“好好，你能替我垫款，那末今天就进行。”

“款子虽然我替你垫，将来你要还我的。”凌美云笑了一笑。

“当然还你。”

当下黎延松会了账，两人一辆三轮车到了河南路华德里，原来这里凌美云有个小姊妹，还有个三层楼出顶。两人到了目的地，会见了她的小姊妹，凌美云居然介绍，说黎是她丈夫，小姊妹也就称呼他姊夫，黎是说不出另有一番情绪在心头。当下看了三楼，是个统楼面，房子虽非钢骨水泥，可是在中区也很不容易找到。一问价钿，是要金条两根，再三讲价，才一根半敲定。小姊妹道：“这房子我替你留了好久哉，你要赶快进来住，定洋今天不妨付下三分之一，其余搬进来时付清，姊妹虽然姊妹。我们手续应该这样。”

凌美云道：“啊呀，今天我没有带现钞呀。一根半条子，付三分之一，也要五两金子？”说着对黎延松看了一眼。

黎延松一时窘了起来。凌美云见自己手上戴有一双金镯，灵机一动道：“没有关系，横竖我有这一双镯头，脱下来付了她吧。”便把一双金镯除了下来，一点也不肉痛，交给了小姊妹道：“我现在没有带钱，这双金镯作为定洋，请称一称多少重，将来付清时除去这个分量好了。”

小姊妹当然欢迎之至，当下用秤子称了一称，计重四两八钱半，说："今天先收你四两八钱半，写个收据给你；进房时只须再付十两零一钱半够了。不过这是依条子算的，如果你将来付现钞，再看将来金子市价折算。"

凌美云道："不，这个不通的，房子是今天看定，定洋也是今天付的，那末还有条子也应该依今天市价结算，才是道理。"

黎延松道："很对，总之将来无论金子涨落，也依今天结定，如果涨，是你们倒霉，跌是你们的运道，大家碰额角头。"

小姊妹一想，终认不妥，因为金子市面天天高涨，从没有下跌，那末将来折合现钞，当然是吃亏的。后来经过再三商量结果，说是在这一个星期内为限，如果超出一星期，要末送金子来，要末根据那时候的市面折算。凌美云同黎延松回出来时候，郑重道："看见哦？你亲眼见我金子付出去的，以后你要放点良心出来。"

黎延松笑嘻嘻道："知道了。"

凌美云边走边道："还有十两多金子，你能不能付出？我家中没有大条子，有金饰，作给她工钿当然不算，我实在肉痛，真舍不得。"

"十两多金子不是没有办法，不过公司里提出这一个巨数，旁的开销就成了问题，我女人立刻知道，查问下落，不是事就穿了？你看还是你垫一垫，将来我仍兑还你首饰，好得有分量，共总十五两，我归还你十五两，你也不吃亏。"

"不要，我一双金镯已经替你垫出了，还要我垫，不高兴。"

黎延松答应过一天再想办法，凌美云道："你不要糊里糊涂，只一个星期为限的，你要一个星期内想到办法。"

“好好，好好。”

这时凌美云挽住黎的胳臂，俨若夫妇，两人有谈有笑，从河南路兜到南京路，看一家一家橱窗，看到绸缎店便站住了。

“延松，我最欢喜这淡灰色的花呢，做旗袍穿在身上很大方的，我家中两块料子，比这橱窗里的挺刮还要崭，过一天我要把它做单旗袍。天气一点一点热起来要穿单的了。”

“你还缺少什么旗袍？今天要不要剪两件？我身边有钱。”

“不要，不要，家中旗袍交交关关，这一辈子可穿不完哩，可省的总是省，你花钱就是我花钱。”

黎延松听了这话，心里很是高兴。两人看了一会橱窗，又朝西徜徉过去，不知不觉一直荡到永安公司，又到商场里去兜了一圈子，在化妆品部买了一瓶夜巴黎香水。凌美云见袜子部的尼龙丝袜很便宜，买了两双道：“说起来真是伤心，我在婆婆那边还有一匣玻璃丝袜，共有半打，可是没有办法取出来，现在还要买来穿，气不气人！”

“算了，这种小零碎还去提它做甚，买两双穿穿算了。”

两人出得永安大门，又兜到对过先施公司，跑了一转，没有中意东西可买，就又兜到新新公司，在衬衫部买了一身睡衣，凌又替黎也买了一套，两套包在一起，凌说：“替你带回去了吧，将来你横竖回来要穿的。”她已经处处替丈夫将来的打算了。

黎延松虽不开口，可是肚里感到万分高兴的。今天买了这许多东西的钱都是凌的皮包里付出来的，黎要抢付，都被凌阻挡住了，她说：“我付你付又还不是一样吗？我的钱也就是你的钱，今天我带了来的。你看看我付出的都是美钞大票。”

黎延松道："好好，你付就你付，将来我再还你吧。"

"真亏你说得出口，还我。下次不许说。要是说还我的话，给人家听见算什么？你这个人真……真……"凌美云说到这里扑哧一笑，不再说下去了。

"真什么？你说。"

"真是十三点。"凌美云格格痴笑，钩紧了黎的胳臂。两人路过福利公司，凌忽然道："我忘记替你买两样东西了，快快进去。"于是两人又跑进福利公司，凌替黎买了一双拖鞋，一个玻璃杯，一把牙刷，一支牙膏，两条毛巾，一个漱口杯，一把保安剃刀，一副写字台上的大理石文具，一盏台灯。她还预备替黎布置一个书房间，让他安心在家里办公，真可说用心不算不长的了。黎一再阻止，可不必这样排场的，但凌为抓住黎的心，是处处为黎将来幸福着想的。

两人手上大包小裹，已不胜负荷，凌美云便喊了一辆三轮车，黎延松打算与她同车送她回家，凌美云一阵摇手道："延松，延松，我不要你送，你回公司去吧。"

"送你到府上门口都不可以吗？拒绝我送是什么意思？"

"没有什么意思。"凌美云坐上车对黎笑笑，"因我家里地方又小又龌龊，不是不让你去，别误会。"她扬了扬手车子去远了。

黎延松惆怅的回到公司，见罗万平正在埋首工作，甚是忙碌，他走到罗的写字桌前，打了一个招呼，罗万平因为忙于工作，黎走到面前还没有留意，待听见打他招呼才匆忙站了起来，笑道："黎先生，你刚才到吗？"

"你很忙，太辛苦了。"黎说着掏出一包白锡包抽了一支给罗万平，他自己吸上一支，轻轻道："你走一走出来，我有句话对你说。"

于是罗万平跟了他后面，两人到了后面大弄堂，黎问起打电话到凌婆家的事，罗万平一时莫明其妙，跳了起来道："我根本没有打过电话到她婆家。"

"是的，我知道你不会打这个电话，但，凌一口咬煞是你打的，存心破坏，她对你误会相当深，我极力替你辩护，她还是不信，不过我相信你不会干这个，所以她误会让她去误会，你不要多心。万一她同你吵，还是忍耐一点，她的脾气你是知道的，说过也就算了，不一定跟你有什么难过。"黎延松说到这里，又补充道："一切你看我面上，就是我太太对你吵，你也不要放在心上，你管做你的工作，我的广告公司还要你帮我的忙，替我主持下去。"

罗万平听了这一番话，还有怎样话说？可是心里大不高兴的就是他的处境越来越困难，将来一定闹到轧扁头的日子，会到不堪设想的地步。黎延松道："这件事我已骑上虎背，非干不可的了。凌待我太好，使我没有办法放弃，今天我们房子已看定，是一根半条子，定洋也是她付的，我没有花一分钱，像这种女子现在是很少的了。后来我们又出来买东西，她又替我买了不少有关我的日用品，也是她的钱，像这种情形，试问叫我如何下得落这记辣手同她断！"

"那末你太太这一方面呢？"

"没有问题。"

"你不要说没有问题，那一天她来同我吵，你是知道的，以后再来吵，我可受不了！"

"不会再同你吵了。"

"什么日子你同她讲妥的？"

"毋须讲妥，我只须照我计划进行，怕她什么？大不了同我吵。"

罗万平知道这件事一定要闹出枝节，便再三劝他还是冷一冷，别操之过急，第一是太太面前的照会非打通不可，否则将来要闹得不堪设想的。黎延松道："这是我的家庭问题，你毋须太顾虑。怕吵就不娶姨太太了？绝对没有这一回事。万平兄，你用不到看得太严重，我自有办法应付。"

这一夜黎延松回到家中，黎太太又是同他大吵大闹，要吞来沙尔自杀。不知谁告诉她，今天丈夫又同凌一起在南京路上徜徉，还买了许多东西，两人好像快要同居，预备将来布置新房。黎太太得到这个恶劣消息，心想将来一旦房子租成，正式同居，将没有办法可以扑灭，所以今夜这一场的吵，非常激烈。黎延松除了一味否认，就是硬硬头皮，钻下了被，死不开口，看她吵到一个如何地步，也就是看看她的颜色。黎太太手执一瓶来沙尔，跳起舞样的扑到床上，抓住黎胸口的衣襟，要他一起死，同归于尽。家里的人大叫"不好了"，一齐拉拉扯扯，再三的劝，黎的娘，姐姐妹妹，当然都是帮同延松的，把黎太太包围住，不许她吵，把她手上来沙尔的瓶子夺了下来，抛到外边阴沟洞里去了。黎太太求生不得，求死不能，哭得地上打滚，黎延松火冒道："你越是吵，我越是要做，你不吵，或者我可不做，我怕你？滚你妈的蛋！"

黎太太大哭道："看你做得成功，看你把她娶进门，我就同她拼个你死我活。我拼她不过我就死在她手上！"

"好，看你去死！"

"你的心变到如此地步，也不想想我自从嫁你到今朝，吃过多少苦，当初东洋人打上海买不到米，我千方百计把米借来让你吃，让你的小囡吃，我吃珍珠米粉，吃番瓜，喝面皮汤，我是苦出来的呀，我是克勤克俭替你撑成这一个人家，才有今日这一个天下，你是一点也不记前情了。今日之下稍为舒服一点，就变心，就娶姨太太，请问你对得起我对不起我。”黎太太边哭边诉，在地上打滚，她不想再过这日子了。黎延松心里有点难受起来，夫妻到底还是夫妻，情感还不曾丧尽，觉得自己有点说不过去了，便道：“这些话你用不到说的，我自己明白，何况至今还不曾有事实做出来，难道你知道我一定会娶她不成吗？”

这时他的妈道：“延松，你也这点年纪了，有下这样一个美满家庭，子女也有了，可以太太平平过下去。妈不是不赞成你娶姨太太，现在娶姨太太的也不是你一人，不过据我知道那个女的并不好，又是二婚，又是有丈夫，虽然出门两年，她同他离婚果然有理由，不过将来丈夫一旦回来，还是免不了要吵的，到这一天你有什么趣味？与其要娶索性娶一个清清白白的大小姐，难道凭你的地位娶不到一个大小姐不成？延松，妈的话不会错，劝你还是头脑子清醒清醒吧，至于你的女人不会劝丈夫，尽管日也吵夜也吵，我也不答应，丈夫面前总要和和气气，明知丈夫外边荒唐，应该劝，不应该吵，越吵越僵，妈也不知开导她多少次数，还是不听话。”

黎太太被众人扶起，靠在沙发上一把眼泪一把鼻涕道：“我不知劝过他多少次了，无奈不受劝，我只有吵，我同妈一样意见，他娶别个女子我答应，娶这只烂污皮死也不答应，看他娶得成娶不成，我横竖拼了命！”

黎延松不再开口，睡在被里呆呆出神，想起今天凌美云待他一番热情，如何同她断呢？自己太太又吵到这地步，我真不想做人了。黎太太吵到后来，一个人也弄得精疲力尽，仿佛生了一场大病，也就在大家劝导之下上床睡了，连衣服都没有宽，蜷曲在床之一角。她想一个女子嫁了人，唯一的安慰就是丈夫，现在丈夫外边有了爱人，任凭你待我怎么样恩爱，可说都是假的，都是虚伪的；丈夫外边没有人，我跟他哪怕吃粥喝汤，苦度日子都甘心；丈夫外边有了人，就是我吃鱼吃肉都不愿意。我就抱定这个主张誓不罢休，除非我死，才让她进门，我死了也不会放过他，变了一个厉鬼，把他捉到阴司去做夫妻。戏剧里边有个活捉张三郎，我一定把他捉去。黎太太思思想想也就模模糊糊睡着了。可是黎延松并没有入梦，他想来想去无法解决这一个严重问题，他，一个极富情感的人，他也知道吃了这情感的苦，现在完全是情感与理智之斗争，将来不知一个如何结果。他辗转床笫，难受极了。

第二天黎延松得了一个启示，觉得需要改变做人宗旨，再这样闹下去，不但精神上备极痛苦，也不胜太太的滋扰，他预备牺牲一切，什么女人，什么事业，都不要了，还不如到深山去做一个和尚，可省脱一点烦恼。当日上午他发了一个神经，跑到理发所里去剃了一个光郎头，在他太太面前要消极，同时表示他的决心，可是他光了一个头，来到公司却让职员们奇怪得什么似的。罗万平暗暗吃了一惊，又未便开口问，他猜想黎延松对凌的事不是取的积极便是取的消极，不外这两条路。积极的，表示他非娶不可；消极的万一因此情场失败，决定把一切事业牺牲，削发为僧。

正在思思想想当口，黎延松衔了一支烟来到罗万平写字桌边苦笑一下道："我精神相当痛苦，这是有生以来从不曾有过的。此刻你有工夫吗？我想跟你谈谈。"

罗万平忙站起来道："有工夫，有工夫。"

“好，你出来。”黎延松先走了出去，罗万平把桌上工作略为理了一下，跟了出去。两人到了公司对过一家小咖啡馆里，来了两杯咖啡。黎延松道：“我女人昨夜吵得太厉害，吵了整整一夜，我到现在没有合一下眼皮，她要自杀，在地上打滚，幸而家里人多，大家把她劝住，一瓶来沙尔握在手上几乎要喝下，众人夺得快，没有闯下大祸，不然我如何负下这个责任？”

罗万平愁急道：“黎先生，我劝你可以暂时冷一冷了，你应该安慰你的太太。现在我的处境更比你难，劝你放弃了吧，你心里也许不以为然，一定不乐意，说是我帮你太太张目；劝你娶她吧，这分明是破坏你家庭的一个大罪人。只能劝你冷一冷，将来见机行事，一旦能够在你太太面前疏通，不妨再提，万一不能疏通，我主张还是放弃的好，凌美云之配你，我终认为太勉强，她并不好，性情暴躁，我见她也头痛，不知你爱她一点什么。”

黎延松眉头一皱道：“我并不是爱凌美云什么，只是没有办法从情感中解脱出来，生平就是吃了这个苦，我自己明明知道走这条路是走错的，可是我还得要走，这岂不是自投罗网，作茧自缚吗？我心中统统明白，统统明白，但，我的思想与行动却完全相反，直到现在我没有办法可以改过。”

罗万平笑道：“你既然明白，又何必朝这条路上走？极应该赶快回头。”

“回头未尝不可，但，我良心上似乎对不起她。她虽然为一般人不齿，但我的看法并不如此。过去的事一概譬如昨日死，今后看她的行为是否改善，她也告诉我以后决定改变脾气，不到外边去游乐，也不跳舞，在家不出大门一步，你但看我以后就可知我做人。如果她的话确实，那末岂不是一个善良的人？总算娶了她把她改造成功，可是这一个计划，依目前情形似乎难以达到了，我实在被我太太吵得不想做人了！”

“我想你还是郑重考虑，为自己家庭着想，为自己康健打算，别一味情感用事，一个人情感丰富，没有理智来克服，据我知道，大都是失败的，纵使精神上稍得安慰，但，痛苦不断的接踵而来，莫不弄得一败涂地。”

“我也想到这一点，所以我这一两天思想上稍有改变，非常的消极，今天剃个和尚头，也是我一种暗示，可能我太太再吵下去，我便遁迹深山而去；预备一件灰布长衫，一个包裹，一柄雨伞，一双布鞋，身边略带钱财，朝前一走，不知去向，我就算是一个情场牺牲者，今后韬光养晦，十年二十年之后再回来看看爹爹妈妈和孩子。这个计划是我昨夜决定的。”

罗万平哈哈大笑一声：“那又何必？黎先生，你别思想太超然，做和尚不是一件容易的事，没有绝大的毅力与勇气，不克实现的，况且你还有许多事业。”

黎延松道：“还有什么事业不事业？当然一切都不要了，一个人到了这一个地步，看到的，想到的，一切皆空。所以我很羡慕和尚的生活，清静，超脱，与世隔断，这当然是深山里的真和尚。你以为是不是？”

罗万平笑道：“凌美云知道你做和尚去，一定跳脚大哭，也许会自杀的。”

黎延松道：“到了这一天我也顾不上她了，跳脚也罢，哭也罢，甚至自杀也罢，这是她自己的事，我总良心上对得起她，我又没有同其他女子谈恋爱，把柄抓到她手里。现在我为她而牺牲，看破红尘做和尚去了，还有什么话说？”

这样谈了一泡，罗万平关心公司里的事，急要回去，黎延松道：“再坐一会，我话还没有说完呢，公司里事搁一下再说吧。很抱歉，让你蒙了个不白之冤，她始终咬定你做的媒人，你到底做没有做，毋须同她争辩，只要我心中明白算了。我来向你道歉。今夜我希望你到凌那边去一次，告诉她放心，我决不会对她变心，不过这几天很紧张，迫得太紧，一两个星期内或许不能同她见面，叫她电话不要打来，让我头脑子清静一下，暂时分离。我要早点回家休息，这两天夜夜失眠，精神萎靡不堪，且加胃病发作，心悸不止，实在杭不消了，也让我太太定一定心，见我回归，不再同我吵闹，否则我这个人将要大病。你不妨告诉凌我这两天的处境有非人生活之痛苦，房子横竖已经看定，叫她开始粉刷油漆，一切花的钞票也叫她代垫一垫，将来我再算给她，一切还得拜托你一下。”

“好好，一定替你办到。”

罗万平心里实在急要回公司，写字台上公事堆了一桌，再不去料理，今夜又不知弄到什么时候可以回家了。他正起身打算走，黎延松道：“慢，何必这末急，我的话还没有说完。”

“那末赶快说，我要走哉，你看看现在已经六点钟了。”罗万平苦笑。

黎延松神色很笃定道：“好像还有许多话没有告诉你，被你这末一催，话到嘴边又忘了。你索性再坐一会，吃了夜饭去。”说着便对仆欧扬扬手。

仆欧赶了来，黎延松道：“来两客公司菜，越快越好。”

罗万平又是走不成了，只得再坐下奉陪，心想经理的话，做伙计的是未便反对的。隔不了一会，仆欧来铺台布，放刀叉盆子，罗万平暗地催着："嚎索嚎索。"

黎延松笑道："老兄性子真急，急的人我也见过，没有你这样的急，公司里事今夜做不完，明天再做好了，我叫你这样，他们还敢说什么？"

"不，这是我的责任，今天的事今天完，明天有明天的事哩。我既然吃了你老板的饭，这是我应尽的职，何况有许多事只我一人肚里知道，他们都不接头，我走开他们就茫无头绪了。"

"我有了老兄在公司，心也定了，就是将来我出远门，也交托得落。开店容易，用人难，能有老兄如此帮我忙，这爿公司要是再做不发达，也是命运的了。"

大菜已来了一道汤，罗万平一边吃面包一边喝汤道："你还有什么话赶快说。"

"不要催，越催我越说不出来，哈哈！"

好半晌黎延松才道："还有你对凌说，这几天电话万万不要打来，就是打来我也不会接的，因我这两天根本没有工夫出来。"

罗万平很快的把夜饭吃毕，料知黎延松也没有话说了，便急急忙忙回了公司，黎也回家去了。

这一夜罗万平因受黎托，只得又到了凌的家里，告诉她这一番情形，叫她这几天电话绝对不要打来，应该特别原谅他，让他安静几天，以后的事再谈。不料凌美云吃了一惊，急急问道："是不是他同我断？"

"断不断这是你们的事，我摸不到他的心里，代为转达而已。"

“他怎么怕他太太到这地步？既然怕又何必要我，这不是害了我？万平，你讲实话，是不是他不要我？”

“并没有听他说不要你。”

“那末为什么叫我不要打电话，更不与我见面？他剃光了头是不是预备同我决绝的表示？”

“这我未便答复，不过目前他的确很痛苦，我也替他担忧，万一因此刺激过度而横生枝节，这个责任谁也负不了的，我们要爱护他，体谅他，给他一个休息机会吧。其他的事你们将来再谈，目前时机未到。”

凌美云真是一肚皮的气，突然往床上一倒，叹了一口长长的气：“我真苦命呀，照此样子下去，就是我嫁了他，以后眼泪淘饭的日子总归免不了的，叫我如何过下去？”说到这里眼泪水扑簌簌的落下来，伤心万分。

罗万平见时间已经不早，急于回徐家汇，凌美云打床上坐起拭了一下泪道：“万平，你再多坐一歇都不行吗？请你带个口信给他，我们总要见一个面，因为我很关心他的身体。”

“他身体很好，见面最好不要了吧。这几天他恐怕不会到公司，无法带口信。”

凌美云悲悲切切道：“我既不能同他见面，你又不能替我带口信，这样说来岂不是我同他消息隔绝了吗？”

罗万平知道她同黎一样的为爱而痛苦，假使脑筋想穿一点讲，凌的日子非常舒服的，一个人度着优游岁月，不愁吃，不愁穿，身边有点黄货，做做生意，这日子最开心也没有了，何苦自寻烦恼？苦的他又未便用这些话去开导她，明知是好意，她也许误会他帮黎讲话，袒护黎一方面，所以罗万平宁可把话放在肚里让它烂脱，现在热心人难做，往往弄到自己头上吃苦。当下时间越弄越晏，他非走不可了，凌也不去留他，只凄伤万分道："你明天来不来？"

"不一定，我的事很忙。"

"你总有机会跟黎见面的。"

"也许。"

"是见面便说见面，为什么也许？万平，你别帮了他一方面，也应该顾顾我的痛苦，我不曾待错你，何以如此对我冷淡？"

罗万平苦笑道："事实上是这样，这又不撒谎，黎的确明天起暂时不到公司，须要休息一个时期，我怎么跟他见面？"

"好，等你见到他的时候，请告诉他，房子我已开始装修，房间里是油漆的，依他的心意漆湖绿色，那个阁楼里是妃色，二房东答应我把板壁退后两尺，我加她二两金子。一切装修油漆费用我统统垫出，叫他不必担心。待装修毕，我先搬进去，只是一个问题我须要问他，如果户口报我的名字，将来他来住时，算是什么名目？如果报他的名字，但，目前事是这样恶化……我也不忍说下去了！"凌美云说到这里悲不自胜。

罗万平也很难过，有点不忍卒闻，匆匆走了。当他走出房门口，听见凌的悲泣声，比刚才更加厉害了。

第二天罗万平回到公司，一点也不形于色，照常工作。隔不了一会黎延松同了他的太太一起来到公司，两人愁容满面的，大约昨夜他们夫妇已取得一种协定。罗万平跟黎太太打了一个招呼，黎太太似乎懒得理，很勉强的点了一下头，一点笑容也没有，她心里对罗万平的误会之深，恐怕没有办法可以解释明白的了，这一点罗万平也很了解，他现在不愿向黎太太解释，总有一天会大白。正在这时候，黎太太气湝湝的来到罗万平写字桌前道：“罗先生，交关对你不起，我一个人家吵到这个地步，承蒙你的赐予。现在我决定答应延松讨她进门，我要是不依他这样做，他要出远门，到山里去做和尚，把一家老少置之不顾，我的罪孽岂不是深重？与其弄到这末一天，还不如牺牲我自己。现在我急要同凌美云见一面，当然她进我门不是这样随随便便，我自有条件。”

“是的，黎太太我看你还是考虑考虑，何必要这样做？黎先生前劝劝他，你们究竟是夫妇，夫妇总有夫妇之情的。”

“现在还有夫妇之情？除非戴了笠帽亲嘴，这话根本不谈。今天我已经打过电话给凌美云，约她沙利文咖啡馆谈话，再看结果，要是她不依条件休想踏进我门。”

罗万平知道事情相当紧张，已经短兵相接。黎太太当然理由非常充足，摊得开收得拢。罗万平当时窘得面红耳赤，急忙埋了一个头工作。

这一天下午，黎太太守在沙利文咖啡馆等凌美云。凌是一个非常吃斗的人，知道黎太太约她，要是不去，这是掉脸的，便在电话里一口答应。

凌美云略施花粉，化妆得并不过火，身穿阴丹士林布旗袍，甚是朴素，她恐怕太浓艳了，不像一个人家人，要被黎太太瞧不起的。她又虑着今天单独赴约，会不会吃眼前亏，可能言语不对，冲突起来，那我一人岂不吃了亏？想到这里决定带三个小姊妹，不妨埋伏门外不进去，万一动起手来，一声喝令，她们立刻冲进去。

黎太太在沙利文已经等了好久，以为凌美云不会来了，正打算要走，恰巧凌闯了进来。黎太太很有涵养功夫，非常镇静，也非常客气，出乎凌美云的意料。两人坐下，黎太太吩咐仆欧来两杯咖啡，笑道："凌小姐我等你好久，总算来了，好极好极。这里比其他咖啡馆幽静，也上等，请你来谈谈，我是个不善辞令的人，在校中读书，逢到学生演讲，我终逃席。"

凌美云一听，觉得黎太太很有功架，嘴上说不善辞令，其实谈锋很健。她当下说："黎太太，我也是个不会讲话的人，听说黎先生这几天不出来，精神非常不好是不是？"

黎太太道："不瞒你凌小姐说，这一个时期来，我家黎先生日子很难过，家庭中吵得不成话。听说凌小姐有意嫁给我家黎先生，有没有这件事？"

凌美云一想承认不好，只得否认道："啊呀，并没有这事，黎太太你听谁说的？"

"用不到听谁说，黎先生亲口告诉我的，事到这个地步，也毋须再瞒了。凌小姐，今天我请你出来谈谈，因为你还没有知道情形，所以不得不告诉你，将来你来了我家，我们都是自家人，姊妹称呼了，当然我有许多话要告诉你的……"

凌美云说："直到现在为止，我还不过同你们黎先生是朋友关系，根本谈不到嫁娶上去的，这话不知根据何处而来的，岂非笑话？"

黎太太道："啊呀，这是他亲口告诉我的，他不告诉我，我又如何会知道？总之这且按下不谈，是否实在，将来自会明白，你也用不到争辩的。凌小姐，你又何必否认？"

凌美云道："总之目前还谈不到，将来是否实在，连我本人都没有知道，叫我如何能够承认？”

“不过我现在告诉你，黎先生是非常欢喜你的，看来你不嫁他，也许黎先生要出家了，岂非你害了他吗？”

凌美云一听闲话里嵌有骨头，立刻改变论调答道：“黎太太，你说这话就不像自己姊妹淘了，黎先生同我是一个很普通的朋友，我同他相识了也不止一年，抗战时候我们就相识的，不过有一个时期我们不相来往，因为我是个有夫之妇。我的胡先生出门两年没有归来，我在家很寂寞，老是打打麻将，也不是一个办法，才想出来白相白相，无非消遣而已。有一天我到贵公司找罗万平，万平同我有十年之交，我可以对天发誓，清清白白，丝毫没有关系，那一天黎先生到公司我们才相逢，才约着出来，可是也不过喝喝咖啡，跳跳舞而已，这是一种很平常的交际，根本无所谓，我同你的黎先生也从来不曾提起嫁娶，黎太太不知哪里听来这个谣言，我真弄得莫明其妙。黎先生也根本没有对我说过这句欢喜我的话，黎太太不知根据哪里来的。”

黎太太冷笑道：“啊呀，凌小姐你也毋庸推托了，大家都这样说，黎先生也亲口告诉我的，并且你们的事是罗万平中间做的媒人，我统统知道。”

凌美云直跳起来道：“我不是袒护万平，他根本没有替我们做什么媒不媒，这话对万平是一个莫大冤枉，我可以保证没有这一回事，相信不相信由你，不过我很替万平叫屈，我屡次对他讲，人家误传就误传吧，只要你没有做媒，于心就安，目前的含冤将来自会大白。”

黎太太道：“我认为你跟黎先生的相识，起根于罗万平，我一生一世咬煞他做的媒，你不必帮他的忙，替他解释。”

凌美云道：“黎太太一定说他是媒人，我决不加以辩白，好得将来自会有水落石出一天的。假使我在黎太太前说他不是媒人，还当做我同罗万平有什么私弊，其实我站在友谊的立场上说一句公平话。”

黎太太笑了一笑道：“这且按下不谈，现在我要告诉你的，关于我家的情形以及我同黎先生自从结合以来的情形，不得不告诉你的。”

凌美云道：“请黎太太说好了。”

黎太太呷了一口咖啡道：“你要知道我家黎先生确确实实是苦出身，十年前他还是境况很不好的，事业没有一桩不失败，总算这十年来事业稍有基础，他创办这爿广告公司也是一个空场面，完全是朋友们帮他的忙，总算社会上有下这个地位，实际上他还是空虚，还是没有钱，你别以为他有钞票，看相他的钞票……”

凌美云不待她说完脸一沉抢着道：“黎太太，你说这话，就不当我姊妹看待，黎先生有没有钱，根本与我风马牛不相干，他有钱我不去想他的钱，这岂非笑话？”

“是的，这里我不过告诉你，别误会，换句话说就是黎先生根本没有钱的，他何能负担两个门口的开支，这无非给你一个知道，实际上他是没有资格再加重他的负担。”

“我希望黎太太毋须把这话来对我说，何况我又没有嫁他，这句话似乎说得太早了。再退一步说，就是他没有钱，也许我倒也愿意跟他吃苦呢。难道丈夫一定要有钱再论嫁娶吗？”

黎太太想不到凌美云这末对付她，便道：“闲话果然不错，男女的婚姻不一定是论金钱，公馆里的大小姐嫁给一个车夫，一个穷苦人家也很多，只要双方满意，就是吃苦也情愿。不过我要告诉你黎先生确实是没有钱的人，他这爿广告公司也是空的，根本就没有实力。”

凌美云道：“笑话，我又不想他的钱，有没有实力，与我不相干。请黎太太用不到这末对我说。”

黎太太心想她的话这末凶，以后如果住在一起，那末我吃尽她的苦，于是道：“你还不知道我嫁给黎先生吃的一番苦，现在我略为告诉你知道。当初我嫁黎先生时，他这爿广告公司还不曾开门，家中苦是苦得来，几乎连吃的都弄不到，黎先生又失业，运道坏极坏极，我跟了他真是吃足苦头。那时正是上海大乱，食粮恐慌，买不到米，比这几天情形还要恶劣，想尽法子弄到一点米做饭给黎先生吃，我只好吃苞米粉，吃番瓜汤，吃三号面粉，我跟黎先生这样足足苦了三年之久。后来情形好转，黎先生一家门有饭可吃，我还是吃粥，喝粥汤，还是吃三号面粉，吃番瓜汤。你想跟他吃这样的苦，才守到今日一天，想不到他变了心肠外边荒唐，要是你凌小姐处我地位，心里气不气？”

凌美云冷笑道：“黎太太你说这话，我略为有一点批评，你虽然吃了这许多苦，才守到今日一天，这是你因为跟丈夫的恩爱，老实说一个女子爱护丈夫，不要说苞米粉，吃番瓜汤，就是吃屎也情愿，黎太太你以为我的话错没有错？我要是爱这个丈夫，饿肚皮也心甘情愿，因为我爱丈夫，在他面上牺牲自我，就是死也无怨言。黎太太你说的苦，我认为一点也没有苦！”

黎太太又是触了一鼻子灰，心想这个女人实头可恶至极，谈锋之健，谁也说她不过，我倒是桩桩事实，在她嘴里批评得分文不值，这叫我恨不恨？当下黎太太要说的话，也就不再说下去了，同她谈谈苦衷，无非又是被她当做话柄，抓住了大大批评。黎太太道："好吧，我的话白讲了。依凌小姐的心意，我这个女子太无能，太不会服侍丈夫，那末丈夫外边荒唐，娶姨太太是应该的。"

凌美云又是冷笑道："这是什么话？黎太太因为太恩爱丈夫了，太会服侍丈夫了，也太会管束丈夫了，所以丈夫才在外边荒唐，娶姨太太。不过我凌美云直到此刻为止，根本还没有下嫁你们黎先生之心。今天一席话，我认为是多余的，我还不知今天约我出来谈些什么重要的话，早知道是谈到这个，我认为黎太太未免神经太过敏。"

黎太太气得发昏第十三章，将来跟凌美云同居之心，也就此毁灭了。她怔住半天讲不出一句话来。

凌美云认为不必再谈下去，站了起来道："黎太太还有什么话吗？没有话我想少陪了，因为还有许多事都没有做哩。"

"好，凌小姐，你有事请先走吧。"

凌美云便把仆欧喊了来，要账单，一会账单送了来，黎太太抢着会钞道："凌小姐，我来，我来。"

凌美云把账单一抢，把账付了道："一共没有多少钱，我来你来又还不是一样吗？黎太太，你还要吃点什么，可吩咐仆欧。"

黎太太一时窘得万分，觉得凌美云这女子实在厉害，真没有办法对付她，今天给她扎了面子去，连账也给她抢付了。临行她对黎太太扬扬手道："过天有工夫，请到舍间来白相吧。"

黎太太待凌美云走后，一人坐在咖啡馆中出神了好一会，忖想：

这种女子绝对不可娶她进门，没有见面还不知她如何贤淑，见了面才知道是这样宝货。今天回去我不得不对丈夫苦谏，劝他还是死了心吧，死了心吧，再不能这样糊涂下去了。昨天见他剃光了一个头，心中相当愁急，只怕我真不答应他，万一他消极的一走，叫我这个责任如何担当，所以才有允许他娶她进门。今天见了这个宝货，才知道是个凶横不可一世的妇人，要是放她进门，不但我要吃足她的苦，丈夫未必就不吃她的苦，以后的生活不堪设想。

黎太太回到家中，气得连走路都浮动摇摆起来，把皮包往床上一抛，一人在沙发上发怔

黎延松躺在被里在灯下阅《观察》，见太太面色惨白，心事重重，他把书往枕旁一放，轻轻问道："你跟她见过面了吗？"

黎太太手支着头，眼睛望着脚尖，气得话都讲不出来了。

"喂，我问你，见了她没有？"

黎太太才徐徐仰起头来恶声道："见过哉，少爷！"

黎延松一笑，心中又不免爱惜他的太太起来了，这些日子他的太太为了这事，食不宁，寝不安，好好一个家庭，何以弄到这个地步？所谓女人真是天下的祸水，要是我不滥用情感，抱定宗旨，决也不致闹到这个局面。这时候，黎太太才气恼的对黎延松说出今天跟凌美云谈话经过。

黎延松道："你不要气了吧，我现在脑筋已经清醒，不比过去那样执迷不悟了，这一个时期来给你受的种种冤屈与难堪，我很对你抱歉。今天你与凌的谈话，我本不赞成，料知你一定谈她不过的，此人相当凶，果然不出我的所料，你是吃了她的亏。我是决不会再同她见面的，事实可以证明，看我以后吧。"

黎太太啐了他一口道："我不会再来相信你，不跟她见面，也不知听你说过多少次了。"

"过去的事不谈，这一次我是下了决心。"

"还是你的嘴同鼻头讲话，三岁孩子才会相信你。我不来受你的欺骗。"

"你说欺骗，我说不欺骗，现在我纵有一百张嘴巴同你争辩，也是辩不通的，那末我就天天杜门不出，你总相信了吧。"黎延松说到这里只是一阵苦笑。

黎太太说："杜门不出，依我看你一定暗地同她讲妥的，这几天你们不相见，待过了这几天你们才相见，是不是？"

黎延松道："你再不信，就天天监视我的行动。还有什么话说？"

"好，这话是你说的？"

"是我说的。"

"我倒问你，这次你何以忽然同她决裂，心里舍得吗？"

黎延松道："舍得不舍得，但看以后情形，你用不到把这话来讽刺我了。"

黎太太说："好，我当你的话作准，要是你以后再跟她来去，如何？"

"随便你如何办？"

"真的？"

"当然真的。"

黎太太驳道："你的改变我终认为太快，有点使我不能置信，你是不是口头上一种敷衍？"

黎延松喟然道："说来话长，总之一个人的变好变坏，都在一念之差，老古话浪子回头金不换，我虽然还不曾成为浪子，但也仿佛似之。这次突然转变，有一个大原因，这个原因说来话长，不是三言两语可以说得完的。将来跟你慢慢的谈吧。"

"不，我要你现在就说。"黎太太这时打皮包内取出一包卷烟抽了两支，走到床前递了一支给她丈夫，替他划上火柴，黎太太吸着卷烟，坐到床沿上，面露笑容，很和气的又道："你说点我听听，让我也知道你这次转变的原因。"

黎延松呼了一口卷烟，徐徐喷出一口烟，顿时烟雾弥漫，他笑了一笑道："对你说不会欺骗你的，还是不信。这次突然转变，是因为看穿了，色即是空，空即是色，人生在世，我认为都是空的，都是没有意思的，我又何必作茧自缚，弄得妻离子散？这是我在两天之中一个对人生观上的大捩点。其中有一段大道理，不是一两个钟头可以说得完的。你如果不信，以后我的行动你尽可以监视，以表我的心迹，好不好？"

黎太太莞尔一笑道："你要是真心痛改前非，那也毋须我监视你的行动，更用不到表明心迹的，一个人要改好，不监视行动，他也会好，如果不好，监视也属徒然。我替你想想，也应该要好好的收心了。凭良心讲一句，我自来到你们黎氏门中，这末多年来也没有做过一桩不守妇道的事，讲子女，也替你养了三个，都很活泼可爱。我不是不让你娶姨太太，我认为你的事业根基还没有深，一家的负担已经是很重的了，外边再娶女人，负担就更重了，何况你又摸不到她的心，她是不是真心对你呢？我同你究竟是多少年夫妻的了，感情也始终没有坏过。"

“是的，我很知道。”

“并且这种花花草草的女人，娶了进门，实非我家之福，此后的日子你将不胜烦恼，她不知你靠了一个广告公司每月能有多少进益，开出口来要这要那，你找安慰反找了一身苦恼。过去我用这些话也不知劝过你多少次，你总是当耳边风，执迷不悟，我没有办法，只有同你吵。我又何尝愿意同你吵，又何尝愿意使你不安？我是吵一次心里悲伤一次。延松，我现在说的是肺腑之言，你接受也罢，不接受也罢，这是我最后一次的忠告了。”

“当然接受，我再不接受，也对你不起了。”

“那末你是真心改过自新？”

“这个娶姨太太的念头绝对打消。不过万一她不放我过门，同我来吵闹，你有什么办法？”

黎太太立刻跳起来道：“你放一百念四个心，她如果不放你过门，我来对付她。她又不是大小姐，有了关系，坏了她的身，就一世不能做人？她是个什么东西，还怕她什么？只要她敢吵上门来，我不打她出去是她养的。”

黎延松笑道：“假使她同我胡闹，上门来吵，也许不至于，胡闹起来，我可吃她不消。”

“毋庸怕的，我保护你，这几个月里我预备天天陪你出去，陪你回来，只要她敢上手碰你一根汗毛，我就把她扯豁边，有什么客气！总之，只要你主张摆定，决心不要她，她吵我来对付。假使我下起辣手来，你忽然肉痛，从旁阻止，我可不答应。”

黎延松点了一下头，笑了一笑道：“你们女人同女人火拼，的确结棍，像我们男子，尤其是我，心肠太软，无论如何下勿落辣手。

现在我已宗旨抱定，把这件事告一段落之后，一心做我事业。最近将来我预备组织一个影片公司，开一爿书店，还要承包京沪沪杭铁路的火车路牌广告。要是这件事解决不了，我也就无心计划了。”这一夜夫妇两人真是说不尽的恩爱，把过去乌云一扫而光，眼前的是光芒万丈，又仿佛是新婚之夜。

第二天黎延松去公司，黎太太也保驾而往，黎坐在那边办公，她坐在他身边奉陪。罗万平还没有知道他们夫妇已经言归于好，以为黎太太黄包车钉紧，给她丈夫行动上一个监视。隔不了一会黎延松把工作匆匆办毕走了，黎太太也就跟随着一起走了。在黎延松办公时间内，罗万平有许多工作上的事须与他接洽，但，他始终没有开口，还是不开口的好。一则罗万平料到黎延松的心境很恶劣，也没有心情来理这些事情；二则黎太太在旁边监视着，还以为两人谈什么秘密，不如不说的好。黎太太的脑筋中罗万平始终是个罪人，害得她的家庭起着这个大纠纷。所以罗万平在这里吃这碗饭是感到十二万分难堪的，恨起来预备挂冠引去了。

第三天黎延松来办公，黎太太又钉紧了，罗万平又是无法进言，黎延松也没有一句话对他说。隔不了一会，又是双双一起走了。

这一天凌美云赶到公司，找万平谈话。罗万平一见到她就感到头痛，说不出的痛苦，他认为凌是一个祸水，同她来往的人，都要受累的危险。凌美云道：“万平，你出来，我有话问你？”

“有什么话请你直说吧。”

“不，我要你出来。”

“好好，出来，出来。”

到了后边弄堂里，凌美云道：“这两天你跟延松碰头了吗？”

“碰头了。”罗万平接着愁眉道：“这两天请你最好不要来，帮帮我忙，因为黎太太钉紧了黎先生，一步不放松。”

凌美云暗暗吃了一惊：“那末延松预备怎么办呢？好几天没有电话来了，我打电话给他他不接，到底什么一场戏？他预备不死不活，把我抛在一边，是不是？”

“我如何知道？请你别来问我，我的头轧扁了，这里的饭也无意吃下去了！”

凌美云愤愤然道：“笑话哉，为什么我不能来，难道我问问他的消息都不可以吗？请你告诉延松，屋子已经油漆一新，钱是我垫出的，当初他答应我搬场，答应我同居，我垫的款子，不是一眼眼小数目，金子好多条，他亲眼见我付出的，现在他不理不问，是不是存心抛弃我？”

罗万平道：“这个我实在不知道，关于你的事，他也没同我谈过一句。”

“他没有同你谈过，为什么你不问他？”

“他的太太天天钉紧，叫我怎么问？老实说连公司里的事我都没有同他谈话的机会。”

“依你看来他是不是存心跟我离了？”

“他的太太如此监视，情形的确与过去不同，有使他无法发展的苦衷。不过他的真情如何，我不便断言，但，我有一句忠告你的话，接受也罢，不接受也罢，劝你还是改变宗旨，当机立断，勿再彷徨歧途了。黎先生是个有家有室，有子有女的人，你有什么犯着？纵使做他一个小，我觉得也乏味，将来你们两人的痛苦，可以说一句势所必然，事实已经摆在这里了！”

凌美云眼圈一红，双泪垂了下来，凄然道："我许多亲眷朋友都已经知道这件事，要是不嫁他，我无法做人。我嫁他根本不要他一个钱，又不是敲他一记竹杠，原是看他的为人忠厚，就是痛苦亦属心愿。"

罗万平道："这是你的一种片面看法，可是事实不是这样简单，你应该可以看穿点了，别太一味感情用事。"

凌美云道："现在废话少说，我要同黎延松当面谈一谈，叫他给我一个表示，我心才死！"

"当面谈谈恐怕也不可能，他太太寸步不离左右，请问如何谈法，吃耳光都有份。"罗万平说话也杀搏起来，不怕她满意不满意了。

"那末我希望他同我通一个电话，叫他在电话里告诉我，是否一言为定，让我考虑对付办法，老是这样不死不活的把我吊着，也不是事的，我精神上可受不了这个痛苦。"

罗万平实在急要进去工作，事情堆了一桌子，凌美云谈不完的话，他感到讨厌起来了，促急道："好吧，有机会我一定把你的话告诉他，不过这一个时期，我实在不愿多管闲事，请你原谅。"

凌美云火冒道："万平，我枉为同你十年交情，托你这一点事也搭足架子，未免太那个了，人心都是肉做的，你也要替我想想处境之苦，现在他害得我不死不活，中途把我一抛，这是不是应该的？"

罗万平无可奈何，只得向她拱拱手苦笑道："谢谢你，我还有不少公事，一点没有动手，我们过天再谈吧。"

凌美云才悻悻然走了，可是心未死，临走还要万平替她转言，说是这个月底搬进新屋，叫黎延松到她新屋里去，那边户口也预备报他的名字，带两张一寸头照片来，无论如何叫他打个电话千万不可忘记。待罗万平回进写字间，有几个职员又鬼鬼祟祟的围了他七问八问，说是这个女人老是钉紧你有什么用，黎老板老早不要她了，黎太太钉得这末牢，黎老板还有生路吗？还可以同她来去吗？罗先生你还是劝劝她，叫她脑筋可清醒一下了，下次再来，不巧同黎太太两下撞见，又是一场好戏可看，并且黎太太还误会你从中拉拢，这个冤不冤枉？罗万平皱眉头道："她来一次我头痛一次，早已告诉她不要来，她心不死，我有口难分辩，是否我从中拉拢，将来自会水落石出的。"

那几个职员大笑道："你是个好好先生，弄得有冤无处申，也够苦恼。依我们主张，下次她再来，喊你出去，你不要出去，板起面孔不理她，看她还好不好意思再来。也没有这样下贱，一定要嫁我们老板，难道上海滩上男人少了宝？也真是前世一劫！"

"再来缠绕不清，我只有硬硬头皮不理她了。"

第二天黎延松来办公，罗万平连望都不敢望他一眼，因为黎太太又跟出来了，他无意中仰起一个脸，对黎太太仿佛打了一个招呼，不料黎太太不但不理他，反给他一个白眼，接上是朗声了："承你做媒，过天请你吃十八只蹄髈。黎延松的钞票你也用饱了吧？我一个人家几乎都铲翻你的手上，还好意思坐在这里办公！"

这几句话比尖刀还锋利，直刺到罗万平的心，办公室里顿时鸦雀无声，空气紧张万分。黎延松良心上似乎愧对万平，知道这是冤枉的，万平根本没有做过媒，当下他责他太太道："不要胡说乱道，我们回去。"

接上两人匆匆走了，黎太太边走边朗道："我一点也不胡说乱道，你用不到帮他讲话！”

这时罗万平一个头埋在写字桌上，始终没有抬起，泪水朝肚内倒流。罗万平想不到黎太太对他误会之深，竟到了百口莫辩之境，这个刺激够让他痛心了。黎太太对他明枪交战了，粉红色的炸弹把他也炸得浑身创痕。如何再有脸在这里做下去，她刚才的话分明就是逼他走，士可杀不可辱，再做下去就太没有骨气了。目前离开这里，一时未必马上有机会，失业之痛，一定免不了，那末生活问题如何解决？一个人不吃，没有关系，一家大小要吃怎么办？在这里做时，每月的收益，不够支出，一向是寅吃卯粮，东拖西借，还是维持不了，只不过图一个名义，总算不失业，友人们知道还有工作做，告贷时，人家还信任，可是离了这里立刻见到真面目了。

罗万平想到这里，真可说离也难不离也难。他已经没有心绪再办公，想起一家大小五六口的今后生活顿失依靠，他的泪水忍不住往下流，终于不胜悲伤，跑到后边弄堂里去踯躅，因为公司里职员多，他还要遮遮自己的脸。凌美云简直是个祸水，害了黎的一家，又害了他一家，他考虑到结果，宁可踏三轮车做小工，非离开这里不可了。当夜他勉强把工作一件一件办理完毕，交代清楚，留下一封给黎延松的辞职书。

罗万平这封辞职书，长达千余言，真是一字一泪，不忍卒读。其中半是苦谏黎经理及早回头是岸，为事业而努力，野花虽好，奈不久长，何苦为情自缚，找此烦恼，君为一个达人，应该挥下慧剑，斩此情丝，理智战胜情感，将来的发展，将无可限量。现在他走了，没有这样一个心腹为君进一忠言，思之不胜怆然。后半节是他的今后生活，将不堪到如何一个结局，这也不去顾他了，最后自他走后，公司重任，一日不可或缺，劝黎及早物色一人，借以代理。他又把公司中所经手的各项重要职务，一行一行分别交代清楚，免接手人茫无头绪。写毕已夜深十二时，嘱茶房明天面呈经理，他就此黯然别了。

罗万平回到家中，心绪之恶劣，为历来所未有，他太太半夜醒来问他何以如此夜深归来，罗万平推说公司事忙，别的一句不说，自顾上床睡了。他太太在枕上唠唠叨叨："明天二儿校中要添置童子军装，每名派五百元制服费，这是非付不可的；煤球也完了，只有一天可烧；本期户口米还有三天期限，不买也要作废了；糖票是早过期了，你说没有钱买，我也听你，他们买来的都是冰糖粒子，非常的白净，我家连糖屑都没有，三儿冲奶糕都没有糖，给他用盐，想想也真可怜相。为什么你起早落夜的忙，一个家都顾不下去，看你做丈夫的哪里还有这张脸？"

罗万平不胜烦恼道："算了，算了，我没有这张脸，还是你来做丈夫吧！夜已深，我辛辛苦苦老远赶回来，还用这些话来刺我的心，这日子简直不是人过的。"

他太太道："废话少说，明天二儿制服费五百元非拿出去不可！"

"没有，没有，没有。"罗万平一阵火冒，翻了一个身道，"现在吃饭都成了问题，还断命制服费，明天叫二儿不要上学。"

他打算说出公司已辞职不干，一想她太太定为之惊慌失措，还是不说的好。于是话到口边又咽了下去。

第二天罗万平的难题来了，他是每天九点钟去公司办公的，今天要是突然不去，他太太一定要查问。罗万平心焦如焚，一再动脑筋，决定还是照样九点钟出门，他想起还有几个知己朋友都很得意，不妨去投投生路，问问有没有机会。当下他吃了点心，立刻出发。

他太太道："喂，制服费怎么样？二儿在那里哭，你不答应，他僵住不上学。"

"好好，明天付，明天付，叫他告诉先生，说爸爸今天没有钱。"罗万平死人勿关拔脚就走。他走出大门时，听见二儿在房间里跳脚大哭，他硬硬心肠也顾不来这些了。人生处此坎坷之境，做人乏味已极，他赶到电车站，因神经错乱，上了电车一直忘了下车，到了十六铺方才惊觉，原来他要访的朋友在四川北路，因身边没有钱，只得打十六铺步行而往。

罗万平当日访友不遇，怅惘已极，又访另一友人，这朋友听了失业经过，一时很为惋惜，心想像他这样一个忠厚的人，办事肯负责耐劳，竟为社会所不容，实堪痛恨，当下安慰道："准定替你想办法，今夜我就同经理商量，事情不论大小，暂时安插了一个时期再谈，明天来听回音。"

罗万平万分感激，想起家中的窘况，今天不能过去，他不得不向他朋友开口，借一两千元，以救燃眉之急。朋友一口答应说："现在的一两千元太不经用了，要不要多拿点去？我是知道失业的痛苦，何况老兄，府上负担不轻，我看你还是拿一万元去，用了不够再来拿，我同老兄二十年之交，朋友的为难，也等于我自己的为难，彼此都是知己，当然义不容辞。"说着到里边去，开了洋箱，取出一万元，用纸包了包，免得给同事看见，私下塞他。罗万平真是说不出的感激，再三称谢，道："我有了事，马上就还，决不拆烂污。那末我明天来听回音。"说着便辞了出来。

那朋友送他到了门口道："这笔款子，你用了再说，何须急急还？以后你有困难，同我来说，两三万元小数目，不生问题的。再会，再会。"

罗万平带了这笔款子很高兴回到家中，二儿的制服费，户口米等等都有了着落，太太问他这是不是本月份公司里的薪水，怎么增加了这末多？罗万平笑道："当然是薪水，不是薪水，难道我偷来的不成？"

正在这当口公司里茶房，持了黎延松的亲笔信，特为送来的，罗万平接了信对茶房道："黎先生信，有什么事？"

茶房道："黎先生请罗先生回公司。"

罗万平启视信，只见上面写道："手示悉，急须与兄一谈，明日清早来公司，择一地址面详万勿消极。特此奉约，即候刻安，延松手启。"

罗万平看了信，一时颇费踌躇，考虑了再三，认为黎延松待他不恶，到了这一个地步，尚且来信有挽留之意，他想起此次之走，纯为了黎太太误会之深，使他无辩白余地，与其如此处境，不如一走以明心迹。现在他要是再回公司，不但没有这个面子，将使黎太太对他印象更坏，料他无处可走，有回汤豆腐干之嫌。想到这里吩咐茶房稍坐一会，他立刻回黎先生一信。于是匆匆写了数行，大意说明日不预备到公司了，我已没有这张脸再与先生见面，更怕见黎太太，此次之走，实万不得已，还望谅之，先生待我不薄，我何尝欲离先生左右，奈以情形特殊，我心滋痛。一俟将来情形好转，后会未尝无期。

罗万平把信写毕，固封交代茶房，拉了他到门外道："这封信你亲交黎先生，任何人不可转手。”

茶房道：“罗先生今日没有到公司，同事都很奇怪，许多事都没有人管理，乱得一团糟哩。”

罗万平道：“没有关系，老板自会安排的。今日不去，明日后日我都不会去了，因为黎先生这次的事，我轧扁了头，想必你们都知道的。还是辞职的好。”

茶房怔了怔，他还没有知道罗先生辞职的事，一时大为诧异。第二天罗万平到了友人那边，果然安插到一个账房之职，这完全是他那朋友的力量，并决定即日就职。罗万平又写了一封很恳切的信，寄黎延松，对他的挽留，表示感谢，兼告诉他已在某处服务，不过暂时糊口而已，用以告慰。并将他的服务地点，严守秘密，绝对不使凌美云知道，以免将来滋闹，拜托拜托。

哪里知道事机不密，罗万平的工作地点，不知如何没有到一星期就被凌美云打听到了。一天傍晚她穿得很妖艳的赶到罗万平那里，同事还以为是罗太太，就放她进来了。她见到罗万平，一声冷笑道：“你倒很舒服，调了一个地方做事，连消息也不给我一个，老实说就是你避到天边，也会找得到你。请问此地是不是黎延松介绍你来的？你避到这里，一切死人勿管，我的事掼在脑后？”

罗万平大窘，许多同事都惊慌失措起来，当做罗先生外边闹了女人纠纷，这个并非罗太太。罗万平知道这里闹出来不大好，连忙同她横讲好话，竖讲好话，才把她劝了出来。两人到了外边，一时不知上哪里去才好，凌美云道：“到国际咖啡馆，我要同你仔仔细细谈谈，真是存心欺人，害得我好苦。”

“好好，去就去。”罗万平心想事体总归僵了，我这里的饭碗又要被她敲脱哉，女人简直是祸水，到底要害到多少人呀？

两人到了国际咖啡馆，凌美云派头一络，来两客咖啡，再来两客西点，罗万平道："我肚皮不饿，毋须点心。"

"笃定，不用你会钞。"

"是是。"

于是凌美云一哭道："我有本事哦？你到什么地方，我自会有眼线，立刻把你找到。你为什么离开广告公司？"

"黎太太为难我无非为了你的事，把我牵涉到这末深，我为你的事真麻烦死了。"

"嘿，为我的事麻烦死，老实告诉你，我决不会放过他的，我这个炸弹除非不炸，一旦炸开来，半个上海滩也会炸得粉碎，相信不相信？"

"何苦，何苦？你应该明白，并非黎延松不见你的面，也不是不要你，不跟你结婚，事是他的太太不答应，叫他有什么办法？我已经为你牺牲，生意辞脱，你可以原谅我，原谅他，就算了，何必多此一举？"

"办不到！没有这样便当。不是随随便便这末一句话，就可平我心中之气。既然他太太不答应，当初何必要我？现在害得我不上不落，不死不活，弄堂里人人都知道我嫁给他，现在他避不见面，来也不来，算是就此完结了不成？"说着顿了一顿，又接下去道："告诉你，我已经昨天搬进新屋，里边一切装修全新，地方经我布置之后，邪气的崭，家具也是当时同他一起去定的，可是款子是我去付的，他分文没有拿出来，你想我待他这样的好，尚且对我变心，叫我要不要喷血？不过我现在不去同他计较，预备等他到一个无可再等的地步，同他总清算。今天找你非为别的事，请你带一个口信，老屋我已经不去住了。目前我还是顾怜到你的困难，免得闹起来，他太太更对你误会……”

“对对，这句话一点不错。”

“我原谅你的，也原谅他的。现在我只等他良心的发现，希望将来两人仍住在一起，算了。”

“这话我要听。”

凌美云呷了一口咖啡，吃了一口点心，道：“这几天我夜夜喝老酒，夜夜跳舞，心境恶劣到了极点。要找你陪我跳舞，找你不到，今天总算被我找到了。嘿嘿。”

罗万平不觉一笑：“我近来很忙，事实上也没有工夫，跳舞此调不弹已久。”

“我倒不是为了高兴跳舞而跳舞，实在为了烦恼而找刺激，才去跳舞。你近来调了这个工作进益比较好点吗？我倒很关切你的。”

“稍为好点。”

“那我倒也宽心。”

“现在这个时世只要有一口饭吃吃，勉强糊一个家庭开销算了，我又不想发财。”

“万平，今夜我请你这里便饭，西菜只有五百元一客，很便宜的呢。”凌美云一个入骨的笑，立刻吩咐仆欧送菜单来。

罗万平急道：“不客气，不客气，我还是回店吃饭。”

“别寿头寿脑，这里吃不是一样吗？”凌美云把菜单接上手一看，没有什么调动，吩咐照配。她又接上笑道：“吃了饭我有几句很重要的话告诉你，不过只可你一人知道，绝对不可给第三者知道，切记，切记。”

“什么话，现在说不是一样吗？何必要等吃了饭再说？”

“好，我告诉你，这是我一个秘密，不过黎延松那边你要守口如瓶，被他知道了，我可不放你过门。”

“当然。”

“万平，我老实对你说，我的丈夫胡先生快要回来哉，据说还是你上次替我拟的广告的效力，他已经拍过电报回来，说这个月念七八号由台湾乘飞机回上海。”

“真的吗？”罗万平高兴万分，心想黎延松这个罪孽可以卸却了，可能我仍回到广告公司替他服务了，黎太太不致再同我有误会了。

凌美云笑道：“事情千真万确，我决不瞎说，不过我还在考虑之中，不知他这次回来对我印象如何，你如果见到他，千万别提起我跟黎延松的事，我当然也严守秘密。这两天我喝酒跳舞，半为烦恼半为兴奋。胡先生这次回来，他如对我言归于好，我决定放弃黎延松。假使胡对我不好，我也决定放弃黎延松，因为黎有太太，我不能吵得他们家庭不和，拆散人家，于心不忍；今生我就算了，做人已无希望，可能我去修行，看破了红尘。我搬场到新屋也回了一个电报给胡先生，这新屋仿佛是为他布置的呢，天下也有这些巧事的，滑稽真滑稽。”

“我相信胡先生必定对你好的，不然他不会回来了，可想而知。”

“我也是这样想……”凌美云笑道，“不过我失了一个黎延松终觉可惜，这还是我福薄。我对黎的印象太好，虽然过去我骂他，怨他，恨他，归纳起来还是爱他的成分多，所以我到今朝还是原谅他，不跟他吵。他不见我面，我也不赶上门找他闹。为来为去还是为了爱他的缘故。万平，今天你应该了解我凌美云的一片苦心了……”

“的确，的确，要是你不说明白，连我都恨你，认为你这个女子太浪漫，有点不近情理，现在我方始了解，的确不可多得。”

“假使胡回来，我们言归于好，你应该要求黎延松仍旧请你回去，你应该帮黎的忙，听说广告公司少了你是没有人负责的，乱得一盘散沙。”

“黎延松曾经来信挽留我，等你们的事告一段落后，我随时可回到他那边去的。这一点你可宽怀。”

“好，我心又定了。”

吃好夜饭，凌美云又要拉罗万平去跳舞，她说：“这是我们两人最后一次跳舞了，胡先生回来，我们没有这样方便了，别错过这最后一个机会。”

罗万平听得这样说，又只得陪她去跳了一场舞，各自回去已是夜深十二点钟了，这一天都是凌美云一人会钞的，罗万平实在穷得嗒嗒滴呢。

这小说写到这里是宣告完毕了。凌美云的丈夫胡先生究竟回来没有呢？这是一个谜。他们夫妇究竟言归于好没有呢？这是一个谜中的谜了。罗万平结果是因为黎延松要他回去的信雪片的来，终情不可却而回到广告公司了。两个月之后的一天黎延松告诉罗万平一个秘密道：“凌美云的丈夫胡先生自台湾拍来那个电报是假的，是我捏造的，拍这个电报是托台湾友人冒名代行，目的是使美云对我的目标改移，我是采取一种心理学，不妨一试，想不到竟然发生这末一个绝大作用。”

春之恋

杨碧梧是震旦大学高中部的学生，年纪只有十九岁，生得一表人才，貌如潘安之美，举止温文尔雅，性情柔顺可爱，在校中有潘郎的雅号，虽然是个男子，但，有许多地方颇似女性，讲话，轻言细语的，看见人只欢喜笑，一笑就有两个酒涡，男子而有酒涡的确很少，震旦大学五百多个男生，拣不出一人，这一点杨碧梧也足以自豪了。他是一个住读生，每一星期只回一次家，平日攻读之余，欢喜看名家小说，举凡近代名家说部，他统统购来，手不离卷的，几乎变成一个小说迷，他每夜上床必要看一会小说，他的床上枕头边堆了不少小说书，床前书架子上十分之八也是小说书。有一个时期，他看的小说，很杂乱，任何小说书都要看，后来渐渐有了一个倾向，便是欢喜看儿女之情的，什么武侠，社会，他都弃而不看，专门拣爱情一方面的，可是往往看完了总是伤心得不能自已，因为书中主人翁大都是悲惨结束，拆散了收场，美满的实在少数，于是杨碧梧准备自己写一部小说，花上一年工夫把它撰成，纵使不能出版，那末留了自己看看也是好的。

杨碧梧有了这个志愿，便开始找寻材料，知道写小说一道，如果空中楼阁，完全凭了想象，故事决不会生动，务必七分事实，三分想象，联缀而成，然而找材料如何着手呢，到哪一方面去找呢？杨碧梧有时坐在窗前，手里握了一支笔出神的呆想，想了一阵，不但白纸上一个字没有落下去，一个人更加糊涂起来了，于是他相信还是缺少社会生活的实际体验，缺少接近外界一切的机会，如果完全靠书本上看来的经验，是无济于事的。

杨碧梧想起在初中部读书时候，有个女同学姓吕，名叫玉环的，为人十分和气，貌甚秀丽，她那一种作风，完全是个小家碧玉，穿着打扮十分朴素，家中只有一个老母，没有父亲，大致还有一部分遗产，所以吕玉环得以在震旦初中部读书。由于天天与杨碧梧同一课堂上课，一起研讨学问，因此两人感情甚为热络。吕玉环未始不真心爱上杨碧梧，只是想到自己是个孤女，没有了父亲，家境平常，当然高攀不上，明知他也不会爱她的，原来碧梧是一个厂长之子，家中甚为富有，因此她跟他虽然很要好，可是思想非常的纯洁，完全站在同学友谊上做个朋友。杨碧梧心中也未尝不想吕玉环能够做他一个意中人，可是不好意思启齿，一来面孔红了，二来面孔红了，就是开口，她会不会答应他呢？这是一个问题，万一遭到她的拒绝，这张脸真不知放到哪里去了，以后还好见面吗？杨碧梧左思右想，惺惺相惜的，还是免开尊口的好，不如这样做一个同学下去吧，一样可以来往，一样可以热络。岂料好景不长，有一天吕玉环接到母亲的来信，叫她辍学回家，什么原因，并没有说明，吕玉环伤心得什么似的，只是哭，除了对杨碧梧依恋不舍，就是才十六岁，还没读高中，心中更加痛苦。杨碧梧再三盘问她为的什么原因母亲逼你回去，吕玉环只是落泪，不说一句话。杨碧梧打算阻挡她，不让她走，要她母亲来信说明理由，认为充足，方始让她回去，否则可以置之不理。吕玉环悲悲切切道："不要这样了，还是让我回去吧，因为我这个母亲并不是生身之母，我自己的亲母早已故世了，现在的是庶母，我自小是她培植长大的，不得不听她吩咐。我想这次回去如果没有什么问题，依然可以出来的，那我还要到这里来读书，我们依旧可以天天见面。你让我走吧，我回到家中如何情形再和你通信好了。”

吕玉环同杨碧梧分离了之后，不久便有一封快信寄给碧梧，告诉他沿途平安，原来她的故乡在松江西门外马路桥堍，信内说明此次阿母逼她回去，是把她许配当地刘家做第二个小，得悉之下，气愤万状，婚姻不自由，毋宁死，何况把她许配做人家第二个姨太太，此可忍，孰不可忍，目下正据理力争，誓死反对到底，以后如何情形，当再续报云云。杨碧梧接到这封信，当时几乎为之昏厥，马上一封快信寄去，叫她赶快设法脱身到上海，来校继续求学，一切经济他负完全责任帮助，可不必担心，以后永远脱离这万恶的家庭，一人出来谋生，决不会饿死。可是杨碧梧这封快信寄去，被吕玉环的庶母接到，拆开一看，如此措辞，立刻撕得粉碎，玉环不知道有这件事，却是日日夜夜望碧梧的复信，始终望不到一个回音。待到玉环发第二封信给碧梧时候，大局已定，已经无法挽回，嫁期迫在眉睫，只有两天工夫了。杨碧梧也正望着玉环有信来，按理那封快信早应该送到了，为什么没有回音？待到看见她第二封信，对他的快信只字不提，方始明白她本人根本没有接到那封快信。杨碧梧一看日期，知道吕玉环已经嫁出，于是痛心万分，书空咄咄，从此他们中间便隔绝了。后来杨碧梧也接受家长之命，十九岁结了婚，按理这点年纪就结婚未免太早，何况高中还不曾毕业，其中当然有原因的，杨碧梧的家长以为他年轻，容易受到外界异性的诱惑，不如提早结婚，一条心也就有了归宿，一方面继续让他求学，杨碧梧在这种情形之下，免得和家长为难，只得接受了。婚后他因为要顾着学业，不得不住在校里，规定每一星期回家住一夜，有时只回家而不住夜，就赶到校里来了。

与接到第二封信相隔一年半，杨碧梧方始接到吕玉环第三封信，不觉大喜。原来吕玉环已经离婚了，因为吕玉环不容于大妇，便隔三岔五家庭里吵得不堪，这日子过不下去，玉环便溜逃娘家，就此不再回到刘家去了，一方面挽人出来办理离婚手续，结果达到愿望。玉环总算恢复自由，不久当地不安靖，谣言纷纭，于是母女两人搬到上海来作寓公，住在福煦路四明邨。

吕玉环到上海一切料理舒齐，便写了一封信给从前的女同学，问杨碧梧的消息，女同学回信说，她离开学校也有两年了，关于碧梧的消息并不仔细，想来他还在那边读书，不妨写封信到校里去，直接寄给他本人。吕玉环就给他写了一封信，告诉他我们已经住到上海来了，以后见面的机会多了，希望你给我一个回音，最近有机会的话，我们见一回面，有不少不少的话要当了面告诉你。

杨碧梧见信封上的笔迹，就知道是吕玉环的来信，急急忙忙拆开一看，这一喜非同小可，马上回到宿舍写了一封回信，问她何日到上海的，为什么之前一些消息没有，不然也该到车站迎接一番，中间已经隔下三年，相思之殷，也不知何从写起，本星期日中午十二时在金龙菜社吃饭，为你洗尘，千万勿却云云。到了星期这一天，杨碧梧当一桩重要的事情似的，十一点多钟就赶到菜社守着，不一会工夫，吕玉环果然来了，杨碧梧连忙奔上前迎接，执住她一只纤手欢笑道："想不到，想不到，今天我们会得在这里会面，我连做梦都没有做到，吕小姐，你依然同三年前一样，不瘦也不胖。"

吕玉环盈盈一笑道："碧梧，你也一些没有瘦，同三年前一些没有改过。”

杨碧梧见吕玉环比三年前更秀丽些，身上各部分都发育得更饱满了，肌肉也丰美起来了，尤其她胸口生得很结实，这分明变成少妇型了，而从她的脸部看来，依然是个少女模样。杨碧梧把吕玉环当做一个璧人看待，称颂她的美丽。小菜上来之后，再来了一斤酒，本来杨碧梧不爱酒，吕玉环也不爱酒，今天因为太兴奋，想呷些酒。杨碧梧询问吕玉环嫁后光阴想必一定很美满，此次到上海预备久住，还是盘桓性质？吕玉环摇了摇头含笑道：“你问的都不是，都问错了，我要急急见你的面，就是告诉你这三年内的经过，好像做了一场春梦。”杨碧梧道：“什么，做了一场春梦？”吕玉环道：“你没有知道，却也难怪，因为我们很久没有通信了，我又远在松江，老实告诉你吧，我已经同刘家解除婚约了。”杨碧梧诧异道：“你同刘家解除婚约，什么时候解除的？”吕玉环道：“这还是去年十二月间的事，今年已经到了四月，那末我同他解除之后已有五个月，我派派嫁到刘家，自过门到离婚。一共只不过一年两个月零五天，可是这短短一年两个月零五天里，我过得比十年还慢，非常难受，我简直不知是过的日子，真赛过做了一场噩梦。”杨碧梧急急问道，“那末为的什么缘故离婚？”吕玉环道：“有两个原因，一，我是始终不愿跟他，那刘家是个大家庭，他本人已经有六十五岁了，你想我前年只十七岁，今年还只十九岁，一个十七岁女子嫁一个六十多岁的丈夫，世上最惨酷的都没有了，我不愿，也就可想而知的，于是我天天同他吵，一年来他也受够了我的气；第二，他还有大妇，大妇凶得不得了，她并不当我是人，她不但不当我是人，还不许我同老头子同房，不许我同老头子一桌吃饭，种种虐待手段对付我……”

杨碧梧听了这段话且惊且喜道："当真离婚了，我一些也没有知道，我佩服你有勇气，祝贺你！"说着连忙执壶替吕玉环酒杯酌满，自己也加加满，举起杯子大笑道："喝酒喝酒，我敬你三杯，祝贺你！"吕玉环笑着含羞的举起杯子一口而尽，杨碧梧再替她酌上第二杯，吕玉环便把杯子伸到桌子底下，格格格一阵痴笑道："碧梧，碧梧，我不会喝酒，你不是不知道，为之兴致非常的好，我已经喝了一杯，不然我滴酒不进，你看我脸上红得什么似的。"杨碧梧也就勿逼她再喝，把壶放下欢笑道："今天不要说你高兴，我也高兴得从来不曾有过，我不是同你一样不爱酒的，可是我喝了好几杯，你的脸绯绯红，我何尝不绯绯红？"吕玉环道："你就适可而止吧，自己身体保重，多喝酒伤脑。"

后来玉环又问起杨碧梧这三年内的情形，杨碧梧把自己结婚的事，讳莫如深，绝不提起只字，当然有两个原因，一，恐怕吕玉环伤心；二，将来还希望同她有同居的一天，因为他是一个情感极丰富的人，尤其见了吕玉环，不知如何，好像自己的灵魂都被她吸收了去，不能自己出来。他叹了一口气道："这三年来我始终在震旦里读书，并没有变动，也没有什么可以告诉你的事，大致今年高中毕业，明年升大学。我是一个书毒头，平日爱看小说，你是知道的。三年来我这脾气始终没有改。"吕玉环问道："你还不曾结婚吗？"杨碧梧急道："我抱定宗旨大学不毕业不结婚，我现在年纪轻哩，连婚都没有订呢。"

吕玉环听了杨碧梧这样说，心里觉得十分舒服，笑道："有志气，到底有志气，大学不毕业不结婚，还有好多年哩，那末你心上一定是早有了意中人了，是不是？"杨碧梧一笑，摇摇头道："没有，绝对没有，在你面前我决不说一句谎话，我的脾气你是知道的，一句假话也不会说。”吕玉环道：“那末你的家长一定要替你物色对象，你今年虽然只十九岁，年纪轻，但再过一两年就是念岁开外的人了……”吕玉环完全是一种试探口气，杨碧梧不待她说完，抢着道：“婚姻大事，岂可由父母主张，我就非要自己中意不可，要是他们替我订婚，我绝对不予承认，不比从前，子女婚嫁，概由父母主张，现在潮流如此，当然自由结合，父母只能在旁边监视监视而已，没有主动权利。吕小姐，你就吃了旧式婚姻的苦，不会反抗家长，这次你嫁到刘家，就是给你一个警告，幸而同他脱离得快，这未始不是你的幸福。”

吕玉环抽出一支翡翠杆的自来水笔，找了一张纸道：“碧梧，你有工夫请到舍间来白相，我现在抄一个地址给你。”说着便写了一个福煦路四明邨的地址交给杨碧梧道：“我平日总在家里，难得出门，你有工夫尽管请过来白相，家中只有一个娘，连我一起只两个人。我们向亲眷租的一间厢房相当宽敞，窗外有小花园，这几天月季花开得一片浓艳，那边是新式建筑，像你去住一定住得惯，正是一个读书好场化……”

杨碧梧道：“一定，隔一天一定到府上拜望，同时拜望拜望令堂大人。想象中的令堂大人，一定很凶的，为什么呢，一则是后母，后母十个有九个是凶的；二则她硬劲把你嫁给刘家那个六十多岁老头子，可想而知手段很辣。我拜望她，会不会把我……把我驱逐出来？哈哈。”吕玉环不禁笑道：“哪有这种事？你是客人，她待客人倒是十分客气，不会怠慢的。你尽管放心，请过来白相吧。”

当下两人也有八分酒意模样，饭后坐着尽谈尽讲，绵绵不绝，后来一看其他食客统散了，只剩他们两人了，杨碧梧有些不好意思起来，连忙会账，一同出来，到了马路上，吕玉环道："碧梧，那末你准定什么日子来白相。到我家里吃午饭，或者晚饭，随你拣中。"杨碧梧道："准定，准定，至于什么日子，还没有决定，要是来预先写信通知你好了。"

吕玉环道："譬如你下一天到我那边，信要早两天寄出，震旦在徐家汇路，我在福煦路，本埠邮递要经过几个邮局，当天不能送到。"玉环又道："你爱吃什么，告诉我。"杨碧梧笑道，"爱吃什么，为什么要问我！"吕玉环边走边捉住杨碧梧的手臂，推了推说："我问你，只须老实告诉我好了。你到舍下吃饭，我当然也要做几样小菜，给你搭酒，这是我的一点意思，你老实对我说，我不当你外头人看待，你也应该老实一点。"杨碧梧听了她这几句话，真是无限甜蜜，一直欢喜到心坎，马上说："当然，当然，你当我自己人看待，我也当你自己人看待，那末我来吃饭，既不是客人，又何必为我做菜？家常便饭好了。"

"不，我要做几样可口的小菜给你搭酒。"

"其实我并不爱酒的，今天因为兴致特别好，所以糊里糊涂喝了这些下肚。"杨碧梧不忍拂了吕玉环一番好意，又道："好好，我把爱吃的告诉你，排骨我爱吃的，青炒辣子我也爱吃的，辣糊豆腐我也爱吃的，这几天青辣子正当老结时候，极其爽口，只要这一味菜，我可以饭吃三碗。"吕玉环忍不住笑了起来说："你是个江南人，倒有湖南人的作风，只爱辛辣。"

杨碧梧道："你要是做这几样小菜请我吃饭，我决定到，并且我以后还常常到你府上吃饭白相，只要你不嫌我讨厌，你妈也不嫌我讨厌。”说着两人朝前走，越走越拔直朝东，杨碧梧一看方向不对，连忙道：“吕小姐，你是不是到福煦路？这方向错了。”吕玉环看了看前面，便说：“我在这里乘电车。”杨碧梧意要送她一节，打算两人走走谈谈，便拖拖吕玉环的手道：“今天你还有什么事吗？”吕玉环道：“没有事，我天天有空，一点儿事都没有。”杨碧梧道：“既然没有事又何必急急要回去？你电车不要乘了，我送你一节路，下半天我没有课，索性到傍晚回校好了。”

当下两人离了电车站，有说有笑的，不觉一直走到福煦路。“碧梧碧梧，你应该回去了。让你送了这许多路，如何说得过去？今天真让你走累了。”吕玉环说着便在马路上唤了一辆街车，讲好拉到徐家汇路，震旦大学，五块钱，挥挥手叫碧梧上车，一边她连车钱都代付了，杨碧梧当场一阵推托，吕玉环哪里肯收回，早付了车夫手里，忙着说：“碧梧，你别同我客气，我就代你付一次车钱也应该的。”碧梧一听她既然这样说，就跳上了车，扬扬手笑道，“隔一天再见。”吕玉环道：“你什么日子来，早两天写信来。”

杨碧梧同吕玉环分别后，回到校里，就此兴奋了半天，他觉得今天的事值得一记，便在日记里把今天经过详详细细记了一大篇。然而杨碧梧始终没有去吕玉环家里吃饭，因为他的脸皮非常嫩，极其怕羞，又从吕玉环口中知道她的娘凶相，便怀了戒心，不敢冒冒失失去找她。吕玉环来信责问杨碧梧为什么不去白相，是不是为了功课忙碌，那末星期日总应该有工夫了，就请你这个星期日来吃午饭吧。杨碧梧马上回信，说是到府上吃饭准定缓些日子，这个星期日你如果有工夫，还是请你出来谈谈，地点公园里或咖啡馆中，随你拣中；我不是不愿意到府上，只是怕令堂大人对我起疑，于你反不利，还不如你出来，我们两人谈谈的好。杨碧梧把信写好，一算星期日一定不及得到她的回信，于是塞了五块钱，让校役送去。吕玉环接到信，因为娘在旁边，便往袋里一塞，说是你只管回去吧，我自有回信给他是了。后来她拆开信一看知道不会来了，要叫她出去，于是写了一封本埠快信给杨碧梧，说是准定星期日到你们学校来拜望，时间上午十时，请你千万别走出，能够守在校门外边更好，免我进来，惹人注意。杨碧梧到了这一天果然九点多钟就守在校门外边公共汽车站上，无论坐人力车或公共汽车，都在这里停下。不一会，十点钟没有到，杨碧梧远远的坐在一辆人力车上，撑了枣红小洋伞，身上穿了湖绿旗袍，从那边飞奔的拉过来了，杨碧梧一看果然是她，连忙上前举手欢笑道："吕小姐，吕小姐，想不到就是你，我远远一看是像你呢，我目光还不能算差。"车子停下，急忙问多少车钱，杨碧梧抢着代付，吕玉环一阵推让，杨碧梧早已把钱塞到了车夫手中，对吕玉环道："那一天我坐车回校，不是你代我付的车钱？那末我今天代你付了，难道就不应该吗？"吕玉环笑了起来，也就不推让了，于是两人并不回校，就沿着一条老阔的徐家汇路踱过去，因为这里过去有一个小公园，树木茂盛，风景宜人，实在是个谈情好去处。

两人到了公园，拣了一个池潭旁边椅子上坐下，不知如何，双方都找不出一句话来，只相顾着微笑，杨碧梧心里有些虚，不要自己结过婚的事，被她打听到了，连忙问道："吕小姐，你笑我什么？"吕玉环笑道："真奇怪了，你问我笑什么，那末你对我笑又为什么？我也问你。"碧梧道："我笑你今天穿得真漂亮，这件湖绿旗袍非常大方而派头一络，手上再配了这柄枣红绸伞，仿佛画里一个美人。”杨碧梧说到这里随手拾起一个小石子，掷到池潭里去，“咚”一声浑起一个漩涡，接下去笑道：“可惜我不会绘画，不然我现在替你写生一幅人像，把这池潭做背景，把这漩涡做图案，把这树荫绘成一片绿，这幅画题名就叫‘绿天深处’，你赞成吗?”吕玉环“哧”的一笑道：“你现在比从前会说话得多了，三年前你是一个挺怕羞的男子，在女同学面前从来没有见过你这样会说会讲，到底长上几岁，也就老练起来了。”隔上不一会又道：“真的，我那边你为什么不去白相？我几次约你吃饭，你都不来。”杨碧梧道：“我不去的原因，真不瞒你说，还是怕见你的母亲，不知如何，在我的印象中，始终把你的母亲，认为是个可怕的人，虽然我到府上，她决不会对我如何，也决不会不理睬我，只是这一种心理作用，牢不可破，所以终觉得我到你府上去，有些不大方便似的。”吕玉环笑道：“你真是个书毒头，毒头毒得少有，我对你说了这一句，你就牢记到现在，难道我会给你当上，请你来白相，故意让你受窘不成？老实告诉你吧，我同你通信。我妈已经知道了，我就对她说起你是我从前一个挺挺要好的同学，人是邪气的好，像个女子。我妈非常欢喜，问我为什么不请他来白相，我说这几天就要来的，可是隔了这许多日子，你还是不去，太使我失望了。”杨碧梧道：“你妈也欢迎我去，我真不相信，一定是你嘴里说得这样好听。”吕玉环道：“真的呀，我妈真的这样说，她问我杨先生什么日子来。我说他讲是这样讲，要来要来，什么日子还没有一定。我又对妈说你是个读书很用功的人，平日也难得出来。我妈说那末隔一天请杨先生来白相，也让我见见，可想她也很牵记你呢。”吕玉环边说边笑，柔顺得不可描摹，在杨碧梧心目中觉得她还是三年前那般可爱，少女的美丽依然没有消逝，有点不能自已起来，便执住她的手道："准定，我准定隔一天到府上就是。"吕玉环道："你一定来吃午饭，你说，什么日子，先告诉我？"杨碧梧面孔仰了天，想了想道："下个星期日好吗？"吕玉环道："你讲话要作准，不要约好了日子又不来，又害我空望。"说着一张嘴巴噘了起来，把个身体贴到杨碧梧怀里去，碧梧便连忙把她抱住，急急道："你别跌到池潭里去呢。"吕玉环莞尔一笑道："不会的，你为什么胆量这样小？"她的上身被杨碧梧抱住，也任他抱住，不表示反对，也并不怕羞，倒是杨碧梧一颗心扑扑的跳着，脸上一阵红一阵白的，放手不好，不放手也不好，他四边左右张张望望，园里游人极少，简直看不见有人，虽然天气入了秋，外边还是热不可当，幸而他们在池潭边一株大杨树背后，所以更不为人注意了，在这一种情形下，他们仿佛已经投入爱的漩涡，不自觉的两人嘴巴忽然合在一起了。

正在这当口，树梢头上忽然一只喜鹊打上面扑棱的飞了下来，杨碧梧同吕玉环吓得一跳，急忙两人一推分开，一看是只喜鹊打池潭水面上一掠而过，到对过树林里去了，吕玉环拍拍胸口道："碧梧，我还以为有人掷一块石头下来，故意吓吓我们的？"杨碧梧笑道："这完全是心理作用，要是我们不这样，就是真的有人掷一块石头下来，我们也不用怕的是吗？"吕玉环含羞一笑，撒娇道："蛮对，都是你不好，你为什么要抱了人家身体，我挺不欢喜这样……"杨碧梧拍拍手，仰天哈哈哈大笑道："真不瞒你说，吕小姐，你太可爱了，你使我有点不能自已起来。你说都是我不好，你挺不欢喜这样。其实我又何尝欢喜这样？可是一个人每每到了情感不能抑制时候，这一种动作，自然而然会进行着的，想来这也是人的天性，我们都是青年，更加是不能免了。”吕玉环道：“我相信你的话，只是在这环境里不要说你我了，就是孔夫子也难以压制这情感的冲动。你说我太可爱，我有什么地方使你可爱呢？碧梧，唉……你说到这一层，我就心里难过，请你还是不要提起了吧，免得我伤心！”杨碧梧急急拉了吕玉环的手，于是两人又贴在一起，他在她耳朵根头低低问道：“你说，你说，有什么伤心，能不能告诉我？”吕玉环摇摇头道：“还是不要提起的好，假使三年前我们有今日一天，那我就誓死不会答应我妈做那桩事，然而今非昔比，我已经不是三年前的吕玉环了。”杨碧梧道：“我不懂你说这话是什么意思，你再明白的说一句。”吕玉环眼圈一红道：“碧梧，你就少作难我一点吧。”杨碧梧一把抱住她钉紧问道：“什么，我作难你，这不是怪话，我为什么要作难你？”吕玉环噘起嘴道：“我闲话已经说得很明白了，我现在不是三年前的吕玉环了，你是个聪明的人，为什么这意思会猜想不出？”杨碧梧笑笑，出了一会神，忽然道：“我懂，我完全懂得，虽然你不是三年前的吕玉环，但，在我看来，你比三年前更丰美，更增加了不少做人的经验，懂道理得多了。”吕玉环忽然笑了起来说：“碧梧，你挺欢喜这样七拉八扯的，我不要听。”杨碧梧道：“你同刘家是离了，根本解决了没有？”吕玉环道：“当然根本解决，而且我不曾接受老头子一个钱，什么都不要，完全无条件解决，甚至连我嫁过去有许多衣服，都一件不要，解决得清清白白，给他十二分便宜。那时候我想，只要能够同他脱离，任何一切都肯牺牲。”杨碧梧道：“那末你现在身体算是自由了。”吕玉环点点头笑道：“当然归还我自由了，我想今世也不愿意再嫁人，嫁过人的女子，离了再嫁，人家也不会贪图。我很明白这一点，所以今生嫁人之念已断，惟一出路就是把自己贡献给社会或国家。我同老头子离了之后，曾经参加过一阵团体生活，那是在内地，统是男女青年，天一亮就起来早操，铃一摇吃饭，上课有钟点，睡觉有钟点，休息有钟点，是国家主办的，不收丝毫费用，每天还要训练爬山，赶路，每次出行，总有一千多人，背上负了毯子，毛巾，搪瓷杯子，像行军一样，男生在两边保护，女生夹在中间，我们个个精神奋发的，虽然非常吃苦，但，一些也不觉得苦……”吕玉环又接下去道：“过这种团体生活，把身体锻炼得好了，强壮了，将来什么事都可以做，所以我当时甘心吃苦，冬天，冷得索索抖，五点钟铃一摇，都要一律起身，赶到操场上去，天上还有星哩，地上是一层浓霜，风刮到身上像尖刀，然而我们个个精神抖擞的。”杨碧梧道：“真想不到你还有这一页光荣的历史，那末你后来又为什么离了这团体生活？”吕玉环道：“我是与一个小姊妹一起加入这团体的，这个小姊妹平日娇养惯了，后来吃不起这苦，就逃走回家。她一回家就告诉我妈如此情形，叫我妈赶速派人追我回来，我妈急得什么似的，哭得一无办法可想，当下我姑夫也知道了这件事，便连夜起程，赶到内地，居然把我找到。我一看，咦，姑夫为什么也到这里来了？他对我打一个谎，说我妈病重，马上就要死了，叫我无论如何回去见一见面。我受了骗，与姑夫一同回家，岂知妈一些没有病，不过为了我忧虑，日夜哭着，瘦了许多，妈是决不会再答应我出门了。”杨碧梧听得出神，赞道：“好志气，佩服，佩服，你虽然是个女子，倒有男子气概……但，你的前途，依然非常光明，年纪又轻轻，你和我同年的吧？”吕玉环道：“小你半岁，你是春天三月生，我是下半年九月生。”杨碧梧道：“同是十九岁，你如何不愿意嫁人？离了再嫁，就没有人贪图，这句话我极其反对，难道你一世做人就算这样了吗？这话真亏你说得出口，不替自己将来打算打算？”吕玉环道：“将来的事到了将来再讲好了，眼前过一天算一天，我也不是抱定做一世人就这样算了的宗旨，然而环境是这样，也无可奈何。”杨碧梧问道：“假使有一个很合你心意的男子，爱上了你，要娶你回去，你预备嫁，还是不嫁？”其实杨碧梧问这句话，倒是由衷而发的，也等于代表他自己问的话，借以试探她的心意。吕玉环笑道：“当然我也要声明在先，我不是一个小姐，我是个妇人了，他娶去，不要后悔。”杨碧梧道：“决不后悔，并且他知道你过去身世，愿意娶你。”吕玉环道：“对像我是否满意，这也是一个问题，因为过去是家长的主意，已经做了这一桩错事，当然这次婚姻不可草率从事了，我也要仔细考虑考虑。”杨碧梧笑道：“这个对象你是满意的，假使说他已经娶了，他预备再娶你做第二个夫人，不过他决不当你如夫人看待，当你一个大夫人一样待你，你心意怎么样？是嫁，还是不嫁？”吕玉环道：“不嫁，决不嫁，你想我过去做了人家小，已经怨透怨透，离了之后总算万幸了，难道第二次嫁人又还是做人家一个小，我万万不答应，我自己也不能交代，亲眷朋友面前也说不过去。所以除非不嫁，嫁得一定一夫一妻，苦些倒没有关系。”杨碧梧道：“你的话果然不错，当然一夫一妻的好。不过我要是做一个女子，思想同你稍稍有些不同，这不同之点，就是这个男子我满意的，那就不顾一切，便把终身许了给他，只要他能够爱我，安慰我，帮助我，那末我做他一个小又有什么关系？过去你是嫁了一个老头子呢，这当然不能得到安慰，你如果再嫁，这个对象你心满意足的，一切条件都依你的，我以为做小也就值得，不必拘泥于‘大’同‘小’的区别，我的话你以为……”

吕玉环笑道："你的话果然不错，不过我抱定宗旨，除非不嫁，嫁得非一夫一妻不可，因为我老早就在亲眷朋友面前声明过了，叫我这句话如何收回呢?"杨碧梧知道无法改变她的成见，也就不再说下去。这一天他们在公园里一直玩到午后才出来，到徐家汇镇上一家小饭馆里吃午饭，这家小饭馆专门是做附近学校生意，虽然竹篱茅舍平屋三间，里面相当宽敞，杨碧梧领了吕玉环拣一只角里位子坐下，堂倌上来，杨碧梧问吕玉环道："你欢喜吃什么菜?"吕玉环道："你说吧，我随便什么都吃。"杨碧梧便问堂倌道："近来有什么时鲜小菜，报两样听听"，堂倌道："炒鳝糊，青鱼头尾，炒划水，洋葱牛肉丝，加辣鸡，田螺嵌肉，奶油菜心。"杨碧梧对吕玉环道："我看来一个炒鳝糊，一个炒划水，一个加辣鸡，再来一个大血汤好了。"吕玉环道："吃不完这许多，两个菜就够了。"杨碧梧道："一定要这几样，我们还要呷些酒。"说着吩咐堂倌再来一斤陈酒，玉吕环道："想不到你这样爱酒，同从前大不相同了。"杨碧梧笑笑说："我现在正学着喝酒，居然能够喝到一斤左右，酒后便模模糊糊的，睡上一大觉，比什么都好。"这时候先上来一个热炒，酒也来了，杨碧梧替她酌上一满杯，便开始吃起来。这一顿午饭因为来吃的时候已经一点多钟，两人搭着酒，细谈细讲的，一直吃到三点钟方才完毕，好得今天星期，杨碧梧没有课。离了饭馆，两人都有七分酒意，举起步子也特别的轻松，吕玉环因为出来已经大半天，急要回去，杨碧梧道："好，我不留你，今天你出来时候多了。"于是便替她喊了车子，两下便分手了。

杨碧梧同吕玉环有一个多月不曾见过一次面，也不曾通过一次信，一半是因为校中功课忙，一半是为了免除一些烦恼，因为多同吕玉环见一次面，便多一层感伤。可是这几天，他心血来潮，一心一意要撰一部伟大的小说，只是找不到题材，穷思极想，搜索枯肠，依然白纸上不曾落过一个字，便想入非非，觉得大可将吕玉环的身世作为这部小说上半部的起端，自己同她由同学而及最近的互相来往，一一都是身历其境的，不妨把自己也当作一个主角写在里面，到目前为止，至少可以写上一两万字光景，那末以后的发展，以及如何结局，再看我们两人的进行，到一个如何程度就写到一个如何程度好了，万一我们两人有美满的结果，也就是这部小说的一个圆满场面，否则悲惨结果，那就是我们两人一定拆开了散场。这部小说这末写下来，一定是非常生动而成功的，但，脱稿的日子就遥遥无期，因为等到我同她之间的事有了一个解决，婚合或分离，这部书才有个结束交代，不但是这样，而且以后我向她追求，要格外的积极，方有曲折的经过，可供我笔下挥写。杨碧梧想到这里，立刻握起了笔，写了一个起首，这便是写吕玉环的身世，自己在书中的主角也不化名，就用杨碧梧三个字，写吕玉环也用真名，一些不改动，一切经过情形，仿佛用日记体的描写，这是依照一本外国英文小说的写法。

杨碧梧穷了半个多月的精力，每日撰一段，居然起端写了两万字，稿纸垒着有一百多页，又从头仔细修改了一番，认为很满意，可是再要写下去便觉得困难起来，因为已经把肚里货色统统写光了，以后的演进，如果全凭想象，向壁虚构，一定会不自然，不要牛头不对马嘴，硬写的结果，势必一败涂地。杨碧梧再三考虑之后，决意把它搁一搁，为了采取事实起见，只有一条路，就是再同吕玉环常常混在一起，这个计划果然早就预备的，如此看来非实现它不可。

隔了一天杨碧梧便写了一封信寄给吕玉环，信上道：“玉环同学姊，不通信不见面者又两易蟾圆矣，近想吾姊身体安好，一切胜常。我人虽然同在上海一埠，而晤面艰难，只以吾姊上侍令堂大人，自然无暇分身，弟以校中功课繁重，又逢考试之期，好像愈形忙碌。近日考试已毕，颇想与吾姊良晤一番，未悉能抽身惠临吾校一叙否，弟每日下午有空，如吾姊出门容有未便，弟颇想趋前一谈，并在令堂大人前请安。如何之处，幸希赐复。”杨碧梧把信写好，马上投了邮，隔不上三天，吕玉环回信来了，杨碧梧急急忙忙拆开看，信上只寥寥两三行道：“家母已下乡，家中只我一人，接信望速来，有要言面告。十万火急。玉环上。”

杨碧梧不觉大喜，换了一身洋装，把头发梳了一番，皮鞋擦得雪雪亮，便赶到吕玉环家里去了。这天下午，秋阳晒在身上非常舒服，杨碧梧坐在车子上，戴着一副太阳眼镜，一只脚一搁，洋洋得意，说不出的愉快，车子拉到福煦路，便打袋里摸出预先写好的地址一看，四明邨，想来这四明邨一定是一个什么里弄，便在车子两边留意着，车夫回头来问道：“先生，拉到啥地方，这就是福煦路了。”杨碧梧道：“四明邨，四明邨。”车夫道：“四明邨在什么地方呢？一条福煦路邪气的长，拖到底还有不少路。”杨碧梧道：“我没有来过，也不仔细，你到店家问个讯。”于是车夫便停下问了讯，方才知道还有两站路，于是垂了头拼命又往前拉，拉了好一会方才到了四明邨，杨碧梧连忙踢踢踏板道：“到了，到了。”下了车，付了车钱，到四明邨里挨着门牌一家一家找去，果然找到了吕玉环住的这家，原来是个石库门面，一幢新房子，外边围有低低矮墙头，里面倒是个小花园，两株垂柳的柳叶挂到墙外来，杨碧梧便在大门铜环上“搭搭”按了两下，没有人出来开门，又按了几下，里面隔了门问道：“找什么人？”杨碧梧答道：“请问这里有个吕家么？”里面答道：“有的，有的，请你走后门吧。”杨碧梧连忙兜到后门去，一看后门果真开直着，娘姨在那里洗衣。

娘姨对杨碧梧道：“先生，你找什么人？”杨碧梧打算往里直达，只得又打顿着答道：“我找吕家。”娘姨道：“吕家住在楼下西厢房，你走这进去，转弯就是。”杨碧梧道：“对不起，对不起。”于是便走了进去，找到了西厢房，见房门开直着，望到里面明窗净几，布置得井井有条，家具华丽，这时候吕玉环正伏在窗前写字台上不知写些什么，杨碧梧轻轻跨进房间，有意不招呼，便在椅子上一坐，忍不住笑了起来道：“呔，客人来了，为什么不端茶呀？”吕玉环投了笔立刻回转身来一看，不觉呵哈哈大笑一声，一个身体像燕子般的掠了过来，直奔到杨碧梧身前，执住他一只手，一阵痴笑道：“碧梧，碧梧，你……你什么时候来的？也不告诉我一声。”杨碧梧故意笑道：“我来了有半个钟头了，假使我是个贼，进来把房间里东西偷了，你还没有知道呢。”吕玉环道：“嘿，真谈也不要谈，这里门户真紧固，我住到现在不曾被贼偷过一样东西。碧梧，你请坐一歇，我煮咖啡给你吃。”说着就忙着打开橱门，拿出一听咖啡，又给杨碧梧看道：“这是仙女老牌，特为留着给你吃的，我妈下乡去，本想写信给你，恰恰接到你的来信，巧是真巧。”又忙着把咖啡盛了几瓢在一只布袋内，放到壶里在洋风炉上煎着。杨碧梧道：“玉环，你别为了我忙碌，我又不是客人。你妈几时下乡去的？”吕玉环道：“去了才三天哩。乡下房子有人强占住，不付房钱，住就住了，不付房钱也就算了，他还要把我屋里家具板壁搬出去卖脱，我妈接到乡下来信，急急赶过去。”杨碧梧道：“那末四五天就要回上海的？”吕玉环道：“不一定就要回上海，她乡下亲眷那边也可以耽搁，总要把事解决了才得回上海，不过日子决不会多耽搁，她说会给我来信，可是我还不曾接到她的来信呢。”杨碧梧道：“松江来回的信三天也可以打转了，为什么去了三天还没有信来，有没有旁的枝节？”杨碧梧说到这里，无意中看见写字台上一张原稿纸，上面已经写了十几行文字，心想：她也在写文章吗？便走了过去，打算拿起来看看，吕玉环在那边煮咖啡，一眼看见了，便大吼一声，飞奔过来一抢了去，格格格一阵痴笑道：“这怎么可以看的，这看坏眼睛的东西，可把我台也坍光了。”便把那张原稿纸一撕四块，叠起来又是一撕四块，一阵团弄，便握在手心里死也不放。杨碧梧道：“何必，何必，我看看有什么关系，早知道你这样撕了，我大不该来看，我这个人太鲁莽，十二万分对你不起。”吕玉环道：“碧梧，我不是不给你看，因为这不成器的东西，真要看坏你的眼睛。将来我想慢慢的学习学习，写得像样了，再请你给我修改修改，你不是对我说爱看小说书吗？想你对于这一道经验一定很丰富的。”杨碧梧谦逊道：“未必见得，经验丰富四个字更谈不到，不过我对各名家小说书统看过，其中好的实在没有几种，什么你近来练习写小说？”吕玉环笑笑，点点头，这时候咖啡已经沸了，忙着倒了一大杯端到杨碧梧面前茶几上，又替他加着方糖道：“你尝一口甜不甜，不甜再加糖。”杨碧梧道：“我自己来，你不用同我客气。”吕玉环也就把糖罐放在茶几上，过去把风炉上火灭了，过来道：“我不知道你今天会来，我一些也没有预备。”杨碧梧呷了一口咖啡问道：“你预备什么？”吕玉环笑道：“我并不预备什么，记得从前你不是对我说过，欢喜吃辛辣东西，今天晚饭你一准在这里吃了，就家常小菜吃点，明天你来吃午饭，我再做几样加辣的小菜请你。”杨碧梧道：“不必客气，你一客气，下次我就不敢来了，其实我不一定爱吃辛辣，如果你特为做加辣的小菜，那又何必？”吕玉环说：“无论如何今夜请在这里便饭，我还有许多要话和你说呢。”说着便拖了杨碧梧手笑道：“你到床上横一歇，休息休息白相一歇，我出去一趟就回来。”杨碧梧听了她的话，便到床沿上一坐，吕玉环便把被头垒垒起，把枕头放在被上，叫杨碧梧靠下去，她又把玻璃茶盘放在床上，把那杯咖啡端到盘里，拍拍杨碧梧肩胛道：“你……你靠一歇，我马上就来。”杨碧梧急急问道：“你到哪里去？”吕玉环道：“就在这左近，一会就来的。”杨碧梧道：“放我一人在这里有没有关系？”吕玉环扑哧笑了起来说：“有什么关系呀？这是我的屋里，再不然把房门关起来好了。”吕玉环说着匆匆走出时候便把房门带上了，杨碧梧一人在房间里靠在床上，望到窗外庭园里，花木扶疏，觉得这里环境很不错，用作读书写作，实在是个好地方。光线柔和，四周寂静无声，他下了床走到窗前，见园里沿墙脚种着一株株月季，间有美人蕉，园的中央一片青草地，两旁两株垂柳，还有一株枇杷树。杨碧梧打算偷开抽屉看看，一想房间里没有人，还是自重些好，于是对壁上悬的照片仔细看了一会，一个是吕玉环，还有一个坐着的大致是她的母亲了，在这张照片上她的母亲瘦瘦的一个，下面还是双小脚呢。

从这张照片上看，当时吕玉环还只有十四五岁，两条小辫子一垂了下来，脸上笑蜜蜜的。她的母亲虽然一双尖凌凌的小脚，但，衣着相当考究，花缎旗袍，老阔的滚边，头上似乎打了一个爱司髻，面孔瓜子形，初看也只有三十七八岁。吕玉环穿着女学生装，短袄，元色短裙，长袜，皮鞋，垂下两条辫子还缚了两个绸结，老大的两朵。杨碧梧觉得这张照片越看越有趣，正在这当口，有人把房门“嘭”一声推了进来，杨碧梧回过身一看，原来吕玉环手上端了一大盆点心，热气腾腾的往台子上一放，笑道：“碧梧，趁热，趁热，我们这里没有什么好的点心，只有这烧卖还可吃吃，请呀，请呀，冷了呒没吃头了。”杨碧梧眉头一皱道：“这又何必？我中饭吃得没多一会就来的，那末你就少买几只，一买便买了这一大盆。”吕玉环道：“这是一个粗点心呀，又吃不饱的，我知道你吃了中饭来的，现在已经三点多钟了。”杨碧梧也就不客气，随意吃着，一上口果然不错，又连了几只。吕玉环又赶出去买了一包香烟，回来对杨碧梧道：“这两天恰恰娘姨生病回家去了，本想再喊一个，一想家中只我一人，又没有什么事，就将就些吧。”她见杨碧梧对这烧卖还欢喜吃样子，笑道：“碧梧，你统吃了，一共没有几只，这在一家常州点心店买的，常州的馒头，烧卖本来出名，你统吃了，夜饭就晏一步吃好了。”杨碧梧摇摇头道：“你一厢情愿，这一大盆如何叫我吃得下？”吕玉环道：“一个粗点心呀，大致你不欢喜吃？我想，明天你来，你上午就来，我……我做几样好吃的东西请你，不过我要同你讲定，你不来怎么办？”杨碧梧笑道：“我闲话讲在前面，假使你特为做许多东西，我明天就不来。为什么呢？我不来你当然不会做许多东西，这就省了许多麻烦，我的食量你是知道的，很小很小，你倒很忙碌的做出来请我，其实我也只吃得一些些。”吕玉环道：“并不，就是我们平日也不时做来吃的，说出来真笑煞人，原来就是面塌饼呢，不过我们做的面塌饼跟别人家完全不同，用鸡蛋，用猪油，如果甜的，还用葡萄干，瓜仁，红丝，绿丝，糖梅，咸的用鲜肉，切细了放在里面，我们松江地方家家都会做这样点心，很平常的。真的，你明天来不来?”杨碧梧想了想道：“假使你不是为了我，就来，好得你妈不在家，我也老老面皮，只当这里是我第二家庭。”吕玉环心里十分欢喜，说是明天决意做面塌饼。她见盆子里还剩下十多只烧卖，便收拾到外面去，道：“冷了，我也不劝你吃了。”不一会，已经五点钟，两人谈谈讲讲，也就有些依依不愿分开的样子，他靠在床上，玉环坐在床沿上，碧梧的手不时伸过来在玉环身上有意无意碰来碰去，玉环也就听他，只当没有这末一回事，碧梧忽然胆子壮了起来，索性握住玉环的手道：“唉，我们三年前这样就好了。”吕玉环便一个身体自然而然的斜靠到他身上，含笑问道：“咦，三年前我们不是同学吗？你这话突如其来，是什么意思?”杨碧梧道：“意思没有意思，我只譬如这样说说。”接上他解释道：“譬如我们早几年碰头，一直到现在，这是多么一件欢喜的事，只是我们中间隔了三年没有会面，而你更经过那桩不幸的事……”吕玉环没有待他说完，抢着道：“过去的统算了，算了，还去谈它做甚，我自己都不把它放在心上，你到替我时刻记在心头，这是什么意思?”说着连忙离了碧梧，站了起来，把衣服拖了拖齐整道：“现在已经六点钟，我去做夜饭，你白相一歇，这里吃了便饭回校。”杨碧梧一骨碌打床上跳起来道：“不，不，我肚皮非常饱满，吃的点心还不曾消化，夜饭准定不吃，我同你还有什么客气的呢?”吕玉环哪里肯听，早赶到厨房里去了。

杨碧梧嘴上虽说不吃夜饭，心里巴不得留在这里吃了夜饭，多留一会也是好的。当下吕玉环赶到厨房间做夜饭，杨碧梧重又靠在床上，香烟呼呼，茶喝喝，后来在书架上拿了一本书来消遣着。一会吕玉环赶了进来道："马上就好，饭闷一闷就可以吃了。"随手把房间内电灯开亮，把窗关起来，走到床前问道："碧梧，你喝酒吗？"杨碧梧道："晚上我向来不喝酒，不用客气。"吕玉环笑了笑说："你要喝就说，到这里来赛过自家屋里一样，用不到拘束，自由点好了。"杨碧梧笑道："我本来是当这里自家屋里，要是客气，拘束，我真也不会来了，你看，叫我吃点心就吃点心，吃夜饭就吃夜饭，叫我靠在这里，就靠在这里，还要怎样老实？"吕玉环一只手在杨碧梧肩胛上一搭，推了一下道："这样就仿佛像是一家人，你越是老实，我越是心里高兴，本来要这样的。"这时候二房东娘姨赶进来道："吕小姐，饭焦了。"吕玉环连忙赶到灶间，便闻到一阵饭焦气味，急忙煞火，已经半锅饭焦了，吕玉环心想横竖自家人，焦就焦些，于是把夜饭开了上桌，有五样头小菜，一个排骨，一个辣焦炒肉丝，一个青菜，一个蛋汤，还有一个是辣酱虾子红烧豆腐。其实当他一到时候，吕玉环就暗地里托二房东娘姨去买辣酱，排骨，一样一样预备起来，早就要留他夜饭的。杨碧梧道："一会工夫你就把这五样菜做好，而且只只都对我胃口，你们平日也爱吃辛辣吗？"吕玉环道："蛮对，我是没有辣吃不落饭的，你不来我也是吃这几样小菜。"吕玉环一边吃饭，一边道："你吃呀，吃呀，为什么不吃，到这里来还做什么客人？"夹了一块排骨揿到他饭碗里不算，接连又夹第二块，第三块，杨碧梧急急忙忙把一只吃饭碗伸到老老远道："我自己会吃，你这样一块一块夹上来，叫我饭也不能吃了。"吕玉环住了筷笑道："好，我不替你夹，你自己吃，你要老实点，做出来要是不吃，留到明天也不能吃了。"给杨碧梧添第二碗饭时候，吕玉环在碗底放了两块排骨肉，上面盛了饭，待杨碧梧吃到碗底又是肉，忍不住笑道："你……你真想得出，碗底也替我放了小菜。"吕玉环掩了嘴只是笑，一会道："你嫌我有些乡下人家派头，请你原谅，我一些不懂什么礼貌的。"杨碧梧吃到后来，只得空口吃菜，因为夹了上来，上面粘了饭粒，又不能夹回到菜碗里去。夜饭吃罢，吕玉环早替他安排好了一杯又甜又浓的咖啡，放在盘里，绞了毛巾抹好脸，一支香烟授了上去，接上替他划了火柴。杨碧梧老实不客气，一支牙签在嘴里剔法剔法，往床上一靠，仿佛把这里当了自己的家庭，吕玉环是他妻子一般，心想：这又是一幕绝好的题材，今夜回去至少可写上几千字。我要是向壁虚构，写出来决不会有身历其境的真切而生动，这就是写实派，写实派文学贵乎自然，而极力接近我人生活行动，方才不致失败。于是杨碧梧把吕玉环的许多小动作，一一都观察在眼里，记在心上，预备回去写进，恐怕一时记不起，趁玉环不在房间里时候，偷偷用铅笔记在小日记簿上。

吕玉环把碗盏收拾舒齐，洗了脸，到房间里来陪着杨碧梧，坐在床沿上，手上一杯茶，呷一口笑一笑道："今天十分怠慢，我没有知道你突然会来的。"杨碧梧道："已经让你这样破费，还说怠慢我的话，这样叫我如何说法？"说着把手里一本小小日记簿藏到袋里去。吕玉环问道："你手里是什么？"杨碧梧道："没有什么，一本日记簿，我看看明天上什么课，一看明天没有课。"吕玉环欢喜道："明天你没有课，一定请过来白相，上午九点钟就来，我妈回到乡下去，我白天一人，晚上也是一人，寂寞得苦，你来陪陪我也有淘伴些，真是难得的，只是这里地方小，你有些不大舒服。"杨碧梧道："依我心意，巴不得一天到夜，一夜到天亮都在这里奉陪你，譬如明天果然没有课，我可以来，后天呢，后天不但上午有课下午还有课，过了后天一连四天都没有工夫，所以终究事与愿违。最好是不读书，天天陪你，可是不读书家庭方面势必不允许，你也不会赞成我荒废学业。我想这些都是小问题，譬如下了课，也可以到你这里来的，只是你妈回上海，就完结，我决不愿意来。虽然这是心理作用，可是我总归有些见她怕。”吕玉环听到这里扑哧笑了起来道：“我妈又不是吃人的老虎，为什么怕见她？那末这样好了，你不要到我家里来，我们约在别地方见面。”杨碧梧道：“别地方无非又是公园里，偶然去一次两次还好，常常约到公园真乏味。”吕玉环道：“见面的地方上海要多少？我们以后再想一个好了。”杨碧梧道：“有的地方又不便约你，你也不会得去。”吕玉环急急问道：“什么地方你说，我一定去。”杨碧梧见吕玉环这样逼住他说，又不好意思开出口来，只是靠在床上微微笑着道：“我约你碰头的地方多哩，随便什么地方都好。”吕玉环道：“你不要话说半句，随便什么地方都好，难道约我在马路上碰头不成？”杨碧梧忽然撑了起来，一张嘴巴凑到吕玉环耳朵上道：“我几时约你到……到旅馆里去。”吕玉环跟上一笑，摇摇头道：“碧梧，我不是不答应你，只怕被熟人撞见，那末你我的名誉扫地一世也洗不清了，鞋子没有穿，落了一个鞋样给人眼里，这有何犯着？我爱惜你名誉，你是一个青年学生，前途光明，无可限量。总之除了旅馆之门以外，任何地方你约我总归到，总归准时到，决不失你的约就是。”说到这里放了手里的杯子，也就塞了一根牙签在牙缝里剔着，见杨碧梧很窘的样子，马上又解释道，“不过在我是无所谓的，我已经嫁过人家离了婚的女人，就是到旅馆里去，熟人撞见，决不致疑到其他。无奈你还是个青年学生，没有结过婚，又有良好家庭，同一个女人进出旅馆之门，当然很惹人注目，万一传到你的爹爹妈妈耳里，作何感想？你心里别不满意，我还是为了爱惜你起见。”杨碧梧笑嘻嘻道：“我只不过这样说说而已，去与不去，出于你自愿，当然不能勉强。你要明白我的人格，我并不是一个下流胚子，什么约女人到旅馆里去必定就做出那不正当举动，这观念就错了，何况我今年十九岁，也从来不曾同异性开过一次旅馆，踏进一步旅馆之门……只是上海地方之大，除了公园，饭馆之外，简直没有一个好去处可以供给我们谈谈讲讲的，因此便想到开一个高尚贵族的旅馆，谈谈讲讲。”

吕玉环只是微微笑着，不再接下去。杨碧梧道：“男女结交朋友就有这许多麻烦而不方便，处处要顾虑到的不好，譬如在路上一女一男一起走路，朋友见了，又要疑到歪曲里去，以为这两人一定有下关系，不然决不会这样热络，假使第二次再看见，那末这事便吃准千真万确的了，毫无异议了。所以你说两人进出旅馆之门，那更是铁一般事实，一宣扬出去，的确名誉上大有关系，这一层我也想到的。”吕玉环忽然笑了起来，双手捧了杨碧梧的背脊道：“是吗？我的话不会错，你也承认对了，所以你碧梧约我到任何什么地方都去，只是除开了旅馆。”杨碧梧道：“上海你有许多亲戚朋友是不是，防他们看见？”吕玉环摇摇头道：“上海只有一个亲眷，朋友根本是没有，我防备的只是你的亲眷朋友同学，虽然我们跨进门时候未必一定被他们看见，但不得不防，事情巧起来却又非常的巧。”两人谈到这里，杨碧梧站起来道：“时候不早了，七谈八讲，不觉已经九点钟，我明天再来。”吕玉环也站起来，挽留他再白相一歇，校里要十一点钟上锁呢。杨碧梧忽然捉了吕玉环耳朵笑道：“我今夜睡在你这里，答应不答应？”这一来吕玉环顿然脸红了起来道：“好是好的，房间里只有一张床呢，除非我睡在地板上。”杨碧梧有心笑道：“我决意睡地板，你睡床上，今夜回校时间太晏了，索性拆拆烂污，在外面住一夜，我同你谈一个通宵到天亮，电灯也开到天亮好了。”吕玉环执了碧梧的手问道：“你是当真的还是假的？”碧梧道：“当然真的，谁骗你？”吕玉环一时很窘的道：“碧梧，你当真睡在这里，那末你一人睡在床上，我不能够奉陪你，我到二房东嫂嫂那边住一夜，好得楼上房间有空的。”杨碧梧半真半假捉弄她道：“我不答应你睡到楼上去，我们同在这个房间内，你睡床上，我睡地板。”吕玉环有些焦急起来，脚一跳道：“碧梧，这如何可以，不要给人家背后讲句空话吗？传出去多么难听？”杨碧梧笑道：“包没有关系，我们又不是同床，明明分开来睡的，并且电灯开一个通宵，房间内雪亮，如果有什么举动，立刻就会知道，我拿自己人格担保，决无意外。”说着便自动东找西找，问铺在地板上毯子有没有，又问被头，褥子有没有，自顾开橱门找着，吕玉环坐在一边皱眉愁脸，似笑非笑道：“这怎样可以？这怎么可以？你如果一定住在这里，我决意到楼上去睡，明天我一早下来好了。你没有知道我妈下乡前，叫二房东照顾我，陌生人别放他们进来；妈又再三关照我，叫我晚上早些睡觉，电灯早些熄了。”杨碧梧道：“包没有关系，就这一夜。快些，你把毯子找一条出来，没有褥子，一条被头，半垫半盖也够了。今夜包你没有关系，我同你谈一个通宵，就是二房东知道，你推说我是你表哥，路住得太远了，今夜不及回去，这是很平常的事呢。”吕玉环说：“我根本没有一个表哥，牛皮要吹穿帮的。碧梧，我不是不答应让你住夜，只是我们两人万万不要同一个房间，男女授受不亲，人家要物议的，何况同房，这成何格局？”杨碧梧方才手一拍哈哈大笑道："玉环，你当我真的要住在这里吗？这是寻寻你开心，试试你，看你怎样办，真把你窘得走投无路，我肚皮也笑痛了……"吕玉环忍不住笑了起来说："倒看你不出，你一本正经的，我当你真的不回校，不过我不是不留你，我的意思是决不能与你同一个房间，被传出去难听。"杨碧梧呷了一口茶说："你放心，老实说就是你一定要留我两人同一个房间，我也决不会答应，这一点礼貌，我还懂得，不是小孩子。"说着拂了拂手道："走哉，走哉，明天再会。"便朝外就走，吕玉环也不再挽留他，便带上了房门，一直在后面送着，杨碧梧道："你就别送出来了，留步留步，送到这弄堂口为止，你回进去，回进去。"又对他扬扬手，吕玉环笑着说："今天你第一次来，我极应该送你一程，因为这一段马路一到夜里九十点钟，车子很少，走上一节方才看得见车子。"杨碧梧心想送一程就让她送一程，不妨趁此又可谈谈讲讲。于是两人又走上一段路，见前面有一辆车子，杨碧梧讲好价钱上了车，吕玉环执住他一只手道："你明天一准来，我做面塌饼给你吃，上半天就来。"杨碧梧想了想道："我心里是想来的，万一有了其他的事，我就不能准时来，你不用等我。"吕玉环道："明天没有课，还有什么其他的事，你能够早些来，替我做些事。我当你自己人看待，不同你客气。"杨碧梧笑着点了点头道："好好，准定准定。"于是两人放了手，车子去远了。

杨碧梧回到学校，觉得今天收集的材料，十分丰富，兴致百倍，便连夜动笔，一气呵成了五千多字，不觉东方已经发白了。这时候人也有些疲倦起来，可是从头仔细读了一遍，似乎还没有把当日情形写完，于是又冲了一杯红茶，权代咖啡，借以提神，竟然写到太阳上了窗，方才搁笔，和衣钻进被里一觉睡到了正午，校役奔来拖他起身，说是家中有电话，杨碧梧恍恍惚惚跳了下床奔去接电话一听，原来是吕玉环打来的，吕在电话里抱怨道："碧梧，你昨天的话怎么讲的？你也会失我信用，我从早晨望起望到你十二点钟还没有来，你是不是有意寻我开心？"杨碧梧哈哈笑道："真正对你不起，不瞒你说我还没有起身呢，已经知道，马上动身就是。"吕玉环道："还没有起身，我听也不要听。不是别的，我做了这许多甜的咸的面塌饼，你要是不来替我吃脱一半，那末我就派人送到你学校里，随便你吃还是不吃，我统勿管。"杨碧梧道："我一定来，一定来，王八蛋骗你不是刚才起身，我对你说：因为昨夜失眠，你府上咖啡一杯一杯尽管灌，这是一种提神东西，越是要睡越是睡不着，所以眼睛一直张到天亮，到了天亮人才疲倦起来，一觉睡到现在呢。"吕玉环笑道："我佩服你口齿伶俐，那末你就来吧。"杨碧梧把电话挂了后，急急忙忙净脸，一看钟头已经快下午一点，难怪人家等得心焦不乐意起来，这个烂污拆得勿大勿小，当下一口气赶到吕玉环家里，跨进后门，娘姨见他来了，急忙奔进去告诉道："吕小姐，吕小姐，杨先生来哉。"吕玉环打里面赶出来一看果真杨碧梧来了，对了他似笑非笑，似嗔非嗔道："到现在才来，我要是不打那个电话给你，也许请你不到，直到现在我还伸长了头颈望呢。"杨碧梧执住她一只手抱歉着笑道："对不起，实在对不起，我并不是存心不来，昨夜一夜失眠，我不是电话里已经说过？这是实在情形。"吕玉环请他房间里坐下，端了茶，授了烟，把做好的点心端出一大盆来，甜的咸的都有，杨碧梧略为吃了几块，也就饱了。吕玉环道："你不要客气，这一盆吃了，里面还有呢，今天为你做了许多，忙了一个上半天，你要是只吃一些些，如何对得起我？"杨碧梧笑道："我答应你来了，点心也吃过了，如何还说对不起的话？一个人有一个人的食量，多吃了要有胃病。”吕玉环道：“也好，我替你装一筬篮，你带到学校里去吃，早晨吃早点，下半天吃点心，都很适宜，极为简便，烤烤热就可以吃，这面食对胃病只有助长消化。”杨碧梧心想：要是不答应她带去，又是不欢喜，只得点点头道：“好好，我挺老面皮，一些不客气。你说怎么样就怎么样。”于是吕玉环又赶到厨房里去，添做一百多个，预备让杨碧梧带去，一直忙到三点钟，方才替他装了一大筬篮，扎好放在旁边对杨碧梧道：“要是你欢喜吃，下次我还替你做，这是我们家常小点心，不时做来吃的。”杨碧梧道：“你亲手做的格外来得崭，别人做的我就不爱吃，哈哈。”吕玉环笑道：“碧梧，你下半天没有事就在这里叉脱一场麻将，我一个，你一个，再邀两个。”杨碧梧道：“可惜我不会叉麻将，不然倒是一个好几会。”吕玉环道：“你不是本来会的？我们小来来，叉叉白相，这样消磨些光阴，免得你没有心想，坐不定的又要走了。”说着便开出抽屉捧出一副麻将牌，外面的红木匣子上雕着四个字“待月西厢”。原来是一副上好的骨牌，便往台子上一放道：“勿关，勿关，一定叉，不叉也要叉。”把台子上东西统统搬了开去，拖了离壁。杨碧梧道：“玉环，我真的不会，要是会叉，你不喊我，我拖了你也要来。”吕玉环道：“你假使真的不会，我坐在你后面教你好了。我曾经见你叉过，你是不是故意不愿，扫我兴致？”杨碧梧道：“并不是故意扫你兴致，因为我今天袋里钱带得不多，不要坐了下去站不起来，难为情，坍了我的台也就坍了你的台，况且又是桂花麻将，十场倒有十一场是输的。”吕玉环道：“不必急的，钱我这里有！你要多少拿多少，根本没有关系，我对你说小来来，又不是做输赢，你这人真戆得来。”

说着急急忙忙开橱门，拿了三百元钞票往杨碧梧插袋里一塞，立刻把骨牌倒了台面上，二房东嫂嫂，东厢房少奶奶，听见牌声便赶了过来。

杨碧梧见玉环这一番盛情，似乎一定拒绝不叉，也难以为情，只得勉强坐下，自问对麻将一道实在是门外汉，一有了大牌，便手忙脚乱起来。当下便拖了拖吕玉环过来，在耳朵根头低低笑道："不瞒你说，我只怕打错了牌，闹成笑话，你坐在我背后教教我好吧，我同你两人合来好了。"吕玉环道："碧梧你当真叉不来，我坐在背后教你就是。"二房东嫂嫂道："啊呀，那末又少了一个麻将搭子了。"吕玉环急道："有人，有人。"于是匆匆赶到楼上去拖了房客邓先生下来，这样搭配得很好，两男两女，吕玉环介绍道："碧梧，这位是邓先生，他是光华呢帽公司经理，今天真巧，恰恰在家里不曾出去，下来陪你叉麻将，你的面子大不大？"杨碧梧一边洗着牌一边连忙起身，同邓先生招呼，吕玉环笑道："不用客气，你管你理牌吧。"邓先生道："这位杨先生好像这里头一次来吧，我还是初次见面呢。"东厢房少奶奶把自己的牌叠叠好，笑说："我看杨先生同吕小姐倒是一对璧人，相等年龄，一样的美貌，走出去要是没有人说他们是一对夫妇，我头切下来。"吕玉环打台子边急急兜过去，把少奶奶臂膊上的肉用力拧了一把，脸一红道："你再说，再说，我拧得你苦，别的可以打朋这也可以打朋的？"这末一来，同桌的人都嘻哈起来，邓先生手一拍大笑道："少奶奶这句话一些也不错，她是旁观者立场说话，你们一对夫妇不像，随便啥人都不相信。"杨碧梧脸一会红起来，只是垂头笑着不做声，于是推他掷了一把骰子一共七点，对过一个再掷，结果杨碧梧起庄，便开口问道："叉多少大呀？

我主张还是小来来，根本桂花麻将。”吕玉环也征询大家意见，邓先生道：“吕小姐，实在不瞒你说，我还有许多事未了，因为你来拖我叉，只得答应，我看还是短来来，铲头麻将叉叉算了，长梢我实在没有工夫。”二房东嫂嫂道：“短梢也好，那末就五十洋铲好了。”吕玉环也就主张五十洋铲，吩咐杨碧梧摸出五十元钞票来，杨碧梧便把玉环塞给他的三百元，分了五十出来，换了筹码，于是开场叉了。吕玉环忠心耿耿的坐在碧梧后面凳子上，指点他，初起两人是离开的，一会自然而然贴在一起，后来索性玉环一只手臂团在碧梧腰上，杨碧梧听任她去抱，不做声。起先是接连和了两副，到第二圈之后，便不开和，身边筹码输得滑塌精光，一粒也不存了，杨碧梧心里倒一些不焦急。只是这样打牌，自己一些趣味没有，只只牌打出去，都要经过吕玉环的授意，但结果仍旧给别人家和去了，吕玉环一阵笑道：“碧梧，你自己打吧。别再问我，我看你打一副。”杨碧梧振刷了一下精神笑道：“好好，你看我打一副。假使不应该这样打才告诉我。”待手上一副牌站起一看，原来是一副筒子，只有两只闲牌。后来遮上手的又是筒子，当然要去掉闲牌，而碧梧却几乎把筒子打了出去，吕玉环大吃一惊道：“啊呀，这只牌如何可以打，收回，赶快收回。”又在牌面上指指点点给他看，咬耳朵道：“到底勿来事，你看看仔细；这牌如何可打，关系这末重大……”

吕玉环于是全神贯注这副牌上，用了一些心机，又加之杨碧梧遮上手的牌，真是得心应手，要什么就来什么，不一会工夫就听了张。吕玉环在杨碧梧耳朵边轻轻道：“这副牌要是由你打法，不但不能听张，而且糟蹋得太可惜了，这是天然的张子，看清楚没有？”杨碧梧才佩服，连连点头笑着。吕玉环又伸只手，指点着牌给他看道："这里上来，这里上来，都可以。"正说着上家打下一张三筒，吕玉环喊声碰，便把牌立刻倒了出去，原来一副三百和下地了。杨碧梧哈哈哈拍手大笑道："险，险……"因为一看下家的牌也是要这只嵌三筒，吕玉环抢着道："要是三筒吃去，他还不曾听张，那末我们还有六九筒，对过一家单吊九筒一定要打，无论如何这副牌必定是我们和。"这场麻将结局，杨碧梧不但本钱撩转，还赢了一百多块钱，当然不好意思带了钞票走路，说："再来，再来。"邓先生站了起来道："我少陪了，实在还有事未了，隔一天再奉陪吧。"杨碧梧不便去勉强他，吕玉环也只得让他走了，二房东嫂嫂道："少了一只脚，叉不成，多么扫兴，我看杨先生不是不会叉，索性让他一人叉，吕小姐你就凑一脚。"吕玉环问碧梧道："你看怎么样，一个人叉，还是我另外再邀一个搭子?"杨碧梧道："我一人来就是。"于是吕玉环补了邓先生的缺，第二场开始叉起来，碧梧失了玉环的背后撑腰，果然自由了，但对牌路究竟生疏，不但打得慢，并且很好的张子打得要听张反而不能听张，又不顾外面这张牌当打不当打，管他打了出来。这时吕玉环把自己牌听了张合扑着，再来看看碧梧手上的牌，发觉两次人家打下来的牌，竟然不会和，玉环放在心里不做声，替他争面子呢。

勉强把这一场麻将叉下庄，已经六点多钟，杨碧梧输得一个筹码也没有，知道对于此道资格极浅，要不是今天兴致好，万万不会坐下来。吕玉环把账结下来，她一人独赢了一百多元，待人散了后，告诉杨碧梧道："你输了不必拿出，我赢下补充你的。"杨碧梧道："这是什么话，桥管桥，路管路，我问你借的，极应该要还你。"吕玉环道："这原是叉叉玩的，消遣消遣性质，我同你两人还有什么分别吗?”说着一边把台子上的牌赶快理了起来，杨碧梧帮她一起理着，又把台子抬了靠壁，吕玉环道：“你请坐一歇，夜饭我老早托人做好，菜也是现成的，现在就开出来吃了吧。”杨碧梧笑道：“好好，熟不拘礼，我也老实不客气。”吕玉环把筷，瓢羹铺了出来，笑着说：“你到我这里来，我一点不当你客人看待，你也老实点，这样方才称得上一句自家人，这话你以为对吗?”杨碧梧笑笑，点了一下头。一会夜饭开了上桌，一看小菜有六样，其中两样是辛辣的，极对碧梧胃口。吕玉环道：“你自已夹来吃，乡下人才替客人夹小菜，其实这倒显出热络，你要是客气，我又要替你夹了。”说着笑了一笑。杨碧梧接上道：“你看我筷不曾停止过呀。”吕玉环以为他仍旧客气，便在那碗肉里挑拣了两块精肉，塞到碧梧饭碗里，说：“我宁可让你嫌我乡下人，你客气不吃了我定规要替你夹小菜。”这一来杨碧梧没有办法，只得吃着。饭后他又玩了一歇，也就走了。第二天杨碧梧写了一封感谢的信给玉环。

玉环吾姊如握：连日在吾姊府上畅叙，引为生平第一桩最快慰的事了。你虽然口口声声当我自家人看待，但，你的客气，你的待人接物，你的诚恳，实在使我感动得说不出话来，留在我脑间永远不能忘记。我觉得你待我还未能免俗，似乎还有些隔膜，以后希望你把这一层隔膜除掉了，岂不是更好?这里我对你做的面塌饼当然赞美，烤过之后，空心肚里吃了一两个，真可说适口充肠，诸同学尝了都赞不绝口，吾姊有制作点心天才，佩服之至。尤其你做的几样辛辣下饭小菜，爽口极了，我们两人共饭当口，宛如一家的人，我们将来不知道有没有这一天。我说这句话是不是太唐突了？我如此幻想着，也就流露到笔尖上来了。令堂大人不知何日返申，甚为悬念。日内有暇再图与吾姊一叙，未知嫌我讨厌否。我是个心直口快的人，没有吾姊涵养功夫之深。再者昨日打麻将事，现在想来可发一笑，我的牌打得桂花。场面上不特自己坍了台，还让吾姊坍了台，她们一定背后批评我："既然又不来麻将，何必现世坐下来？"要是她们说过这话，那末我以后永远不叉麻将了，请你老实告诉我。这封信上课之前匆匆写来，不知所云，请勿见笑。再会再会。

碧梧手简

杨碧梧把这封信寄了出去，又忙着课程，下了课又忙着写那部小说稿。他发觉写下了不少字数，还不过是个开场。他知道要是同吕玉环没有紧张的演出，想来这部小说也决不会写得出色，那末现在可以进一步向她追求了，求她的爱，再看她如何表示，把这以身作则的经过，一情一节写入这部小说里。

又过了好几天，杨碧梧寄给玉环的信，始终没有得到回音，心里甚为焦急，也不知道这封信她收到没有，或许她的娘已经回申，写信有不便之处。这一天他实在无可耐烦，花了五块钱车费，派校役特为送封信去，问问玉环近况，为什么久久无音讯。叫她看了信无论如何要回音，要是没有工夫写，或未便写，那末请她回单上亲笔签一个字。哪里知道这封信送出，足足有了三个多钟头校役方才回来，杨碧梧派了派坐车子来去，一个多钟头无论如何可回来了，为什么要了这末长的时间？逼住一问，才知道校役把车钱落了袋，路上跑去跑回。杨碧梧问他回单呢，校役道："吕小姐病在床上，不能签回单，她说告诉杨先生，待病好了，再写回信。"

杨碧梧急急问校役道："吕小姐病在床上，房间里有别人吗？"校役道："有一个小脚老太太，想来大致是吕小姐的娘，问我什么地方送来的信，我说学校里杨先生喊我送来。她又问床上吕小姐道：哪一个杨先生？吕小姐回答她说是从前的老同学。"杨碧梧心想：是去望望她的病，还是叫人送些水果去给她？考虑了好一会，既然知道她生了病，不去望她，这分明我杨碧梧没有情义，今天时间已经晏了，还是明天一早去望她。到了第二天，杨碧梧预备脱去一课，便上水果店买了一打蜜橘，一盒葡萄，一打苹果；又在鲜花店买了一束鲜花。心想，要是水果不能吃，那末鲜花插在她床前，看看也觉清心。于是坐车子赶到吕家，到了房门口见门关着，把手里水果地上放了放，在门上弹了两记，里面来开门的是一个小脚老太太，杨碧梧知道这一定是玉环的妈，便对她十二分恭敬的含笑着鞠了一躬，问道："请问这里就是吕家吗？"老太道："是的，尊姓？"杨碧梧道："鄙姓杨。"这时候吕玉环在床上听见碧梧的声音，便对她娘道："妈放他进来吧，杨先生呀，就是昨天叫人送信给我的杨先生呀。"于是老太把门开直了请杨碧梧里面坐，一个便跨了进房，只见玉环病在床上面色又瘦又黄十分可怕，碧梧急忙坐到床前执住她的手问道："什么日子起的，我一些没有知道，为何不叫人通知我或打个电话，要不是昨天送信来给你，我到现在还没有知道呢。"

吕玉环在病床上把她妈同杨碧梧介绍了，说："这位就是杨先生，这位就是我的妈。"杨碧梧连忙站起身，对老太笑着唤了一声妈，玉环的母亲道："杨先生，请坐请坐，别客气。"端了茶，授了一支香烟过来，杨碧梧趁机道："我带来这一束鲜花，请插在瓶里，放在床前，生病人看了花，人也新鲜清静些。还有几样水果，口渴时候吃些，但不宜吃多，略为吃些不妨。"玉环的母亲道："何必客气，杨先生，让你太破费了，真过意不去。"吕玉环道："碧梧，你就买些花来，我不同你客气便接受了，还破费你买许多水果，这真不好意思。"杨碧梧笑道："你不应该讲这话，你再想想是不是不应该讲这话？"又问道："你请哪一个医生，中医还是西医？"吕玉环道："请的中医，已经吃过五张方子，但寒热依旧没有退，这药吃与不吃一样，不见效也不见坏，今天又换了一个医生。"说着打枕头底下拿出两张方子给杨碧梧看，碧梧看了一番，一知半解道："这方子上用药分量都嫌太轻，效力当然薄弱，我主张请个西医诊察诊察，像你每天寒热不退，这是很伤身体的，赶快改请西医打退热针。"玉环道："我也是这样想，妈是反对西医的，她说这内病西医勿来事，还是中医慢慢的调理。"杨碧梧坚决道："我看明天请个西医来，我去请。我每次生病都是西医看好，并且三天五天就好了。"说着一想明天去请，又要耽误一天，还是今天去请，便借打一个电话请了余医生马上出诊。

原来余医生同杨碧梧素来相熟，杨家有什么病症，都是余医生出诊。余医生接到碧梧电话，马上拔号赶到吕家来，把玉环的病体诊察之后，说是毛病很轻，只要通了大便，热度自然而然会退。当时开了一张方子，又替她打了一针赐保命，增加其抵抗力。余医生临走时道："如果明天感觉轻松些，或大便已通，热度已退，不必再服药，只须每天打一针赐保命，三天之后就可以恢复，胃口也开了。"杨碧梧再三谢谢，陪送余医生出门，玉环的妈赶紧包了念块钱诊金，打后面追上来，杨碧梧问什么事，玉环的妈笑道："我真老了糊涂了，医生的诊金都没有付，便放他走了。"杨碧梧拦了她去路，哈哈笑道："余医生是我老朋友，我们一律到月底结账的，不必付，不必付。"玉环的妈道："别样有请客，这请医生如何可以由杨先生代付，那末请你代收了吧。"杨碧梧如何肯接受，回到房里，当了玉环的面笑道："妈，你还没有知道我同玉环妹妹真可说是一对老同学，她到上海读书那一年，我就同她同学，一共有上整整三年之久，她有什么事必定要同我商量，我有什么事也同她商量，两人亲如兄妹一样，这并不是一桩容易的事，同学有上千人，只我同她谈得最投机。后来她回到乡下，听说是出嫁了，我便一直没有找到第二个有像她这样子的女同学，寂寞了三年，直到她回到上海，被我打听到，妈，你想想，叫我如何不欢喜，我们等于自家人一样。"

玉环的母亲听了碧梧这番话，心里欢喜，脸上笑着道："那末交关感谢。杨先生你同玉环一向相熟，又是同学，平日我虽然听见她提起你，但，今天还是头一次见面，杨先生真是一位少年老成，实在不可多得。"老太太要留碧梧吃午饭，便请碧梧在房间里白相白相，同玉环谈谈，自己赶到厨房里提早做午饭，准备到馆子上喊几样小菜，她简直当碧梧是个大客人。这里老太太离开了房间，碧梧便坐到床沿上来笑嘻嘻道："真的，我的想象完全不切合事实，我以为你母亲是个脾气很古怪的老太婆，不欢迎我们年轻人到你府上来白相，尤其是同你接近，想不到今天一见，原来却是个很和气的人。"吕玉环道："我妈脾气好起来怪好，不好起来又怪不好，人是非常难弄，但，待客人，是非常客气。"碧梧道："我的名字你同她提起过？"玉环笑着点了点头道："她只知道我和你同学，平日很要好却并没有关系。”碧梧望了望窗外又回过头来问道：“那末我以后常常到你这里来白相，或者约你出去游玩，有没有关系？她会不会起疑心？”玉环笑着摇摇头说：“我是每夜务必回家，从来不曾外边留过一夜，这一点自问对得住自己，就是我妈疑心，根本也无从疑起，所以这一层我们不必顾忌，你尽管请过来白相，你要是约我出去，我也跟了你一起。”碧梧心里说不出喜悦，执执玉环的手笑道：“好，希望你病赶快痊愈，准定我约你出去白相，现在我就要走，明天再来望你。”玉环拖住他不放道：“妈做午饭去了，你吃了饭走吧，你不吃了走，她不欢喜的呢。”杨碧梧执住吕玉环的手道：“不，我决不吃饭，上午还有课，我现在出来真是忙里偷闲，已经脱了一课，明天我再来望你就是。”吕玉环哪里肯放他走，正在这当口，她的妈来到房里，玉环便说：“妈，杨先生要走，他不吃午饭，你答应放他走吗？”老太太急急忙忙道：“你杨先生今天第一次到这里来，无论如何不可以走，午饭烧好了，今天提早吃，我并不做什么小菜，只家常随菜便饭呢。”杨碧梧道：“妈，我并不是客气，难道以后吃饭的日子没有吗？以后我常常来就是了，今天上午我还有一课，很重要一课，不得不赶回去。”吕玉环道：“我知道的，你就听了妈的话，难得的，何必如此坚决？你不吃午饭，妈一定不欢喜。”老太太笑道：“对的，玉环的话不错，你不吃了午饭，我不欢喜。以后你来吃不吃饭没有关系，今天是你第一次上门。”又告诉玉环道：“你别放他走，我到厨房里去。”吕玉环待妈走了后，拖住碧梧袖子轻轻笑道：“你前几天到我这里来，我没有告诉妈，她一些没有知道，所以她口口声声说你今天第一次来呢，你看我妈的脾气和顺吗？”杨碧梧无可奈何，在这盛情之下，只得不走，他说：“依我心意恨不得日日夜夜陪你在一起，可是我不能忘了课程，双方要顾到的。你妈的脾气，如果样样依顺了她，我想一定好白话。”正说着，老太太又推进门来看看，见碧梧没有走，欢笑道：“饭马上就好，再隔十分钟。只等小菜送来就开饭了。”杨碧梧便说：“什么，妈，你还去喊小菜？”老太太道：“很便当，馆子就在附近，小菜一喊就到，今天匆匆，下一次我再吩咐玉环定一个日子，最好星期日请你来吃饭，我自己做两样小菜，今天就随便吃些。”这时候馆子上把小菜送来了。

杨碧梧见送来小菜不下六七样，摆满了一桌，便对玉环道：“你妈太破费，这又何必的，况且我不是一个客，就算一个客，那末一人食量有限，这许多菜无论如何吃不完。”玉环道：“别说了，你再说妈听见一定不高兴，她今天兴致非常的好，对你很表示好感样子，你应该要听她，她叫你吃，你就吃，到这里来不必客气。”老太太把饭端了进来，送菜的人走了，碧梧听了玉环的话，老实不客气坐下来就吃，老太太还替碧梧夹小菜，一筷一筷夹满了一碟子，道：“杨先生，你吃呀吃呀，今天交关怠慢，没有菜，真正难为情。”杨碧梧几乎笑了起来，说：“妈，你说没有小菜，已经摆满了这一台子，要是有小菜的话，这张台子就摆不下了。”老太太笑道：“馆子上小菜一定不会对你胃口，几只菜，一样的味道。我不知杨先生爱吃什么菜，苏帮菜呢，还是广帮菜？”吕玉环在床上代答道：“杨先生爱吃四川菜，因为他爱辛辣的，菜里辣越重，他越爱吃。”杨碧梧笑了笑，一边吃饭一边对老太太道：“不一定爱四川菜，今天的菜很对我胃口，这好像是本地馆子？”老太太道：“玉环你为什么不早说？这里走过一条马路有一家新开的四川馆子，我到那边去喊小菜好了。”杨碧梧连忙说：“吕小姐故意这末说说，其实我不一定爱辛辣，随便什么菜都吃，从前我同吕小姐同学时候，两人比吃辣，我不怕辣，把红辣椒整只的炒来吃，她看得呆了。可是近两年来并不这样狠吃，这究竟刺激肠胃的。”杨碧梧把两碗饭吃毕，小菜却剩下勿少，等于没有动过筷子一样，可是杨碧梧心里很过意不去，明明为了他破费这许多钱呢。

杨碧梧把玉环的妈待他一番盛情一一记在肚里，预备将来再图报答，休息了一会，再三谢谢也就告辞走了。第二天碧梧下了课又赶来探望玉环的病，她的妈恰恰走开去了，碧梧说：“昨天打了一针，今天情形大好，胃口开了，只想吃东西。”碧梧道：“今天再打针，接连打一星期，这赐保命针完全是一种补剂，无论有病无病都能够注射，有益无弊，身体直接受到好处，不像吃补药，下了肚打大便内撒掉，身体上还是受不到什么益处。”说着很热心的赶去打电话请余医生出诊，并告诉他以后每天请出诊打一次针，一切费用统归我杨碧梧算结，吕家如果付与你，切切不可接受。电话打毕回进房来告诉玉环道：“今天余医生来得稍迟些，我请他每天来一次，替你打针。我已经对他说了，一切费用，包括出诊费，针费，车费在内，归我算结，你不必再付他分文。你对妈说，这是我一些心意。”玉环道：“这如何可以？”碧梧道：“你同我不应该说这话，希望你快点痊愈了，我要你同我出去游游，最近我打算出门旅行一次，到杭州或者到苏州没有决定，我要带了你一起去，至少要一个星期回来，这秋天旅行正当令，看红叶惟一雅事，现在你病在床上真让我焦急呢。”玉环点点头含笑道：“待我身体好了，一定奉陪你。”碧梧道：“你妈反对，那就完结。”玉环道：“我担保她不会反对，她对你印象非常的好，又说你少年老成，又说你有礼貌，又说你脸蛋很漂亮，像个女儿家，还说你许多好话，我记不起了。由此推想，我同你一起，她决不会反对。”碧梧笑道：“要是我带你出门旅行，她就阻挡了。”玉环道：“她要是阻挡，我不顾，我一定要跟你走。老实说：我发出脾气，她也怕的。走就走，我答应你。”

杨碧梧听到这里，便不由自主的合扑在玉环被面上，一个脸几乎贴到玉环的嘴唇上来，他的心意趁房间中没有人的时候，打算同她接一个吻，玉环急忙伸出一只手来拒绝了他，微微摇了摇头道：“不能够，我现在生病，也许要传染的。”杨碧梧道：“我一定要，一定要，你答应我，妈又不在这里。”玉环想了想便说：“那末我脸上给你亲一下吧，等我病痊愈了，难道还没有机会吗？”说着便横着一张脸让碧梧凑上来亲了一下，道：“你应该要听我的话，一个人生病总有一种胃火上冒，口腔内一定有气味，你同我……当然不卫生，等我病好了之后，我都答应。”吕玉环说到这里笑了起来，杨碧梧笑道：“真的吗？假使我进一步要求你呢，你答应不答应？”吕玉环道：“进一步要求你要说出目的，我可以答应，当然答应，不可以答应，你也应该原谅我的。”杨碧梧道：“你一定可以答应，所以我才有这进一步要求。现在真不瞒你说，我一颗心完全挂在你身上，连读书都没有心绪，我的灵魂真失落在你这里，你应该了解我对你一片真诚，爱慕，我实在不能同你分离，这几个月来我没有一天，没有一时一刻，甚至一分钟在思想中离开你过，要是说谎，讲欺骗你的话，我这人决没有好结果。”杨碧梧说到这里忽然把一个头贴在玉环胸口盖的被上，双手把被抱得紧紧的，连续不断道：“我爱你，我实在爱你。这好多年来你应该看出我的心意，对你可说至矣尽矣，今日之下方才披露我的心迹，对你说这话，足见我经过不知多多少少次数的考虑了，认为你确是我理想中一个最最美满的伴侣，玉环，你答应我吧，答应我吧，亲爱的……”杨碧梧说到这里几乎要流下泪来。”

吕玉环被这几句话打动了心弦，一时情感冲动得无法抑制，便打被里坐了起来，双手捧了碧梧的脸蛋，把自己的脸同他贴紧亲了一下，道：“我答应你，我一定答应你。我老早就知道你的用心，可是你为什么不早告诉我？我现在已经是出嫁离过婚的人了。”杨碧梧拭了拭泪道：“我知道你嫁过人，离过婚，这一切我都不顾；我只要你能够一心向我，接受我的要求，达到我们将来同居的一天；我今生有了你，一切都不想了。”玉环道：“不过我替你着想，你是一个正当有为的青年，前途无可限量，家中富有，要是你的家庭知道我的情况，他们决不会赞成这桩婚姻，因为这是关系到杨家门楣的，难道世上拣不出一个十全十美的女子了，偏要娶一个嫁过人，离过婚的女子，你考虑过没有？”杨碧梧正色道：“婚姻有自主之权，家长无从反对，我心里看中的人，谁也无可阻挡，这一层你放心就是了。现在我只问你：你本心是不是中意我？这是先决条件。”吕玉环道：“当然中意你的，我要是不中意你，刚刚为什么一口答应你呢？”杨碧梧道：“那末你妈呢？”吕玉环道：“我妈也不会反对，并且第一次是她主张做的事，已经做错了，我对她抱怨到现在，要是这次她再出来阻挡或反对，不同她闹翻，我不叫玉环，总之我自己中意的人，她无法阻挡，她也知道过去做错了的。”杨碧梧一笑道：“这样说来我们的事前途一无问题了。”吕玉环有些怀疑道：“碧梧，你要同我讲真心话呀，据我打听来的，你去年就结婚了，不过这告诉我的人，他也听来的，并没有目睹，要是你真的这样，不但害了己还害了人，你要同我讲真心话呀……”杨碧梧听了这两句话，大吃一惊，心想这倒奇怪，我去年结婚，什么人告诉她的，这个告诉她的人，分明是来破坏我们的好事，当即抢着道：“玉环，我可以人格担保，绝对没有结过婚，你听人家说，这说的人就是存心来破坏我们的爱情，一种恶意的进攻，你切切不要去听信这谣言，你应该绝对相信我的话。”吕玉环笑道：“为之我不相信，并且我也没有目睹，我想：你是一个很有理智的人，当然不会再干这种事，家中有了妻子，再在外面追求异性，这不但犯重婚，而且精神上物质上负担都太重，虽然你家富有，但，你家长决不会赞成，也许用断然手段，禁止你自由。”杨碧梧听来以为在理智上这几句话正是大道理，的确不错，然而他现在为了那部小说内容充实逼真起见，不得不这样以身作则的做来，做到一个如何结局，再看情形决定了，现在已经弄假成真，无法脱身。他们正谈到这里，玉环的妈推门闯了进来，杨碧梧急忙站了起来，叫了一声“妈”，便规规矩矩坐在床沿上笑道：“妈，你到哪里去了，我来了一歇了。”老太太和气道：“到隔壁去了。杨先生，每天劳你的驾，来看她的病，她打了针后，身体忽然好起来了，昨天能够吃浅浅半碗饭。”杨碧梧道：“本来她的病渐渐好起来了，再加补针帮助，自然恢复更快。今天我又打过电话给余医生，请他来打针。”玉环道：“妈，杨先生说，什么出诊费，针费，车费，一切都吩咐我们不要付，他代为付讫了。这如何说得过去呀?”杨碧梧听见这话就惹气，何必常常提起?于是匆匆忙忙溜走了。

夜里，杨碧梧把今天同吕玉环这一幕调情情形，一一撰了起来，认为这一段情节描写最满意，也最逼真，一句没有谎话，事事实在，但写到煞末分别，又写不下去了，搁了笔大转其念头，心想下一次会面怎么样，还没有知道，那还是不写的好，宁可有了材料再写，便把稿纸放到抽斗里，上床睡觉。

吕玉环的病每天打针，痊愈得非常快，一天一天看她起色，隔不了一星期工夫，已经能够起床，能够吃浅浅两碗饭，精神也恢复了。这一天她特为赶到学校来望碧梧，因为碧梧差不多每天下了课到吕家打一个旋，白相白相，谈谈讲讲，可是昨天没有来，玉环不知什么原因。杨碧梧不知哪里来的女客，打宿舍里赶了出来，一看是玉环，大笑一声道："咦，你今天为什么会出来?"吕玉环道："你每天到我家里，昨天忽然不来，老古话：一日之别，如隔三秋。我特为来望望你呢。"杨碧梧心里感激得说不出话来，急急执住她的手道："你病刚痊愈，别吹了风。我昨天打电话给余医生，关照他替你连续注射过这一个秋，补针对你身体大有裨益，要听我的话，安心调养。"吕玉环道："余医生说可以出来走走，吹风也没有关系，能够到郊外散散步更好。你不是说出门旅行吗?今天顺便来问问你呢。"杨碧梧道："恐怕你身体刚痊愈，还不曾完全复元，不胜舟车劳顿。"吕玉环道："勿碍，余医生讲到郊外去游游，呼吸呼吸新鲜空气，身体只有裨益。前两天你来，我本要问你何日动身，可是又忘了，昨天你一天没有到我家里去，今天我务必来望望你。"杨碧梧心里非常欢喜，当时考虑了一下道："准定下个星期六动身，目的地无锡鼋头渚，预备游程四天，住在那边湖滨旅馆里，我同你两个人，如果你妈有兴致，不妨带她一起去。"吕玉环连忙摇摇手道："省省，这种老太婆顶可恶，带她去做什么，碍手碍脚的，又多一个人开销。"杨碧梧不禁笑道："她究竟是你的妈，虽然不是你亲生娘，可是从小把你领大，你常常背后骂她，这是怎么意思？”吕玉环笑道：“我看见她就惹气，老太婆真坏东西，近来她又钉紧叫我嫁人，前天我姑夫来，又逼着姑夫做媒人，我当场把妈一骂，又对姑夫说：请你少管管闲事，这是我的终身，用不到旁人置喙，我有自主之权，做媒人来的好足好一等一的男子都不要，都不在我眼里。姑夫吃了我这个弹头，触了一鼻子灰，闷声不响。妈当时把我骂一顿，我就走开去，只当她撒屁。你想：这贼老太婆坏哇？所以我这两天恨死了她，两天没有喊她一声妈，见了面只装做没有看见，面孔板了起来。你还要带她出去游白相，情愿……”玉环说到这里，情愿下面没有说出来，谅必一句骂她妈刻毒的话，杨碧梧吃惊道：“难怪我前天到你家里，妈面色冷冰冰，同平常对我有些两样了。我昨天不去就是这原因……”吕玉环道：“对啦，老太婆就这点可恶，她同你这个人不合，就当场做在面上，同你做对头。前天她对你冷冰冰，我倒没有知道，想来就是为了我这件事，她恨我在肚里，连你一起恨在里面。碧梧，你别放在心上，看我面上，以后你仍旧来白相。”杨碧梧谈到这里，会客室里有同学的朋友来了，谈话有些不方便，于是站了起来道：“玉环，来来，我们到外面校园里散散步。”说着双手插在裤袋内，踱了出来，玉环跟随在后面，到了枫树林中，踏着如茵的青草，树上小鸟在啾啾的啼叫，碧梧很有感触道：“我们的事，本来很美满的，要是你妈从中一作梗，那就完结。我不知道你妈是一种什么用心，她打算把你怎么样，是嫁一个做官的，目的是贪他一笔厚厚茶礼，靠你身上赚一票？大致你总有些明白。”玉环道：“老太婆就是这一种心理，打算靠我身上赚一票，她真在做梦，你看我给她赚不给她赚，老实说：我毒起一颗心，就脚底给她看。”

碧梧道："那也不必脚底给她看，她究竟也花费一番心血，把你培植长大。老年人都存这一种思想，年纪大了，只喜欢手边积一些钱，防老做不动，防死买棺材，别无他念。"玉环道："蛮对，她只认得钱，所以只要啥人肯拿出钱来，把我嫁给强盗都答应。"碧梧哈哈大笑道："的确，这就叫后母，不能体惜女儿心理，要是亲生的，决不会这样。"两人踱到校门外边一家小小食品公司吃点心，碧梧继续道："你妈目的在钱，那我也可以接受，只要她开口数目好了。"吕玉环道："我想这件事慢一步再谈，待到你的家长同意之后，再提起这件事不迟。我妈开口想来决不至于大数目，如果太大了，旁人要批评的，说我妈出卖女儿呢。"杨碧梧这时候点了两客南翔馒头，吃了又喊了两碗拨水面，各人一碗，边吃边道："玉环，我家经济之权并非操在我手，完全是我老子手里，我妈少数有权支取，而我的经济来源是取之妈手里，每一次支取零用，至多一千元，一千元以上便要调查我用途，因为我现在求学，根本不用交际，用不到许多的钱。所以要是我们的事，我的家属不答应，这也许可能，那末你放心，我把每次家中领来零用，一次一次积蓄起来，一方面自己特别节省，譬如每次领一千元，我自己零用除出两百元，那末还有八百元多余，我就把这八百元积起来，十次也有八千元了，念次也有一万六千元了，你妈开口充其量一万或两万，那末我们的事就根本不用通知家属，极容易就把它解决了。"玉环道："这是婚姻大事，你为什么不通知家属？"杨碧梧一时语塞，想了想道："因为我主张的婚姻，恐怕家属反对，不得不防这一脚，要是真的反对，将来我就自费结婚，决不受到什么威胁。"吕玉环心里非常感激，知道碧梧对她一往情深。

杨碧梧这一天与玉环谈了一个将来大概情形，双方十分满意的出了点心店，各自回去。隔了两天到了星期四，玉环在家里天天看见妈一副冷面孔，心里不由烦恼起来，恨不得立刻脱离家庭，奔到碧梧那边去，这家庭中一丝也没有安慰，赛过一个冰窟。她躺在床上思思想想，忽然记起碧梧对她说：星期六要到无锡去旅行，后天就是星期六，如果去的话，明天也就准备准备。当下便打了一个电话给杨碧梧，问他星期六是不是真的动身。碧梧在话筒里道："我本来要送信给你，就是为了这件事，你问过妈没有？她允许你同我出门旅行吗？"玉环道："不必，不必，根本不必去问她，我们要走就走好了。是不是一准星期六？"杨碧梧认为玉环这断然行动，将来也许要发生旁的枝节，弄出大的事来，这责任太大了，立刻道："不，你不应该贸贸然独断独行，你要问了妈，妈说你去，那末你才能够跟我一起走，妈不赞成而你偏要走，她可以指我说是拐带良家女子，加我一个罪名，那实在犯不着。我想：她要是反对，也没有关系，我们以后日子长哩，难道旅行的日子还没有吗？"玉环连忙道："那末我就告诉妈吧。星期六哪一班车动身，我们在什么地方约着会面？"碧梧道："上午八点钟北火车站大门口会面，先到先等。"当下挂了电话，玉环真也不去告诉妈，因为告诉妈，一定是不会答应的，可是她想一个什么办法脱身呢，要是不别而出，那当然不妥，总要借一个机会，或者借一个出走的题目，于是苦苦想了一夜。

吕玉环左思右想的结果，便是有意寻出一桩事来同妈去相骂，趁此机会上，别气一走，因为每次相骂妈总是骂道："你有本事滚出去！滚出去！你是嫁出门的女儿，回到娘家来吃了娘的，住了娘的，用了娘的，你有些什么好处给娘？不要你的面孔！"可是玉环气受饱了，但是叫她滚到哪里去呢？上海又没有没有其他亲眷，又没有一个小姊妹，可以栖一下身，住上三天五天。玉环就料到相骂一次妈必要把这句滚出去的话骂出来，那末这一次她一骂出口便立刻真的滚给她看。玉环想到这里，认为用这个办法脱身最好没有。到了第二天她悄悄把预备带出去旅行的东西，归纳一个小提箱内，牙刷，牙粉，雪花膏，胭脂，毛巾，替换短衫裤子等等，统统舒齐好了，妈一些没有留意。到了晚上她便寻妈的事，本来夜饭之后，碗盏归她去洗的，这夜她故意不洗，出门去白相了，待她打外边回来，妈开口就骂，玉环存心同妈吃斗，也就回嘴，妈马上把滚出去的话骂了出来，玉环脸色铁青道："好，滚就滚，我回到娘家一共也不曾满两年，叫我滚出去的话也不知听到多少次，我因为当你一个亲生娘一样看待，所以隐忍在肚内不做声，可是现在我想穿了，我生了一双手一双脚，难道滚出去就会饿死不成？好，算数，今夜不滚，明天一早就滚给你看。"妈又把桌子一拍骂道："你有本领今夜就滚！就滚！看你争气，看你有本事出去自立？"

果真到了第二天一早，吕玉环窸窸窣窣一人下了床，脸一洗，拎了那只小提箱，开出房门就走。这时候她的妈还没有醒，玉环出走，她一些没有知道，待她醒了回来，才大吃一惊，床上少了一个人，一看房门掩着的，知道这事情不对，玉环真的滚了，赶出去问娘姨，据说老清老早就走了，问手上带了什么，娘姨道："一只小提箱，我还问她一早赶到哪里去，她回答我到外面去漂流，永远不会回来了。我打算阻住她，不放她走，她对我面孔板起来道：不与你相干，你要是不知趣，告诉妈，我用激烈手段对付你。所以她走了之后，我不敢告诉你。"玉环的妈于是大跳其脚，哭得什么似的，昨夜原是为了一些小小的事情相骂过，况且相骂淘气常常有的，从来没有真的一走就走，这中间一定有人主使，指点叫她走的。当下便赶到玉环的姑夫那边去，告诉他这桩事，叫他设法打听下落，同时又赶到杨碧梧的学校里，打听杨碧梧这个人，但只知道姓杨名字不知道，姓杨的有五六十人，无名字当然也就拒绝玉环的妈了。她姑夫自晨打听到夜，一些线索没有，也就心灰意懒，索性听她去，把玉环的妈一劝一劝，说包不会出事，三四天必定会回来。妈想起女儿，终是呜呜咽咽哭着，而玉环脑筋中早没有妈这个影子了。

杨碧梧比玉环更提前到达北火车站，所以玉环坐的车子远远地打那边阔马路上拉来，杨碧梧早已看见手举着欢笑着嚷道："玉环！玉环！"一会车子到了火车站大门口停下，杨碧梧道："我已来了一刻钟，开车时间还早，不过乘客太拥挤，我们幸而没有什么东西，容易上车。"说着便带领玉环进了站，买了两张到无锡的车票，隔了不多一会就上了车，双双面对面坐下，碧梧笑道："我最喜欢是出门旅行，以后我们旅行的机会很多，只要有工夫。昨夜一夜我没有睡觉，喝了两大杯咖啡，写完了五千字文章，一看天已经亮了，就抹了一把脸，吃了一些点心赶到车站来，我恐怕你比我先到，心里焦急，所以要赶在你前面，宁可我等你。"玉环含笑道："你昨夜一夜没有睡，我也没有睡呢，我起身很早，舒齐舒齐出门已经不早了。"碧梧忽然问道："你对妈如何说的，妈答应你同我出门旅行？"玉环打算将实话讲出来，一想不好，还是说个谎吧，便道："当然答应我出门，我的事妈本来不与问，我有我的自由，她管不了我。"碧梧道："我想你妈心里一定反对，表面上答应你，她对我印象不会好。"玉环道："你不要去理她，贼老太婆真可恶，她要是不知趣，反对我这次出门，老实说：我吵得她天翻地覆，头昏脑涨。她管我不了，也是无法可想，所以有许多地方她只好让我三分。”这时候火车已经开出了上海，这一对情人的愉快，不可描摹。

火车“隆隆隆”不断前进，杨碧梧看见窗外一片秋色，黄的黄，红的红，渲染得如一幅水彩图画，更加了爱人坐在他面前，奉陪一起出门旅行，真可说人生稀有的艳福。在他的小说内容上又增加了不少珍贵的材料，供他笔下描写。这当口他打开旅行提包，找出一本红面洋装本抄簿，一支自来水笔在上面记着要略，吕玉环不知道他把她当做小说中主人翁来描写，也就根本不知道他这样追求她，是一种利用性质，并不是真心爱她。玉环一个头斜过去偷看碧梧在簿子上写的，碧梧立刻把簿子合上笑道：“我做日记，有什么看头？”玉环道：“我以为没有秘密的事，看看也不妨，除非你写我的事，才不给我看。”碧梧肚内吃惊道：“咦，你怎么知道我写你的事？”说着便把那簿子收藏了起来，在皮包里拿出一盒点心，放在玻璃桌上道：“这点心我昨天特为买的，在车上点饥，车子过昆山有五香茶叶蛋，热豆腐干卖，小贩托着叫卖，这点心现在就吃了吧。”碧梧以为玉环真的要看他记事，便这样含糊过去，绝不提起，玉环也就不把这事放在心上，打开点心盒子取着一块吃着。两人边吃边看着窗外野景，碧梧笑道：“明年我打算不再读书，觉得这样读死书毫无意思，不如常常到外边游游码头，倒增加不少阅历与经验，这倒是真正的学问，比读书有益处，如果你能够常常这样陪我到东到西旅行，做我一个同志，那真是求之不得的事情，只怕你妈反对。”玉环道：“只要我们结了婚同居，我的身体就是你的，妈反对有什么用？”杨碧梧道：“闲话果然不错，可是现在我们还不曾结婚，连订婚手续都没有做，你的身体并非我所有，你妈出来干涉，理由极充足呢。”玉环望了望车窗外，一笑道：“那末你预备什么时候同我订婚？”杨碧梧道：“这要你说的，你说早些就早些，迟些就迟些。”玉环道：“只要我们办了订婚手续，我就正式是你杨家的人，我跟你到东到西，妈自然无话可说，所以我的主张，订婚宜乎提早一些，结婚迟些不妨，尽可到明年春，桃红柳绿时候举行，这是我的意思，你心里以为如何，尽可说出来好了。”玉环说到这里含羞的笑着，不好意思极了，把绢头掩着脸，头伸出车窗，看见远远一个山头，忙搭讪着道：“那边有山看见了。”杨碧梧跟着望了望道：“那就是昆山，你还没有见过山吗？”玉环道：“怎么没有见过山，不过高山没有见过，这昆山似乎很高，上面还有宝塔，寺院。”碧梧道：“到了无锡，山更多，我们预备游的那鼋头渚，也就是一座山了，面临太湖，风景秀媚，不可描摹。”正说着火车行得慢了起来，车厢里乘客蠢动着，有的准备下车，一会车子开进了昆山站，停靠了下来，只听见一片嘈杂声音，杨碧梧急忙喊卖五香茶叶蛋的小贩，买五块钱茶叶蛋，玉环道：“太多了，少买两个吧。”碧梧道：“五块钱也只有七只，你吃四只，我吃三只。”玉环道：“你吃四只，我吃三只。”碧梧摸出一把小洋刀，把一只蛋一切为两，笑道：“你吃三只半，我也吃三只半。”两人把茶叶蛋吃了，肚里也觉得饱了起来，杨碧梧对玉环提出的明年春举行婚礼，便一口答应，心想：到了明年当然还有旁的变化，计划尽管这样计划，能不能实行，又是一个问题，到那时候再作道理，想来我这部小说写到那个时候一定可以脱稿，那末我就不需要她来供我笔下描写，离也好，不离也好，要是逼我举行婚礼，我就把早已结婚的事，老老实实对她说了，自然她不致再嫁我。杨碧梧想到这里，十分得意的，认为现在她提出任何条件，一一尽管接受，于是笑道："玉环，你这个计划，我很赞成，订婚不妨提早些，结婚尽可延到明年春月。可是我有一个要求，婚尽管订，最好不要给我妈知道。我到银楼上兑一只金戒指给你作为订婚的饰物，当然你也兑一只给我，钱归我拿出来，这是我们定情的纪念品，其他的人都可以不用给他们知道。"玉环说："我以为妈一定要给她知道，免得她东托西托人家做媒，把我许配人家呢，既经订了婚，我便是你杨家的人，妈当然也了却桩心事，不再去托人了。"杨碧梧想了想，又望望车窗外野景，苏州快要到了，道："那末随你的便，你要给她知道，就给她知道，不过依我心意，最好不要给她知道。"玉环道："这是坦坦白白的事情，用不到鬼鬼祟祟，毋庸守秘密，我决意告诉妈，这便是对她说：女儿终身大事已经解决，妈不必再费心了。她问我详细，我才把我们的恋爱经过告诉她好了。"杨碧梧肚里存了一个横字打头，道："好好一切随你去办，我决不反对，至于如何手续，待我们回上海再作道理。"

这一天火车到达无锡站，正当中午时候，杨碧梧同吕玉环下了车，出了站，预备在城内旅馆里住一住脚，吃了午饭，再雇车出城，到鼋头渚。这时候四边包围了许多黄包车夫，争抢着道："先生，阿要到蠡园？""阿要到长桥？""阿要到惠泉山？"这批车夫知道这一对客人，由上海下来，目的是游玩，所以把几处名胜挂在嘴上。两人肚里也不饿，杨碧梧便决定先不进城，直达鼋头渚，问道："喂，拉到鼋头渚多少钱？"车夫七嘴八舌，烂讨价，碧梧道："你们不用当我洋盘，老实说：无锡我差不多年年春天来游一回，一切情形都知道，你们瞎讨价，老子就不坐，乘长途汽车好了。"结果算是五块钱一辆，细细派派，并不贵，有二十多里路，沿途拉来，完全是风景区中游览着，比坐汽车有味道，当下碧梧便拣了两个年轻力壮的车夫。上了车，在绿水红叶间前进，玉环在前面碧梧在后面，目不暇接的，到了这个大自然里，真是说不尽的伟大来，胸襟为之一放，呼吸也格外来得深长，路旁有无数的奇形怪状红叶，都可以随手拿到，作为标本，作为书签，无不精美别致，碧梧觉得放弃实在可惜，便叫车夫停下，决意收集起来，玉环也跳了下车，帮同着采摘。

为了采摘红叶，车子不时停下。玉环道："不要采得太多，这秋天树叶都要微红，要是带回上海保藏不得法，红要褪的。"碧碧道："我把它夹在写字台玻璃板底下，一张一张压平着，包不会走色。现在我并不是采得多，而是要其种类更多些，各式各样的形状都有，将来可以编成红叶谱。"玉环笑他发神经病，两个车夫以为采这叶子去做药。这样一路牵延着，过蠡园，由于时间关系，也没有进去参观，经保界大洋桥，直向鼋头渚进发，一边是五里湖，缘山麓而行。玉环对碧梧笑道："我们现在做人赛过半仙，早晨还在上海，不到半天工夫，我们身体已经在几百里外面来了。"碧梧道："要是坐飞机的话，这时候已经几千里外面去了。"说说讲讲，车子渐渐上了山坡，打那边下去便望见广阔的太湖，风帆点点，景象更见伟大起来。这时候鼋头渚已经在望，山腰里一幢一幢别墅，精美绝伦，那山上有寺院，有亭台楼阁，湖滨有菜馆旅馆，商店，照相馆，茶室，点心店，自成一个市面。两人下了车，付了车钱，有旅馆招待员接客，当下把碧梧同玉环迎接到旅馆里去，开下了十五号阳台房间，每天房金十四元，这里论日包月，悉听客便，玉环欢喜道："十四元一天真便宜，住上一个月也没有几多钱呢，明年暑假你大可以到这里来。”

杨碧梧拖了两把椅子，到阳台上，又把茶壶茶杯放在栏杆上，道：“玉环，来来，我们在这里坐下休息，看看外边野景，明天再到外边去游览。”吕玉环在房间里化妆，一路上风尘仆仆，脸上也糟得不像样，一边抹粉一边道：“我马上就来。”过了一会来到阳台上，坐了下来道：“这里仿佛西湖，不过西湖没有这里伟大。”杨碧梧道：“刚刚我问过茶房，这山上一幢一幢小洋房，是不是有人住的，茶房说有人住的也有，没有人住的也有，但到了夏天就客满了，因为大半是公寓性质，供客人避暑之用。我想到明年我们结了婚，就到这里来度蜜月，你一定赞成？”吕玉环笑道：“到了明年再讲吧，还有好几个月哩。”碧梧道：“日子过得很快的，眨眨眼也就几个月过去了。这山上洋房，我们平常租一间下来，读读书，写写文章，再好没有。我预备将来在这里完成一部名著，你相信不相信？”玉环道：“如何不相信？不过我以为一个人理想不要太美丽了，因此往往不会成为事实，就是我们的将来，能不能成功，也是渺渺茫茫的。”杨碧梧执住玉环的手道：“你为什么讲这话？从何而起？”玉环垂了头不做声，碧梧一再逼她，才说：“我现在想起来了，你是富家公子，娶的当然也是名门闺秀，方才门当户对，于你杨家有体面。我是个什么？不但家中苦寒，又是一个离过婚的女子。你的家长要是知道了这般情形，决不会答应你做这桩亲事，这思想我不是今天才有，许多日子之前就有了的……”碧梧苦苦劝道：“玉环，你别太神经过敏，婚姻是终身大事，有关一生幸福，要不是自己心里看中，随随便便由家长去作主，这是万难接受。我杨碧梧不是这种人，答应娶你而中途忽然来一个变卦，我的人格自问还不致这样卑鄙。”玉环望着外面山景，忽然回过来说："我知道你是决不会的，因为你的家长逼住你，使你不得不接受，于是乎你就屈服，等到一屈服，事实上我们两个人还能够成功吗？当然你就远离了！"杨碧梧哈哈大笑道："你看我会不会屈服呢？"玉环道："到那时候你就不由自主，这是环境逼得你这样的。要是对方的小姐，实在不能使你满意，也许不会成功；要是一个极漂亮的女子，学问又好，人品批到九十九分，家长在社会上又有地位，那真所谓郎才女貌，门当户对，我想你心里一定倾向过去了，这时候你心目中决不会再有我玉环的印象，这是事实。"碧梧笑道："你倒好像是条蛔虫，我肚里的事你都知道。现在我老实对你说吧，最近我妈已经向我提起婚事，定的是刘家三小姐，她父亲是上海银行界闻人，可是立刻就被我拒绝，我说年纪还轻，读书要紧，还谈不到这件事。妈也就不接下去了，因为她极欢喜我，一切都由我主张。可想而知，我有了你之后，心目中只你一人，其他人再好也不在我眼里。这些话你也许不会相信，以为我花言巧语，但你在过去我待你情形上也应该可以看出，旁的都不必去说。"这时候茶房来问夜饭开上来不开上来，点几样什么菜，碧梧便点了一味红烧甲鱼，一味红烧拨水，一个汤。

吃好夜饭过了一个多钟头，两人都觉得疲倦起来，杨碧梧靠在藤椅上唤着腿酸，吕玉环也是唤腿酸。派派今天两人都不曾走过什么路，来去都是车子，可见出门旅行，虽是开怀的事，但也是辛苦的事，杨碧梧便说："我看还是睡了吧，明天早些起身，呼吸野外空气。"吕玉环道："睡了也好，我来替你铺被。"说着便走到床前铺了被，心想今夜两人同一房间已经是不大好听的了，要是……这无论如何说不过去，碧梧决不会开口讲这句话，我也决不会答应，便说：

“碧梧，当初倒没有想到，还是开两个房间吧，你一个，我一个，小些不妨。”碧梧道：“这是什么意思？”玉环道：“什么意思，你且想呢，床上你睡了，叫我睡在哪里？”碧梧道：“这床上有两条被，你一条，我一条，各人折一个被封，你睡你的，我睡我的，各不侵犯，有什么关系？”玉环忍不住笑道：“真亏你说得出，我不愿意。”碧梧捉急道：“这又不在你家里，又不在上海，这人地生疏地方，谁会来调查我们的事？只要我们问心无愧就是了。”吕玉环垂了一个头，半晌不做声，脸上显出不愿这样做，过了一会道：“我决意另外开一个房间，你要是不答应，我吩咐茶房房间里再放一张帆布床，我睡在帆布床上。”碧梧道：“你的脾气太固执，同学几年，难道还没有摸到我的性格，我是不是这样一个下作胚？”玉环噘起一张嘴道：“勿关的，我要这样做。”

杨碧梧这时候也不多说什么，便把自己衣服自顾脱了，一人上了床，下了被，对玉环道：“不要这样固执，一个人总要见机应变，适合环境。这不是上海你的家，要被旁人讲闲话，现在是旅行在外呢，有谁知道我们的事？”玉环身体靠在台子边，出了一会神，才道：“这虽然不是在上海，可是我也要当它上海一样看待，同房也许可以，同床万万办不到。”杨碧梧哈哈大笑道：“既然同了房为何不能同床？”玉环道：“你不答应我另外开一个房间，又不答应我放一张帆布床，那末我就坐一夜到天亮。”说着走到椅子前一坐，一手撑着脸，愁眉不展的，仿佛一肚皮心事。杨碧梧心里一时想不出办法来把她劝好，考虑了一会道：“玉环，你要是一定坐着等天亮，也好，那末我准备今夜不睡，也坐着陪你一夜到天亮好了。”玉环扑哧笑了起来说：“咦，这不是笑话？你管你一人睡好了。”碧梧道：“我一人安安逸逸睡在被里，让你一人坐着等天亮，于心忍吗？这是我万万不答应的，总之：你睡我也睡，你坐等天亮，我也坐等天亮。”碧梧这是个消极的抵抗主义，料知玉环决不会答应，不答应于是就会妥协，两人不是同床了吗？当下很坚决的打被里坐起身，只一件单短衫，双手抱膝的露着受寒，用这副苦肉计来感动她，果然玉环连忙奔了过来，再三把碧梧拖下被道：“你这样不要冻出病来吗？快快躺下被，躺下被。”

杨碧梧道：“决不，我决不下被，除非你答应我。”玉环只是笑着，拖拖扯扯的把被头盖在碧梧身上，道：“你应该原谅我，我实在有苦衷，为什么你这样没有清头的，我现在怎么可以答应你呢？你不仔细想想。”碧梧煞死不做声，把盖在身上被头一踢，身体又露在外面受寒，玉环一时无法可想，寻思了一会道：“那末你把被头盖好吧，我答应你。”碧梧心中一喜，笑道：“真的吗？”玉环点点头道：“你听我的话，赶快下被。”碧梧于是急急忙忙下了被，一个头伸在被外望着玉环嬉笑，她坐在床沿说：“碧梧，我虽然答应了你，不过你也要接受我两个条件，第一条我们各人管各人睡一条被，第二条你绝对不可有轻薄举动。这话我宁可说在前面。”碧梧头一摇道：“第一条我不答应，第二条我可以接受。”玉环道：“你只接受我一条，那末事体又要弄僵，要是……这叫我……叫我如何答应下去，你明明是预备今夜……”碧梧哈哈大笑一声说：“你的神经未免太过敏了，你的想象这样，可是我完全相反一转，如果不信，今夜不妨试我一夜，就是上当，受我欺骗，那末你不是来不及，尽可逃走，以后你同我断绝来往好了。”玉环道：“你用不到拿这话来引诱我，真个的话，还由得我自主吗？”

吕玉环愁眉不展的，又说："碧梧，请你原谅我，你要是一定逼我，我就和衣而睡。"碧梧笑道："你不把衣服脱掉，请问如何能够成眠，难过也难过煞了。我早已料到你的心意，无非怕我……其实我真个有此意思，决不会用这副手段待你，预先就要声明了，决不会强逼你的，总而言之，你别把我估计忒低，我杨碧梧人格并不曾卑鄙到这一个地步，你真枉为同我做了多年的同学。"玉环忽然笑了起来道："我又不曾对你说过这话，说你要求同我怎样怎样，这都是你的神经过敏呀。"碧梧道："我的神经一些也不过敏，非常的清楚，不知谁才过敏。"玉环笑着不做声，碧梧道："你嘴上说是爱我的，那末既然爱我，就应得听我的话，我对你说同我同床，这也是爱的一种表示，为什么你不答应！"玉环认真道："我要是不爱你，决不会几百里路跟了你出来旅行，这一点你不曾想想的；我生平男朋友不是没有，但我这样待你，也只有你一人，你又不替我想想了，一个人总要知己知彼，自己凭良心想想，也要替别人想想。"碧梧道："这一点我不是不明白，我很相信你，不过你也要尊重我的意思，譬如我叫你，当然我不会来害你，我因为爱护你才有这种要求，况且几次三番担保，难道你还不相信？"玉环又考虑了一会，忽然站起来道："我答应你，答应你。"接着笑道："我先要熄了灯，你答应不答应？"杨碧梧道："你要熄灯，尽管熄灯好了。"于是玉环便把房间里电灯关熄了，在黑头里脱衣服，脱到一半，终觉不甚妥当，自己也太情感用事了，既然拒绝他于开始，那末不应该被他这几句话一说，就迁就答应他，男女在一起，终不会好套头做出来的，万一还是应酬的好还是不应酬的好？想到这里又出神了。杨碧梧喊道："喂，为什么这许多时候还不曾弄好？"吕玉环说谎道："并不是，我因为胃气毛病又发作了，请你稍为等一歇吧。”碧梧急急道：“胃气病发了，我替你按摩，一会包你就好。来来，赶快来。”玉环知道弄巧成拙，要是不上去，碧梧一定要来拖她，到了这个地步听天由命。碧梧问道：“痛在哪里？痛在哪里？”玉环只得随机应变，指指胸口道：“痛在这里，这是我老毛病，每次发起来，汗也要痛出一身。”碧梧一边替她按摩一边道：“回到上海，我替你介绍一个名医，把它医断根，你这毛病不根本医除，后患无穷。”这样一直按摩了有一个多钟头，玉环心里忍不住笑，方才道：“好了，好了，不太痛了，让你这样辛苦，真说不过去，别再按摩吧。”碧梧依然一上一下按摩着，说：“我横竖睡不着，多按摩几下吧，你身上的痛，无异痛在我身上一样，你舒服不痛，我也宽心了。”玉环道：“我现在已经痛止，你就放手，放手。”

碧梧也就把手缩了回来，不再按摩，这样静了一会，心里说不出的烦恼，只见玉环忽然面孔朝了外床，碧梧扳扳她肩胛道：“你这算什么？”玉环一颗心扑扑的跳，把背脊朝了他，这也算是防范之道。她说：“我的背脊朝了你，我要睡了，我很疲倦呢。”碧梧道：“为何要这样？”玉环道：“我爱这样睡，你真是烦得来，起初不答应你，你同我吵，待答应了又嫌我背脊朝你朝坏了，你这人脾气也太难服侍了。”碧梧没有说话，又静了一会，在他心意，以为待她睡着了，再来把她身体扳了过来，至于她的身体决不碰她一下，这一点无论如何要自持住的。现在真所谓理智去克服情感，一对青年男女，到了这一个地步，而克自持，真是一桩了不起的事情，现在就要做到这一步。碧梧静静的守了足足有一个多钟头，在黑头里眼睛张得非常大，一眨也不眨，听楼下的钟敲过十二点，他轻轻伸手抚了抚她的手臂，对方似乎并不觉得，于是知道她睡着了，便把她的身体轻轻翻了过来，哪里知道静寂的空气里玉环忽然冲出一句话来道："嘿，我早就料到你的用心，当做我真的睡着了吗？"碧梧大吃一惊道："我完全一片好心，以为你这样睡着不舒服，所以让你睡平服。笑话了，我有什么用心，真是天晓得。"

这一对青年男女，双方都怀了一颗防范心理，简直失眠了一夜。到了第二天碧梧精神因此有些恍惚，看看玉环，始终是老样子弯曲着身子，背脊朝着他，也不去叫她，便一人悄悄下了床，洗了脸，坐在阳台上把上一天的情形，一一记在日记簿上，心想回到上海就写进那部小说里，要不是带了她出来有这一次旅行，这些题材请问到哪里去找寻。他这一天日记内特别的记得长，密密层层，足足写了两千多字。这时候吕玉环看看碧梧不在床上，坐起朝阳台上张了张，只见他埋了一个头写东西，便唤道："碧梧，碧梧，你什么时候起来的，我一些没有知道。"说着也就下了床，披了衣服奔到阳台上来，碧梧把日记簿合上道："我起来了有两个多钟头，也别去说起，昨夜一夜没有睡着，眼睛一直张到天亮。"他见玉环下面穿了短裤，赤着一双脚膀，拖了一双草拖鞋，非常肉感的，便说："秋深了，早晨非常冷，别受了寒，赶快把衣服穿好，袜子穿了。"玉环打算问碧梧老清早起床干些什么事，可是被他一催，只得又回了进去把衣服穿了，袜子穿了，走出来笑道："你说昨夜一夜失眠，没有好睡，难道我倒好睡过？"碧梧道："看你早晨睡得非常的熟，我下床你也没有知道。"玉环道："只不过早晨一歇睡着了，一夜失眠，早晨还不要睡一歇吗？"碧梧打了一个呵欠道："我连早晨都没有盖一盖眼皮过，一直到现在，你想想。"玉环笑道："谁叫你不要睡，你本来自讨苦吃，要是我们分床而眠，包一觉睡到大天亮，也不致让我睡不着。”说着不由自主的一个上身倚到碧梧背上来问道：“你手上又是这本日记，这里面究竟写下些什么呢，看你常常不离手的？”碧梧道：“我的日记簿，日记当然要每日记的，自然不会离手了。”玉环笑嘻嘻道：“你记些什么，可以让我看看吗？我看你记一次，总是鬼头鬼脑的不让我看见，你这里面一定有记我的事吧？”碧梧恐怕她要夺去，连忙塞在裤袋里，站了起来回到房间里去，玉环钉紧后面说：“你为什么不做声，你不让我看，是心虚吧？”碧梧按了按电铃，把茶房喊了来端洗脸水，对玉环道：“你的脸还不洗，牙齿不曾刷过，难道不难过的，你洗了脸再说。”玉环只得先洗了脸，刷了牙齿，略为化了化妆。这时候碧梧吩咐茶房开早饭，四个粥菜盆子，一小桶粥，碧梧边吃边说：“就是我日记内记下你的事，也决不会有记你不好的地方，当然都是说你好话，你为什么要这样多心？”他把一碗粥吃完，玉环要接下他的碗，替他添粥，碧梧道：“不用客气，我自己来，自己来。”玉环也就不接他的碗，只道：“我不要你记我好话坏话，总之你把我记在里面，将来给人家看见，还当做我同你有下关系的，其实我们清清白白，再纯洁也没有了。”碧梧忍不住笑道：“你这话说得真有趣，好像我的日记簿里都是写我们有关系的事，你的神经过敏到这个地步。”玉环说：“既然不是，你为什么不让我看，你极应该坦白些让我看过明白。”杨碧梧笑道：“旁的都可以看，日记各人记的私事，无论如何不能看，要是你写的日记，我也决不要求看，这是各人的私德。”两人争辩了一阵，早饭吃毕，于是锁了房门，出去游览。上半天先游了鼋头渚，杨碧梧觉得这里要是春三四月，桃红柳绿当口，景象就更妩媚秀丽。这满山遍野，植的全是桃树，桃花一开，当然比这秋天更引人入胜。杨碧梧说："要是将来我们同居，我宁可放弃上海，来到这里盖一间茅屋，里面要布置得非常考究，还有前门外种桃植柳，后门外另辟一块园地，种植菜蔬，再开一眼塘养鱼，再养鸡养鸽，这日子比什么都有意思。"吕玉环道："我劝你别理想太美丽了，待做到这一天再说不迟，何必常常挂在嘴上。"杨碧梧这时候坐在一块岩石上，望着太湖道："这并不是困难的事，花上一两万块钱也做得舒舒齐齐了，有什么了不得？"玉环把手里带来的热水瓶，倒了一杯水给碧梧道："说说只一两万块钱，我并不是说你拿不出这些钱，只是你的家长要反对，以为你住到这里是发神经病。"碧梧道："我闭门读书呀，我厌恶繁华呀。我正式同你做夫妻，小家庭安排在这里呀。"玉环只是掩了嘴笑，碧梧道："你用不到笑，我说得到，自会做得到，真的到了这一天我再问你就是。"玉环也不再去驳他，和调说："当然我也巴不得你能够说到做到，今天是什么日子呀，你说这句话总要记住。"杨碧梧道："今天是什么日子，告诉你十月三日，地点无锡鼋头渚，时间上午十一点钟。"玉环点头笑道："对对，一点不错，希望你把这几句话记入你的日记，将来可以不时翻出来看看，不要到了明年桃红柳绿时候把这件事忘了，对你现在说的这一个计划，岂但忘了，并且早已抛到九霄云外去了。"杨碧梧道："我没有这样讲话不负责，当然要记入我的日记，你放心，要是到了明年达不到这个目的，我们这计划不能实现的话，你来责问我就是。"

玉环只是一味的点头称是，也不多说废话。下半天游梅园，蠡园，当夜两人回到旅馆，一双腿酸是酸得一提也提不起了。碧梧横在床上道："想不到出来游览，这样的辛苦。"玉环也靠在床上道：

"我觉得你样样事情都非常性急，出去游山玩水，应该悠然自得的，慢慢的好了。为什么这末要紧，一进去兜了一个圈子往外就跑，一个梅园周围这末大，我们进去还没有玩上半个钟头，就急急忙忙奔了出来，我想里面还有好几个地方都没有游到的。"碧梧道："明天再去，明天再去。"玉环道："还有蠡园你也是这样，我打算在景宜楼上泡一壶茶，或者在湖心亭泡一壶茶，休息一歇，你也是不肯依从，只要紧往外走，同你一起游览，真倒霉的，赛过充军。"说得碧梧哈哈哈大笑。

两人谈谈讲讲，天又夜了下来，碧梧拍拍手道："好了，明天再去游览一番，我们这次出来旅行，日期原定一个星期，还有几天哩，今天你游得不畅快，明天补游就是。"碧梧按了电铃，吩咐开夜饭，饭毕，他一人又在记日记，玉环趁他不注意当口，溜了出去，同茶房商量，另外开一个小房间，免得同昨夜一样，吵得不能安眠，要是今夜再失眠，明天一定吃不住了。待她回到房间里来，见他还在写日记，便道："碧梧，你究竟记些什么，每天要记那末多？"碧梧道："以后逢着我写作当口，最好请你不要做声，我顶忌七问八问的，把我思绪打断了。"玉环嘴一撇说："你又不是做文章，神气活现的，有什么了不起？"碧梧把笔一搁，头一仰道："你怎么知道我不是做文章？"玉环嘻皮塌脸道："你不是说记日记吗？日记的文字只是把今天的事记一个大略，自然同做文章有分别，你当我没有记过日记吗？嘿嘿。"碧梧说："我不和你作无谓的争论，我只知道举凡动得笔，写下文字，都可称为文章，日记也罢，论文也罢，书信也罢，本身就是文章。你现在硬划做日记管日记，文章管文章，认为是两条路，我始终反对，请你不必多说。以后我要求你最好在我写日记当口不要打断我思路，不要同我讲话，坐在旁边静静的，待我写好了，再寻我讲话，好不好？”玉环把脸色一沉道：“你为什么早不告诉我？你老早告诉我，决不会对你讲话了。”说着便朝房门外一溜，到自己开的房间里去了。

玉环当时溜了出去，碧梧还没有知道，待他把日记写毕，簿子合上，伸了一个懒腰，回过身来一看，玉环不在房间里，心想什么时候出去的，还当她在阳台上，开出长窗，阳台上并没有，又走出房间，下了楼，下面客堂里也没有，又到门口看看，也没有。重又上了楼把茶房喊了进来，问房间里女客人去哪里了，茶房才道：“恐怕睡了，她另外开了一个小房间，十七号里。”碧梧一个奇怪，急忙问道：“什么时候开的？她根本没有同我谈起。”于是茶房把碧梧领到十七号门口，碧梧推推房门闩上的，手指弹了两记，里面不开门，只说：“啥呀，我睡也睡了。”碧梧道：“是我，是我，你开一开门。”玉环道：“告诉你，我睡了呀，今夜不开门哉。”碧梧把门一碰，脚一顿道：“你这个人真是怪脾气，为什么另外开一个房间，讲也不同我讲起，自顾独断独行，我不是阻挡不许你开，也应该同我说一句。你这算什么意思？”玉环躺在被里笑道：“并没有什么意思，因为昨夜我没有好好的睡，今夜就想安安逸逸的睡一夜，要是同你同房间，势必睡不成了！”碧梧又碰了一下门道：“你可以当面对我说，我不是不答应你，现在只怪你为什么事前不对我说，我一时找不到你，不知你到哪里去了，东找西找都没有。”玉环道：“算了，别再烦了，是我错，赔一个不是，好了吗？”这时候碧梧把茶房叫了来，要他设法把房门打开，茶房道：“里面横闩横上了，如何开进去！”碧梧道：“你想个办法，用长扶梯爬上小窗口，爬进去好了。”茶房问道：

“女客人为什么不开门?”又代为敲了几记，要玉环开门，里面答道：“无论如何不开，除非你爬进来，太不原谅人了。”

茶房又敲了两记门，对门缝里商量道：“吕小姐，你就开一开门啰，杨先生一定要进来，当然有话对你说，为什么不开?”玉环在房里道：“你对杨先生说，有话明天再讲，明天又不是不天亮，我明天又不动身，何必要一定今夜讲?”茶房跟碧梧商量，意思还是不要进去了吧，有话明天再说好了。碧梧心不死，非要当面责问她为何另外开房间，这是什么意思，当下便打发茶房走路，他一人呆立在房门外，对门缝里恳求道：“玉环，你要是一定不开，我唯有一个办法，预备在房门口站到天亮，你忍心我站到天亮吗?”又说：“如果你对我怀疑，不愿意同我同一房间，防我对你轻薄，那末我们朋友又不是今天始，难道我的脾气你还不曾摸着?这话不去说，就看昨夜情形，我尚且没有碰过你一下身体，这一点也足以证明我如何的尊重你……为何今夜告诉也不告诉我，便另外开一个房间，使我一个人睡一个大房间，多么的寂寞，你一点也不替我想想的了……”玉环道：“我本想对你说的，因为你曾经对我讲过一句话，说是你做文章时候不要对你谈天，免得打断你思路，所以我不敢对你讲话了，这是你亲口说的，忘记了吗?”碧梧道：“你算是驳住我这句话?”玉环笑着道：“并非驳住你这句话，而是依从你的命令，听你的吩咐呀。”碧梧一时无话可说，想了想才道：“那末我现在收回这句话，我说错了。可以原谅我吗?我认为我们两人这样下去很不好，说错了一句就驳住，煞死不放，以后讲话句句留神，这不太苦了!”又道：“你把门开一开，我还有话对你说，现在睡还早哩。”玉环索性不做声，也不开门；碧梧不时用手指弹弹房门，心里说不出的焦急。

这样相持了有一刻多钟，玉环在房间里听听，知道碧梧还没有走，于是问道："我倒有点莫明的，你究竟逼我开门是什么用意？请你告诉我。"梧碧道："毫无用意，不过有两句话对你说。"玉环道："什么话？"碧梧道："你开了房门，我进来对你说。"玉环一想：知道这是碧梧一种噱头，以为当真有话，把门开了，其实进来一句话也没有，那末再推他出去，再死也推他不出去，岂不是又给缠一夜？我早知道男人的心理，要是不达到这个目的，心是决不会死的，因为这个机会太好了，近水楼台，要是吕玉环做了男人，在这种境地，也要情不自禁的。可是现在不能答应他，这种男女间事不能看得这末马虎，要是答应了他，便以为很平常，势必对我们女人看得低微起来。玉环想到这里，主意打定，决不开门，就说："我知道你并没有话对我说，无非借有话说，让我开门，这是你的花样，我不来上你的当，劝你还是早些睡了，别再三心二意吧。"碧梧道："你当真不开门是不是？"便在门上用力击了一拳，"咚"的一声，吓得玉环直跳起来，她道："碧梧，碧梧，你是不是光火了？你也太没有涵养功夫了，我倒要问你，今夜是你错，还是我错？"可是玉环这样说着，碧梧早已回到房间里去了，知道今夜不会开门，何必多这些噜苏，还是一人脱衣服睡了，当然肚里说不出的气，预备明天再责问她。玉环一听没有回音，又喊了两声碧梧碧梧，也没有回答，心里很诧异，急忙跳了下床，轻轻开了房门，一个头伸出看看，一个人没有，才知道他已经走了。

到了第二天玉环一早起来，赶到碧梧房间，里边阒无一人，只见桌上留下一张字条，上面写道："玉环：你如看见这张条子，请不必找我，我到的地方没有必要告诉你，因为你昨天晚上的事，太对不起我了。”玉环心里感到很痛苦，把我一人丢在这里，人地生疏的，这报复也未免太快了。于是把茶房喊了来问道：“你们知道杨先生到哪里去的吗？什么时候走出的？”茶房道：“天蒙蒙亮就走出去了，到哪里去没有知道。”玉环愁急道：“这桌上留下一张条子，我才知道他出去，可是并不说明到哪里去，叫我不用找他，这算什么话？”茶房走过来看看条子，不做声。玉环道：“不过他出走的原因，我是知道的，因为他昨夜敲我房门，我没有开门，他心中生下了气。”茶房哈哈笑道：“对了，对了，你放心，他今天要回来的，决不会一走就走，把你一人丢在这里，你们都有些孩子气，哈哈，哈哈。”玉环也跟着笑了起来。

于是吕玉环吃了早点，便一直守在阳台上，望着到城里去那条公路，心想：碧梧大不了到城里去，这乡僻地方，难道他还躲藏到哪里不成？真是茶房刚刚说的，我们都不免有些稚气。他说得千真万确，我躲避你，你也躲避我，岂有不给旁人取笑的？玉环守在阳台上，望望又望望，那边过来的人，一个也不是杨碧梧，好不容易，一直守到中午，方才看见那条公路沿湖一排杨树林走来一个西装青年，一手拎了一包东西，一手摇着一根手杖。玉环一想：碧梧这次来也有根手杖的，可是放在房间里，并没有带去，现在又买了一根回来？正猜疑着，那个人影一些一些走近来，玉环仔细看时，果然是碧梧，于是阳台上扬着手，欢呼道：“碧梧……碧梧，你……你上哪里去了？”杨碧梧听见有人喊他，仰起头一看，知道是玉环，笑着忙把手杖举得高高道：“咦，你怎么知道我此刻回来？”说着连忙进了旅馆大门，这时候玉环急急开出房门出去迎接，碧梧上了楼，只见玉环堆着一脸笑容，无限的喜悦，似乎把昨天晚上的事忘得精光，赶忙接着碧梧手里东西和手杖，笑道："真的，这一早你就出去，害我担下一肚心事，看见你留下的条子，我心里不知怎样的难过……"碧梧含笑道："你心里也难过的吗？我当你不会难过的。"说着便往沙发里一靠，玉环接上拖了一只矮凳给他搁脚，知道他跑累了，道："究竟上哪里去的，你一定要告诉我。"便一个身体贴紧了他撒娇着。

玉环这副亲热样子对待碧梧，真可说从他们友谊而跨上爱的征途以来，还是第一次有过，因为过去都是碧梧主动，玉环是被动，现在却是玉环主动，碧梧变了被动。这时候玉环捧了碧梧的脸，吻了一吻，隔了一会玉环又凝着一双含情的眼睛睨着他，似笑非笑道："我问你的话，你说呀，究竟一早你上哪里去了……"碧梧哈哈大笑道："老实告诉你吧，去城里了。"玉环道："为什么事前不告诉我？"碧梧道："我正要你讲这句话，你昨夜另外开一个房间，又为什么事前不对我说？"玉环笑着说："算了，算了，你还去提起过去的事，我心里已经十二万分对你抱歉，可是我后来开了门，你却早已走了，不信，你去问茶房。你算是今天一走，存心报复，是不是？"碧梧笑着道："并非存心报复，有一笔款子，是我们两人这次旅费，随身带着，恐怕路上有意外危险，现在出门不得不小心一些，就由邮政局汇划，我派派今天应该到了，所以一早进城去领这笔款子。我进城应该对你说明的，因想你昨晚寻我开心，我今天也寻寻你的开心，可是怕你找不到我这个人，疑有了意外，所以留下一张条子压在桌上，其实茶房是知道的，我叫他故意不要做声。"玉环欢天喜地道："你真是个坏东西，这你还不算是报复？害我心里急得什么似的，一个上半天一刻也不曾安宁过……"杨碧梧道："不是这样，我们的恋爱生活就没有波浪形了，太平凡了也没有趣味，我们应该在这爱的旋涡里面找些有趣味的事情来做做。”吕玉环撇撇嘴笑道：“你的思想很特别，我们太要好了，又以为没有波浪形，故意找出这些是非来，我一个上半天一些不曾安宁过，你倒不替我想想。”碧梧道：“正因为你一个半天不曾安宁过，现在忽然我回来了，你投到我怀里，我们偎抱着，这光景仿佛一个小说家笔底下那样描写的曲折，所谓喜怒哀乐，我们都尝着过了。”玉环也就不去驳他，让他去自说自话，过一会指着台子上那包东西问道：“那里面是什么？”碧梧道：“你猜猜看。”玉环打算走过去捏捏，碧梧把她身体捉住不放，笑着说：“不许打开看，我要你猜。”玉环说：“我并不是打开看它，只是纸包外面捏捏。”碧梧道：“也不许捏，你一捏，不就知道了？”玉环便说：“我问你，究竟是吃的，还是用的？”碧梧道：“吃的。”玉环想了想道：“吃的，甜的还是咸的，吃吃白相的还是当小菜吃的？”碧梧道：“这就要你猜，要是再说下去，不如直接告诉你。”于是玉环猜了十多种名目，结果一样也不是，玉环也懒得猜了，碧梧方才道：“既然猜不着，好，你自己去打开看看。”便把捉住她的手放了，玉环奔过去把纸包打开来一看，忍不住格格格一阵大笑道：“叫我如何猜得着，买的山芋呀。”碧梧笑道：“因为路过看见乡下人在田园里挖山芋，我看得有趣，便向他们买了三块钱，比上海要便宜，切片生吃，顶顶有味。”杨碧梧见玉环手里捧了一只顶大的山芋，便说：“你手里这只足有斤把重，索性削削皮吃了。”玉环急忙把它浸在面盆水里，洗掉外面烂泥，碧梧便在旅行包里拿出一把裁纸刀来，接过来削了皮，切做一片一片，两人就此生吃。玉环道：“我们住在乡下时候，逢着山芋上市了，总买它一两担，放在风头里阴干，到了冬天切开来生吃，又甜又香，那真够味，这种乡村风味，在上海真也梦想不到。”碧梧道：“你别急，明年我总得把它实现，好得我们希望并不大，只须有一间茅屋，一两块园地，我们市面就够撑了，你想：难道我们这一点希望还不能够实现吗？”玉环一连吃了三四块山芋片，边笑着点点头道：“怎么不能够呢，只要你主意打定，当然能够做得到。”

一会两人把一只山芋吃得一片不留，玉环打算再切一只，碧梧道：“生冷不宜多吃，你们女人更不宜多吃，留了明天再吃吧。”于是两人洗洗手，午饭也不想吃，碧梧把今天买来那根手杖握在手里，玉环道：“真的，我忘记问你，你已经有了一根，为什么还买一根？”碧梧道：“那一根给你用，这一根我自己，出去游山玩水，少不了这根东西，路上遇着野狗，也可以抵御一下，草莽里蛇呀，可以揪它一记，把它惊走……”玉环没有待他说完，抢着道：“你说这话，先就不知道乡村情形，完全外行，乡下地方的狗，越是看见你手里有根棒，越是不怕，越要追上来吠你，甚至蹿上来咬你，有了这根棒反而招祸，你信不信？”碧梧不信道：“这不怪事，我真也不信。”玉环道：“你不信就不信，我们不妨试试，看狗要不要蹿上来吠你，我乡下出身，难道这些情形会不懂？”碧梧道：“依你这样说来，这手杖游山玩水不能带在身边了？”玉环道：“我的意思是告诉你：路途不平的地方，或者爬山头，当然是少不了它，如果打狗就错了，因为狗根本不会见你有根手杖就怕，狗的性子非常势利，所谓狗眼看人低，你总懂得。”碧梧被她说得半信半疑起来，当下走到阳台上看看外面，只见黄包车自那条公路上不断的拉来，这都是城里下来游玩的人，男男女女，老老少少都有，碧梧游兴不觉大发，急忙回进房来手舞足蹈道："外面天气这样的好，我们尽伏在房间里有什么意思，赶快出去游游。"说着换了一双软底皮鞋，戴了一副太阳眼镜，手上那根手杖还是舍不得离开，握在手里摇法摇法的。玉环把旗袍换了，改穿短裙，上身披了一件绒线短袄，防外面大风，脚上换了一双胶底跑鞋，那根手杖她不要带出去，碧梧一定要她带出去，玉环道："好好，我带出就是。"于是吩咐茶房把房门锁上，他们出去了。

昨天游过的，也就不愿再去，碧梧忽然有了一个计划，去访问乡村人家，借此可以知道真正民间生活状况，玉环道："那末我们随便走走，不一定到什么地方。"碧梧爬上一个山头，站在岩石上四处张望了一下，觉得湖那边有一片竹林，里面一定有人家，于是跳下岩石道："有了，有了，我们摆渡过去。"

这一对青年男女，好像发了神经病似的，摆渡过了湖，直向远远一个村庄走去，走不上三四里路，便听见一阵狗吠，杨碧梧心一虚，顿然住了脚道："玉环，你说的话真不错，这手杖实在是引狗的东西，要不要抛了它？"玉环道："随你便，我说的话你本不相信，一定把它带在身边，好几块钱买来的，难道就随手抛了吗？"碧梧道："那怎么办呢，狗要上来咬人？"这时候两人不敢前进，前边村庄上狗吠的声音越吠越多，大致各人家的狗都出来了，中间还夹着鸡啼，天空有成群的乌鸦飞翔着，碧梧索性在草地上一坐，对玉环招招手道："这里景致确实不错，就在这里休息一会，要不要进去访问，无所谓的，怕狗，我们就不去好了。"玉环也就草地上坐了下来，前面是一条小溪，碧水扑扑流着，沿溪不少树木，那叶红得异常可爱，可惜太高了，攀折不到，这时候有一个牧童，牵了一头牛到溪边吃水，看见碧梧同玉环，坐在地上谈笑，深为奇怪，碧梧便搭讪道："这里是什么地方呀？"牧童答道："王家庄。"玉环道："王家庄上有多少人家？"牧童道："我又没有一家一家点过，叫我怎么知道？"碧梧同玉环哈哈大笑道："那末约略有几个人家呢？"牧童索性不做声，背过身去。碧梧知道他怕陌生，也就不去理他。这时候狗不吠了，两人打草地上站起，决意到村庄里去。刚正走近那一片竹林，两条狗忽然蹿了出来，对着他们汪汪汪尽吠，接着村上几十条狗一齐叫，变做一片狗吠的声音，杨碧梧这一个惊吓，可受得不小，立刻站定不敢过去，对玉环道："如何办法？如何办法？"玉环忍不住笑着说："放些勇气出来，人会见狗怕，你手上不是有打狗的手杖吗？"碧梧拖了拖玉环袖子道："你上前，你上前。"玉环知道乡下草狗的脾气，这是一种虚张声势，故意吠两声吓吓人，讲到真的蹿上来咬人，这一种狗不多，于是她对碧梧道："你跟在我后面，我带领你走。"正在这当口不远处一间屋里走出两个小孩子，一个老太太，站在门口对他们两人张着，而狗吠始终不曾停过，老太太喝令不许吠，但没有用，那小孩子赶过来对碧梧道："先生，你手上一根棒放了，你不放，狗还要上来咬你一口呢。"碧梧便把手杖插到田里，小孩子问他们找什么人家。碧梧笑嘻嘻道："不找什么人家，原是来走走玩的。"狗果然有灵性，见他们手杖没有了，同主人谈天了，也就走开不吠了，玉环轻轻笑着对碧梧道："如何，我的话你不相信，你再敢拿那根棒吗？"碧梧对她拱拱手笑道："相信相信。我佩服你就是。"玉环道："要访问，你就到老太婆屋子里去访问好了，我在门外等你。"

这时候杨碧梧又老不起面皮来，也不知打从何处问起，似乎觉得有些不近情理，时常看报纸上民间访问的特写，现在身临其境，反无从措手起来，终有些格格不入样子，于是便拖了玉环道：“你进去访问，我在门外等你。”碧梧同玉环在门外推托了一阵，终于两人都没有勇气进去访问，这时候玉环格格格一阵痴笑，回转身就走，碧梧也就跟着走了。他还是舍不得手杖，到田里取了来，然后两人到溪边草地上坐着玩着水，玉环不期然嘴里哼着山歌，是一折情歌，碧梧听得有些神往，眼睛凝望着溪水滚滚东流，偶一仰首，望见天上一对野鹅飞掠而过，他用手杖指指点点道：“玉环，你看这飞过的一对是野鹅还是野鸭？”玉环道：“当然是野鹅，现在野鸭还小哩，到了冬天方才有飞过的那末大。”碧梧笑道：“天空中一对，我们这里也是一对……”说着便一个身体靠在玉环怀里道：“我愿我们两人永远不分离，要是你中途变了心，我一定会为你憔悴而死，做人根本就没有意义了，生着还有什么道理……”玉环双手围抱碧梧的脸，俯下头来不期然接了一吻，摇了摇头道：“我不会变心，我决不会变心，你只要始终好好待我。”碧梧道：“我要你说一句，要是变心什么说法？”玉环道：“不过我不愿意罚咒，为什么不愿意罚咒，譬如：变了心被车子轧死，被天雷打死，这都是骗骗人的话，决不会真的变了心就会死的道理，我们都是知识分子，不应该讲这迷信的话，总之我答应你不变心是了。”碧梧道：“不，我一定要你说一句。”玉环道：“照道理我们到了这一个地步，你就不应当再同我说这些话，我要不是真心爱你，断断不会跟你到这老远地方来旅行的，可想而知了。你看我对你这情形也就知道。”碧梧道：“不，我一定要你说一句……”玉环笑着道：“你真有点孩子脾气，一定逼住我说一句，假使我说了，如果变起心来又还不是照样变心吗？”碧梧跟着笑道："那末你为什么不说一句呢？不管它迷信不迷信，我要你说一句，你就说好了。"玉环被他缠得真要命，只得道："好好，我说，我说：要是我对你杨碧梧变心，将来不得好死。够了吗？"碧梧听了满意道："我相信你，不过你也应该相信我，我要是对你吕玉环变心，将来也没有好死。虽然这是带着些迷信的话，无非各人表明各人的心迹罢了。"玉环有些撒娇道："我出世到现在从来不曾对人家说过一句罚咒的话，现在为你破了例，你自己心里明白，将来你要是变心，就对我没有交代了，爱情不是儿戏，你要郑重些才好。"这时候碧梧索性一个身体一些一些往下躺，一个头枕在玉环的大腿上，把她大腿当了枕头，仰天躺着，望着天空中秋云，一朵一朵移动着，道："这大自然太可爱了，我们也太幸福了，玉环，你唱个歌给我听听。"玉环道："我不会唱歌。"碧梧道："我刚刚听你唱的，非常好的，为什么说不会？"玉环道："瞎唱唱，又不是当真唱。"碧梧道："你也就瞎唱唱好了，我又不是叫你一本正经的唱。"玉环知道碧梧的脾气，说到怎么样，就要怎么样做到，要是不依从，就不高兴，只道："你要我唱个什么呢？"碧梧道："随便，拣你最拿手的，像刚刚你唱的那个歌。"玉环想了想道："是不是茶山情歌呀？"碧梧道："你唱唱看，我一听就知道。"于是玉环唱道："天会老，地会荒，花会残，月会缺，我俩的爱情呀，永远像中秋月。曼丽，我爱你，从今以后，再也不愿分离，永远在这里，我希望你，永远跟茶花一样的美丽。亚孟，我爱你，从今以后，再也不愿分离，永远在这里，我希望你，永远和明月一样的皎洁。天会老，地会荒，花会残，月会缺，我俩的爱情呀，永远像中秋月——"玉环唱到煞末一句，故意把音调拖得老老长，忽然断了，对捧在手里的碧梧脸蛋上吻了一下笑道："唱得不好，你不要见笑。"碧梧拍手道："好极好极，这个歌要是一男一女合唱起来更加有意思。"玉环道："曼丽是指女的，亚孟是指男的，开场一节同煞末一节两人合唱。"碧梧笑道："你教教我，以后我可以同你合唱，不更有意思？"玉环笑道："你要学会它很容易，一教就会，不过我不愿意同你合唱。"碧梧责问道："你为什么不同我合唱，是不是不承认我是你的爱人？"玉环望了望天，凝思了一会说："承认你是我爱人果然不错的，可是我同你这是私底下的事，又不曾经过你的家长同意，也许我们现在讲得这样投机，心情相合，你愿要我，我也愿跟你，到头来是白白一场空，这几天我虽然跟了你一起游山玩水，可是晚上总是失眠，我这人未免也太糊涂，贸贸然跟你到了这里。唉……"碧梧连忙坐了起来，拦腰把她拥抱紧了道："以后我不许你再说这话……"玉环道："你不许我说，那有什么用呢？我是这样想的，我这样想是不错的，要是你的家长不答应，那末我们不就是一场空？"碧梧把她拥抱一阵，又把手掌掩住她的嘴道："不许你再说，你还要说？老实告诉你，把最可爱最漂亮的女子许配给我，都不在我心上，我爱你始终爱到底，家长一定反对，请问：他们凭什么理由，我倒要问你？"玉环道："他们当然有反对的理由，因为我是一个二婚的女子，不是一个处女，自然对你门楣有关，门当户对也就够不上资格。"碧梧道："你常提起这事，是不是怕我将来不爱你？"玉环道："你是不会不爱我的，我不是已经对你说过了，将来要是我们离开，起因是你的家长，所以我们现在两人这样的恩爱，虽然早已超过了同学友谊，但，难免将来还是一个空欢喜，我是想得再透彻也没有了。"碧梧说："好好，算了吧，但看我们将来，现在我不同你多争论，无谓极了！”看看天空，不知不觉太阳西斜了，又说：“你看村子上人家做晚饭了，炊烟起来了，我们还不回去？”两人急忙站了起来，从原路上归去，三四里路，不半个钟头工夫，便到了渡口，待摆渡过湖回到旅馆里，室内上灯了。两人觉得今天玩得最最高兴，碧梧对镜子里照了照，面孔晒得绯绯红，又经秋风一吹，更加燥了起来，玉环的脸蛋也是绯绯红的，这红过了就会变黑。出去就是撑伞也没有用，秋风再厉害不过的。玉环忽然道：“啊呀，你看我一双手，连我自己也都不认得了。”两人晚饭过后，谈了一会，问题又来了，碧梧道：“玉环，你今夜预备怎么样，还是同我同房间，还是你另外去开一个房间，自己决定。”玉环扑哧笑了起来，垂了一个头不做声。碧梧道：“你老实说好了，不用不做声，你我还怕什么难为情吗？昨夜你忽然另外开了一个房间，并没有征得我的同意，因为你的理由，看见我在那里记日记，所以不来打扰我。我今夜日记不再记了，你还有什么理由可扳住？”玉环含笑道：“随你便，你说要我另外去开房间，我就另外开房间好了。”碧梧道：“是不是随我便？”玉环点了点头，碧梧笑着道：“既然随我便，我吩咐你今夜同我同房？”玉环料到他一定要讲这句话，早就准备着的，便说：“我答应你好了，不过你也要答应我一件事，同房尽管同房，决不愿意像前天一样的办法，我可办不到。我答应你同房间，是因为你昨夜讲过一句话，一人睡一个房间，太寂寞了，没有人陪你谈谈讲讲。”碧梧笑道：“佩服佩服，你的记性真好，那末依我说，今夜你睡在地板上，是不是？”玉环道：“也毋庸睡得地板呀，吩咐茶房搭一张帆布床好了，他们旅馆里当然有帆布床的。”碧梧出了一会神，不愿意再说下去，这样终不是事，觉得过去对玉环似乎很敬重的，但是这两夜来，不知如何，情总不能自禁。

碧梧走过去贴紧了玉环身体，轻轻央求道：“玉环，请你原谅我，请你原谅我。”玉环道：“原谅你什么呢？”碧梧索性坦白的说了出来：“求你今夜不要搭什么帆布床了，还是变通办法，我因为太爱你，实在情不能自禁。你要是再不接受我要求，我将感到十二万分的痛苦。这痛苦岂但是失眠一种，而且有碍我的身体健康，以后不能再读书，再执笔写文章，神经一定要错乱，也许变成一个有神经病的废人。你想情形是这样的严重，惟有看你这一次能不能接受我了……”玉环心里一跳，抢着道：“这如何可以？你叫我原谅你，那末你也要原谅我呢。”碧梧道：“别的都是废话，总之：我太爱你了，我将来不论家庭反对不反对，决不负你，同住在一起，你要是离开我，我就失了一个至爱的人，只有立刻自杀。你想，我如何会中途遗弃你的道理，所以今天在那溪边草地上讲的话，我决不同你争论，看我们将来情形就知道了，又何必多说废话。我还有一句话对你说，就是我们有了这关系之后，我将对你格外的爱护，我们的交情又进了一个阶级，不然我们总觉得是空的，浮的。并且我们感情到了这一个地步，而不曾有过关系，这不近情理，人家是决不会相信的，连我自己也不相信。”

玉环觉得碧梧的话，句句都不错的，只是有一个问题不得不考虑，有人说男女之间一有了关系，就要断了，没有关系时候，还能够维持双方的友谊。所以男女到了结婚一个关键到来，无异就是自掘坟墓。这一点当然不是一概而论的，也不见得每个青年男女结了婚，就钻进坟墓里去，但料知一结了婚，决比不上没有结婚之前，感情来得深刻，这是一定的事实。于是玉环道：“你的话，我句句表同情，句句要听，但你要知道我并非一个处女，为什么要把这一层看得这末重要，屡次不答应你，为来为去只怕我答应了你，我们感情决不会有像现在这样好了。我们当然希望感情永远维持下去，不要为了这片刻的欢乐而断送了。”碧梧道：“不会的，我决不会让它中间断送，我认为我们一有关系，就确定了我们的立场，你是我内人，我是你丈夫……”玉环笑道：“这话我不要听，我们还不曾到达应该有关系的地步呢，你真是自说自话。”碧梧跟着笑道：“话果然不错，我们还不能称为夫妻，一有关系就成夫妻。”玉环垂了头只是痴笑，碧梧道：“可不是吗，不曾有过关系，只能算是一个普通朋友，一有关系，就立刻会密切起来，我现在同你密切，正是一个合理的要求。你为什么尽笑？为什么不接受？”玉环一时说不过碧梧，只是含情脉脉的笑。手表上不知快还是慢，已经十一点钟了，碧梧便去铺了被头道：“秋夜甚寒，还是早些睡，你也用不到太顾虑到这一方面，以为一有关系就会感情中断，这是你的想象，这种想象，足以显出你对我的爱情，还有些不大可靠，要是根深蒂固的话，我要求你这一层，极应该答应，这样表示你对我才是真爱……”玉环决意不做声，让碧梧一人去自说自话，心想：不答应他算不得真爱，答应他才算是真爱，这分明把爱寄托到肉欲上去了，虽然男女在一起免不来这一层关系，但，目前我们还不曾到达这一个地步，婚不曾订过，他的家庭根本就不知道我们有下这一桩事，万一我现在答应他，将来我们依然不是同居在一起，这痛苦可想而知。要是将来不分离，那末我现在接受他，倒也无所谓，横竖我的身体是他的，这关系不过早些迟些罢了。玉环想到这里，还是不能下一个决断，可是碧梧这时候把房门关上了，自己脱着衣服，一边道：“多想些什么，依你这样横想竖想，不太苦恼了？多少年来同学，你应该明了我这个人，为什么还这末胆小？你再想想，我有过什么坏处被你看在眼里吗？”碧梧上了床，坐了下被道：“玉环，睡了吧，你还想些什么呢？我话已讲尽讲绝了。”玉环这时候只是垂了头，锁紧了眉头，深深的想着，真是思前想后，还是没有一个决断。碧梧又道：“玉环，你这样的不放心我，对我怀疑，那末过去你对我的恩爱，可见全是假的，我现在已经看穿了，免得让你为难，我替你来一个解决办法：假使你是真心待我的话，今夜你就同我同床；如果过去你完全是敷衍敷衍我的话，谈不到真爱的，那末你尽管请便，一人去开房间也好，搭帆布床也好，我决不参加一点意见。要直爽，是否两个字就决断……”玉环没有待他说完，打椅子上忽然奔到床沿来，伏在碧梧被上流着泪道：“你说这话，手段太辣了，我要是不爱你，为什么跟你出来旅行，同你一起？虽然我们不曾正式成为夫妻，但目前这情形，已经算是夫妻感情了，你现在无非逼我答应你发生关系，我想来想去终觉不妥当，你为什么性子这末急？我的身体迟早终归你所有，请你答应我再过几天吧，碧梧，我求求你，求求你原谅我。”杨碧梧道：“依你说，那末再过几天，大致再过几天呢？”玉环拭了拭泪道：“再过一个星期，我决意答应你，接受你要求。”杨碧梧忍不住一笑道：“这你分明是延宕欺骗我，再隔一个星期，我们早已回到上海了，回到上海请问你如何可以出来住夜，不但你不可能，我也办不到，我从来学校里不曾请过一夜假，这一点你可以去调查。现在这是一个绝妙机会上，而你不接受，反而回到了上海再答应我，这是一个最最笨拙的打算，我决不会来受你的欺骗。”玉环听了又哭泣起来，手在床沿上捶着，碧梧却无动于衷，扬言道："你不必把这情形做出来给我看，是否要你立刻解决，没有第二句话。"

玉环心想：你的手段好不恶毒，竟然非要达到目的不放我过门样子。于是心一横，决不答应，把眼泪水拭了拭道："那末我倒要问你，我今夜不听你的话，你是不是打算同我一刀两断？如果是的，也说一句；不是的，也说一句。"碧梧板起了面孔，一时倒开不出口来，玉环淌着泪道："你说好了，说好了，我决不会怪你，你不要放在肚里不做声，我听听你的心意，便可以决定明天我一早动身离开无锡……"

碧梧心中有些不忍，就捧住玉环的脸，替她拭了拭泪水道："我太爱你，情不自禁，才有这个要求。现在你不明白我心意，误会我把你来玩弄，对我怀疑起来，所以不肯答应。我要你是否两个字之中回答我一个，那末我的心也死了，辰光已经半夜，话倒讲了这许多，有什么意思呢……"玉环还是钉紧问道："是不是今夜不答应，明天起就一刀两断？"碧梧否认道："决没有这用心，不过我心中有些气不过，什么理由你今夜不能接受我要求，过了一个星期才接受？"玉环垂了头不做声，讲到理由实在说不出，她原是一种敷衍性质，打算今夜难关过了，一个星期之后双方早回到上海了。其实男女谈到这桩事，不要说差一天不能过，就是差十分钟五分钟也难以按捺。玉环半天说不出理由来，碧梧笑道："你没有理由可说，我劝你还是答应我吧，总而言之，统而言之，我太爱你了。"玉环一颗心软了，含羞道："那末你把电灯关熄了……"这一夜终于他们成全了好事，碧梧心里当然说不出的愉快，这是多少年来的梦想。事后他对玉环道："从今以后，确定你我的地位，虽然没有正式，但实际上你已经是我的妻子，我是你的丈夫，我永远不会遗弃你。”玉环道：“假使你遗弃我如何说法？”碧梧道：“决不会，要是中途遗弃你，良心上便不能交代，你如果不信，我可以立誓，要是遗弃，不得善终。”玉环便把他拥抱紧了笑道：“我也是这样说法，要是中途我变心，跟了别个男子，也不得善终。”碧梧道：“我现在倒要问你一句话，为什么过去多少次要求你，终归不肯，现在忽然又肯了？”玉环含羞道：“我的心肠软了，我敌不过你们男子这样进攻，女子心肠总是软的多，我已经再三坚持，可是结果仍旧失败在你们男子手里……”碧梧认为这几句话倒是由心坎发出来的，又问道：“那末你究竟爱我一些什么呢？”玉环笑着答道：“我不说，我决不说。”碧梧道：“你尽管说不妨，为什么不说？”玉环道：“那末我倒也要问你，你究竟爱我一些什么？你说了，我也说。”碧梧思量了一会道：“你这个人很有骨子，很明白事理，虽然出身于小户人家，但有大户人家的风范，性情又好，平日寡言笑，一举一动，一点都不轻浮，学问也有根底，尤其你的思想前进……”玉环不等说完，连忙伸只手掩住他的嘴巴笑道：“够了，够了，我不许你再说下去，不许你再说下去。”碧梧哈哈哈尽笑道：“我一句也不是捧你的话，句句实在，我拍你马屁，不是人。”玉环道：“算了，算了，这你还不是故意讽刺我？说我一举一动不轻浮，这且不去说它。什么思想前进，什么学问有根底，高中还没有读就回松江去了，请问如何会有根底？思想前进，在这个环境之下，也别去说它。可见你全部是讽刺我的话。”碧梧笑了一阵说：“讽刺你决不是人。”玉环倒是肺腑之言，她说：“在你这个环境里面，有钱人家公子哥儿，当然吃喝嫖赌四个字都犯到的，哪里还有心绪每天捧了书本，这是你的最可贵一点。我同你多年同学，你从没有什么坏处被我看在眼里，譬如同学之中闹意见，闹风潮，闹桃色纠纷，相骂淘气；多年如一日的一本正经读你的书，连电影都难得看一场，大不了游游公园。这种种都是我们女性心爱的地方。我说过一句谎话吗？我有说错地方吗？”碧梧连忙拍拍玉环的肩胛笑道：“说得虽然对的，可是未免有点恭维我，在大体上总还不致错。”两人这样躺在被里谈谈讲讲，也不知到了什么时候，只觉得有些疲倦起来，碧梧道：“睡了吧，再谈下去天要亮了。”玉环伸出一手到被外把床上电灯开关揿亮了，看了看手表，果然已经下半夜四点钟，连忙熄了灯道：“真的，天马上就要亮了，睡吧睡吧。”于是两人一觉一直睡到第二天太阳半天高方才起身，碧梧因为隔夜同玉环有了一度关系，觉得精神上非常调和，觉得这恋爱生活很有趣滋。比他父母替他娶的那位夫人，乐趣格外来得浓厚，因为那是被动，现在是主动，被动没有什么情感可言，主动当然情投意合，方才居在一起。玉环见碧梧靠在沙发里出神，上前问道：“你想些什么呀？”碧梧一笑道：“不想些什么。”玉环道：“嘿，你一定在想些什么，不肯告诉我，我要你说出来。”碧梧知道女人的猜忌心很重，便道：“出来不觉已经三四天了，还有三天就要回上海，又要分开。我在想要不要续假一个星期，我们两人索性再玩一个痛快。”玉环反对道：“我不答应，再过三天你不走我也要走。”碧梧问道：“什么理由，你急急要走？”玉环道：“我不愿你为了我耽误学业，我们起初说妥的，出来旅行，只一个星期。我们以后日子长哩，不是玩了这一两个星期就算了。”碧梧听听理由果然不错，也就不做声。这一天因为早晨太阳出得太红了，反是天变现象，果然到中午时候，忽然暗霾起来，又刮着很大的风，天气顿然转冷了。碧梧看看今天有雨意，索性两人不出房门一步。玉环上床补觉，碧梧趁这当口，大写其日记，把昨夜两人发生关系情形记得格外详细，许多日子来的日记，要算这一节最精彩，将来写进小说时再加一番修改，当然格外生色。要不是身历其境，决不能写得这末入情入理，笔笔逼真。碧梧边记边这样得意的想想，想想又记记。他觉得一个男子向女性求爱，第一次这样的困难，那末第二次情形又怎么样的？想到这里搁笔，等今夜有了第二次再来记下去。

碧梧果然到了晚上思思念念又要转念头，吃好夜饭，坐着休息没有多少时候，他忽然站起来笑道："天气转冷了，晚上没有事还是早些睡觉吧。"玉环犹豫了一下道："今夜让我搭张帆布床，睡在中间，不是一样可以同你讲话吗？"碧梧道："我不答应。"玉环知道他今夜又要缠绕不清，急忙走过去要按电铃，叫茶房来搭帆布床，碧梧立刻抢了上前阻挡道："我无论如何不答应你分开，我觉得你太作难我了，这又何必？"玉环道："随便怎么样都不答应，我说过不答应，决不答应，你的身体不也自己想想……"碧梧却是嘻皮笑脸道："你不接受，势必我今夜又是通夜失眠。"玉环愤愤应道："我因为爱你，所以不接受你，你的面孔到镜子里去照照看。"碧梧笑道："我同你商量。"玉环道："根本没有商量余地，不用多噜苏。"碧梧便用足力气，玉环道："看你颜色我的吕字愿意颠倒写。"碧梧哈哈笑道："吕字颠倒着写，又还不是一个吕字吗？这你分明就是答应我。"

玉环以为碧梧闲话之中还故意轻薄，更是不愿意起来，碧梧只得低声下气的再三同她软商量，讲了不少好话，他说："我因为太爱你使我不能自已起来，这是人之天性，孔夫子尚且承认这句话，谁能够逃脱这一个关口？玉环，我认为你这样子使我太失望了……”玉环没有等他说完，抢着苦苦道：“我实在头脑子胀痛你极应该原谅我，现在我们还不曾正式结婚，你已经这样子，将来我们正式同居在一起，你也这样叫我怎么办？夫妻总应该有个互相谅解时候，现在你只顾自己，不顾对方死活，你根本就不是真的爱惜我？”碧梧俯首无语，玉环道：“你自己再细细想想，我的话错没有错？这些你也极应该想到，年轻时候不节省消耗，到了晚年就苦了。”碧梧连忙摇摇头笑道：“谁要听你这些老生常谈？”

玉环软硬都不吃，碧梧便束手无策起来，明知道是自己不好，何必多此一举？现在弄得下不落这个面子，于是废然道：“玉环，你如此情形对我，大出我的意料，你不肯就不肯，我决不再强求你，可是我要求你一件事……”玉环道：“什么事我都不听。”碧梧又是触一鼻头灰，为之气煞。玉环又道：“我前世也不会相信，会这样按捺不住。譬如你没有见了我，我们没有出来旅行，岂不是也过了？”碧梧道：“没有见了你倒也算了，坏就坏在我们在一起，今天还不是你明明在作难我……”玉环笑了一笑道：“我不能答应你。”碧梧苦笑道：“你简直今夜要我的命。”玉环不再去理他，自顾过去按了按电铃，把茶房喊了进来，要求房间中放张帆布床，碧梧也就听她去，不再加以阻挡，可怜相的坐在旁边。

玉环帮同茶房搭了帆布床，又吩咐道：“拿条清洁些的被头，枕头也要拣干净相的。”茶房笑道：“你放心，我们做茶房的看客人打发，客人非常干净考究，我们一看就知道，被头褥子当然也拣清爽的给你们。”碧梧知道今夜要求她第二次，已经绝望，可见女子一种心理很是奇特，她不肯起来简直死命不肯依从，连水都喷不进，毫无商量余地。碧梧因此相信她是个有气节的女子，并不是一个随随便便接受人家爱的人。他脱了衣服上床，已毫无旁的念头，玉环这时候也下了被，一个头伸出被外道："碧梧，我想想又好笑起来，你刚刚那副样子真可怕，要不是我摆定主见，也许要吃瘪的，旁的都没有关系，我只担心你的身体，不要回到上海，一场大病，我如何交代？"碧梧笑道："老实说：我并不是一定要如何如何，刚刚无非试试你。"玉环扑哧一声笑道："现在你才说风凉话，面孔要哇？"碧梧说："无所谓面孔不面孔，夫妇之间，以后尽多这些风流韵事，今夜我认为你不接受我，极其佩服你有见识，男女之间对这件事，仿佛小菜一样，多吃呒滋味，少吃方有味道，所以我们以后正式同居了，只求适可不求其烂……"玉环听到这里连忙钻到被头里去，格格格尽笑，骂碧梧十三点。到了下半夜玉环刚睡着，忽然又惊醒过来，一看自己身体依然好好睡在被里，再一听碧梧鼾声大作，知道他正睡得浓厚时候，又轻轻喊了两声，也没有答应，一颗心方才宽了一下，总算今夜一个难关挨过了。

到了下一天玉环醒来，见碧梧醒着，笑着问道："怎么，你这一早也醒了？"碧梧道："昨夜我全夜没有好好的睡上五分钟，简直失眠了一夜，都是你赐给我的，这精神上的损失太大了，你未免有些对不起我。"玉环道："碧梧，你昨夜果真失眠的吗？"碧梧道："怎样不是？我不失眠，说失眠，你又没有好处给我。"玉环冷笑一声道："失眠？你在说鬼话，老实对你说：我两点钟被你鼾声吵醒，我连连喊过你两声，你一下也不曾理我，可见你睡得十二分的熟。你说昨夜失眠，这话鬼才相信。"碧梧哈哈一阵大笑道："为什么睡着我一些不知道，好像没有睡着一样？"玉环道："绝无此理，睡着同不睡着会不知道。我推测你的用意，在我面前说失眠，无非把这精神上损失推诿到我身上来，都因为你不答应我，所以我为了你失眠了，可不是吗？哪里知道，你昨夜格外好睡，你这个西洋镜，被我拆穿了。”说着格格格一阵大笑，碧梧的心理，完全被她摸到了，当然也只一味的尽笑，没有理由可说。

这一对情人，真可说到了难分难解的一个地步，互相爱护着。又过了两天，碧梧看看日历，假期还只有一天就要满了，他打算赶一封快信到学校，再续假一星期。可是玉环不答应，说是以后日子长哩，何必要耽误学业，不许他续假。碧梧知道两人回到了上海，不会像现在这样的相亲相爱，虽然事实上未必有变化，只是没有这样一天到夜形影不离的住在一起。碧梧见玉环不许他续假，也不勉强一定续假，准定明年春天桃花开了时节，再举行同居之爱，可是今天留在这里的最后一天，无论如何要求玉环答应他，玉环含羞道：“再说吧！”碧梧笑道：“你答应我了，便没有心事，因为我们明天走了，再要到这里来旅行，今年是不可能了。”玉环道：“我们在上海也可以见面的。”碧梧道：“见面当然可以，总没有像在这里的自由，现在我们要怎么样就怎么样，正无异一对夫妻，将来同居了，想来也不过这样的恩爱。”碧梧说到这里，上前握住玉环的手，吻了一下道：“你以为我的话错没有错？”玉环含笑道：“你说的话会有误吗？当然对的啰。”碧梧又俯下身去吻了玉环的手背一下，玉环忽然把手缩了回去说：“惹气得来，亲一下就算了，横亲竖亲，你倒变了一个色情狂了！”碧梧哈哈笑道：“这不是叫色情狂，这叫做爱不释手，因为你一双手太可爱了，白如玉，软如棉，细如葱，比你的人更可爱。”玉环一笑道：“你欢喜，我就斩了下来给你，好不好？”

下午碧梧预备明天一准离开这里，把东西收拾收拾了，对玉环道："回上海空手，你妈一定不会相信你此番出来旅行，我想在这里办些鱼虾带回去，明天我们进城，如果路途顺便，到惠泉山买些泥菩萨。"玉环道："随便随便，买些就买些，不买也没有关系。"碧梧道："不买当然没有关系，不过我们回上海，总算带点乡下土产回去，这也是人之常情，他们一定很高兴的。"玉环笑着道："我没有钱，你有钱你去办好了，就是我有钱也不愿意买，我最可恶我的娘，老太婆脾气，你还没有知道，这一次我跟你出来，她根本没有知道，我故意同她斗了气，清早一溜的走了。"碧梧大吃一惊道："什么，此番你出来；你妈会没有知道？"玉环点点头说："是的，我没有给她知道，我因为可恶她，要是给她知道了，一定是不会答应，所以我不告而别。"碧梧道："你这个人太糊涂，那末你走了，她不要到处找你这个人？"玉环道："我又不是她亲生之女，她管我不了，我要走就走，你还叫我买些鱼虾带回去给她吃，真是困扁了头，她没有这个福分。"碧梧肚里一忖，认为她们母女如此不和睦，很觉不安，尤其是这次出来旅行，完全是我碧梧的意思，如果中间没有了我的主意，她决不会母女斗气。想到这里，决意这次回上海，替她们调解一番，使她们言归于好。于是便说："你们的事我已经明白，现在我们买鱼虾去。"玉环还是不肯去，碧梧拖了她才一起出了旅馆，道："你没有钱，我买了分一半给你带回去，这有什么关系，我想从下个月起，每月送你三百块钱做零用，一个人手边没有钱，的确很痛苦的，你要知道我多花上三百块钱，没有什么觉得，你手边就可以活络些，并且我的钱也等于你的钱一样。"玉环一边走一边答道："这算是什么名目？我不要你的钱，我们又不曾正式同居。"碧梧道：“我们的关系已更进了一层，我承认你是我的妻子，我现在给你钱，这是我应尽的义务，不要嫌少，尽管收了拿去用就是了。”谈谈讲讲便到了岸边许多渔船区，因为是在下午，鱼虾早已卖完了，便同一条渔船上的人接洽了妥当，明天一早把货色送到旅馆里。碧梧道：“用蒲包扎好，明天带到上海去的。”玉环拖了拖碧梧衣袖，轻轻道：“这话你就别说了，带到上海，他包要敲你一记竹杠，知道你们有钱大少爷。”碧梧笑了一笑，两人又在湖滨荡了一会，回进旅馆已是傍晚，夜饭今天格外提早些吃，一时两人兴致非常的好，喝了一瓶酒，都有些醉醺醺样子。碧梧身体靠在床上笑着问道：“你今夜再要搭帆布床吗?”玉环含羞的摇摇头。碧梧道：“所以我要问你一声，人家说：先小人后君子，我现在先君子后小人。哈哈。”玉环奔过来打算捶碧梧一拳，可是又舍不得下手，只轻轻的拍了他一下，瞟了一眼道：“你们男人真不是东西，何必还这样挖苦人家?”晚上玉环果然服服帖帖接受碧梧的要求，两人格外的恩爱起来，事后玉环道：“以后你无论如何不可以抛弃我，我是一个可怜的女子，也只有你能够安慰我，现在一心一意跟随了你，你万万不能够变心。”碧梧道：“决不会变心，起初我们没有什么了不得，也许不能答应你这句话，现在既然关系密切，我要是中途把你抛弃，良心上如何对得起你?”玉环道：“不变心最好，你将来毕了业，在社会上做了事业，发了财，也不可以离开我的。”碧梧道：“有福同享，有苦同尝，好了吗？其余都是废话，你对我始终要信任，我说的话，你要绝对相信，同我相信你一样。”玉环不再做声，隔了一会又问道：“要是你家庭方面替你订婚，你预备怎么办?”碧梧心里一想：自己已有妻室，对她一直瞒到现在，没有说穿，要是现在说明，这一个刺激，她一定受得很深，也许就愤愤然离我而去。别的都没有关系，人是有情感的动物，我欺骗了她，然后离去，良心上难以交代，现在事体既然僵了，索性骗住她到底，将来再看情形，或许说穿，或许不说穿。于是说："假使父母替我订婚，我就提出反对，誓不结婚。"玉环笑道，"你总要意志坚决，不要被父母三句好话一说就倾向了过去，那我不是白白一场空？"碧梧道："包你不会，你简直把我当一个三岁小人看待，这一点主张会没有？"两人谈谈讲讲也就迷迷的睡着了。到了第二天一清早，茶房来敲房门，碧梧不知什么事躺在被里问道："有什么事呀？"茶房道："杨先生，你们是不是买过鱼？船上人送来许多鱼虾，说是你们隔夜定好的。"碧梧道："是的，是的，叫他们等一等，我马上起来。"碧梧急急忙忙起床，玉环也醒了，看看手表，还只七点钟。碧梧披了衣服，一边钮扣子一边赶去开了房门，果然昨天约好的那个渔船上的人，站在房门口笑道："我们六点钟就来了，鱼虾在下面。"碧梧便跟着他下楼，看见清水黑皮虾，有四斤，鲜龙活跳的。还有鲫鱼，鲑鱼，鲢鱼几种，十多斤。碧梧拣了鲫鱼同鲑鱼买下来，只花了五十几块钱，真正便宜，要是在上海，这些钱无论如何不会够。当下扎了两蒲包，其中一包是给玉环的，当然送给她。这一天他们早上就离了鼋头渚，来到无锡城里，只是手里东西已经有下几样，打算到惠泉山买泥菩萨的念头也打消了，便直接到了火车站，乘上午十一点钟一班快车回上海。

在上海火车站杨碧梧同吕玉环分手时候，说是今夜家中住一夜，明天便要进校，照常上课，问玉环何日到校里来谈谈。玉环想了想道："我每天有工夫，随便什么时候都可以到校里望你。"碧梧道："你要是来，最好下午三四点钟，上午我要读书，没有工夫陪你，下午一节自修课之后便没有事了。”玉环点点头也就各人坐了车子分手了。碧梧回到家里，他妻子待他十二万分的恩爱，服侍他体贴入微的，只是碧梧冷冰冰的，一些情感也没有，第二天又到校里去了。

碧梧把这一次旅行记的日记，分段整理，再根据这情节，写进那部稿子里，书中的男女主角，就是他同吕玉环两人，亲身经过的事实，曲曲写来，格外的生动。他上午读书，下午便关起宿舍的门，案头焚着芝兰之香，静悄悄的一心埋头写他文章，接连工作了三天，写下大致一万多字，在书中还不过是一对青年男女在火车上的情形，描写可说细腻极了，他料知要是把这一次旅行的过程，完全写完，非一个月工夫不可。

他工作到了第四天，心中对玉环又怀念起来，她离开了四天，为什么电话没有一个打来，信息没有，人也不来，不知她的家庭中会不会闹下别的枝节。想到这里，没有心绪再写下去，便打了一个电话给她，玉环在电话里答道：“我想的同你一样，为什么你离了我四天没有一些信息给我呢？我预备明天到学校里望你。”碧梧道：“你来，你来，你今天就来。这次你不告而别，离开上海这好多天，妈责问你过吗?”玉环道：“我当面同你谈吧。今天我不来，因为妈出去有事了，家中没有人，明天我吃过饭一定望你。”碧梧道：“我实在急要见你一面，离开四天，就像别了一年的长久，那末我能够到你家里来吗?”玉环道：“你千万不要来，你听我的话，我明天无论如何望你就是了。”碧梧无法可想，只得答应玉环明天就明天了。当下把电话挂了之后，回到宿舍又写了几页稿子，天也就夜了。到了上床时候，脑筋中把玉环的印象刻画得极其深，张着眼睛也仿佛看见玉环的影子，闭上眼睛也仿佛看见她的影子，这样心神不定的，一刻也不能入眠，一闭上眼睛就会把这次旅行的情形涌上心头，永远不能磨灭，他相信一个人的情感最是一样坏的东西，照理他已经有了妻室，就不应该这样糊涂，再与第二个女子发生关系。现在大错已经铸成，万一被玉环知道他是有妻室的，这一个反感将不知痛苦到如何地步，碧梧现在虽竭力瞒住，不让玉环知道，但将来总有穿帮一天。他在想：一旦事情穿帮之后，预备用个什么补救办法，以挽回两人的情感？可是想来想去没有想出，天倒有些亮了。他目前只有抱定一个宗旨，就是始终爱护玉环，她要是求去，只得让她去，不能害她的终身，要是这一天果真到来了，两人的痛苦一定十二万分深的，那末他手边这部小说也就不了而了，没有一个结束了。碧梧一夜失眠，到了第二天，读书有些恍恍惚惚，索性把书本抛在一边，打了一个中觉，待醒了回来，玉环找他来了，碧梧欢喜得什么似的，执住她的手笑道："我从昨天望起望到今朝，才此刻见面，相思之苦，比什么都难受，你有没有同感？"玉环含笑道："你们男子惯会这末一功，欢喜放在嘴上形容得出，被旁人听见，难为情不难为情？"碧梧当下骨头也松了，血脉也流通了，急急忙忙披了一件大衣，陪同玉环一起出来，在外面广场上踱着方步，玉环道："你现在功课完毕了吗？"碧梧道："每天到三四点钟就没有课，有事可以搁下，没有关系。"玉环道："我们此刻到一个什么地方去坐坐，我有许多话要告诉你。"碧梧想了想，学校附近有家小小西菜社，还是到那边去坐一歇。便说："我们去吃些点心。"当下两人便上了那家小小西菜社，点了两客西点，两杯牛奶咖啡。玉环笑了笑，有些不好意思开口，碧梧逼住她说，玉环方才吐露了出来，她说："我此番同你出去旅行，妈事前不知道，这一个星期内，她找得我好苦，各处都去找了，哭也哭了几天，虽然我不是她亲生的，但，我自小是她培植长大的，也赛过亲生一样，无怪这次她见我不别而行，格外的伤心，所以我那一天回到上海，她比什么都快活，一句话也不曾骂我。见我带来这许多鱼虾，盘问我出去了这好几天，究竟上哪里去的，我起初对她瞒住，不告诉她，可是妈看我面色不对，吃准我一定同你一起，后来我也默认了，说这许多鱼虾都是杨先生买来给你吃的，妈心上一阵欢喜道：如何，如何，竟然被我料到。我现在放你自由，你同杨先生一起，我决不干涉，你尽管同他一起，不过以后要到哪里去，事前要告诉我一声，免得家里牵记。这样看来，妈对我们的事，她是赞成的，并且她还说你老诚，斯文呢。”碧梧欢喜道：“你妈说我斯文，老诚，你对她如何说法？”玉环掩了嘴笑道：“我对她说：你当杨先生老诚，其实真是个坏胚，小小滑头，背后一点不老诚哩。”碧梧听了大吃一惊，道：“玉环，你当真这末说，你不是破坏我吗？”玉环忍不住尽笑道：“你放心吧，我是故意这样说，特为吓吓你的。我怎么可能在妈面前说你坏话？我当时便说：杨先生真是一个不可多得的人才，人品好，学问也好，有钱人家公子哥儿像他这样的，的确少有，我嫁一个丈夫，有像他一半，便已心满意足，死了眼睛也闭了。妈便接口问我：究竟他对你怎么样呢？有没有意思？”玉环脸一红，垂了头说不下去样子，忽然又仰起头来笑道：“我只回答我不知道。”杨碧便说：“你不好，为什么不对妈老实说，说杨先生对你有意思？”玉环笑着说：“你们男人面皮厚得出，叫我们女人也像你们一样皮厚吗？我回答妈说不知道，其实已经回答她了，这分明就是说：杨先生对我有意思的。”碧梧心中十分愉快，喝上一口咖啡问道：“那末妈后来还对你说过什么？”

玉环道："她说了许多许多的话，都是关于我们两人将来的，她的意思，完全听凭我的自由，她要你将来待我嫁了给你之后，她的一切生活费用要你替她维持，养活她一世。她一个孤单老太婆，也只不过吃一口而已。我想：她是我的妈，也等于你的妈一样，这一点要求，当然你会答应的。所以我当时就对她说：妈，这一点杨先生包会接受，我做女儿的拍胸脯担保就是了。"碧梧道："妈还对你说过什么话？"玉环道："她对我讲的话噜苏一大堆，我一时也记不清楚这许多了，总而言之，她是赞成我们这件事的。只是有一个问题，恐怕你们家长不会接受，因为有关你面子的。"碧梧道："你说，什么问题，有关我面子？"玉环起初不肯说，被碧梧逼住才吐露了出来，她说："我妈说我是一个二婚女子，曾经嫁过人家做小而又离婚的，老早不是大小姐了，这消息假使给你们家长一旦知道，肯定是不许你娶我，毫无疑义，我们这桩婚姻就不会有成功希望了。你想：你是个有钱人家的公子哥儿，娶一头亲事，多么的郑重，是否门当户对，小姐是否摩登有学问，人品何如，哪一个学校毕业？女家的家长在社会上做些什么事业，是否有地位？这种种料知你的家长一定要打听，决不会随随便便依你一厢情愿，我妈早就想到这一层。还有一点，我家境况你是知道的，毫无根底，将来陪嫁的妆奁，老实说这是没有底的，我妈说：无论如何没有力量，不要出了一身极汗，你们还看不入眼。除非你杨先生体谅我家的，私下送几万块钱过来办东西，替你杨家撑场面。这些事情我们一些都没有想到，老年人到底懂事体，我被她一说，人发呆了，好像我们的希望渺渺茫茫起来了。"碧梧安慰她道："你放心，老古话船到桥头自会直，我们两人只要一条心，始终恩爱，真爱，就可以解决一切。退一步说：

家长一定反对的话，那末我们就不用结婚，结婚原是无谓得很，我们未尝不可开始同居，只要两人自愿就是了。”碧梧早有成竹在胸，准备到了明年桃花开的时候，私底下同玉环开始同居，而不被家人知道。待到事体弄僵，玉环一定不能离开的话，唯有瞒住家中这一个办法，同玉环同居，所以他现在就伸了一个后脚，说是家中不通过时候，我们不一定要结婚，只须实行同居。这个办法玉环不太赞成，她心里一想：虽然我爱碧梧，碧梧也爱我，可是我做了他妻子不能出头露面，这不是一桩痛苦的事吗？玉环的意思之中最好是通过了家长，然后正式结婚，这不是瞒得住的事呢。就是你家长反对，只要你抱定宗旨，非吕玉环不娶，父母到底是爱子女的，也许我们的事便很顺利的通过了，事体是料不定的。碧梧肚里明白，只是一味敷衍道：“对对，一丝不错，等到我有了眉目再告诉你。依我想来第一个条件，就是我们两人要恩爱，别的都可以商量，无所谓的，所以我父亲赞成也好，不赞成也好，我们抱定宗旨不分离就是了。”玉环考虑了一下笑道：“你讲得轻飘飘了，男女终身大事，难道光是爱就可以解决的吗？”碧梧道：“男女没有了爱，根本就不能结合，当然第一要紧就是爱。现在你的意思有了爱还不能算数，那末要怎么样才能算数？”玉环道：“还要双方家长通过，要你爹爹，妈，亲亲眷眷承认我是你杨家的人，假使偷偷摸摸的同居，我……”碧梧道：“我知道了，不结婚而同居，你是不赞成，是吗？那末在无锡时候，你如何说的，一切统依从我，现在又来个反悔？”玉环垂了头说：“我年纪轻，不懂事，糊里糊涂答应你，我回到上海，同妈商量了，觉得这样做是错的，所以我现在要求你原谅。”碧梧道：“假使我父母不赞成我们两人结合呢？”玉环道：“你对你父母软商量，恳求他们答应，我不是说过，父母是爱自己的子女的，他们一定可以接受你的要求。”碧梧道：“我再三要商量，再三要求，依然不答应呢？”玉环涨红了脸垂着头不做声，碧梧道：“总而言之，现在我们都是空话，最好空话不要谈，以后去做实际工作，做到一个如何局面，我们再商量好了，横竖现在还是初冬，到桃花开了还有几个月，日子长哩。”玉环道：“日子过得很快的，冬天一过就是春天，眨眨眼就过了。我希望你这一个月内能够解决，不要一天一天拖延了，我心里真比什么都焦急，我妈也催着我请你赶快解决。”碧梧听听玉环心意，这分明催他赶快进行，事体一些一些弄假成真了起来，不觉为之暗暗吃惊，用什么办法来缓和这件事呢？当下只得答应：“明后天我回家提议这件事，如何眉目，再约你出来面谈吧。”

玉环点了一下头道：“你一准明后天回到家里去谈这件事，那末我再隔三天来听你的回音？”碧梧没有办法，只得答应了她，当下他们又谈了些旁的事，从这家小小西菜馆回了出来，因为时间已经不早，玉环也就急急回家去了。

杨碧梧第二天回到家里，根本没有与父母谈论这件事，但，他忽然胆子小起来了，玉环这样一步紧一步的逼上来，恐怕再这样敷衍下去，事体一定要穿帮。穷了一日一夜脑筋，他想出一个办法，认为事体既然到了这一个地步，唯有将真面目露出来，索性直截爽快对她说：我早已结婚了，所以我们对于通过家庭然后正式结婚这一层，事实上根本是办不到的。爱你始终爱你，决不变心，你假使以为我已娶，不愿再来爱我，那末我也没有法想，只得同你做个精神上的永远知己。再看她如何情形问答，事体要是不说穿，将越弄越僵，不能再糊涂下去，只有说穿了，双方都有谅解余地，这不是永远瞒得住的事情呢。碧梧想到这里，决意待玉环来了，硬硬头皮对她这样说，她受到刺激，我也没有办法，只得尽能力去安慰她，做到一个如何地步再作道理。

第四天碧梧下了课接到玉环一个电话，问他与父母谈起没有。碧梧回答她，已经谈起了。玉环急急忙忙道："情形怎么样？"碧梧道："很好，很好，你马上就来，同你面谈。"

玉环肚里说不出的高兴，当下挂了电话，一口气赶到碧梧学校里来，这时候碧梧心里说不出的难受，预料玉环听了他的话，这个刺激一定受得很深的，事体到了这个地步，也唯有凭良心讲话，索性坦白的说了出来，也许过了这一个难关，换了一个形势，事又好办也说不定。他在校门口迎接着，果然一会工夫玉环赶到，碧梧上前握了握手笑道："我知道你这时候一定赶到，所以在大门口迎接着，你坐在车子上，我老远就看见了。"玉环欢喜道："你在电话里不是叫我马上就来吗？我挂了电话就告诉妈说：杨先生喊我马上就去，大致是关于我们的事情。她钉紧问我如何说法，我只对她说：待我回来再详细告诉你。"碧梧当下陪同玉环随意走去，到了附近那家公园，双双坐下，碧梧才吞吞吐吐道："玉环，真不瞒你说，我做了一件对不起你的事，啊，可是……你……你总还要原谅我，事体到了今日之下，我不得不照直说。"玉环心里怦然一跳，逼住他说："你说，做了一件什么对不起我的事？"碧梧垂了一个头，显出很痛苦样子，手指在头发里抓了一阵，忽然仰起头来道："我……我已经结过婚了！"玉环顿然周身一阵冰冷，仿佛背脊上浇了一桶冷水，脸色变得格外白，一丝血色没有，双目注视着草地，半天讲不出一句话。碧梧知道她这是神经上受了刺激关系，连忙抱住她的身体，一阵抖着说：“玉环，你不必伤心，不必难过，我始终爱你，我对你没有变心，我无论如何离不了你，同你永远在一起。”

这时候玉环方始双泪往下一挂了下来，急忙摸出一块手帕掩住了，倒在碧梧怀里悲悲切切哭泣道：“我做了一个噩梦，做了一个噩梦，如今梦醒了，碧梧，你太不该这样欺骗我，你带我到无锡去，原来是一种诱奸我的计划，我佩服你，我真佩服你，可是你把这种手段来欺骗我一个可怜女子，你的心未免太残忍了！”说到这里越发哭得厉害，碧梧一时无法可想，只道：“我并没有欺骗你，实在我并没有欺骗你。”玉环发狂的哭道：“你还不是欺骗我，还不算是欺骗我！过去你始终没有对我说已经结过婚，口口声声说是没有娶，没有娶，直到刚刚你电话里还要欺骗我一下，可见你的居心可恶到了极点。你玩弄我们女性，我不怪你，但是你也要看看人头，不应该来玩弄我这一个可怜女子呀！”碧梧焦急得汗流浃背，再三苦苦声辩道：“我并没有玩弄你，所以我瞒住你，不将老实的话对你说，就是爱你。我想：这件事将来一定讲得明白，只要我真心爱你，我有力量，娶上两位太太又何妨。所以我屡次对你说，我们不用通过家庭，实行同居，就是这意思，并且你也赞成的。才在最近这几天之内，你忽然来了一个变卦，一定要逼我结婚，我方在去年春天结婚，岂可以又要结婚道理？虽然我有力量，但，毕竟我在求学时代，事实上无论如何说不过去。玉环，我实实在在太爱你了。我不忍欺骗你，不忍玩弄你，我十二万分敬重你，请你原谅我瞒住你的苦衷……”玉环还是不断的落泪，微微叹息道：“算了，算了，什么我都完结了，你不用再在我面前花言巧语，我有眼无珠，一向当你是个君子，过去赛过做了一场噩梦。我现在的心比什么都痛苦，我手边假使有把刀，立刻就自杀了！”

碧梧这时候真弄得焦头烂额，走投无路，他把玉环拥抱了道：“请你……请你不要哭了，现在我不是抛弃你，不是对你变心，我始终爱你，请问你是不是爱我这个心？”玉环哭哭啼啼道：“你太不应该欺骗我，为什么不早说家中有女人？为什么同我发生了肉体关系之后，再对我说这话？现在我逼紧了你要正式结婚，你才把真话吐露了出来，足见你明明是存心玩弄我……”碧梧道，“真是天地良心，我要是存心玩弄你，不得好死，你太把我估计低了，我杨碧梧是不是玩弄人家女子的人，难道你同我做了这多年的同学，我的性格会没有摸到吗？什么当我是个君子，难道我倒是个小人不成？”碧梧把拥抱她的手放下，故意坐得离开一些，又道：“总而言之，我没有待错你，我根本没有离开你的心，过去所以不对你说明，就是太爱你了，恐怕说了出口，你要伤心。我想：与其给你伤心，还不如不说，将来总有讲得明白的时候，现在我人格担保，你还要怎么样？要是再不信任，我可以写血书给你……”玉环见碧梧发脾气，便收了眼泪，悲悲切切道：“我不要你写血书，我怕你这样做，我相信你就是，不过……”碧梧接上道：“不过什么？”玉环道：“不过你要是抛弃我，我也唯有一死，我生命为你牺牲算了，也对得起你了。”

可是吕玉环这时候痛定思痛，仔细思量，觉得杨碧梧这个人还不错，我爱他果然是爱他的本人，只要他能够真心爱我，就是他家中有女人，我屈居小的地位也无所谓，因为事已经做到这个地步，我们也早已有下了关系，何况我是个离过婚的女子。她这样的思思想想，认为这些都是命中注定，也无可奈何了。杨碧梧见玉环有些回心转意，便说：“你再仔细想想，我杨碧梧是不是一个坏人，我所以爱你，同你发生关系，其实我早已存心，准备我们将来永远同居的。老实说：你爱我也不过爱我一条心，我爱你也唯有这条心，其他一切都是题外文章，何必去牵涉一起？”玉环道：“你老实告诉我，到底你们夫妻恩爱不恩爱？假使不恩爱，那末可以原谅你，否则你就不应该再在外面糊涂。”碧梧道：“这婚姻是父母做的主，并不是出于我的自愿，这一点可想而知。所以我常年不回家住夜，寄宿在学校里。”玉环道：“我回家要不要把今天的事告诉妈，瞒住她呢还是照直讲？”碧梧道：“这倒随你的便，不过依我主张还是照直讲的好。还有一点，我要问你：你妈万一反对你嫁我，你预备如何主张？”玉环道：“我有我的自由，只要我情愿跟你，情愿跟你做第二，她也不能管束我，你放心好了。”这样谈到结果，两人情感又恢复如初，并且格外来得恩爱了。但，碧梧回到校里，这一夜，就失眠了一夜，他躺在床上思潮起伏，认为这件事做得大错特错，这情感太冲动了坏事。我要是同玉环同居，家中女人知道了，一定是吵得不能安宁。也许法律解决，控告我重婚之罪，名誉扫地了，这是一点。第二点，我现在方在求学时代，年纪轻轻，如何可以纳妾，如果事闹开去，决不会有同情我的人，到那时候，不但招了一身的祸，而且更要痛苦，势必玉环一走了之，她的生命也决不会保的了。与其将来如此结局，还不如趁现在赶快同她脱离关系，或者同她做一个普通朋友，以后有什么为难地方，我尽可帮助她，她要是继续求学，我帮助她付学费，她要是嫁人，我可介绍朋友。他觉得这样情感同理智并用，不致一味情感用事，反招来一身痛苦。碧梧一直想到天亮，一早起床，就写了一封长长的信，派人送到玉环的家里。

在这封信里面，详详细细的写来，拿各方面的譬解，认为我同你万难同居可能，过去我们做的事都做错了，一时糊涂，这是每个青年人所不能免的，都不要去提起了，现在求你原谅，以后你需要我帮助的地方，我依然帮助你。他又安慰她，将来一定能够嫁得一个如意郎君，何必要嫁给我做一个小而不能出头露面呢。总之，我们相见太晚了，机会都错过了，我心中十二万分痛苦，可是我仔细想想，与其贻害你将来，还不如趁现在结束了我们关系，以后，朋友还是朋友，想你一定很高兴接受我这个要求的……吕玉环一收到信，心中就想：我昨天还同他在一起，话已经讲完了，十分投机，今天上午送一封厚厚的信来，其中一定有什么蹊跷，当时塞在衣袋内，不敢拆开看，待把手上事情做了一个段落，才把信封拆了开来，看见起首几句，心中怦然一跳，两行泪水就挂了下来，于是一口气读到尾，方才明白杨碧梧对她的态度，分明已经变了心，心里一气，立刻眼门前一黑，倒在床上大发其胃气痛老毛病。一个人钻进被里，哭得不知什么似的，觉得天下的男子都是无良的，到现在方才看穿，她一时恨不得自杀，想想又是下不落这记辣手。她思前想后，决意今生再不嫁人，宁可一辈子不要男人，预备找一个职业，把身心寄托到社会上去。这时候已经到了中午，妈问道：“玉环，你为什么不起来吃饭?”玉环道：“胃气痛毛病又发了，不想吃饭。”这件事要是妈知道了，肯定要跳起脚来，玉环只能隐忍，慢一步再说。妈道：“上午有个人送封信来，是不是杨先生约你出去白相?”玉环只得答道：“是的，他常常来钉紧了我，以后我也要拒绝他了。”妈便说：“杨先生既然诚心约你，就应该陪陪他。你这脾气我顶反对，人的好坏都不识的。”

玉环却在被头里暗暗流泪，说不出心中的痛苦，妈又烦着道："你就起来坐坐，人也会振刷一下精神，毛病一发就睡觉，没有病也变做有病了。"玉环偏生在被里不起来，到了晚上，接连的叹息，她认为失恋最是一桩痛苦的事，世界上比失恋更痛苦的事，恐怕是不会有了，她躺在被里只是哭，哭得眼泡皮也红肿了起来。妈特为做了一些稀饭，端到床前，叫她吃，她勉强吃了两口也就呕了出来。这样饿了两顿，到了第二天妈打算替她请个医生，玉环道："医生不用请，就是请了来我也不会吃药，一个人活在世界上有什么意思呢，还不如死了干净。"妈道："你这人真没有良心，杨先生待你这样好，你也丢得落他？"玉环叹了一口长气道："杨先生，又不是我的什么人，以后请你别再提起他，我姓吕，他姓杨，风马牛不相及。"她妈听出话里有骨头，心想平日只要一提杨先生，玉环便会迷花眼笑，可是今天提起杨先生，她说这话，好像两人吵过嘴样子，于是坐在床沿上查问玉环，可是她死也不把真心的话吐露出来，她妈弄得莫明其妙，便说："听听你又像是同杨先生吵过嘴，闹过意见，问问你又没有一句真心话对我说，我打电话去请杨先生来，当面问问他。"玉环打被里伸出一只手，急忙拖住妈的衣服道："不许你打电话，就是打了，他也决不会来的，妈，我以后永远不愿见他了，我只当做没有他这一个朋友算了！"她妈道："是不是你们之间闹过意见？"玉环脸上挂了泪，摇了摇头。妈说："既然没有闹过意见，为什么你永远不愿见他，这是什么意思？是不是杨先生欺侮你，你不愿意见他？"玉环道："我们的事同你不相干，为什么要打破砂锅问到底？"说着一个头往被里一钻，不去理睬她。她妈料到一定是两人相过骂，便暗下打电话给杨碧梧，请他过来一次，有话面谈。杨碧梧一听是玉环的妈，心里一跳，在电话里再三盘问是什么事，玉环的妈道："事体没有什么，玉环昨天上午开始老毛病复发，躺在床上，一些东西没吃，只是哭，不知什么原因呢。我想你们中间也许闹过意见，问问她又说没有。杨先生，此刻你假使有工夫，就请你过来一次吧。"碧梧知道是那封信让她受的刺激，既然她妈打这个电话来，就是平常朋友，也应该去望望她的病，当下便答应吃了午饭就来。下午课程完毕，碧梧赶往玉环家里，推过门只见床上被里躺着一个人，她妈在一旁做鞋子，看见杨碧梧来了，急忙放下了鞋子，迎出来唤了一声杨先生，又指点床上，笑道："杨先生，你看，她从昨天上午躺到现在，没有起来，没有吃一口饭，赛过同床拼命，还是你去劝劝她。"碧梧慢慢走到床前，在被上推了两下，玉环明知碧梧来了，可是她一个头在被里不愿意伸出来，装做睡着不知道。玉环的妈道："杨先生来看你了，你也应该披了衣服坐起来，有什么毛病，我请医生你不要，那末托杨先生请一个医生来好了。"碧梧这时又连连推了她两下，唤着玉环的名字，可是玉环一句也不应，头仍旧不打被里伸出来。玉环的妈道："杨先生。我倒要问问你，你们两人不是很要好的，现在忽然失和，是不是闹过意见？"碧梧表面上当然不能承认，就是昨天那封信的关系，只装做莫明其妙道："并没有闹过意见呀？"玉环的妈道："没有闹过意见，那末这玉环小娘皮，一定变死，从昨天开始躺在被里不起来，不吃一些东西，只是唉声叹息。我问她到底为了一点什么事，气到这般地步，她死也不开口，不同我讲一句真心话，当时我还以为你们两人小囡脾气，闹过意见，现在你杨先生说没有，那还不是她变死！"碧梧点点头道："妈，请你到房门外面去，让我仔细问问她，到底有点什么心事。"

玉环的妈道："好好，我走出去，你们细细的谈谈，多白相一歇，今夜在这里便饭吧。"说着走出去把房门带上了。碧梧于是坐到床沿上又唤了玉环两声，还是不应，又推了她两下，只见玉环在被里缩了缩，仿佛不愿意同他见面样子。碧梧伸手到被里拖了她一只手，玉环又把手一缩。碧梧轻轻的很和气道："玉环，我对不起你，我太对不起你，请你原谅我！"玉环仍旧装做不听见，他又推了她两下道："玉环，你应该明白我们的环境，不能再糊涂下去了，当初我们为了一时情感冲动，已经铸成大错，岂可一错再错？我昨天写了那封信给你，自己何尝不痛心？但是彼此想想，实在是不应该这样做的。你的年纪还轻，前途无限光明，难道凭你这品貌这学问，嫁不到一个好丈夫不成？必要跟了我做一个小，岂不是我害了你终身？同时我的家长方面，万难通过。我清夜扪心，越想越可怕，不能再糊涂下去了，应该放些理智出来。我希望你也要放些理智出来，以后我们又并不是断了，仍旧来往，仍旧是个朋友。玉环，为什么我说了这许多话，你一句都不理我，是不是不愿同我说话呢，还是我的话不中听，你也应该有个表示，或不愿认我朋友的，就此一刀两断的，你说一句，我马上就走……"玉环一个头蒙在被里，句句听得清楚，她听到这里，忍无可忍，便一个头突然伸出被外愤愤然道："既然你对我如此，何必当初？我的身体给你玩过了，你算是达到目的了，就把我抛了。我问你：当初你在无锡要求我答应的第一夜，你的话如何说的？你放点良心出来吧，不要一味抹了良心说话。碧梧，我现在不愿再同你讲一句话了，算我倒霉，算我戳瞎了眼乌珠，碰着你这丧心病狂的人。我本不要你来说，断命的妈一定打电话叫你来，你现在立刻替我滚！"

玉环一口气把碧梧抱怨到这里，一个头又突然钻进被里去。碧梧这时候窘得什么似的，合扑到被上，拍着恳求道："玉环，可以不可以请你把声音放轻些，轻些？被你妈听见，我果然丢脸，你也未必有面子。事体到了这个地步，我原是恳求你原谅我，为什么我的苦衷，你一些不能了解？要知道我并不是不爱你，我离了你也未必有好日子过，可是我娶你，就是害了你呢。像你这样品貌，这样有学问，这样的稳重，难道嫁不到一个好丈夫，而一定跟我做一个小？我替你想想也犯不着的。"玉环一个头蒙在被里答道："我听见了，我耳朵听得老茧起了，你用不到再在我面前说这些废话。我不是答应你了？生米已经做成了熟饭，我愿意跟你做小，愿意跟你做第二，你也接受我的，可是事隔一夜，你就这个变动，足见你这个人过去待我的完全存心玩弄，完全一片花言巧语，现在你总算目的达到了，轻描淡写的写上那封抛弃我的信，你的一片责任完全没有了，好一个狠心的人！你当初对我说的话，再仔细想想看，说是中途抛弃我不得善终，恐怕我不信，还要写血书给我，现在请你写血书去吧！"

碧梧听了这些话，真如万箭穿心，他没有话可以解释给她听了，只道："你现在究竟生的什么病？我想待你身体好了再从长讨论，天下没有绝对无办法的事。明天我替你请个医生过来，好吗？"玉环听见碧梧到这时候，还故意的枝枝节节说不中听的话，于是又伸出头来道："不必费心，我的病今生是不会痊愈的了，永远不再去请医生，不再吃药，我宁可死，死了倒也干干净净，不再来受你们男子的欺骗，上你们花言巧语的当。你家中有如花似玉的女人，你的心本可以满足了，为什么还要来害我一个可怜女子，寻我一个可怜女子的开心？你也太残忍了。”碧梧被她讽刺得没有半句话回答，说上去的完全被她拒绝出来，连水都喷不进，碧梧知道玉环的心果然很痛苦，这个刺激给她受得很深，正无法安慰她时候，忽然转到一个念头，觉得硬劲同她断，势必要闹出性命来，玉环的性格这样激烈，将来万一生出旁的枝节，我杨碧梧的日子也是难过，这是良心问题，受到良心上谴责，这最最痛苦的。与其离，还不如接受她的爱，以后看情形再做事好了。他轻轻拍了玉环被上两下道：“玉环，你不要一时对我发脾气了，过去我并没有待错你，现在我承认那封信是不应该写的，我承认错，请你原谅我，请你把那封信让我收回去，譬如我没有写过。”玉环在枕上摇摇头，闭了眼睛道：“那封信写得十二分的对，极应该这样写法，你承认错，我不承认你错。”碧梧愁眉苦脸道：“何必这样磨难我，圣人尚有三分错，难道我们没有错？现在承认做错了，至矣尽矣，并且我也受够你热嘲冷骂了。”玉环又把头在枕上摇了摇，眼睛依然闭着，微启朱唇道：“你是一个学者，有身价，有地位的人，做事多么的慎重，怎么会有错？你承认错，太客气了，你说我热嘲冷骂，我不敢，也许言语之中有得罪你杨先生地方，请你格外原谅。”碧梧道：“我现在仍旧爱你，并没有变心，那封信我要收回。”玉环突然翻了一个身，面孔朝了里床道：“嘿，嘿，到了这一个地步，你还要来寻我开心，还要对我玩弄。爱不是儿戏，不能要你时候把你捧在手上，不要你时候随意一丢。杨先生，你未免把爱估计得太低了。请你回去吧，我的头脑子很涨，需要休息。”说着一个头又钻进被里去了，碧梧说上不少不少的话，玉环始终不理睬他。到了这时候，知道续好无望，碧梧临走时，拍拍她被头道：“玉环，我走了，你既然恨我，我也没有这面子再在这里同你谈话，我们的事索性隔一天再谈，不过你也要体谅我一点，爱惜我一点才好。”玉环故意气气他道：“你自有爱惜你的人，根本用不到我来爱惜你。笑话了，我同你风马牛不相及，何必说这废话！”碧梧听了这两句话，气得头磕在床架子上暗自流泪，他想想心中万分难受，知道这都是自寻烦恼，于是拭了拭泪，赶快离开这里。恰巧开出房门，玉环的妈在灶间做夜饭，没有看见他，碧梧立刻打前门溜走了。待到玉环的妈回到房间里来，碧梧已经走了，她四边一看没有，急忙问玉环道：“杨先生呢？”玉环明知他已走，却说：“我没有知道。”妈道：“他不是同你谈天吗？为什么他走了你会不知道？”玉环不做声，妈心里非常不高兴道：“我早料到的，你一定把他骂走了，我看你的脾气照这样下去，要是不改，永远也嫁不到一个好丈夫。老实对你说，你的事我不再来干涉，随便你去，嫁得到人嫁不到人，吃苦吃你的。”本来玉环的妈是后母，当然没有亲生的娘来得体贴女儿的心，还没有知道玉环并不是不嫁碧梧，并且连做小也愿意了，无奈现在是碧梧拒绝她呢，所以她听了她妈这一番话，越是伤心，又在被里呜呜咽咽哭泣起来了，她心里的痛苦，妈无从知道，又不能向妈宣说明白，因为当初她是一百念分说碧梧如何如何的好，如何如何的忠实，她们的婚姻早已决定的了，一个娶她，一个也愿嫁他，试想为日无几，中间便横生了这一个枝节，请问妈面前如何开口，只好暗地里自己打自己的耳光，看错了人头，还有什么话说？玉环想到这里越发哭得厉害，她妈发火道：“你用不到哭给我听，你究竟对杨先生如何说法，把他气走的？你说出来，我去向杨先生赔不是。”玉环哭哭啼啼道：“我没有骂他，我对他本来客客气气的，他逼我陪他出去看电影，我说隔一天，病好了再出去，他就发脾气走了。”她妈道：“你一定说谎，杨先生决不会见你病着逼你出去看戏道理。”

玉环这时候无话回答了，只是在被头里狂哭，她妈道：“为什么我问你的话不做声，假使杨先生真的不管你生病不生病，逼你出去看电影的话，我立刻打电话去责问他。你说，到底还是真还是假？你用不到在被头里哭。”玉环死不回答，一味的悲悲切切哭着，她妈一想也没有这许多精神去同她烦，只道：“我老实告诉你，你要是同杨先生吵分离，你立刻替我滚出去，我这里用不着你住，你也没有这面皮再靠了我过日子。上海生活如此之高，我做娘的又不能寻一个钱回来，家中就是有金的山，也会吃空一天。你想想，你是我的女儿，家中如此情形，你一些也不顾怜顾怜做娘的苦处，难道我要养你一世到老不成？”这样两人吵吵闹闹了一个傍晚，夜饭开了上桌，她妈一人吃了，玉环又是没有吃东西，已经是饿了五顿。她巴望自己就此死了，做人还有什么趣味呢？

第二天早上，杨碧梧陪同一个医生来到玉环家里，特为来替她诊病，玉环的妈这时候刚才起身，见碧梧一早赶来，心里很是奇怪，连忙笑道：“杨先生，你为什么这末早就来了？”碧梧笑着答道：“不早了，我知道玉环妹妹病着，昨夜本就要请医生来，可是已经出诊，来不及赶到这里，所以今天一早我赶到朱医生府上，拖了他一起到这里。”说着把朱医生介绍一下，问道：“她病可好些没有？”玉环的妈眉头皱皱道：“不知她究竟生些什么病呢，摸摸她额角，并没有寒热，昨夜我醒回来，听她一人又在被头里哭哭啼啼，好像受了什么人的冤屈？我面前她死也不露出一句。”碧梧当然心里明白，便说：“现在医生看了病，我再来盘问她。”朱医生这时候坐在玉环床沿上搭了脉，验了舌苔，道：“并没有什么毛病，好像有些肝胃气，吃两帖药散散心就会好。”朱医生坐到桌前开方子，碧梧坐到床沿执住玉环的手，轻轻的道：“你可知道我昨天回到校中一夜没有阖上眼皮，眼睁睁望到天亮，我现在求你，求求你，恕我过去的鲁莽，现在懊悔无及，我无论如何不能离开你，妈面前万万不要提起这件后，请你帮帮我的忙，我同你的事总还讲得明白的，玉环，玉环妹妹……”朱医生把方子开好，站起身来，碧梧急忙赶过去，朱医生道：“吃两帖，好些，再吃两帖，你放心，没有大病，并且也没有热度。”碧梧道：“对不起，对不起。”朱医生道：“你坐一歇，我先走一步。”碧梧于是把朱医生送了出来，又回进来。玉环的妈赶过来问多少请金，碧梧道：“我早已付了，付了。”玉环的妈笑道：“这如何可以呢？上次她生病，也是你杨先生付的，这次又要你付，真说不过去。”碧梧道：“妈，你付我付又还不是一样的。”说着笑了一笑，便回到房间里。这时候玉环心想：昨天把他气走了，想他决不会再来了，不料依然会来，可见他还有些良心，还有点义气，因此一口气比昨天平静得多了，预备今天不再气他，不再讽刺他。碧梧坐到床沿，在她被上抚了一阵开言道：“玉环，请你原谅我。今天医生开的方子，无论如何要去撮来煎服，身体的康健要紧。我同你的交涉，无所谓的，总可以讲得明白，何必把身体虑出病来？这真出乎我的意料。”玉环只是闭着眼睛不做声，好像流眼泪样子，碧梧道：“你的用心果然很苦，我不是不知道，不过我向你道歉，认错，甚至忏悔，我统统做到了，你也应该可怜我一点，究竟我的良心未坏，过去我也没有错的事给你看见……”玉环突然伸出一只手来握住了碧梧的手掌，断断续续道：“你不要再说下去了，我统统听见了，不过我替你着想，你家中已有夫人，并且情感非常的好，而我并没有什么可取的地方，所以我们过去的事，丢开不谈吧。我站在同学的友谊立场上劝告你，切切不可再在外面糊涂了。你那封长长的信，我看了再三，认为上面的话句句是对的，你离开我理由果然充足，我们以后做个朋友，我也赞成。可是我真想不明白，为什么你上一天是一副面目，下一天又是一副面目，写那封信时候是一种立场，为什么昨天你见了我面又是一种说法，前后矛盾到如此地步，好像判若两人，我弄不懂你这是什么意思……”这时候玉环的妈进了房间，玉环脑筋当然很灵敏的，立刻接到别的上面去谈着，碧梧也就是是否否的敷衍着她，可是玉环的妈老是坐在旁边不走，碧梧便道："妈，你为什么不去把药撮来煎了给她吃呢！"玉环的妈方始想起，赶着上药店去了。于是碧梧欢喜道："我见她坐在房间里头就涨，我们讲话，她偏欢喜旁边听，老年人真是怪脾气。"玉环微笑道："她查问过我不知多少次。"碧梧道："查问你什么？"玉环道："又还不是关于我们的事呢，我赛过做了一场梦，叫我如何开口……"碧梧道："这些过去的事，不要再去提起，我们仍旧好下去，决不变心。"玉环道："你的心不决，我不敢相信你，思想又矛盾得奇奇怪怪，这次我受够了你的刺激，请你可怜我一点吧，别再来给我刺激受了，我见了你实在忒怕忒怕。"碧梧这时候离了床，把房门关关上，奔过来双手抱了她的上身道："玉环，我……我决不再变心，决不再三心二意，我要是离你，不得善终。玉环你相信我，请你看我以后，看我将来吧，我现在苦不能把一颗心挖出来给你看了。"

玉环的妈撮了药回来，把房门一推进来，碧梧吓了一跳，急忙离开了玉环身上，玉环的妈道："这药很便宜，只有八块钱。"碧梧一想医生是我请来，药当然也要我拿出钱来，于是打皮夹子里又摸了五十块塞到玉环的妈手里道："这药钱你收了。"玉环的妈哪里肯收，再三推托着，玉环在床上道："妈，你就收了吧，杨先生的钱暂时借来用用也没有关系，将来我们还他好了。"碧梧笑道："谁要你还，我同你还分家？真笑话。"玉环的妈欢喜道："杨先生，我们屡次受你帮忙，真过意不去。我在背后常常同玉环谈起，总说你的好。"碧梧道："妈，你说得好听。"玉环打被里坐了起来，上身披了衣服接上道："妈，你总是说杨先生如何好，如何好，其实他好在什么地方，真是一个小滑头呢。"说着大家一齐笑了起来。

妈煎药去了，碧梧看了一看手表，知道辰光已经不早，急急回校上课要紧，便说："我走了，晚上再来望你。过去的事不必再去想起，你看我以后就是。"玉环对他点点头，苦笑道："好，我再看你半年，这半年你不变心，我准定嫁你。"碧梧握握玉环的手道："半年日子很快的，我赞成你这个想法，同时我也要准备起来呢。"玉环待碧梧走了之后，服了药，安心的养一会，中午时候坐起吃了一碗稀饭。果真到了傍晚碧梧又来望玉环的病，同她轻轻的谈了不少时候才回去。这样过了两三天，玉环的病也就自然而然痊愈了，恢复了健康，可是她这次受的刺激够深，所以抱定宗旨，同碧梧不即不离，你待我好到一百念四分，也总是感不到什么兴趣，没有从前那样恩爱了。

杨碧梧为了他这部小说稿的引人入胜起见，认为两人之间有下这个波折，倒也很有意思，觉得平平常常一直要好下去，到同居为止，那还有什么滋味？同时他责备自己情感用事，要是没有情感，决没有这许多烦恼，他相信将来的烦恼更多，是现在几倍的痛苦。

经济足算他有力量，但，他正在求学时代，还不曾握到经济之权，在在都要向父母去开口。老实说：现在外面组织一个小家庭，第一是房子难找，第二是一笔开办费也可观，没有一样不要撑办起来。这些碧梧也曾想到，力量不是没有，只是如何开口向家庭方面去支取这笔钱，倒是一个问题。万一被家中女人知道了，哭哭啼啼吵闹，这真是难堪的事，势必闹成桃色纠纷。碧梧想到这里，又懊恼这一次大不应该同玉环恢复情感，事体又成了僵局。他捶了自己脑袋两拳道："该死真该死，为什么一些也没有主意的。"接上握起笔来又在稿纸上只管往下写，他把这一段经过描写得格外深刻，他将一个男子贪恋着一个女子的心理，写得非常生动。他觉得吕玉环对他很痴心，他对玉环更要痴心，虽然自己家中的女人，品貌，学问都不错，并不逊色玉环，说也奇怪，为什么对自己女人情感反像水那样的淡，而把玉环爱得什么似的。

这样过了些日子，年终到了，碧梧忙着大考，玉环也不便来分散他的心，难得来望望他，她觉得碧梧这个人又可爱又可恨，可爱的他正是一个有为的青年，校中成绩又很好，前途岂可限量？可恨的便是他家中有了女人，如果他没有女人多么的好，那真是一对夫妻，难舍难分，哪一个会不羡慕？现在就算我爱他，愿意跟他做第二，但，名声总是难听的。我过去曾经嫁了人家做小，闹得离婚，以后便抱定宗旨，不嫁人则已，要是嫁人，非一夫一妻不可，但是现在又还是做人家第二。关于这一点，也许是命中注定，逃不了的。凭良心讲，碧梧本人确实还不错，还有义气，假使他没有这一点义气，我玉环早就离开他了。

出乎玉环意料，杨碧梧放了寒假之后，差不多天天来玉环家里，总玩上好半天才回去，有时约了玉环以及玉环的妈，上馆子吃饭，看话剧，观电影，三个人情感融洽极了，像一家人一样。玉环有时做着家务事情，碧梧也抢来替她去做，有时她洗完衣服，他便去晾上竹竿，玉环的妈旁边看得迷花眼笑的，忖道：真是一对良缘。碧梧一张嘴巴又来得甜，会拍老年人马屁，妈长妈短的叫着，他知道玉环的妈欢喜吃花生米，吃稻香村麻酥糖，来时打大衣袋里摸出一包塞在玉环的妈枕头边，连玉环都没有知道，到了晚上睡觉了才发现，料到一定是碧梧塞在这里给妈吃的了，到了翌日问碧梧，果然是他放的，于是玉环心里真说不出的欢喜，她妈当然更欢喜了，只是常常吃碧梧的东西，如何过意得去呢。玉环笑道："杨先生买给你吃的，也应该的，有什么过意不过意，这是他孝顺你。"碧梧接上道："说得真不错，小辈孝敬长辈，这也是我一点心意。"玉环的妈笑得咧开了一张嘴，道："现在究竟是客气的，玉环也不曾过门，到了过门，杨先生孝敬我一点是不错的，现在总有些两样呢。"

碧梧道："妈，我要是客气决不会得天天来了，你们这里开饭了，我也不是自顾坐下来吃了？我一些都不懂客气，我同玉环真像一对亲兄妹一样呢。"到了十二月快过年这几天，碧梧早上就赶到玉环家里来，一直到晚上才回到自己家里去，简直把玉环家里当做自己的家，待晚上回去时候，玉环必定陪送碧梧到家门口，两人从不坐车，只是手挽手边谈边走，也自有这许多话来讲，相隔路途虽不远，要是一人走走，也会气闷，两人走来，只觉得太短，一会就到了，有许多话还没有讲完哩，于是碧梧又陪送玉环回出来，这样真可说张郎送李郎，李郎送张郎，一直送到大天亮，宁可自己一人再坐车子回家。十二月念五玉环家里谢年，祭祖，碧梧一定也要跪拜着，玉环的妈一定不让他跪拜，说是老祖宗不敢当，玉环只是在旁边笑着。碧梧道："妈，你又要当我外头人了，玉环拜得，我为什么不能拜？这是做小辈的礼节。"到了吃年夜饭，说也真巧，恰恰碧梧自己家里也是这一天，这可就得了，碧梧的母亲，说他一天到夜在外边，连吃饭都不回来，今夜是年夜饭，务必要回来吃，他的妻子也是这样劝他，可是碧梧结果仍在玉环家里吃年夜饭了，并没有回到自己家里。他用红纸包了两百块钱给玉环的妈，说过年买些东西吃吃；又包了一百块钱给玉环，作为压岁。玉环推让了一会笑道："你给妈的，准定受了，我同你就免了吧，你给了我，我也要答还你呢。"碧梧道："你是我妻子，我是你丈夫，丈夫极应该替妻子压压岁的。"

玉环心里当然欢喜，表面上装做不要听样子道："你只会嘴巴上这样讲，丈夫妻子，丈夫妻子，可是我们还不曾同居，我顶恨是一件事没有做到，就说在前面。"碧梧道："这是时间问题，迟早我们总要同居的，我已经同你有下了关系，实际上你就是我的女人。"玉环听见关系不关系这句话，心里最恨，只怕被妈听见，男子们偏欢喜把这些事放在嘴上讲，以为有面子，当下玉环便伸手掩住碧梧的嘴，杏眼圆睁着道："不许你再说这句话，你再说，我便永远不理睬你。"碧梧笑道："以后决不再说，再说你打我嘴巴。"说着自己伸手打着给玉环看，玉环辗然而笑，碧梧看看玉环越看越可爱，有些情不自禁起来，一看妈不在房间里，便发狂的捧住玉环的脸，趁机要求道："玉环，我想今夜……今夜……"玉环道："你说呀，今夜什么？"碧梧道："我想今夜约你出去住在外面，你在妈面前说个谎，我们看看电影，忽然特别戒严，不能回来了，我想妈一定会相信的。"玉环急急摇手道："我不愿意，决不愿意。"碧梧执住她一只手道："为什么不愿意？你说出理由来？"玉环道："我问你，住在外面，究竟住到哪里去？我先要问你。"碧梧笑了笑，垂了一个头，有些不好意思开口，玉环道："你心意是不是我们两人住到旅馆里去？你预备害我？"碧梧突然仰起头道："我……害你，害你什么？"玉环道："害我肚里有了喜不能见人。上次你在无锡迫我，一个月之后，有了身体……"碧梧深为惊讶道："我根本不知道，是不是真的有这末一回事？"玉环道："难道我骗你不成，第一个月月事不来，我就心里焦急得不知什么似的，可是我还当做不准，身体不好，难免超前落后。一直到了第二个月下半个月，还是不来，同时我呕吐得很厉害，我知道一定拖了身体……"两人正说到这里，玉环的妈进房来。吃好年夜饭，玉环陪送他回去，两人走在路上又谈这件事，玉环道："后来我就去看医生，医生说是我有身孕，不必惊慌，也用不到服药，自然而然会好的。你想想，我心里愁急不愁急……"碧梧道："当时你为什么不告诉我呢？"玉环道："告诉你有什么用处，我一想有关自己颜面，决意咬痛打脱。不知吃了多少药，一些没有用。听得人说：多吃了凉药，将来要生产，恐怕也不可能了。于是我又顾到将来。"碧梧急急问道："那末后来，后来……"玉环道："后来我也没有办法了，说也真巧，有一天我故意在半楼梯失足滚下，身体倒一些没有受伤，可是肚里这块肉，因此却受着震动，竟然堕了下来。"碧梧跳脚道："你不应该这样，为什么不告诉我？这是我们两人爱的结晶。"玉环有些惘然，眼圈一红道："我不是不知道，这是你的一滴血，可是我不知你几时能够同我同居呢……万一达不到这个愿望，请问我如何能够做人？你也要设身处地想想。"碧梧沉吟了一下道："你的话果然不错，不过你早对我说了，我当然急要想办法，替你安顿一个地方去生产，你现在幸而不曾出毛病，万一有个三长两短，叫我如何交代？”玉环这时候已经把碧梧送到家门口，说事体过过去了，不要再去提起，有话明天再谈吧。可是碧梧偏又要送玉环回来，结果碧梧一人坐了车子回家。

正月初一这一天，风俗关系，照例不到人家屋里去的，碧梧便趁此机会把小说稿续了一个整天，成了将近一万字，加上之前写的，已有八万余字，大致写到十万字可以结束了。他翻阅小说稿，这些事情仿佛在眼前，尤其玉环有了身孕，从楼梯上滚下堕胎，使他心中无限难受，他想无论如何以后要格外爱惜她，安慰她，抱定宗旨不再同她吵嘴，不再闹意见，始终恩爱，不给她受一丝刺激。

到了正月初二日这一天，碧梧一早就赶到玉环家里来拜年，玉环打被里下床开门，忍不住笑道：“杨先生，你太赶早市了，我们还不曾起来呢。”碧梧把双手放在嘴边呵了口热气笑道：“你说太早，真一些不早，我昨天一天没有来，一个身体好像没有地方安放似的难过，今天我一早就赶到这来拜妈的年呢。”这时候玉环同玉环的妈都赶着起身，玉环的妈打心坎里欢喜起来道：“杨先生，你太客气了，拜年真不敢当，就免了吧。”碧梧说：“不能够免，应该应该。”他见玉环的妈已经把衣服穿好，便上前毕恭毕敬拜了一个年，他打算再对玉环拜年，玉环知道要这样做的，便溜到外边来了。隔了一会，糖茶，橄榄茶，点心，年糕，果盘，一样一样搬出来，碧梧本来当这里自己的家一样看待，搬出来的只管吃，惯常了的，一些不知客气。午饭过后陪玉环同了她的妈去看电影，看了电影上馆子吃夜饭，吃了夜饭看京戏。这一天碧梧可花了四百多块钱，知道玉环的妈欢喜喝五茄皮酒的，特为又买了许多下酒小菜，一大瓶五茄皮，带了回来，陪着老太太酌酒，真是把玉环的妈拍足了马屁。玉环见她妈走开时候，低低笑道："我真佩服你有这一点功夫，不知什么地方学来的。"碧梧含笑道："我只要把妈马屁拍上了，不怕你不嫁给我。"玉环对他瞄了一眼道："妈答应你有什么用呢？要我答应你才好。"碧梧说："难道你不答应我？"玉环故意笑笑不做声，碧梧正要钉紧问下去，玉环的妈来了，一看已经半夜，便说："杨先生，还是不要回去了吧，难得在外面住一夜，家中会不会牵记？"碧梧含糊道："不回去没有关系，家中不会牵记。"可是玉环知道碧梧家中有女人，不回去一定要等门，一早出来，又是一夜不回去，家中女人必要起疑，所以她反对他住在这里，只是说不出这个苦处来，当下便说："妈，你让杨先生回去，这里只有一张床，如何可以留他住夜？你真自说自话。"说着自顾把碧梧的大衣替他披在身上道："走吧，辰光已经不早，我送你一节路，明天你再来玩。"玉环的妈道："难得在这里住一夜有什么关系？何必一定要迫他回去？只有一张床，我同你就到楼上三少奶奶那边并一并铺好了。"玉环还是不答应他住在这里，碧梧被她迫着走，拖拖扯扯的，便说："玉环，妈倒答应我了，请问你这是什么意思？"玉环正色道："妈答应，我不答应。"玉环的妈说："那末打个电话回去，叫他们不要等门了，说在一个朋友家里酒喝醉了。"可是玉环把妈一阵咕噜，一边拖了碧梧的手朝外就走，碧梧知道玉环的脾气很古怪，只得走了。两人到了外面路上，玉环才把迫他走的原因说了出来，道："你以后别再听妈的话，妈老了，人非常糊涂，你家中有女人的，并且又是新年头上，不比你在校里，没有关系，你在家里要是一夜不回去，你女人就对你起疑，你要明白我不答应你就是体惜你。"碧梧恍然，才知道玉环的用心至苦，更加把她爱得什么似的。自从这一夜同玉环分别了之后，碧梧便积极进行他的计划，准备今年春间开始正式同居，履行他当初对她的诺言。他决意动用自己历年来积蓄，在银行里的一笔存款，利上滚利，到今年算算，倒也有两万五千块钱左右，如果把这笔钱提了出来，当然组织小家庭，就不生问题，如果挖打点办法，经济一些去做，这两万五千元，绰绰有余，好得这一笔钱存折自己经管，连父母都不大详细，自己女人更不会知道。碧梧筹思到这里，连忙去告诉玉环，说是如何如何计划，如何如何进行，玉环故意装得一些也感不到兴趣，只道："你现在空嘴说白话有什么意思？我要看你真的做了出来，方才相信你，因为你们男人的嘴，都靠不住的。"碧梧道："我正要你说这话，现在你不信，我不怪你，总之到了这一天，你自然而然相信了。"玉环道："那末现在请你少说，到了这一天正式做给我看，再说不迟。"玉环这个用意，分明是暗暗叫他进行，说的都是反话，句句带三分催促他用意，碧梧如何听不出，如何会摸不到玉环的心理？他说："不过我要你原谅我，也要你妈原谅我的，就是结婚这一个仪式，决意减省了，只须做做手续，请个律师证明算了，我想：妈一定也会答应？"玉环道："这个无所谓的，你说律师也就依你律师好了，妈不答应，我会答应你。总而言之，我要看你做出真颜色来，我这一方面样样都不成问题，样样都可以依你。而问题在于你一人，是否认真去做？"碧梧一听玉环的话更明显了，心里说不出的欢喜道："好，准定我积极去做！"隔了一天碧梧真的把两万五千元如数提了出来，定了八千元一套的房间家具。在碧梧的计划中，不妨把家具先定了，放在家具店里，一待房子找到只须搬过去就是，不必再来操心。他现在把第一步计划已经实现，放在心里，不去告诉玉环，待全部计划实现了，再说出来，所谓做了再说，不做而不说，这是玉环屡次告诉他的。

这样又过了一个多月，这时候碧梧学校早已上课，他每天下了课，积极在学校附近找寻他的房子，可是找来找去，始终没有找到一间满意的住宅，在碧梧心里最好是小洋房分租下一间，或者一间厢房，或一间前楼，至少要地方宽敞一些，否则他定的这一套八千元的家具，安放不下了。经他好多天找寻，居然离学校两里路地方找到了一间，那不是洋房，却是一幢极精致的老式房子，里面十分清洁，大有古色古香的风味，还有一个极大极大的天井，种了四季花草，四壁藤蔓爬满了，想必一到夏天，绿叶扶疏，荫凉无比。原来这是一个书香之家，主人住了之外还余下空房好几间，楼上楼下都有，碧梧参观之后，大为满意，决定楼上西厢房租下一间，付下定洋，电灯，自来水包括在内。屋主问碧梧何日进屋，他们代为打扫一番，地板是广漆的，一洗之后，非常光亮，四壁糊纸或油漆，悉听尊便。碧梧道："进屋日子还没有决定，但不妨就今日起租，先将家具搬进来，再定日子进屋。至于糊纸，请你们代为经济点计划一下，我因为读书没有工夫，一切费用再面算好了。"

碧梧当下回了出来，一肚皮欢喜，找到这样一间满意的房子，安有不马上去告诉玉环道理？并且依照他的意思还要陪同玉环来复看一番，要是玉环满意了，就更没有问题了。碧梧素来性急的，第二天一早就赶到玉环家里去，告诉她找到这样一间理想中的住宅，预备同居之用。玉环起初不信，碧梧道："我知道你不会信的，现在就一起去看房子，并且已付了定洋，即日起租，这不是儿戏的事呢。"玉环考问道："在什么地方，多少门牌号？房东姓什么，叫什么？”碧梧一一说了，接着道：“我恐怕你不信，所以特为赶来告诉你，可以马上同你去复看的。”当下玉环同了碧梧真的到了昨天那租房子人家，开进门去，玉环见里面布置的，果然古色古香，精致非凡。上了楼，两个男佣正在西厢房里打扫，洗地板，见了碧梧来了，抢着道：“杨先生，你昨天租定，我们今天就替你打扫，我们东家说：四壁本底白漆的，用水洗刷之后，自然清洁，用不到糊花纸，这一笔钱大可以省了。”玉环道：“这一间大厢房，大可以后面隔开一小间给妈睡。”碧梧道：“现在木料太贵，中间隔开，与其用木板，还不如买个六折头的屏风。妈住在一起，有照应，我早就有这个计划。现在这间西厢房，你满意不满意？”玉环含笑点点头道：“你满意，我当然也满意的。”碧梧笑着说：“你现在才相信我？”又说：“我把房间里家具也早已预定舒齐了，花了八千元，大小一共十六件。你如果不信的话，我今天可以领你去见见。”玉环道：“到哪里去见？”碧梧道：“我付了款子之后，家具寄放在那家店里，我可以给你看发票。”说着便从皮包里拿出发票，玉环接上手一看，果然一些不错，并且在一个多月之前就定了的，心里更加欢喜道：“你的钱从哪里来的？”碧梧道：“钱的来路，请你放心，完全是我自小到现在的积蓄，历年来利上滚利，也有了两万五千元光景，现在这笔存款，全部提了出来，预备我们组织家庭之用。”玉环听了心里更加说不出欢喜。当下两人细看了西厢房，四壁的确不用再刷油漆，也不必糊花纸，打扫之后，很是清洁，便吩咐两个佣人就这样算了，决定日内把家具搬了进来。回了出来，在路上玉环道：“那末我们什么日子举行……依你意思，只须做了手续不必举行结婚仪式，原则上我是同意的。”碧梧道：“两人到律师那里签个字便可以了，有律师证明，比什么都可靠。”玉环也就答应这个办法，至于什么日子做这手续，正式开始同居，因为当初碧梧说过这句话，待桃花开了再举行，现在还不过二月里，桃花连芽都不曾萌，似乎嫌早了一些。碧梧很是性急，等不及桃花开了，愁急着道：“当初我说的桃花开了，原不过一句口边头的话，你现在一定要坚持我这一句话，绝对不能提早？”玉环忍不住笑道：“我劝你何必这样躁急，这二月里天气乍寒乍暖的，只须暖上两个星期，桃花自然会开了，你多的日子也挨过了，还差乎这一些日子吗？”碧梧无可奈何，垂头丧气道：“也好，你一定不肯答应，只得再过些日子。”当下两人半路上分了手，一个回家，一个回到学校。隔了几天，气候非常的暖，碧梧无意中看见校园里一株桃树快要开花模样，有不少含苞欲放的小花朵，碧梧这一喜非同小可，立刻折了一枝，送到玉环家里去插在小花瓶里，对玉环道：“这是天帮的忙，今年桃花开得特别的早，看样子这一星期里统统要开放了。你的事情准备好了没有？”玉环道：“我反弄得一些头绪都没有，昨天只出去剪了些衣料，买了一些化妆品。我还没有对妈说明，因为她说过，把我嫁给你是十分赞成的，只不过她要你正式同我结婚，可是我又未便对她说：你家中本有女人。依我心想，她要是坚持不可以变通办法的话，我唯有三十六着，把脚底给她看！”碧梧吃惊道：“你预备逃走？”玉环愁眉道：“我爱你，不忍拂逆你的心意。你说不结婚，这是合理的，你有了女人，本不该再结婚，我体谅你的苦衷。但，我要是对妈说明你本有女人，她要骂我的，当时离婚是因为我不愿做第二，不料现在又还是做第二，妈如何不要骂我？现在我争不出这口气，想来想去唯有逃走。”碧梧道：“妈一定会问我要人！”玉环道：“妈问你要人，我也想过这棋子，你推说不知道就是了。”碧梧考虑了好久，认为这件事不能这样做，无论如何要通知妈，不妨同她讲明，说是采用新法结婚，只须到律师那边签个字就可以了，现在世事不好，一切从简，想来一定会答应。玉环道：“你去同妈商量，妈答应最好，不答应我决意逃走。”隔了一天碧梧把玉环的妈约到一家馆子上去，吃了一顿中饭，饭后他跟她商量这件事，结果大出碧梧的意料，玉环的妈无论如何要坚持结婚，并且要租借大礼堂或大馆子上举行，并且还要双方家长到场，像像样样的热闹一番。碧梧便道：“这一笔费用太大了，这个时局，何必如此铺张？”玉环的妈道：“我只有这一个女儿，我宁可下乡把房屋变卖了做这一件事，你杨家在上海也是体面人家，娶一头亲事，如此节省，太不像样了，要被亲眷朋友背后批评的。”碧梧一听，路越走越远了，顿然对这件事灰心起来，索性不谈了。傍晚碧梧把这一番谈判经过对玉环说了，表示异常消极，玉环落泪道：“你不必伤心，我始终爱你，我老早就要脱离这旧家庭主张，可是时机未熟，现在正是我走的时候……”碧梧想到将来，事情穿帮时候，玉环的妈问他要人，这种纠纷，势必难免的。到那时候事情闹开去，宣布在报上，我杨碧梧还有什么趣味做人？想想前途只是一团黑暗笼罩着。岂知事情突然间急转直下，隔一天，玉环打了一个包裹，从家里逃出来，在一家旅馆打电话给碧梧，要他立刻到旅馆里去。碧梧大吃一惊，连忙赶到旅馆，问她为什么这样，玉环毅然决然道：“环境迫得我走，不得不走，我现在这里大致住上一夜，明天马上离开上海！”碧梧惊讶道：“为什么离开上海？”玉环道：“我并不是不爱你，我为了爱你，才离开上海。一年后我就回来同你见面，一年后的今天，桃花当然也是开了的，你就再守我一年吧。”碧梧道："为什么，为什么？究竟到哪里去？"玉环道："我妈老昏了，无可救药，昨夜她同我吵了一夜，说是不正式结婚，她万万不答应，我气恼万分，告诉她今生今世决不再嫁人，明天我离开上海，一切统统牺牲了，看你有没有生路。你知妈如何回答我，她说：你有了杨先生还会得走吗？离开上海，只好骗骗三岁小人的话，看你走，不走就砍断你的脚，你算是拿离开上海的话来恐吓我？碧梧你想，她既然说得这样的话，足见我们的事决不会有通融希望了。逃走出来同你同居，也不是根本办法，我人在上海，一定是会穿帮的，到那时候你就被我累了。所以我动了另外一个脑筋，决意走，决意离开上海，预备同你分开一年，到外面做一些事情，一年之后，回来手边多了钱，对于你也可以有些帮助。"碧梧要紧问她到哪里去，玉环说："你不用急，我自会告诉你的。现在我只问你，愿不愿放我走？我保证一年后就回来，决不变心！"碧梧悲伤道："你为了我到外边去吃苦，我实在不放心，我希望你就打消这个主意吧。"玉环道："我假使不走，我们便永远没有同居希望，我走了将来倒再有见面日子。这次我离开家庭，就是给我妈一个示威，我脱离了家庭照样也能够生活。我有了自由，她没有办法来干涉，我们另外就可以打一个天地。所以我这次出走，你只有表示安慰，不应该伤心！"碧梧听她这样一说，也就忍痛答应了，玉环便执住他的手道："我再要求你两桩事情，第一，你给我一件纪念品，俾我放在身边，想到的时候就拿出来看看，同时我也给你一件，互相交换。第二，我这次走得很远，当然需要一笔盘费，我想请你替我想个办法。"碧梧道："你要多少数目，明天一准替你送来，至于纪念的东西，也一齐明天送来。"玉环道："多少数目，我派派至少两千元。因为我走得很远，目的地是西安，我有两个女同学，在那边很得意，屡次写信来叫我去做事，所以趁这次机会到那边去走一次。至于上海我的妈，虽然我同她反目出走的，她究竟老了，也需要你照顾，趁便的时候去望望她。”碧梧对玉环这几个要求，统统接受。当夜他打算离开旅馆回校，玉环却道：“我们明天就要分别，极应该今夜谈一夜呢，你住在这里吧。”碧梧也就留在旅馆里。

碧梧认为这是玉环主动，更难能可贵。他们如何能够安眠呢？两人眼睛都张直着，精神抖擞的。一直谈到天亮，决定把办就的家具安放到租屋的那幢房子里，预备出他一年的房金。早上碧梧赶回学校，取了三千元，其中两千元是给玉环的盘费，一千元给她另用，出远门宁可身边多带些钱。他送给她做纪念品的是一只小小锦太霞的铜花瓶，只有两寸高；玉环给他做纪念的是一张四寸照片和一盒用剩的胭脂。碧梧又替她赶到旅行社购买了火车票，并且办了旅行应用的东西，以及路上吃的点心，当夜送她上车。

下一天果然玉环的妈赶到碧梧学校里，查问玉环下落，因为前一次不别而行，是杨先生带了她到无锡去的，这次她又不别而行，了然与你杨先生有重大嫌疑。碧梧矢口否认，根本没有知道这一回事，他认真的陪同玉环的妈到各处找寻，并且代拟了一个访寻广告，登在报上。玉环的妈一时不能确定碧梧藏匿，也就不再疑他，一天一天只望着她女儿回来，没有一天不流着泪水。碧梧便隔三岔五到玉环家里来探望探望玉环的妈，按月接济她生活费用，他屡次见玉环的妈想起女儿就流泪的凄凉情形，恨不得把他们一番经过，详详细细说了出来，可是他当初否认过了，如何再开口呢？想想还是隐忍在肚里，不说明白的好。

图书在版编目（CIP）数据

春之恋 / 周天籁著 .——上海：文汇出版社，2019.11
ISBN 978-7-5496-3043-1

Ⅰ.①春… Ⅱ.①周… Ⅲ.①中篇小说－小说集－中国－当代
Ⅳ.①I247.5

中国版本图书馆 CIP 数据核字（2019）第 243241 号

春之恋

著　　者　周天籁
责任编辑　朱耀华
特约编辑　甫跃辉
装帧设计　张志全

出版发行　文匯出版社
上海市威海路 755 号
（邮政编码 200041）

照　　排　南京理工出版信息技术有限公司
印刷装订　启东市人民印刷有限公司
版　　次　2019 年 11 月第 1 版
印　　次　2019 年 11 月第 1 次印刷
开　　本　890×1240　1/32
字　　数　230 千
印　　张　10.5
印　　数　1-2300

ISBN 978-7-5496-3043-1
定　　价　43.00 元